李静睿 著

慎余堂

广西师范大学出版社
·桂林·

小阅读·新潮

本书化于历史，却只属幻影，
不可与世事一一对应。

目录

壹

小皇帝退位那日，已是腊月二十五。

辛亥年是个冷冬，整个腊月刮不定方向的风，慎余堂占地八顷，植有斑竹数百，夜风簌簌穿过竹林，又拂动残荷，其声呜咽。余立心睡了又醒，只觉越睡越寒，疑心城中有哪家出殡，故有切切丝竹之声。

从腊月二十起连下五日大雨，孜溪河蓄水漫岸，终于又可行船。余立心卯时即起，草草吃了一碗生椒牛肉粉，冒雨乘轿前往艾叶码头，察看今年最后一批运往楚地的盐船。天色苍黑，冻雨未停，义子胡松执一盏煤油汽灯，让余立心能在轿内读报，《大公报》从天津发到省城再快马送到孜城，已是五日之后，因中途几次转手，有些小字被油墨糊掉，余立心怕消息遗漏，索性订了十份，无论如何能凑出一张完整报纸，算上马钱人钱，这报纸一年花掉他五十两白银。

余立心虚岁不过四十二，掌管慎余堂已有十年。庚戌年末点账，堂下共有水火两旺的盐井二十一眼，火圈五百余口，推牛六百余头，骡马百匹，当年盈余十二万两，主宅前两年扩修，仿的是《石头记》里的大

1

观园，余立心所住小院绿窗油壁，抄手游廊两旁牵藤引蔓，明眼人一看即知，这是薛宝钗的蘅芜院。

孜城中能像余立心这般及时读报的人，不过十人上下。哥老会的袍哥们依然照两百五十年来的惯习，往孜溪河中丢掷刻字竹板传递信息，竹板由孜溪入沱江，再进长江，沿途自有袍哥弟兄拣起，此谓之"水电报"。辛亥年八月，孜城哥老会和同志军以保路为引联合起义，正是用水电报告知省城，竹板上用红漆草书哥老会切口"大水已冲龙王庙"。待到武昌举事之时，因楚地为长江下游，水电报无法逆流而上，虽说孜城月前已号称独立，但孝义会舵把子陈俊山也是在余立心这里读了《大公报》，方知天下已变。报纸照例延迟五日，不管陈俊山还是余立心，都立于庭中，良久无言，面前各摆一杯茉莉花茶，茶汤冷透，无人续水。院中种有秋菊，开碗大花朵，色白如玉，过了几天，余立心让人将菊花全连根拔起，换成杂色月季，因他觉得菊花兆头不好，让整个院子仿似大清朝的灵堂。

起义之前五日，孜城一切如旧，秋色渐深，孜溪两旁银杏尽染金黄，落叶凋零，漂于水上，煎盐灶房内火光灼灼，工人上身赤裸，向盐锅内点下豆浆，让盐卤澄清杂物，凝固成晶。待到夜色四合，司井、司牛、司车、司篾、司枧、司漕、司锅、司火、司饭、司草的盐场工人各自成团，围住一盆水煮牛肉，每人均能吃下三大海碗白米饭。盐场用牛夏喂青草，冬喂谷草，每日还有升把胡豆，不能服役之后方送往汤锅铺宰杀，肉片得极薄，在滚油中一烫即熟，汤色鲜红，重麻重辣，半明半暗中，青花椒香气四散，盖过灶房中天然气的硫磺味。

倘若站在孜城最高点龙贯山顶，可见楠竹制成的输卤和输气笕管密密匝匝，纵横交错，这才是孜城经脉所在。乾隆朝间慎余堂斥五万两白银之资，铺建了孜城第一根笕管，长达二十里，在此之前，盐卤唯有靠挑夫扁担供应给灶房，彼时每天运输的三千担卤水，不过今天一条笕管的运量。笕管为中空楠竹，接连处用细麻油灰层层缠绕，大部分匍匐地面，过河时在河底挖沟，深埋沟中，谓之渡河笕。有路之处，工人在半空中搭起承重竹架，孜城人就从那竹架下慢悠悠走过，头顶即是盐卤奔流。城中除了大户盐商，没人家中置有钟表，他们浑然不知自己的时间，相较于历史已晚点五日，至少五日。

余立心翻到《大公报》头版，上称隆裕太后命徐世昌起草的逊位诏书，已将草案交袁世凯审阅。虽说两三月间各地陆续独立，小皇帝退位已成定局，余立心反复读完那四版报纸，却依觉茫然，挑开轿帘暗中四顾，孜城不辨轮廓，只孜溪河上隐约有光，那是歪尾船船舱中的灯火。从孜城至沱江口的邓井关，是盐运的必经之路，沿途狭岸束江，河道折曲，时有险滩，船工们设计的歪尾船船头左歪，船尾右歪，方能顺利入江。这种船长四丈二尺，却配有一根四丈八尺的船橹，故又称"橹船"。丰水季节远远望去，孜溪河上竖密密船橹，歪尾船们歪头歪脑，顺水而下，像是急匆匆追赶在孜城中落下的时间。

今日河上只有慎余堂的二十艘船，共载盐十万斤，余立心到时，船工们已将盐包全部装好，胡松略略清点了盐包总数，又划开一包，给余立心看了看这一批巴盐成色。巴盐色黑质粗，却凝结成块，便于运输，向来是孜城外运的主要品种。但这次专有一艘船，是运至下江的花盐，花盐色白质纯，粒粒分明，是下江殷实家庭方会使用的体面物。船舱深处更有一大包雪白鱼籽盐，颗粒滚圆，每粒均有指尖珍珠大小，盐包上用水墨画有鱼形，以示区别。这是慎余堂独创技艺，最为费时费工，灶房里能熬这种盐的老工人已不过十个。鱼籽盐谈不上市价，因为慎余堂每年也不过自制自销，厨房里大师傅也只有或清明端午中秋春节，或家中宴客，用此盐专做一桌子盐帮菜。这一包重百斤，说是专供下江军政要人，船上两名盐警配有步枪，连余立心也不得上船。

冻雨渐停，胡松收起长柄黑洋伞，扶余立心走上岸边青石台阶，问

3

道："父亲，去了这包鱼籽盐，我们自己厨房今年可也没有余货，大少爷二少爷都说是要回来，这年夜饭到底怎么安排？哪个的面子恁大？"

余立心摇摇头，说："不晓得，陈俊山安排的，他也不说。年夜饭随便弄一桌便是，济之怕是过了正月才回得来，达之已来了信，说要先去北京几日。"

陈俊山现在得叫陈军长。孜城盐税丰盈，向来是清廷重点布防之地，城中进驻军队名目繁多，有团练乡兵和州县驻军，也有盐场官运局辖下的治安军。各省先后独立之后，清廷渐不能控，大批失去头衔的官兵趁乱抢劫商铺钱庄。盐是和白银一般的硬通货，慎余堂名下最大的盐仓东岳庙仓在十月底的某个深夜被抢，存货损失过半。余立心清晨方赶到现场，十个守仓门卫跑了一半，死了一半，身体被长枪穿过，尸身上布满窟窿，稠血尚温，让仓库地面盐花渐融，数百只蚂蚁列队踩过血液，又踩上盐粒，留下米大的血红脚印，像这个城市一般满目狼藉，前路不明。如此大乱月余，最后是陈俊山用自己掌舵的孝义会联合孜城哥老会中仁字号的聚贤会和同仁社，方才勉强控制住城中局面。他和余立心是总角之交，特意派了五百精兵，驻扎在慎余堂各大仓库门口。明面上他要的酬劳，不过是这一船花盐加这一包鱼籽盐，私下里其他哥老会的头面人物都知道，陈俊山已经入股慎余堂名下的天海井。

同治十年，这口井凿锉两年，久不见卤，慎余堂耗干现银，余立心的父亲余朗云无奈之下，已经决定将其股份卖给另外几个陕帮商人。两边谈判数十日，正在八店街的陕帮商号里订契，家中忽然来人急报，说夫人难产，余朗云急赶回府，甫一进门，已闻啼哭，母子双全。刚出生的余立心浑身粉白，心口却有淡红胎记，细看形状极像盐场天车，余朗云那时尚不知道，这将是自己唯一的儿子。待到他收拾妥当重新出门，已有师爷来报：井下已出卤，且水高近十尺。生意当然即刻取消，余朗云让师爷赶去商号，承诺赔偿毁契损失一万两白银，他自己连轿子亦来不及坐，骑了快马前往井上，二里外已闻卤水苦咸味。晴空朗朗，见黄黑卤水半悬空中，状如涌泉，等走到近处，才知道井下喷力太猛，难以控制，后来井户只能将竹制平盘置于井口，让卤水沿边缘流入存卤的榠桶。余朗云将这口井命名"天海"，传至余立心手中，四十年来它始终一月出卤三万担，有这口井傍身，陈俊山旗下军队这一两年，应是不愁军饷。

陈俊山和随从的马都拴在河边黄桷树下，看来是冒雨骑马前来。天色微亮，余立心见二十米外的陈俊山着灰蓝色德式军服，长筒枣红皮靴，脱了军帽，腰间皮带上别一把驳壳枪。为了向革命军示决心，陈俊山早在起义前已剃须剪辫，过了三个多月，脑门上长出茸茸新发，这么隔着河上水雾看去，余立心只觉得这相识三四十年的旧友辨不清面容。

陈俊山笑着走过来，道："立心兄好早，吃过没有？我那边倒是有几个笋干肉包，只是隔了一两个时辰，怕是已凉了心。"

余立心理理长辫，示意胡松递上竹编保温杯中的热茶，他吹掉茶沫，漫不经心答道："俊山兄客气，这批盐数量不多，你何必亲自前来，有我看两眼也就是了。"

陈俊山道："兄弟我初涉盐场，多来看看是应该的，何况那船花盐……多少还是不放心。"他故意一顿，并不明说那船花盐究竟怎样，就转了话锋，"立心兄等会儿可是要往井神庙去？"

余立心笑笑，说："议事会开这会，多我一个不多，少我一个不少，我等下去井上转转，就去听个曲，俊山兄可要同去？"

孜城宫庙众多，南粤商人修南华宫，闽南商人修天后宫，陕帮商人修西秦会馆，烧盐工人自立帮派修炎帝宫，而但凡是在盐井上讨生活的人，都要进井神庙拜一拜井神梅泽。梅泽本是晋太康年间猎人，据说他狩猎时因鹿发现咸土，在该地凿井取卤，又将卤水熬制成盐。孜城现今的井神庙整修于道光年间，慎余堂余家之外，孜城另外几家大盐商，如三畏堂李家、四友堂林家、桂馨堂严家也均有出资。井神庙坐落在艾叶码头后的观音山半山间，起义后盐商乡绅正是在此宣布孜城独立。

独立那日余立心开始并没有去。他清晨即起，叫周围侍奉的人都退散下去，自己用炭炉烧罐中雨水，泡一壶香片，摆一碟孜城特有的火边子牛肉，然后坐在院中梧桐树下的藤椅上，读两卷梁任公，"凡因习惯而得共和政体者常安，因革命而得共和政体者常危。请言其理。夫既以革命之力，一扫古来相传之国宪，取国家最高之目的，而置诸人民之仔肩矣。而承此大暴动之后，以激烈之党争，四分五裂之人民，而欲使之保持社会势力之平衡，此又必不可得之数也。"

彼时天光极亮，院内有小池，植有粉紫睡莲，肿眼金鱼躲在墨绿莲叶下，似是怕这灼灼秋日。火边子牛肉上有一层白芝麻，余立心一一拣起，撒至水中，看那些金鱼犹犹豫豫浮出水面夺食，又胆怯地复沉下去。火边子牛肉其薄如纸，洒上好熟油，向来是余立心最爱的小食，但那日他吃了一片就放下了，只觉有一股连香片也不能抵消的膻腥油腻。

陈俊山在晌午前赶到，连日混战，身上军装尚有血迹，一进院就道："立心兄，赶紧出门，那边未时就要投票选议员了，今日你是不去也必须去。"

余立心正研墨展纸，想写一张行草，他顿了顿，道："我不去会如何？"

"革命就是革命，保皇就是保皇，到了今天，你还不晓得应该选哪边？"

"俊山兄，你我相识数十年，你还不知道，我什么时候想过保皇？我不过是保平安……选什么选？我哪边都不想选，我只想慎余堂好好做几斤盐。俊山兄，要不要尝一点牛肉，这可是真正用牛屎粑小火熏出来的火边子牛肉。"

"立心兄，你是真糊涂还是假糊涂？大乱之世，非此即彼，你以为中间能有地方让你舒舒服服藏起来？做你的盐吃你的牛屎粑火边子牛肉？哪怕你一人能藏，恁大一个慎余堂，又能藏在哪里？你今日不去，明日慎余堂怕是就不归你们余家，虽说我们有这几十年交情，但你要是今天不去公开表个态，我可也没法一直护着你！"

余立心当然知道，陈俊山说得没错，他只觉自己像池中金鱼，想在厚厚莲叶下躲避天光，却又不得不浮出水面，啄食那点点芝麻。他换好长衫布鞋，搭陈俊山的轿子前往井神庙，到山脚时他停下轿子，和陈俊山步行上山，走了两步才想起来自己没吃午饭，路旁有野苹果树，结红色小果，他摘了一个，口感酸涩，让人更感饿意。前几日下了一场透雨，观音山上泥地未干，沿途桫椤树高近二十尺，树底阴湿处长出蘑菇和木耳，又走到半山腰上，见孜溪河翻动金光，密密匝匝停满了歪尾船。

起义至今，盐运一直没有恢复，仓库里盐包一路堆上天花板，一切都暂停下来，井上不产卤，灶房不煎盐，天然气只能空烧。余立心端坐家中，每时每刻，都从自己的瞳孔中看见蓝色火苗，整个孜城像他数年前花大价钱买来的西式座钟，原本整点时有十二个小人轮流出来报时，现在却莫名坏掉，死死停摆。长子余济之留学美利坚七年，中间回来过一次。济之说，那是耶稣的十二个门徒，十二点那人裹黑色头巾，满脸蓄须，眼神阴鸷，济之又说，那是加略人犹大，因三十个银币背叛主耶稣，那部座钟就一直停在犹大报时的辰光。

余立心知道犹大和耶稣。咸丰十年孜城已有教堂，身处孜城闹市的独门独院，灰瓦白墙，青石铺地，进门就是偌大鱼池，庭中那株金桂怕已有三十年，深秋花香扰人，四周仆妇告诉传教士们怎样摘下花朵酿酒，余朗云偶尔携余立心前去，就一人喝下一杯澄黄的桂花酒。教堂那块地租自慎余堂，租金一直是半免，传教士大都懂医，余家等于多了西式医生。拳乱时整栋房子被烧，余立心前往探视，见祷告室内桌椅皆毁，地上铜质十字架似融非融，耶稣只剩一张脸，灼热的铜液覆面，更显神情痛楚，法兰西传教士马埃尔伫立堂中，见余立心前来，在胸前画出十字，面色平静，道："主的日子将近到了，好比强盗，赶夜里来的一般。那时候听得个大声音，天就崩开了，有形状的、统总烧个干净，连土地和制造的器具，没一件不被烧掉……上帝有旨，把天地再换一个新的，有义的人，就住在当中，这是我们所指望的。"①过了一年，教堂原地重建，新天新地中，余立心送去一个更大的铜质十字架为贺，马埃尔分给余立心一块圣饼，无油无盐，余立心扔在归家途中，又见路旁摊贩馓人，就让胡松去买了两个锅盔。后来马埃尔去了印度，一时间没有新的传教士再来孜城，余立心就将那房子收了回来，川地潮湿，那个铜十字架覆了绿锈，不知哪一次家中重做厨具家什，大概是拿去融了一个汤锅。

孜溪河上万物静止，连风都穿不过层层船橹，却突然有一艘小船箭一般飞离艾叶码头。漫山桫椤沉沉墨绿，透过锯齿树叶，陈俊山指着船上乌篷，说："看到没有，船中是孟中元。"孟中元为当任孜城县丞，专司盐务，他是光绪二十年的举人，这么些年一直在蜀地各县中来回挪动，始终未能升迁，年过四十，性子平和，财也是敛的，却不穷凶极恶。他和余立心投缘，都喜梁任公，不喜康南海，二人时常去云想阁喝茶听曲，云想阁的头牌楼心月本为扬州瘦马，十四岁辗转入川，一早可嫁作官宦姜室，但她一直未嫁，宁愿每日在云想阁中抛头露面，这些年凡来孜城的官胄商贾，都要去听她弹一曲《春江花月夜》。

孜城的盐商和官府两百年来固有默契，官府让盐商取卤熬盐，但除层层盐税，每逢动乱，盐商们得各自认捐。嘉庆时川楚教乱，慎余堂认

---

① 见《新约》彼得后书 3:10—13。文中涉及《圣经》的翻译，《新约》部分使用 1857 年《南京官话译本》，《旧约》部分使用 1874 年《北京官话译本》，如有不符历史之处，请读者谅解。

捐四十万两，几乎十年都喘不过气。余家的女人数年不置新衣，当然不是置办不起，而是千头万绪之下，总应有个上得了台面的省俭姿态。余立心总听父亲讲起祖母，早年守寡，整个冬天穿一件藏青色大袄，下系黑裙，唯一装饰是胸前一串杂色玛瑙珠子，祖母整整戴了四十年，她下葬的时候，余朗云已有了天海井，他在金丝楠木棺材中放了一挂新置下的翡翠，那串玛瑙从祖母脖子上取下来，至今挂在书房笔筒上。

今次孖城起义第三晚，孟中元也是把余立心请至云想阁的雅房中，让楼心月在旁抚《夕阳箫鼓》，自己则亲手给他倒了一杯白毫银针，道："立心兄，别家是别家，慎余堂是慎余堂，你万万不可糊涂，你们余家世代可都是官府的人，此时不出力，更待何时？"说的是余家世代捐官，余朗云在同治初年因反对清廷抽收水厘，被孖城知县下了狱，余朗云狱中传话出来，让家人连夜捐七万两现银赈灾，银子像盐一样，用歪尾船运到省城，一时间凑不够那么多船，每条都吃水半个船身。过了两日，朝廷立赏他二品顶戴和三代一品封典，那知县不过七品小官，接旨之后不知何以处之，只能于监房搭天桥于狱墙之上，跪等余朗云戴红顶花翎，踱步而出。

到了余立心这里，他却始终未捐，但除他之外，城中盐商哪家无官？同知五千两，道台三万两，这都是写在人心上的明价，四友堂林家据说捐官花了几十万两，连云南一家分号上的掌柜，也用几万两捐了个道台。那又如何？林家此次最早公开支持革命军，李家和严家第二日也在井上挂了军旗，唯有慎余堂看似置身事外，始终未有表态。余立心吹吹茶沫，不答孟中元，反而推心置腹问他："孟大人，你自己有何打算？这两日下来，你也看得清楚，革命军已占大势，难道你当真心甘情愿为朝廷去死？"

孟中元愣了一愣，良久方说："我们这种人，岂有他选？"

余立心看楼心月穿莲紫色褂子，系月白褶裙，素手拨弦，琵琶中自有忧声，他叹口气说："孟大人，你不妨跟我学，没得选，就不要选。"他开始真的没有选，既没有再为清廷出兵马钱，也没有像另外几家那样设流水宴款待革命军，只是每日枯坐家中。局势渐不可控，他私下里让陈俊山护着一点孟中元，余立心说："一个小小县丞，坏不了你们的大业，看在我的薄面上，不如留他一命。"清廷撤兵于省城那日，孟中元登门拜谢，余立心请他在院中喝酒，是家中自酿高粱，窖藏时间不够，酒味辣舌，孟中元微醺后突然显了老态，问："立心兄，这革命军真的是要废了皇帝？"

余立心摇摇头："他们是要废了现在这个皇帝……"

"然后？"

"他们自己哪里想过什么然后。"余立心又倒上一杯，细细捻去花生米红衣，又引了一句梁任公，"'革命之始，必立军政府，此军政府既有兵事专权，复秉政权'……孟大人，我们这些做盐的人，以前伺候你们的朝廷，以后……以后还不知道要伺候多少个朝廷。"他干掉那杯酒，过了一会儿才道，"不过谁都没有别的办法，朝廷，革命军，都是如此……开弓没有回头箭，这就像我们挖山打井，不出卤嘛，就得一直打下去，不然之前扔进井的钱，就真的扔进去了。"

余立心那日从井神庙归家已是傍晚，上轿前最后往山上望了望，孜城临时议事会的蓝底白日旗展在井神庙顶上。就这几日时间，催工人连夜染出来的布，那靛蓝略微偏色，白日周围又晕出蓝边，让这面旗新到令人不安，井神庙黄墙蓝瓦，墙上用糨糊贴了几张白纸红字，"方兴孜城""歼除首恶""张大民权"。说得不错，他来的时候是慎余堂余立心，走时已是临时议事会副议长。议长是四友堂的林湘涛，林家在革命军身上花了大价钱，这个议长理应归他。

在井神庙中林湘涛穿西服戴礼帽，帽子压得很低，余立心知道，那是因为刚剪辫不久，额头尚未生出新发，那套灰色西装不知何处定制，并非不合身，看起来却总有怪相。林湘涛已过了五十，家中有四房姨室，除了长子林恩溥已成年，其他子女皆幼。也就一年之前，他尚是大清朝分部郎中，赏戴花翎二品衔。林家十年前分家闹得厉害，他这一支争到了实利，几口出卤最多的井都稳稳拿在手里，灶房里熬出的白花花物品，是盐，也是流水般的银钱。林恩溥前年从东洋归来，接了家中生意，林湘涛从此更是连井上都少有去，据说整日整日卧在家中吃鸦片烟，每月初一十五必去云想阁捧场。余立心偶尔和他遇上，林湘涛听曲时也歪在卧榻上，有穿水红绸裰的侍女拿着烟斗等候在旁，另有侍女打扮成女学生样，蓝竹布裰，黑布百褶裙，白袜上歪歪曲曲缝有黑线，戴一副鹅黄镜架的平光眼镜。女学生跪在床前，从老银鸦片盒子里挑出黑色生鸦片膏，置于铁丝架上用炭火烤出金黄色烟泡。那水红侍女用银长针挑起一个烟泡，抹在烟斗上，递给林湘涛，他猛吸两口，看那烟泡渐渐瘪下去，这才和余立心寒暄："立心兄，要不要试两口，我这是真正的派脱那土，这劲头……前几日才从京城过来的新货。"

余立心笑回道："有恩溥辅助，湘涛兄真是安心享福，我哪里有这个命。"说完还是喝酒，夹一块卤肝片。云想阁的肝片用的是兔肝，口感滑腻，只是入喉后略有膻腥，他又吃了一口麻辣三丝压味。

林湘涛又抽了几口烟，半坐起来，问起余济之和余达之："我那两个侄子看着就要回来了吧？"

余立心答道："哪个晓得，他们哪里有恩溥懂事，出去这些年，怕是学也没学到个什么，余家是指望不上他们。"

两个人都没有提起余家的幺女余令之，好像两家的婚约从来没有存在过。这婚约只因小儿女彼此有意，却并未正式下聘，后来两家又都各有疑虑，渐不再提。林恩溥虽是留洋归来，据说却像他父亲，早早就抽上鸦片烟，又日常狎妓游玩，虽不敢带回家宅四友堂，但林家公子在孜城里有多处私宅，也是半公开的秘密。余令之则在省城上新式学堂，回

11

孜城后在余家的私塾树人堂里当女先生，一年前这尚引人非议，但如今既已"张大民权"，连整日卧在烟榻上的林湘涛也革了命，割掉辫子当上议长，女先生又能算得上什么事情。

林恩溥和余令之这两年也见过几面，城中大盐商每年固定几个节日，轮流设宴，都是齐家出席，林家这两年自认势头盖过余家，做东的时候多些。去年中秋更是在四友堂摆了两日流水席，林恩溥穿一身银色绸缎长褂在门口迎客，辫子尾上压一颗指头大小的珍珠，下面却是一双欧罗巴进口皮鞋，面容尚算俊秀，一双桃花眼眼角上挑，只是脸色惨白，大概是吃多了鸦片。林湘涛倒是满面红润，越发显出福相，宴席上有人私下说，他又收了一个刚刚及笄的丫鬟。又有人故意压低声音："大公子也不差，你们听说没有，他带回来一个东洋女人，就养在林家凤凰山上那个新修的院子里……东洋女人，说是软得不得了……哪里软？哪里都软嗫……大公子有福气，怪不得一直没有成家……"

余令之前来赴宴已是勉强，听了这些更觉恶心，嘴中那一勺子雪豆蹄花无论如何咽不下去。她平日都穿棉布褂子，这日被父亲逼迫，打扮齐整，穿一件滚边碧色湖绉短袍，系同色湖绉百褶裙，环佩叮当，发梳双鬟，嘴上又抹胭脂，正是几年前余家三小姐的模样。她进屋时正遇到林恩溥和客人笑论省城的烟花名所，二人眼角余光分明都瞥到对方，却都镇定自若移开。她还是余令之，他却已不是林恩溥，但他辫上那颗珠子，本是去东洋前她拆了一根发簪，两颗东珠一人一颗，她那颗三个月前从半山扔进孜溪河。正是盛夏，雨后河水漫至山脚，桫椤宛似长于水中，白雾缭树，往事尽散。

表回腊月二十五这日，余立心别了陈俊山，终究还是去了井神庙。议事会这几日都在热论盐引，事关慎余堂生死，他不得不去。议事会之外，孜城日常管理有三股四科，三股为审察股、文牍股、庶务股，四科是教育科、财政科、盐政科、交通科，林恩溥本可做议员乃至副议长，林湘涛却宁可让他主管盐政科，余立心知道，派脱那土劲头虽足，但并未真的让林家昏头。

井神庙里六十位议员齐了一大半，副议长只缺桂馨堂严家的严筱坡，严家虽一早看清大势支持革命军，后来却态度突转暧昧，严筱坡和侄儿严余淮议事会开会时常缺席。上一次会在五日之前，足足开了三个时辰，会后胡松在轿中给余立心递上热茶，又附上一碟子放在食盒中的酒米蒸黄粑，说："老爷先吃点，垫个肚子，我刚走路去城里买的……这回路怕是得走上一阵，陈军长说是要清城，车轿都得在城门外等着。"

"又清城做什么？"

"还能做什么？"

革命后陈俊山几次清城，清廷逃离的官员在孜城颇有产业，一店一铺看起来不过零散银子，但细细清理之后，也能值几个月军饷。陈俊山在孝义会中就以擅长营生闻名，现在旗下有五万军队，更是需精心规算，余立心虽觉旧友越发陌生，却也知道，这也怪不得陈俊山。

胡松又说："刚才去买黄粑，遇到严家老爷，坐在边上喝牛肉汤。"

井神庙四处漏风，到最后其寒如冰，三个时辰下来，不啻为半场酷刑。余立心一口热茶半个黄粑下去，方觉回了魂魄，说："严家今日又没有去议事会。"

"老爷，他们到底是要怎么样？"

余立心摇摇头："不管想要怎么样……都不能怎么样了，不过做个姿态……盐引迟早要废，他们当时在井上挂军旗，应该就想到有这日。"自管仲之下，盐商想要贩盐，都需先向官府购得盐引，一引一号，盖印后从中分为两卷，盐商留有引纸，官府留有引根。革命之后，官运局已然撤销，盐引被废本应是城中盐商皆大欢喜之事，严家却是半官半商，盐政司背后站着严家，这是孜城公开的秘密，往年盐引的收入虽说应当全部上缴户部，但严家到底从中分得多少，自是难以细算，怪不得严筱坡每逢议事会聚齐议事，就坐在路边喝牛肉汤。

腊月二十五正午，在严筱坡喝下又一碗滚烫牛肉汤时，孜城议事会一致通过，废除盐引，代之以单一盐税。午后暴雨终停，众人走出井神庙，看见日光穿过重重云层，照于孜溪之上，水面耀金，乌黑色歪尾船中无间隙，接连开出口岸。多日未有出船，各家都着急在年前多运几万斤盐，船身沉重，吃水颇深，远远看去仿似将渐没于水中，但船工们多有经验，知道如何在尽可能载重与不可倾翻之间寻找微妙而确切的平衡。余立心整整身上的狐裘大氅的风领，上一次议事冻僵之后，胡松今日特意为他备好了这件，大氅扣好后密不透风，余立心怀中一直有暖意，他看到自家和别人家的歪尾船渐次行远，突然生出莫名乐观：谁知道呢？虽是看来凶险，但或许运势到了，就真的不会翻船，既定之地说远不远，只要不翻，迟早能到，晚一日不过一日，晚半年不过半年。

他当然并不知道，几是歪尾船消失于天际的同一时刻，隆裕太后在养心殿中颁布了小皇帝的退位诏书，"……特率皇帝将统治权公诸全国，定为共和立宪国体，近慰海内厌乱望治之心，远协古圣天下为公之义……"五日之后，余立心在年夜饭上读到《大公报》，饭桌清冷，只有他与幺女余令之，胡松平日里虽和他们一起吃饭，今日却不肯上桌，自己在厨房和下人们吃了汤圆。碗碗盏盏铺满一桌，二人也只是略略动筷，各自紧紧捏住一份报纸，报上说，太后在宣读诏书之前号啕大哭，口呼"祖宗啊祖宗"，直至旁人提醒，如今日不退，南方革命党将收回皇室优待条件，她方勉强读完那三百余字。余立心一口干掉杯中烈酒，伸手舀了一碗半凉鸭汤，对余令之道："快吃，吃完我们去祠堂给祖宗上香。"

余家祠堂地处半山，雾深露重，屋中未燃炭盆，他们点上的六支线香闪出微弱火光，又旋而熄灭，更显四处黑暗阴冷，然而这就是辛亥年的最后一个夜晚。

贰

余达之五月中旬方抵省城，他下火车后未作停留，随即上了慎余堂备下的马车，打算连夜劳顿，赶回孜城。胡松前去火车站接他，见面即惊："二少爷，你的手……"

余达之右手层层叠叠包着纱布，这一路闷热，又不便换药，纱布上干涸乌血上又渗新血。他平日里最喜整洁，这时却满面须髯，穿一套极不合身的蓝色西服，裤脚翻了数圈方勉强不拖地，衬衫倒比外套长出一截，袖口污脏，一看便是数日没有更换。胡松还想说话，余达之已经摆摆左手，不耐道："北京这几月乱得很，不小心在路上受点伤，松哥哥不用多话。"胡松算余立心半子，年龄比济之还大三岁，三人向来叫他松哥哥，他却一直恭恭敬敬，父亲少爷小姐，绝不僭越。

胡松只能扶他上车，又在车内剥了两只粽子，搁在漆制小食盒里。慎余堂家厨的粽子在孜城也是有名的，包的是自家院中的芭蕉叶，鲜笋酱肉均切小丁，肉半肥半瘦，肥肉几化于酒米中，这是往日余达之最爱的初夏小食。壬子年是余达之本命年，生日就在端午后两日，但现在都兴新历，壬子年得称民国元年，骤然间每个人都迷糊混乱，不识今夕何夕，余立心让胡松带上几只粽子，以示家人并未忘记达之的生日。

余达之饿得紧了，几口吃下粽子，颗米未剩，又喝了一大口冷茶，这才开口说话："大哥也回去了？"

"大少爷是清明前两天到的家，正好赶上了给夫人上坟。"

"那这两个月他在做什么？替父亲打理井上生意？"

"没有，大少爷是和一个洋人一起回来的，说要建西式医院，这几日在忙着弄……"胡松想了一会儿方说，"……手术室。"

余达之哼一声："大哥倒是悠闲，这时间去弄什么医院……父亲呢？这半年还是就忙着烧盐？"

胡松知道二少爷和义父这几年有些心结，小心道："盐当然得烧，井上生意总不能停下来……但……父亲信里没跟你说？他现在是孜城议事会副议长。"

余达之先是一惊："父亲不是最恨革命党？"后来又露鄙夷之色，"……不过也是，既然到了今天……父亲……父亲永远是个聪明人呐。"

胡松不言，余达之也沉默下来，掀开轿帘看出去。去年冬天川地苦寒，今年开春和入夏却都格外早，端午后已有入伏之感。省城沿街植有梧桐，蝉声扰人，又是正午时分，烈烈日头，街边只有十岁上下的孩童，光着膀子，沿路叫卖报纸和菊花水。

马车笃笃行过东升街和科甲巷，再右拐上了督院街。这条不到千尺的小街历来是衙门驻处，早前是巡抚都察院，雍正九年巡抚署合并进总督署，这里就一直是总督衙门。光绪二十七年，人称"廖观音"的龙泉驿廖九妹儿，率红灯照信众响应拳乱，以"反清灭洋"为号，迅疾占了仁寿、简阳、金堂、彭山等地。他们抵达省城后先想偷袭，二十几人赤手空拳先到科甲巷一家刀刃铺，胡乱抢些未开刃的杀鸡杀牛刀，这便上了督院街总督府。适逢当任总督林仁文往他处议事，正要上轿，见这些乱民手持牛刀杀将过来，轻笑一声，对身边卫兵说："开枪。"四川机器局十年前就仿出一批亨利马梯尼枪，后膛装填、弹簧击针，总督卫兵统统配了此枪，红灯照那二十几人无一人逃出性命，总督府后来派出十几人连夜清洗，用了五六块洋人的肥皂，又洒半桶烧碱，方勉强将督院街青石板路上的血迹洗净。

光绪二十九年，林仁文退任四川总督后四方游玩，来孜城时暂住在慎余堂两日。余立心设家宴招待他，恰逢冬至，孜城人照例要吃补药汤，汤中有黄芪、当归、党参、沙参、明参、薏仁、小玉竹、莲子仁、山药、大枣、枸杞、百合、芡实、白果……先以猪蹄炖两个时辰，最后下搁炭炉上桌，烫片得极薄的三线羊肉片，蘸现剁小米辣。为示羊肉新鲜，慎余堂的大厨亲自在旁片肉，吃一盘子片一盘子，肉上有新血浮动。林仁文酒劲刚上，眉飞色舞对余立心讲完那一出"红灯照扑城"，夹了一筷子羊肉，又指指厨师手中的尖刀，轻蔑道："喏，就是几把这种刀，还没见过人血，这就想跟朝廷作对，这些乱民……不自量力，死不足惜……"

余立心不言，佯作低头喝汤。济之达之令之彼时都在桌上。济之和令之生性温软，听那故事血腥，都不敢再夹盘中带血红肉，虚岁十四的达之素来大胆，不屑道："有什么了不得，朝廷不过有枪，以后他们也会有……我们……我们也会有！"

他声音虽轻，但桌上每个人都听得分明，林仁文现在没有官位在身，并不想得罪孜城赫赫有名的余家，一时间进退尴尬。余立心撂下筷子，呵斥道："这里没有小孩子说话的地方！你们三个都吃完了下去！"

四年后余达之离家留学，余立心本想将他送去美利坚，让两年前已去了纽约的余济之照应，但余达之坚持要去东洋，余立心拗不过他，最后也就送他上船，去了东京和法法律学校。庚子赔款后，这所学校有清朝留学生法政速成科，刺杀摄政王的汪兆铭，正是从这里毕业。余达之起先也时常有家书，提及学校靠近明治天皇皇居，护城河水面似千羽鸟儿将飞欲飞之态，故名曰千鸟之渊，水岸植有樱树，暮春时分山樱夹道而开，坠花叶于水面。此外，和食多为生冷之物，无辣不辛，颇觉不适，唯有牛肉质嫩，置于铁板之上炙烤，蘸以甜酱油同食，是无上佳味。

　　清廷初废科举，余立心就把两个儿子先后送出洋，连女儿都在省城读书，在孜城自是惹人议论。余立心为人看来平和宽厚，却从来不惮议论，正妻早逝，他不续弦不纳妾，除了去云想阁听听楼心月的琵琶曲，也从不出入烟花之地，在孜城大户人家中可谓绝无仅有。家中除了做事的仆妇小厮，济之达之没有贴身家奴，令之不设贴身婢女，更何况济之达之令之均到了婚配年龄。余立心自十年前读到任公的《禁早婚议》，"言群者必托始于家族，言家族者必托始于婚姻，婚姻实群治之第一位也。中国婚姻之俗，宜改良者不一端，而最重要者厥为早婚。凡愈野蛮之人，其婚姻愈早；愈文明之人，其婚嫁愈迟。征诸统计家言，历历不可诬矣"，便暗下决心，不早早催促子女婚事。

　　话虽如此，但余济之的家书封封只谈耶稣，谆谆劝他信主，余达之的又只涉风月，说什么樱花和牛肉，他多有失望，回信中引了不少梁任公："……今夫日本，幕府专政，诸藩力征，受俄、德、美大创，国几不国，自明治维新，改弦更张，不三十年，而夺我琉球，割我台湾也……日本之实行宪法也，在明治二十三年；其颁布宪法也，在明治十三年；而其草创宪法也，在明治五年。当其草创之始，特派大臣五人，游历欧洲，考察各国宪法之同异，斟酌其得失；既归而后，开局以制作之……尔既已在彼邦，且入法政学堂，父望尔考其宪法，何者宜于中国，何者当增，何者当弃，他日对国对家均有裨益……"

　　谁知过了两年，余立心从先行回国的林恩溥那里方知，余达之读了一年，自行离开学校，不知所踪。余立心大怒，发了数封急函催其归国，但杳无音信，慎余堂的二公子，去国前带够了银两，若他有心想要失了踪迹，也就是失了踪迹了。这在孜城大户人家中并非不曾见过，狎妓的有之，捧戏子的有之，吃鸦片的有之，什么都没干就这么失了心智的，也是有之。余立心给亡妻上坟，不再替达之上三根香，烧一叠纸钱，他当自己没有这个儿子。

直到去年，余达之突然有电报发来，称自己退学因不喜法政，偏爱机械之学，这几年四处研习，以期归乡时在井上实现机器产卤蒸卤云云。信的最后自然是要钱，"研制机械……所费不菲，望父亲支持"，余立心既有疑惑，又难辨真假，余达之自幼爱在井上玩耍，对装有单向阀门的金属汲卤筒确有兴致。余立心想，井上生意总要有人承继，济之这么下去怕是要出家，全身心侍奉他的主耶稣。达之不喜改制立宪这些名堂，听起来也没有吸鸦片流连花柳之地，不过想替盐场提高工效，总不能说是坏事，他日可能还会少些是非。洋务派和维新派闹的那阵子，余立心虽站在维新派这边，却也跟胡松说："取乎其上。得乎其中……这法怕是没那么好变，我们做盐的人，得乎其下，变变器物也好。"这个儿子算是白白又捡了回来，他给达之汇去三千两，只是叮嘱他早点坐船回国。

又过了半年，余达之再有信来，说已到北京，年后即归，但到底还是晚了数月。达之回慎余堂的第二日，池中荷花初开，几只肥鸭池中凫水，下人们在池中凉亭摆了桌椅，自余济之去国，这是六年来余家第一顿团圆饭。桌上有一尾余达之幼时爱吃的豆瓣鲫鱼，余立心剖开鱼腹，将金黄鱼籽夹到他碗里，余达之右手新换了纱布，用左手持调羹舀起来吃了。

令之问："二哥，你的手到底怎么了？"

达之漫不经心答："没什么，做蒸汽机的时候不留心烫了。"

胡松在一旁招呼上菜，听到这句略微停了一下，昨日是他给达之换药，伤口化脓，混有铁屑，分明不是烫伤。但他是育婴堂的弃婴，自十岁就在余立心身边长大，性子比济之达之更像余家的儿子，从来谨慎，没有多话。

余立心看眼前子女。余令之刚下课回来，穿蓝竹布褂和同色短裙，发梳双辫，浑身上下只戴一对她母亲留下的翡翠叶子，圆圆眼睛、薄唇粗眉，算不得美人，却自有诗书之气。儿子们都改了民国装束，短衫长裤，头发剃得极短，两人都一式一样的眉眼，但去国数年，达之看起来倒比济之老了几岁，手臂和嘴角都有旧疤痕，神色阴郁，饭桌上不大有言语，不过问一句答一句，只低头添了好几次饭。

余立心问道："达之，你下面有什么打算没有？"

余达之恹恹答："暂时没什么打算。"

"你信上说的蒸汽汲卤机，到底成功没有？以前林家也搞过这个，说是不怎么好用。"

余达之好像又有了点精神，道："还差一点……对了，父亲，我需要一个地方继续实验，还有各种设备材料需要的银两……"

余立心想，倘是在别人家，以达之年纪早已成家分家，盐场的股份本就应当有他的，现在他既已回来，不好再用银钱箍着他，就点点头对胡松说："你找一间仓库收拾出来，整干净点，少爷需要什么都给他配齐了……"又转头对着达之，"要用钱就自己去账房支，不用每次都先跟我说。"

达之也叫住胡松："房子要离城远一点的，机器有点吵……对了，最好边上有水源。"

过了几日，胡松叫上几个下人，把凤凰山下的一个小盐仓拾掇出来。这间屋子距码头略远，往年只在闽盐极多的年份才用上，平日里只是存一些破损又不舍得丢弃的井上工具。仓库陋简，木头搭架，顶高二十尺，四围没有开窗，只顶上有一小小见方天窗，白日里倒是勉强能视，但天色稍晚即黑，胡松问达之的意思，他说："黑也无妨，就是多给我准备几盏煤油汽灯。"他反复叮嘱胡松，灯外玻璃罩子要用上好的，除此之外，余达之别无要求，就让胡松留下几个仓库里的锉子。凿井钻头孜城人称之为锉，生铁制成，经火淬打造，钻一口深井得用上数十种锉，盐仓中就有蒲扇锉、银锭锉、财神锉、马蹄锉，等等，钝掉后不过一些熟铁砣子，胡松心下奇怪，却照例没有多言。

自此达之每日清晨即起，骑马至凤凰山下，晚饭时分才回到慎余堂，午饭就吃带去的食盒。余立心开始有点担心，借口说天气苦热，怕食盒中饭菜馊掉，中午遣胡松去送过几次饭，胡松回来说："二少爷是买了不少机器，轰隆轰隆响，还吐白气……别的？别的也没什么，就是我看二少爷热得很，打个赤膊，那个仓库父亲也知道，是半点透不了风。"余立心又看了账目，达之用的钱数并不过分，孜城又颇有乱事，过了一个月，也就不再管他，只是嘱咐厨房里每日多熬些茅根水，放凉后加冰让他一早带去，以免中暑。

余达之确是几近中暑，那仓库热如火房，让他想到在京都那个夏天。他住在岚山脚下的一个半地窖里，房间只得四个榻榻米大小，半扇窗户能透进些许微光，但他总是紧紧拉上窗帘。每日出去一次，买上足够饭团和几片生鱼，再泡上大量玄米茶放凉，这就是整日吃食。给父亲的信中提到的炙烤牛肉，他其实也数月未能吃到，并不是花光了银钱，而是他好像失了味觉，除了现在房中密做的事业，他对一切都毫无兴趣，食物变得丝毫不再重要，只是让他活下来而已。

从不开窗，房内硫磺味经久不散，连生鱼也像在岚山上的硫磺泉中浸泡多时。开始没人教他，他胡乱去京都帝国大学和同志社大学听化学课，晚上细细研读道光年间清廷户部主事丁守存所著的《地雷图说》，又设法买来火硝、硫磺和木炭，按书中比例混成黑药，这么折腾了三个月，真的让他做出来二十几枚地雷，雷壳为生铁铸就，内装黑药，药线点火。九月的一个下午，他带着这些地雷，从渡月桥穿过保津川，桥下水光潋滟，岸边散开杂色野花，他却看不到眼前美景，径直又往山里入了一个多时辰。山中找到一处平坝，稍远处有个瀑布，水声颇大，能蔽杂音，他停下来拿出饭团，静待半夜。他把地雷构成带状，用药线连接，一同起爆，药线引得很长。他跑了老远，躲到瀑布旁的小山洞中，只隐约听到连环响声。

又过了一会儿，确信没事后达之才走回去，远远就看见一个方圆二十尺的巨坑，数十只飞鸟被炸得粉碎，在坑的四沿留下碎肉和血迹，还有一只小猿猴，炸得脏腑四散，倒是在坑底留下一个完整的头。那一日应是中秋附近，月上中天，投下柔光，达之极度兴奋却无人能语，也不知应有何语。他脱下衣服，跳入瀑布下的小潭中，又游至瀑下，夏日将尽，半夜里山中薄雾飘动，已有隐约凉意，山泉更是浸骨冰凉，瀑布高有三十尺，水流似槌，击打身体，他呻吟出声，浑身剧痛，又有快意。

在那个时刻，余达之尚且不知道自己做的这些事情有何用处，又应当对何人使用，混沌中他只觉兴奋，并不能辨析这兴奋背后流动的黑影。他想到几年前自己在家中听到红灯照的故事，又想到自己当年的壮语。余达之确信自己与父亲和大哥完全不同，他和孜城中的每一个人都不同，他们，他们不过是匍匐于这一日日生活脚下的蝼蚁，而自己，自己是敢于将黑药装进生铁筒再把引线在某个人的脚下点燃的勇者。至于这某个人到底是谁，余达之当时没有概念，他也不着急，慢慢总会有的，他会炸碎某人的身体，让他像那只小小猿猴，只剩头颅，不，如果他改进配方，再往雷管中混入钢珠，或者连头颅也不会剩下，巨响之后，只有碎片，混杂血、肉以及骨渣。

过了几日，余达之收拾好房中杂物，把剩下零散材料做成两枚地雷，没留引线，用一件长衫层层包住后放进行李里。他没回东京，住在横滨中华会馆附近，在持续数月的不眠不休后，达之终于松弛下来，每日睡到正午，才出外去"京珍楼"吃饭。这家虽号称北京菜，招牌却是麻婆豆腐，东洋人的中餐，无论何种都大量加入芡粉，上桌时似炒非炒，是汤非汤。他略微想念家中厨房。余立心并无奢好，只喜美食，家中颇有两个御厨后人，但这种想念和他胸中大志相较，几乎不值一提，为他自己也糊糊涂涂的理想，达之愿意每日吃这糊糊涂涂的麻婆豆腐，一路吃到死。

饭后就去关帝庙旁的茶馆，这边茶馆按国内习惯，可自带叶子，只出水钱，达之从孜城带来的茉莉花茶，铜币二钱可买一整壶滚水，足可消磨整个下午。达之并没有刻意认识人，只是和人闲聊时，无意说起自己是化学系学生，能配黑药，他心下笃定，这条街不过数百米，什么话都很快能从这头传到那头。果然没过二十日，渐渐有同盟会的人来认识他，又带上真正从美利坚回来的化学系毕业生，每日在茶馆中对他传授知识。达之这才知道，黑药之后早有栗色火药，虽仍以火硝、硫磺和木炭混成，但因木材焙烧温度降低，木炭呈棕色，硫磺占比也降低，如此能让栗药较之黑药更缓慢燃烧，可远程为火炮装药。但这个他刚刚听到的名字，也已不值一提，东洋数年前已用大藏省印刷局海军武器制造所工程师下濑雅允所研制的苦味酸，即下濑火药，一斤苦味酸抵得上百斤黑药，甲午海战和日俄战争均是日方大胜，所用榴弹就是内装此药。反观中方，先用黑药，后来又改成栗药，虽北洋水师的"定远"舰以巨炮炮弹接连击中日方的浅水炮舰"赤城"，但后者依然逃脱，由此可见火药之弱。川话中用"好火药"和"撇火药"形容水准高低，如此看来，时代迅疾往前，早已无好火药一说。

余达之生性孤僻，和大哥济之虽只差两岁，却性子迥异，向来没有太多言语，他对小妹令之格外疼爱，但毕竟男女有别，两人并不交心。孜城其他盐商子弟，他只从小和林恩溥有点交情，但来东洋几年，只最初那一月，林恩溥带他去浅草寺求签，吃了极甜的羊羹，配极苦的茶。那支签是凶签，签文后两句是"欲求千里外，要渡更无船"。林恩溥教他在旁边木架上把签纸打结，说，不用担心，浅草寺的签凶比吉多，如此这般，就能化解。他们后来再无往来，林恩溥先到东京两年，达之隐隐觉得他有变化，却一时说不清这种变化现于何处，孜城毕竟相隔数千里，带着盐味的过往情谊，被同样带着盐味的海风吹得失了踪迹。

达之在东洋没有一个朋友，他只觉自己之前一直在暗中独行，现在突然有人持灯同伴，还源源不断带来苦味酸和其他材料。同盟会让达之住回东京，在富士见丘附近租了一个小院，让他安心研制炸弹，虽然四下寂静，达之还是拉紧窗帘，整个白日几不出门。只有深夜，他会在院子里舒舒筋骨，有只虎斑黄猫大概住在附近，总从篱笆里钻进来寻找吃食。达之扔给它几点腥食，鱼头、鸡肝，或者带油牛肠。那只猫和他熟了，渐渐胆大，在院里定居下来，开始只是偶尔进里屋玩耍，后来索性和达之同睡在一张榻榻米上。一日达之在院中洗澡，屋内忽发轰然巨响，待到硝烟散尽后他进去，只见地上隐约粘有黄毛，达之茫然了片刻，也就埋头开始收拾，只是后来再有猫狗进院，他就把它们都赶出去了。

在东京又住了一年，达之没机会见到孙文和黄兴，倒有个叫林毓麟的定期来看他的进展成品，顺便给他带一点生活杂物，又和他说些闲话。林毓麟生在同治十一年，比达之要大十六七岁，回国待了几年，今年又回到东京，他长相清秀，只是坏了一只眼睛，常年戴墨镜，他轻描淡写说："几年前试炸药的时候失了手。"东京的冬天阴晴不定，有一日他来之后忽降大雪，出门试了几次，还是又走了回来，决定留住一宿，达之热了梅酒，在炭炉上烧了清水锅子，菜只有牛肉和莲花白，但二人都觉汤底清甜，他们吃到半夜，酒酣之际，互相颇有知己之感。

喝到最后，林毓麟忽然动情，讲起有个叫吴樾的友人，光绪三十一

24

年暗杀清廷出洋考察宪政之五大臣，用的就是他做的炸弹："我那炸弹没有电动开关，想着施行者怕是不免于难，我本来要自己去的，但吴樾坚持要替我去，他说：'生平既自认为中华革命男子，决不甘为拜服异种非驴非马之立宪国民，所以宁愿牺牲一己肉体，羁除这些考求宪政之五大臣。'"说完这句，林毓麟猛捶了一下桌子，汤中跳出几根乌冬，屋内死死寂静。

光绪三十一年达之半大不小，不曾读过报纸，过了一会儿才问："那他到底成功了没有？"

林毓麟摇摇头，从一只眼睛里流出泪来："实施前我们有人去了东北，想买电动开关，没有买到……炸弹扔出去的时候，火车已经发动，炸弹被震到他自己脚下，当场就爆了……五大臣里说是绍英伤了右股，端方、戴鸿慈受了轻伤，载泽……好像躲藏时擦破了头皮……后来清兵把正阳门车站整个封了两日，我们的人进不去……吴樾的遗体……什么都没找回来。"

房内有股气随炭炉下的火焰渐渐升起来，两个人都清晰感到血液和汤锅同时沸腾。达之又顿了片刻，才问："清廷那么多人，为什么一定要杀这五个？"

"如果朝廷真照东洋这样立了宪，国人愚昧，怕是就不觉一定要推翻皇帝……革命……自然也就革不起来了……不过我们无用，载泽他们后来还是来了，见了天皇，还有伊藤博文给他们讲宪法……伊藤博文能讲什么？讲来讲去，总之先讲绝不能废了皇帝。"

半醉半醒中，达之觉得自己懂了：倘若另一条路顺利走到终点，那这条路上的人，哪怕走到半途，也是白白耗尽了这些时间心力，所以他们唯有从路旁山坡上推下大石，堵住道路，哪怕砸死路人，也是在所不惜。达之为示孤傲，一直没有正式加入同盟会，但他知道，自己和眼前只剩一只眼的林毓麟无甚分别，他们都是在暗处推下石头的人。

那夜之后，达之没再见过林毓麟，听说他短暂回国后，又去了英国留学，在那边筹办革命党通讯社，汪兆铭刺杀摄政王时用的五十磅炸药"铁西瓜"，就来自苏格兰，是林毓麟从英国购置，再设法转运回国。同盟会的人在这个小院来来去去，源源不断带来材料，又带走他已完成的炸弹，人人都神色紧张，不作停留。断续有革命消息传来，先说黄兴卖掉母亲财产，筹款买枪，想在广州起义，他们第一批在日本购入了七十五支无烟枪，四十支大六响，以及四千发子弹，谁知尚未入境，有留学生心生胆怯，将整个木箱投入大海。后来又临时从美国和东印度筹款，想再从日本和法属印度支那买一批武器，但汇款和武器双双误期，既定起义时间一延再延，黄兴只得电告在香港等候接应的革命同党："省城疫发，儿女勿回家。"

　　再后来，达之也回国，先到北京，在东四三条的大杂院里分租了一个小南房。为求安全，回来的人在北京城中四散住着，另在南城大红门附近，置下一间闲置多年的小仓库，商量事情的时候，大家都往那边去。大杂院房舍破败，住的大都是在天桥附近讨生活的手艺人，举千斤担"以武会友"的，带着闺女弹三弦唱大鼓的，训练蛤蟆和蚂蚁学军队操练的，夫妻双双扮狗熊的……达之在家闷得久了，偶尔会到院子里，坐石榴树下喝茶，听练曲的姑娘唱一段《石头记》改的鼓词，似是叫《黛玉悲秋》，"清清冷冷的潇湘院，一阵阵的西风吹动了绿纱窗。孤孤单单的林姑娘，她在窗下暗心想，有谁知道姑娘家这时候的心肠"。以往在孜城，达之也跟着林恩溥偷偷上茶馆听过曲儿，听后给点赏钱，又喝两杯唱曲姑娘斟的热酒，哪里的少爷们都是如此。现在他看了看角落里堆满破碗破罐的凌乱院子，木门后放着秽水桶，院子内晾晒各家衣服，却又有煤筐子，但凡起风，煤渣直往新洗的衣服里钻。他难免不想到慎余堂，单那一片竹林，怕是就有两个这大杂院大小，水池子前前后后有四五个，中有小渠通水，一尺多长的红鲤鱼，能从前院游至后院，达之

突觉恍若隔世，却照以前模样，放下茶杯，击掌说："好！"他总给姑娘
一两银子的赏钱。

　　那姑娘叫灵凤，也就十六七岁，梳蛇样长辫，刚死了母亲，穿素
色衣服，鬓角别一朵白绒花，长得有几分令之的模样，只是毕竟在天桥
混得久了，有股风尘气，唱曲时眼睛有意无意往达之这方飘。达之在东
洋四五年，正当成年，却从没有近过女色，难得上街，遇见穿木屐的女
人，他也想细看，却只敢低头见东洋人称为"足袋"的雪白分趾袜子。
他偶觉冲动，但那几年和女人相比，他有更猛烈的欲望，每隔数日梦中
遗精一次，也模糊一片，不涉情景，他并无经验，也无从想象情景，第
二日起床，达之沉默着自己洗净凉稠内裤。

　　灵凤的父亲看他模样斯文，虽只是在大院子中分租房间，却出手
阔绰，想来是哪家少爷和家人闹脾气，极可能是逃婚，来北京暂住个几
个月，风流佳话大抵都是如此写成。他有心把灵凤推到达之这里来，隔
三岔五让灵凤上他房间，送一点下酒菜和自制糕点，灵凤唱曲时惯有风
情，私下却还是羞涩，有时候讪讪坐大半个时辰，两人来回说不上几句
话。达之也不知道，和一个唱大鼓的姑娘能说点什么。

　　有一日小暑，灵凤烙了十几张饼送过来，食盒里还有盐水花生和
一碟酱牛肉，又带了两个甜瓜，说是前几日回了一趟通县老家，这是亲
戚家自己种的。达之在北京待了数月，一直没有接到确切任务，心下烦
闷，那日就着牛肉多喝了两杯，灵凤再来取食盒的时候，达之见她除了
孝衣，明显打扮过了，穿天青色丝旗袍，下摆拂在雪白小腿上，耳朵上
一对翡翠坠子，抹了胭脂和香粉。达之看她一眼，又是一眼，恍惚中想
起令之似乎也有一对这样的翡翠耳坠。她不喜装饰，这坠子却常年戴
着，似是母亲遗物。

　　虽是小暑，那几日却一直暴雨，凉爽适意，待再有个惊雷下来，达
之已将灵凤诓上了床。两人都是初次，开始寻不对地方，但慢慢也都找

到了。大杂院虽是石墙，却也隔不了声，灵凤后来一直咬住旗袍下摆，那衣服反正已被达之撕开了口子。

自离家去国，达之从未如此放松，灵凤皮肤柔软，身子丰盈，他陷在里头大半夜不愿起来，反反复复，如此这般，如此那样。灵凤虽说羞赧，却又有媚态，到后面她会悄声说："要不要我下去？"半夜两人都饿了，裸着身体坐在床边，一人吃了一个甜瓜，待到天光初亮，他才让灵凤胡乱收拾后穿过院子回家，离别时二人大概也说了情话，许了承诺。但灵凤走后，达之睡了整日，醒过来他也都忘了。恍惚中似乎听到灵凤叩门，他只觉烦躁，没有应话。起身时天色已黑，达之去水房冲了个凉水澡，从后门出了大杂院，前门挨着灵凤家，他见屋内亮着灯，后门其实也上锁，锈死了拧不开，最后从一株白果树上搭脚，翻墙跳到胡同柏油路上。

雨倒是停了，刮一点儿晚风，路旁有人卖水梨，达之买了一个边走边吃，水梨脆甜，他心情舒朗，黏了一手梨汁。后来不知怎么走到南小街烟袋胡同，路口有一家卖面的，门口挂蓝布布帘，他掀开进屋，吃了一海碗羊杂面。北京吃羊肉的地方都有油辣子，他倒进去小半壶，辣出一身汗时，也忍不住想起灵凤的身体，想起她微微有汗时，皮肤更觉滑腻。达之略感遗憾，如果在孜城，灵凤怕是个合适的偏房，父亲余立心虽在丧妻后一直独身，但孜城盐商哪家老爷都娶了两三房女人，然而在当下这辰光，灵凤和这整件事，只是不合时宜。

过了两日，达之悄悄搬出大杂院，这时间灵凤和父亲正去了天桥唱曲儿。他没有几件行李，灵凤上次落了一件梅红肚兜在他房内，达之就用它包上二十两银子，勾开窗户后扔了进去。他搬到了烟袋胡同，就在那家面铺再往里走几步，这次租了独门独院，因各地有零星革命，风声渐紧，他虽从未有公开露面，但也得越发留心。到了八月二十日上下，达之从同志那里听到，林毓麟死了，说是因为见广州起义失败，郁积数月后旧病复发，头痛难忍，又独自身在异国，无以报国，他多年积蓄有一百三十英镑，遗书中托付同盟会同志将一百英镑赠予黄兴，以作革命之资，余下三十英镑则转寄给母亲，安排妥当之后，他自利物浦海边投水。距农历七月半还有十几日，达之在胡同口给林毓麟烧了两刀黄纸。天气干热，让纸钱烧尽的时间更显漫长，他们交情浅浅，达之也说不上伤心，只是不明白这人为何要死。死是一切的终结，达之以为林毓麟和他一样明白，他们这种人，人生就是要自己活着，敌人死去。

　　达之独自一人住在这独门小院里，灵凤虽没带来麻烦，却让他更加小心。白日里达之闷坐家中，他在胡同口的面铺里放了几两银子，一日两餐定时有人送过来，他什么都吃，羊杂面，炸酱面，西红柿打卤面，茄子打卤面，伙计知道他的习惯，总用一个粗陶小钵装半钵辣子一同带来。有时候面吃腻了，他带句话出去，掌柜做自己的饭菜时，就多备上他一份。只有天黑尽了，他才偶尔出门，也不叫车，一路往南，向大栅栏的燕家胡同走去，他第一次选定了一家"同义楼"，后来就一直在这一家。同义楼门口挂着漆木人名牌子，牌子上各色丝绸扎出花结，筱瑞红，刘月娥，王绣凤，张翠卿，他第一眼见到筱瑞红，因名字上有梅红绸子扎的大花，让他想起灵凤的肚兜，梅红底上面绣着白梅，后来他就一直找筱瑞红。筱瑞红妆厚粉浓，看不出本来模样，这家的姑娘都号称"南班"，胡同里南班比北班有格，价钱也贵个三成，筱瑞红说自己是无锡人，说话却有天津腔，也弹不了琴，达之就让她不要说话。结束之后，达之穿戴妥当，再慢慢走回家，夜中北海漆黑，月下有碎银似水光，没有终点，难辨尽头，像他在横滨时见过的真正的海，或许也像林毓麟投水时的海。

　　到了辛亥年末，革命已成大势，清廷有几名皇族子弟，私下成立"宗社党"，说是要护着宗庙社稷，绝不能让小皇帝退位。达之终于有了任务，上面派他和一个叫彭席儒的，一起去暗杀宗社党的良弼，就用达之自制的炸弹。彭席儒是成都金堂人，和达之同岁，团团圆脸，头发极往右分，眉清目秀，神色却老成。他见过孙文，在革命党内是叫得出名字的人，不像达之，隐身于自己制作的炸弹之后，他疑心彭席儒没有听清自己的名字。二人在达之的小院里同吃同住了十几日，互称"同志"，一遍遍商议过程，但他们并不熟悉，因孜城话和成都话有细微差别，彼此也只说官话，听说达之是孜城人后，彭席儒漫不经心提到："你怕是也知道了吧？孜城几月前就独立了，你家中怎么样？"

达之无法想象孜城独立，甚至时间在武昌举事之前。他习惯了将孜城和慎余堂的一切，都视为急于摆脱的过往，他想到父亲带他去盐场上见过的工人们，使牛匠、拭篾匠、勾水匠、土木石工、山匠、翻水匠、坐楻桶、坐码头、白水匠、马夫、灶头、桶子匠、打锅匠、车水匠、抬盐匠……驱役水牛的推卤工一个月领一串多铜钱，烧盐工赤裸身体，身上凝结盐卤和汗水蒸腾而成的盐花，小腿凸出，像牛腱子，烧完盐后草草冲洗，围上一块粗布，蹲在盐场空地里打长牌。达之不能相信，他们如今也属于革过命的人了。

他不想答话，装作耳朵不好。这也说得过去，反正研制炸药的人，三分聋了，三分瞎了，还有三分死了，达之却万般小心，只身上有一些烧灼伤痕，灵凤和筱瑞红都问过他，他忘记自己怎么回答，也许没有回答。这样沉默着不答话有过两三次，二人就更是生分，吃饭时一人拿一个大碗，坐在一条长几的两端，彭席儒像另一个林毓麟，对怎样精确使用炸药并不关心，达之疑心他暗中求死，好像唯有如此，方能证其伟岸高洁。达之不想死，他想活下去，做更多炸药，炸死更多人。

行动后来选在腊八，因清廷旧例，这一天皇帝要赏赐各家腊八粥，王公大臣们需上朝谢恩，宗社党的人这段时间虽四处活动，但那一日是必定在京的。初八晚上，二人换好冠服，坐车前往红罗厂的良弼府第。彭席儒在武昌起义前做过天津兵站副官长，代理标统，说话间有些气派，能唬住良弼身边传话的下人，达之则在一旁扮作随从，二人各持三枚炸弹，两边袖筒各藏一枚，还有一枚放在胸前。

门倒是叩开了，家人说良弼尚在军谘府议事，二人即前往军谘府，还未到府前，已见良弼整队归家，他们坐马车尾随在后，又回到红罗厂。席儒以早已准备好的崇恭名片求见，良弼尚未见人，只见了名片，即邀他至府中说话，待到各自下了车，正要拜见，良弼才惊觉这并非崇恭，旋即大呼卫队："有刺客！"自己转身逃走，想进到府内。

彭席儒和达之追了上去，席儒先扔去一个炸弹，但准头不对，扔到了前头，远远炸开了门前石狮。达之随后扔了第二个，这次在良弼身后石头阶上炸开，混乱喧闹中有一只腿，血肉模糊抛向半空，一只厚底皂靴始终紧紧套在脚上，如果仔细辨认，能看出那是一只左腿。达之在扔弹后迅速后撤，彭席儒却不知为何，原地不动，弹片从石阶上反射回来时，达之正好回头，他清晰看见弹片从脑门正中插进，烟雾绕身，彭席儒愣了一愣，然后慢慢倒了下去。达之过了片刻，才发现自己右手也中了弹片，血流得很快，待他回到烟袋胡同，整条袖子已经浸透，达之勉强脱下衣服，将两枚未炸的炸弹小心收好，又胡乱往伤口上撒了云南白药，这才晕了过去。

同盟会有人来看过他，找了懂医的同志给他夹弹片和上药包扎，分外客气，也分外生疏，只说让他回家好好修养，要是钱上面有困难，随时告诉他。达之心下明白，在"同志"们中间，他向来只是个有点手艺的外人，现在右手被伤，医生说，伤了筋骨，哪怕好了，怕是也不大灵活，一个做炸药的人手不灵活，也就失了用处。过了两日，听说良弼死了，彭席儒的遗书被抄来抄去，悄悄流传，他果然早写好了遗书。"……山河破碎，大陆将沉，祖逖闻鸡，刘锟击楫，楼船风利，正当努力中原。寄来像片二，异日神州光复，鳌整天衢，二兄触目兴怀，当思我辈痛饮黄龙，亦犹有同心合志之故人含笑于九京乎！"达之数年没好好读

31

书，遗书中的用典得想一会儿才能明白意思，他读后并无感觉，把那张纸扔进炭炉中。那是辛亥年的大年三十，他数日没有出门，连小皇帝退位那日也是如此，巷口面铺掌柜看他一人在京过年，大概心生怜悯，让伙计送了一整套涮肉家什过来，羊肉和萝卜都切得极薄，北方人吃涮锅配芝麻酱和韭菜花，但掌柜知他习惯，还是备了油辣子。达之就这样过了除夕，他以为年后就能回孜城，谁知伤口迟迟不好，反复溃烂，他一直住到夏天。

胡松给达之找的仓库虽离盐运码头稍远，却还是紧靠孜溪河，这一段水面极窄，中有漩涡，探不清深浅，向来没人敢行船。仓库内实在酷热难耐时，达之会在河中游几个来回，然后一直半浮于水中，水下有巴掌大鲫鱼啄他脚心，远远能看见盐场天车。革命后的孜城有一种让达之厌恶的平静，但他自有信心，知道这平静不过是眼前河水，水下藏着急急漩涡。

叁

　　过了旧历八月，虽说除正午那半把个时辰，孜溪河已是下不得水，但达之每日从仓库骑马回慎余堂，还是出一身黏汗。那日他正去水房冲凉更衣，路过余立心的书房，隐约听见胡松说："父亲，小姐今日又去了七碗楼。"

　　达之本拿着换洗衣物，听了这话便停下来，往前走了几步，藏身于窗棂下面。余立心仿佛正在喝茶，过了一会儿才听到盖碗搁下，他说："还是跟那洋人一起？"

　　胡松说："是，小姐说是去给洋人做翻译。"

　　余立心沉吟半晌，说："你别管这事了，改日我去和令之说。"

　　七碗楼是孜城内的茶馆。孜城虽不像省城，每街每巷必有茶馆，但城门内总也有个两三百家，百年来孜城人都是这般，盐井上挣生活，茶馆里过日子。茶馆里可喝茶，可听戏，可闲谈，不少人每日起身，先去茶馆洗脸漱口，晚间则在茶馆洗脚擦身，然后方回家入睡。因下有盐卤，孜城井水苦咸，城内河水污浊，仅能用于洗涮，平日里饮的河水，还是靠挑夫从城外运来，小户人家买水不便，又疼惜燃料，索性多花几文用茶馆的热水。慎余堂则像其他大户盐商，当年修运卤笕管时多修了一根，可引来凤凰山山泉，泉水较河水更贵，有茶馆门前贴有告示"本店专供甜泉"，每碗茶就要多收五文。

茶馆向来是男人的地方，妇人们仅能前去买水，或借灶头炖肉熬药，这些年风气渐开，女人们也开始上茶馆喝茶听戏。光绪三十二年，孜城最大的茶馆竹园第一次允许女客入内，但和男客进出口不同，且座位分开，男客坐楼下堂厢，女客在楼上包厢，前有布帘，布帘留隙，女客就靠那点缝隙看戏台，也有胆大的索性掀开布帘，只是这样会惹得楼下男客骚动。余立心这两年也带令之去过不少茶馆，竹园、悦来、松记……去看馆内戏台上演的《射白鹿》《紫金铃》《意中缘》。令之胆大，又受了新式教育，后来不愿隔着布帘，余立心也就随了她，一场戏下来，倒是她被人看了个仔细。

七碗楼地处城南，向来是盐场下等工人们去的茶馆。虽名中有个"楼"字，那地方不过是个竹棚，摆数十张木桌竹凳，倒有一大半是在露天坝上。白瓷茶碗补了又补，黄铜茶船积有数年污垢，掏耳修脚的手艺人在馆中穿梭，招揽生意。茶棚隔壁有三尺见方小间，那是自挖的茅厕，中置下沉大缸，粪臭茶香，七碗楼的熟客能面不改色，在茅厕旁的位置上吃红油抄手。有些烧盐工收工后出了盐场，上身赤裸，下身仅围布巾，得先去七碗楼喝一碗花茶，吃一份醪糟蛋，这才回家歇息。七碗楼这些年也有女人出入，三三两两单坐一桌，脸比墙白，大红小嘴，黑炭粗眉，人人心照不宣，那是孜城的暗娼，要价低廉，专揽盐工生意。

余令之第一次见启尔德，只觉这洋人高大，自己穿西式半跟鞋，也不过勉强到他肩下。玻璃眼的洋人她在省城中学见过不少，已不觉稀奇，学校的英文老师是爱尔兰人，红发绿眼，语速极快，发 R 音时和孜城人一样，习惯性卷起舌头，济之归国后，说试试她的英文，听了之后笑说："怎么听起来是含着热锅盔，要不就是嘴上套了一个 muzzle①。"

令之起先没听懂，后来启尔德才偷偷说："你大哥可能是笑你小狗。"他知道自己个子太高，和令之说话，有意微微往下压着身子。

令之却还是得抬头，一眼看去，启尔德金色头发，眼珠子蓝也是蓝，但较一般洋人要深，他自己说，似是祖上有一点波斯血统。令之虽然是新式女子，却也羞怯，好几日与启尔德说话，都不敢看他双眼。

启尔德和余济之在纽约大学相识，他本业是学医，跟一个来过中国的牧师学了中文，又莽莽撞撞跟着济之来了孜城，说要兴教育建医院传福音，"所以你们要去，使万民作我的门徒，奉父子圣灵的名，给他们施洗"。济之在第八大道上的一个小教堂受了洗，凉水浇头时，启尔德站在一旁观礼，随后拥抱他，说："恭喜！ Neither is there salvation in any other, for there is none other name under heaven given among men！②"

启尔德中文《圣经》读得不熟，尚不知 salvation 为拯救之意。那时正是圣诞前后，教堂内有唱诗班正在排演赞美诗，济之听那属灵歌声，室内虽冷，他却血液奔腾，但也夹有丝丝疑惑："这样就能得救？就是这样？是不是有点……过于相因了？""相因"是孜城土话，意为便宜，自少年成熟，济之已知自己心藏魔鬼，他不信万事如此这般相因。

济之没有问出声，自然也无人解答，他还是每日祷告，寄望能听到回音，他不信自己已经得救，却相信唯有这条路通往得救。父亲来信，说国内局势渐紧，一两年内必有大变，劝他应早日归国，投身于这革新之世云云，济之心下轻蔑，跟启尔德说："中国人……从来就是这么可怜，只知道寄望于什么器物和制度，却不认识主和自己的灵魂。"

启尔德就这么来了孜城，要把主的福音带给可怜的中国人。他照着

---

① 英文，口套。

② "除了这个人，没有别个救主，因为天下人间，上帝再没有赐个名儿，可以靠着得救的了。"（见《新约》使徒行传 4:12）

唐人街模样和两本利玛窦的书，以为自己要来如何穷苦蛮荒之地，行李中甚至有五十磅糖和一百磅面粉。后来到了慎余堂，看那大门高墙已是心惊，又见到城外密密天车，济之漫不经心说："大概有两成盐井是我们家的。"在纽约，济之只是一个寻找救赎的东方青年，吃穿用度看不出家底，回到孜城，他免不了露些少爷气，归国几天，就让胡松熔了两块金砖，打一个纯金十字架挂在房里。

余立心将启尔德安置在一个独门别院中，院子虽小，却依样有池塘假山红荷翠竹，每日饭前院内击钟提醒，也可吩咐下人，用食盒把饭菜送到房内。启尔德愿意一日三次，走颇长一段路到正厅吃饭，早晚人齐，午饭则时常只有令之在场，二人坐得老远，也不大言语。前面两日饭桌上多有辛辣之物，启尔德就只食白饭青菜，后来不知道谁叮嘱厨房，荤菜就多有白味汤锅。令之以往周身少有修饰，近来却做了好几身旗袍，母亲留下的首饰不多，她轮换着戴出来，有一个金镶玉缠丝镯子，吃饭时碰在花梨木上，闷声作响，更提醒人去看她的莹白手腕，启尔德也不知掩饰，深蓝眼珠始终不能却开。

有一日胡松终是忍不住，对余立心说："那个洋人对小姐……"

余立心多少也看出点端倪，他沉吟半晌，没有说话。周遭的一切都在剧烈变动之中，与这些比起来，女儿哪怕以后嫁给洋人，似乎没有那样可怖，也许比嫁给当下的林恩溥还稳妥一点。林家已让人看不清眉目，前两日陈俊山过来吃饭，忧心忡忡提起，他听到消息，林家和滇军这两月往来甚密，说是已送过去几万斤盐。陈俊山的人去年被川军一师收编，现属四川军政府，北京政府的京防军一营去年也进了孜城，两派乱战数月，百业俱废，一时间城内新出了歌谣，"停汇者银行，停运者盐商，停煎者灶户，停走者大帮……麦面因兵战而飞涨，新年因戒严而凄凉。戏园因兵多而不敢言，娼妓因军扰而假从良……"过了大暑，陈俊山才算勉强稳住了局面，以往做生意的女人们，又回了七碗楼。

启尔德去七碗楼是想行医。先治百病，后传福音，是耶稣对十二门徒的叮嘱。自上一个传教士马埃尔走后，孜城已没有西式医生，大家私下里流传，德国人有一种针药叫606，专治梅毒，连余济之都私下里问启尔德："你有没有带一点606过来？听说盐工里得这病的人不少。"

启尔德没有带606，但他有解热止痛的阿司匹林、治疗疟疾的奎宁、止咳的克里西佛、消毒的雷佛努尔……令之喉咙肿痛，济之带启尔德去她房里看诊，开了三日的阿司匹林，闲谈中说到过几日启尔德打算去茶馆义诊："他那半吊子中文，还听不懂方言，我这几天慌毛火气，家中也没有别人懂英文，小妹，不如你去替他做做翻译？"

启尔德惊喜交加，看着令之，她似是喉咙痛到说不出话，又憋到脸红，沉默许久，才微微点了点头。

他们坐临街方桌，一人叫一碗香片，一坐一天，中午有慎余堂的人送来饭菜，二人就在茶馆里匆匆吃完。一个碧眼洋人，一个余家小姐，说是他们来给人看病，茶馆里的人倒是在看他们，没几人敢前来就诊，坐了四五日，只替几名皮肤溃烂的工人处理了伤口。孜城潮湿，井上又接触盐卤，工人们手脚皮肤多有癣疥，启尔德带来的膏药触感清凉，两日下来，都说止了痛痒，启尔德想趁机传福音，工人们却嘻嘻哈哈，只自顾自打长牌吃水烟，又和女人们谈价，谈好了各自办事。

一日下午，来了个年轻牛牌子，浑身牛屎味，又穿牛屎色长褂，怯生生对余令之说："小姐，麻烦问问洋医生，我的牛要死了，他能不能治牛病？"

盐场上离不了牛，采卤提卤用水牛，驮运煤米豆料用黄牛，牛牌子不算盐场工人，只负责铡草、泡料、喂草、牵牛洗澡，孜城的牛牌子上千人，一人养牛二三十头。眼前这孩子看起来未满十五，个子矮小，两手乌黑，说话间忍不住上下打量启尔德，他站在跟前，看起来还没有坐着的启尔德高。

令之问："你的牛是我家井上的？有没有去找过唐七少？"

盐场都有订约的牛医，慎余堂是孜城有名的唐七少，牛医大都穿草鞋背褡裢，不过挣一点卖草药的辛苦钱，但唐七少因医术精湛，买了大宅娶了小妾，平日骑大马穿城而过，故有"七少"之名。

牛牌子哭哭啼啼答："早找了，七少说他也看不了。小姐，你替我求洋医生去看看吧，我的牛前几天就死了三头，今天有两头又起不了身了，就在那里吐沫子，拉稀屎。"

启尔德听了翻译，忙说："让我去看看，我以前在家给狗和马看过病……这可能是 rinderpest。"

令之不懂，追问了两句，才知道是说牛瘟。

茶馆里有人也插话："肯定是牛瘟，我们井上的牛也病了，浑身烫手，眼珠子和牛鸡儿都红通通的，眼流水还黏人得很。"

令之又翻给启尔德听，翻到"牛鸡儿"，她声音突然细不可闻，启尔德倒是脸色越发沉下来，说："Rinderpest 就是这些症状，我得马上去看看，这么下去，城里所有的牛都会死。"

他们本想雇一辆马车，但听说有瘟，车夫都不肯去，怕染到自家马身上。那牛牌子于是领二人出了城门，沿着孜溪河往凤凰山去，他脚程快，和二人的距离越拉越远，令之和启尔德相识数月，彼此有些情愫，却第一次有机会别除旁人，私下相处。二人虽言语不多，但都有些不知今夕何夕，待到天色渐暗，令之才猛然惊觉，他们早已到了荒野半山，前方也没有盐井天车。

令之见前面牛牌子还有一点背影，就大声呼叫："喂，牛牌子！你到底要带我们去哪里！"

听到叫声，那背影反而消失得更快。又过了片刻，四周传来马蹄声，几匹黑马将他们团团围住，令之隐约看见军服，启尔德还懵然不觉，忙问："这些人是谁？是不是你家派人来找我们了？怎么来这么多，怎么还有枪？"

令之脚下一软，坐在了荒草地上。那几人步步逼近，也没有说话，其中一人拿一个黑布口袋，还算客气地套在她头上，再用麻绳绑住她双手，令之也不挣扎，她心知挣扎无用。

死死绑好后，听到有人说话："这洋人怎么办？能不能带回去？"

"别，洋人会惹麻烦，放他回去，给余立心带个信。"

过了三日，余令之才回到慎余堂。她是被人规规矩矩送回来的，周身整齐，绑匪还给她备了新衣，小袖窄边的蓝布裪裙，黑鞋白袜，令之穿上倒像是几年前的学生模样。那时她尚在省城读书，去桂王桥南街涤雪斋照相，就穿这一身，六寸照片需两块大洋，她冲洗两张，一张夹在国文书里，一张邮给在东京的林恩溥。

正厅里人人都在，不知为何还有林恩溥，面色苍白，穿西式衣服，不声不响，坐在一旁喝茶，令之进门后也未起身，只抬头看了看她。启尔德却满脸倦容，见到令之按捺不住，几乎要上前握住她的手。

令之不想在林恩溥面前示弱，又不想在他面前和启尔德显出亲密，何况他们本也无甚亲密。她微微躲开启尔德，只不住对众人说："我没事，真的没事，他们给我吃得好得很……住？住得也好，旅馆里的上房……不知道哪家旅馆，开始我蒙着黑布袋子……"她本故作轻松，说到这里，却还是哽咽。

林恩溥站起来，拱一拱手，说："既然三小姐无事，我就先回去了。"

余立心还未把他送出大门，后面已有达之的声音："还好意思上门！是我就两枪打死他！狼心狗肺！想想令之以前怎么对他！"

济之也忍不住："这是被魔鬼控制了心智……上帝所赐的甲胄穿着，可以攻破魔鬼的诡计……愿我主赦了他的罪。"

达之冷笑："你又在背什么经，有什么屁用？这种人怕的不是你的上帝，是枪子儿和炸弹！"

令之不解，只觉羞赧，低声说："大哥二哥，你们都在说什么？！"

达之说："说什么？还不是林家联合滇军，这才绑了你！"

令之一惊："这不可能，绑我干什么？"

林恩溥不知是否听到这些，快步出了慎余堂。令之还在厅上说："不可能……这不可能……"被绑三日，她仗着一股气，始终没有露过慌张，此时却终于落了眼泪，软软坐下来，"……恩溥哥哥不会这样对我……就算我们现在这样，他也不可能会这么对我……"启尔德站在一旁，他的中文再不济，此时也大致明白了。

令之确是被滇军第五旅的刘法坤绑架。川军和京防军乱战时，也听说有小贩被当街刺死，大户人家的女人被军长奸淫。余立心和胡松平日出入盐井，腰上别着驳壳枪，连四川省盐政长官前来孜城，也带着贴身侍卫。但余林严李四家，毕竟在孜城根深叶大，两边军队对他们都还算客气，只盐税又往上涨了几分，余立心对此早有准备，虽说心痛，却也没有伤到根本。

那日令之被绑，启尔德回来，他的中文不得行，颠三倒四说不清，正举家着急时，林恩溥来了，还是他惯常模样，一张脸煞白，一身打扮丁是丁卯是卯，开口就说："三小姐在刘法坤手上，他说给你三天时间。"

余立心此前已听陈俊山说过，刘法坤的军队由昆明南上，一路劫财征兵，目标怕是孜城，林家又一直在给他们运盐运粮。余立心从小看着林恩溥长大，以为他迟早会是慎余堂的女婿，没想到却有这日。他叹了一口气，说："你说吧，他想要什么？"

林恩溥沉吟半晌，说："每僦盐三百元，另许一万人马进城。"

孜城盐商现今交给川军的盐税，已是每僦盐六百元，如若加上这三百元，再算上遥遥途中，不知会遇到多少本地小军阀，成本一涨再涨，川盐的远方市务必将被淮盐取代，这都是看得见的前程。如此乱世，大厦将倾，但余立心和整个孜城一样，并无其他选择。

他凝神看了一看林恩溥，说："三百元也可，但你回去告诉刘法坤，以后我运盐出去，他得一路派人跟着我的船。驻军的事，我做不了主，容我明天答复。"

最后是第三日才答复下来，因陈俊山举棋不定，既想要余立心允诺的盐场股份，又担心如此白放一万滇军进城，他日多有纷争。等他答复的这两日，林恩溥清晨即来，整日坐在慎余堂厅中，三餐和余家同进，济之达之都和他自小相熟，饭桌上却无人言语，只有启尔德，按捺不住问道："密斯特林，你不是和密斯余有过婚约？一个 gentleman，怎么能和外人一起，kidnap 自己的未婚妻^①？"

济之达之都停下筷子，想看他能怎样回答，但林恩溥只是伸手添了半碗汤，过了良久才淡淡说："我和令之，现在已经没有婚约了。"

达之摔了碗，想上前揍他，济之死死挡了下来，却也忍不住说："恩溥啊，前面日子长得很，申冤在主，主必报应。"

林恩溥不言不语，这两日他大概也没有睡好，嘴角生疮，眼窝瘀青，但犯了鸦片瘾的人也是如此。令之返家之后，林恩溥匆匆离了慎余堂，留下一屋子满怀心事的余家人，过了良久，胡松突然开口："滇军……是给林家少爷带了不少福寿膏吧？云南是不是产这个？你看他慌里慌张的，怕是瘾头上来了。"

令之刚止住眼泪，听了这话，又开始哽咽，余立心觉得不忍，却也只是说了句："……你快回房歇着吧……总比婚后才知道要好。"

济之达之就陪着她回房，看她躺下这才出来，启尔德一个外人，只能在院里等着，济之拍拍他肩头，说："Slow down^②。"一起前往凤凰山

---

① gentleman，英文，绅士。kidnap，英文，绑架。
② 英文，慢慢来。

时，有些许瞬间，启尔德觉得他和令之之间，只隔着窄窄孜溪，但见到林恩溥之后，河面突宽，又看不清对岸和前程。

滇军确是随军带了二十万斤烟土。过了几日，刘法坤的军队驻在孜城城门口的伍家坡，指挥部更是直接设在县丞衙门，烟土运了几日方全部运进城。胡松打听了一番后回来禀道，现在都装在林家的盐仓里，林家在八店街的两家茶馆停了业，林恩溥整日在馆内，督人进进出出，运来软榻靠枕，看起来是要改成大烟馆。

余立心分不出身理这摊杂事，那日令之和启尔德虽是被牛牌子诓去野地，但慎余堂发了牛瘟却是真的。也就二十日时间，盐井上的牛死了一半，牛尸无人敢吃，只能暂时层层垒在天车下，远远看去，像井上凭空多了十尺高的坟冢。唐七少和启尔德试了中药又试西药，都回天乏术，最后余立心才下了狠心，把所有露出瘟相的活牛和死牛一起运到凤凰山脚下，赶进一个挖了两日的大坑，一车车倒进石灰，引入河水，坑中沸了数个时辰，最后又倾土填坑，盖住那些未煮尽的残骸。牛瘟算是勉强止住了，但剩下的牛成不了气候，盐井的产量这两月降了一半有多，盐工们百无聊赖，整日混在茶馆中，叫骂赌钱，拉客的女人出入频繁，一来二去，总能谈上生意。

一日饭桌上，余立心对达之说："这些日子你也知道，井上没牛拉车汲卤了，这么下去，明年连盐税都交不上，你的蒸汽机车……到底什么时候能用？"

达之这半年自然并未研制什么蒸汽机车，但他略加迟疑，说："差不多了，等我再写信去北京，问个小问题。"

余立心明知并不只是"小问题"，但济之达之归国之后，他猛然发觉，自己和儿子们的距离，已比隔着重洋时更远，有些事情，也就只想彼此糊弄过去，彼此不要伤了感情。

达之本想当下邮路时断时续，一封信来去一个月也是常有，他还有时间慢慢合计。谁知第三日胡松就来了仓库，先参观了一下那些买来后几乎原封不动的机器，也不知看懂了什么，只是半晌不语，然后说："义父说他这几日要去省城谈点生意，让你给个准话，如果不行，他就找人去重庆买机器，听说林家上月已经买了。"

达之心下知道，倘若这次不成，他日自己在父亲面前恐怕再难说上话，而自己想做的事情，以后用钱的地方还多，他对胡松说："你让父亲放心，等他从省城回来，井上必定已经用上了机车。"

待余立心带胡松上省城，余达之就去找了林恩溥。他们约在云想阁，找了一个僻静包厢，那日楼心月说身上不爽，唱曲的是一个梳双鬓的杭州姑娘，穿碧色旗袍，左手抚琵琶，一团稚气，尚未长开，因眉目有几分像灵凤，达之就多看了她两眼，云想阁的老板娘凑近了说："那是青云，十六岁，还没有开苞。"

达之找林恩溥前，想到这两月一直在家休养的令之，心中略有挣扎，但这点挣扎和他的志业比起来，并不真正要紧。他们坐下来，听一首《阳春古曲》，又来一首《大浪淘沙》，各喝一盅桂花酒，又吃了一点零星小菜，二人似是都携着当下心事，回到了没有心事的从前。

林恩溥问："这桂花酒怎么样？去年桂花开得好，我就在这里存了两坛。"

达之说："还不错，就是略甜了一点，可能放多了冰糖。"

"可能是，孜城就这样，要不辣，要不甜……你在日本喝过京都的桂花酒没有，那味道就淡了……不过日本什么都淡，只有拉面汤味重，听说因是渔民爱吃。"

"没有，我在京都的时间短……那一段也比较忙。"

"你在日本也待了几年，觉得怎样？"

达之想了想，说："是不是日本不重要，出去就好……出去，就能知道自己要做什么。"

青云又起了一支新曲，林恩溥凝神听了片刻，这才说："就是这样，困在这城里，永远不知道自己想做什么，能做什么。"

两个人沉默下来，包厢没有窗户，又熏着檀香，白烟中仿佛升起知音之意，又过了一会儿，达之说："……我们井上的牛……"

林恩溥打断他："我知道，牛死了一大半，慎余堂需要蒸汽汲卤机……不是说你在自己研制？怎么，差什么零件？"

达之不知道怎么，竟对林恩溥说了真话："我那只是摆个幌子……我需要地方，还有钱，做我自己的事情。"

"什么事情？"

"炸药，真正的好炸药。"

林恩溥不动声色，夹了一点儿熏鸭丝，这才说："……我家井上有两台蒸汽机，可以先匀给你。"

"那你们怎么办？"

"重庆那边有个人，专做这门生意，我和他熟识，只要水路不断，下个月就能再运来一批。"

"还有一个月……你父亲发现了怎么办？"

林恩溥摇摇头，掩不住嘴角轻蔑，说："发现不了……刘法坤那边送了一些上好的烟土过来，他几日都没起身了……况且上个月他还新收了一个小妾。"

后来他们出了云想阁，暮色四合，小贩沿街叫卖鸡丝凉面，挑水夫要趁城门未关，送入相熟茶馆第二日所需用水，补伞和补扇子的夫妻准备收摊，男人背挑，女人提篮，两人一式一色的团团圆脸，正商量晚饭吃鱼鳅还是黄鳝。陈俊山和刘法坤各自派了兵巡街，川军着灰蓝军服，滇军的则是枣红，彼此相安无事，云想阁面前是一条窄窄巷子，两边眼看就要劈头碰上，川军的人迟疑片刻，先退出了巷子，待滇军过了之后才又进去。这座城市，不知有何异能，在吞吐纷繁事端后，又真的在这一刻回归秩序，重返宁静。

二人本要各自上车，达之却踟蹰不前，说："……刚才那弹琵琶的小姑娘……要不我们都晚点再回去？也就是找个乐子……"

林恩溥明白他的意思，笑笑说："你去吧，我还有点事。"又想了想，他突然说："……上次绑架，本来刘法坤和我商量，是想绑济之或者你……但你们几日都不露面，令之又每日去七碗楼……和那洋人一起……刘法坤就自己动了手……我也是后面才知道……不过你也不用跟令之说这些……也都过去了。"

达之没空跟令之说这些。第二日清晨，林恩溥就派人偷偷将机器送来盐仓，当日下午，达之招来胡松，将机器运往井上，也就几个时辰，蒸汽机轰隆汲起了第一筒卤水。在余立心回孜城前，达之每日泡在云想阁中，从北京回来这几月，他有心谨慎，一直未近女色，这件事一旦有了个开始，再生生掐断，就显得分外难熬，有时深夜燥热，自渎时又担心弄脏床单，只能最后关头起身，对准地面。青云开苞的价钱不低，但对达之来说，也就是从账房里支了一张银票。她初来川地，还不大会说官话，第一个晚上缩在床角，也不出声，达之倾身过去，想解她的衣服，她双手死攥衣襟，说："少爷，你等我一息息，等我一息息。"

后来是她自己褪了衣裳，到最里两件，她躲进被子，丝绸被面绣红鲤穿翠荷，取鱼水合欢之意，达之看她被下颤抖，微有曲线起伏，他笑吟吟先喝口热茶，再掀开进去。处子的身体有诸多相似，黑暗中达之辨不清青云和灵凤，她们都这样，先是羞涩，后有风情。到了第三个晚上，青云俯下身子，含住达之。娼女大都经此训练，达之初觉得她口技生涩，稍有痛感，但后来，他翻了一下身，揪住青云散开的长发，享受这蚀骨风情。

现在青云既未灭灯，也不关窗，房间临街，窗外店铺连绵，白日售古董、铜器、旧书、洋货、冠帽、香火、中药、绸缎、洋布，至夜市则换成售卖彩票，店前时常需排长队。乱世之中，每个人都唯有寄望于天运。达之恍惚记得，家中还存有光绪三十一年和宣统元年的彩票，均由张之洞发行，名为"湖北签捐彩票"和"奏办湖北签捐副票"，票纸青紫，正面为湖北签捐总局木刻印画，边框连成大清的蛟龙出海戏珠图，背印奖项详目，头彩为一万银元。

达之想，明日父亲回抵孜城，他将看到井上机器轰鸣，铁匠们正连夜赶工，制造与蒸汽机相配的铁质汲卤筒。自北宋庆历年间发明卓筒井以降，井上汲卤筒向来以楠竹制成，但楠竹易损常更，现正在赶制的汲卤筒则由六层铁皮重叠而成，层间以铅锡焊接，仅为加工方便，两端尚留有楠竹，如果铁皮锈蚀，就需先以酸除锈，烙铁焊接时，还可再加松香。

但余立心无须知晓这些细节，只要盐井如常运转，依他的性子，又有当下无数几成死结的千头万绪，他不会追问任何细节。达之将双手枕在脑后，听窗外小贩提篮叫卖卤牛肉，每两二十文，青云还在身下，肉身愉悦，灵魂出窍，他遥遥闻到牛肉香气，觉得有些饿了，又觉自己实在幸运，似是中了头彩。

肆

余济之和启尔德的医院就建在孜城礼拜堂旁边。那条街连绵七八处房子，本就都是慎余堂的物业。二人商量月余，把两个院子打掉围墙，仅以一排紫薇虚虚隔开，间中不留门，下铺碎石小路，从听诊楼一直到礼拜堂门口，以方便病人随时被神拣选。医院本想定名为"孜城福音医院"，匾额都做好了，正待上漆，被余立心偶然看到，他忙说："这不行，赶紧把'福音'二字去掉。"

济之这才知道，前清末年，因朝廷签下的赔款向来通过关税和盐税筹集，待到庚子年间，赔款增为巨数，加上川地三年苦旱，下民实在无力承担，就把这怒气发在了洋人身上。省城闹过几次教案，百姓焚烧福音堂，捣毁教堂的铅印印字馆，还有传教士家中被扔进粪桶，因无人敢去打扫，恶臭经久不散，孜城上一个传教士马埃尔，就因教案去了印度，"现在虽然过了风头，但你们何必惹这麻烦。"

最后还是余立心定下院名，取"仁""济"二字，济之对启尔德解释说："就是我们的 love 和 mercy。"

启尔德懵里懵懂应了，他官话和川语都渐渐流利，有时兴头上来，会拉着济之上茶馆"摆龙门阵"，却还不能知晓儒学妙义。学医之前启尔德读过两年建筑系，在他的修修补补之下，那栋小房子断续建了大半年，留有以往骨架，青砖黑瓦，雕梁画栋，似宅似庙，但墙柱和门窗上却刻西式浮雕，三博士朝圣、玛利亚马槽生子、摩西过红海、法利赛人祷告。屋内还有壁炉和抽水马桶，启尔德极喜孜城，唯一不适是清晨从城中走过，妇女们人人拿一个漆木溺桶，在路旁阳沟中公开洗涮。听诊楼开通天落地大窗，院中一株青梅枝丫四散，正好伸到窗前，起初开小朵小朵白花，待到繁花褪尽，枝头上结出小小青果时，仁济医院已陆续有人前来求诊。

那块匾额重新磨平，刷枣红新漆，挂在大门上方，院中另有一块太湖石，上刻医誓："我愿尽我力之所能，与判断力之所及，不论至于何处，遇男遇女，贵人及奴婢，我之唯一目的，在为病家谋幸福。"

济之对令之说，这是希波克拉底的誓语，"一个希腊人，也是个医生。"

令之换了初夏薄衫黄裙，头发打一根粗辫子，系明黄丝带，她伸手出去摘青梅，咬了一口："你们的祖师爷吗？我们学校说是西式，院子里的石像怎么还是孔子……呸呸，今年梅子好酸。"

启尔德刚看完一个伤风，正清洗听诊器，说："时间没有到……我这里有李子樱桃，你吃不吃？"李子是孜城特产，樱桃则是稀罕物。同治十年，美国传教士倪维思带了十个品种的樱桃苗，植于烟台东南山，这几斤是陈俊山遣人送来的，也不知他得于何处。慎余堂里有个仿御制的掐丝珐琅冰箱，木胎铅里，缠枝宝相花纹，边有鎏金，内置冰块。余立心对古玩无甚兴趣，但他喜好鲜果美食，这冰箱十年前花了大价钱从北京运来，如今因医院里需放针药，他就送了过来。

令之摇摇头，摘了一个青梅把玩："那美国樱桃甜是甜，吃多了也駒。"她还是在树人堂教书，却不过胡乱应付，下了课总过来医院闲玩。启尔德和济之各占一个诊室，启尔德看内科，济之处理外伤和皮肤，诊费全免，药费随意，医院里就总有时令水果和蔬菜鸡蛋，间或有人送来几条巴掌鲫鱼，胡松过来增添杂物时，大家撺掇着让他烤鱼。铁算和黑炭都是现成，几人在院子里生了火，鱼身滚刀，抹上粗盐，最后快熟时方撒两把海椒面。幼时胡松常带兄妹三人在孜溪河边玩耍，涨水季节，草鱼黑鱼鲫鱼黄辣丁密密挨挨，用网兜随意打捞就有数斤。当年也是如此，胡松在院中烤鱼，三人在边上眼巴巴候着，端盐递油，只是现在达之与他们日渐生疏，换成启尔德洗水果摆碗筷。鱼尚未烤好，他倒掉了五六次筷子，只要令之在场，启尔德总显热切又慌乱，而令之待他，亲也是亲，却终是有隔。

今日的鱼有八条，每条约重三两，这时节正是鲫鱼摆籽，条条都有胀胀圆肚，令之说："鱼蛋都给我都给我……松哥哥，给我把鱼蛋剔出来，多撒点辣椒面花椒面，我要拌着吃。"

胡松答道："我不得空，让大少爷帮你。"

虽说尚是初夏，在火边熏烤小半个时辰后，胡松也出了满脸油汗，济之去诊室里拿了一点棉纱，蘸上冰水，一边替胡松细细擦汗，一边道："就你麻烦娇贵，要剔自己剔去，别人不吃鱼蛋？我的就给我都留着。"

启尔德忙道："我不吃，我的两条都给密斯余。"他也就这几日才知道什么是鱼蛋，启尔德来孜城刚过一年，勉强接受了干烧大肠和熏牛骨髓，鱼蛋却还属万万不行。他拿了小勺，把满肚鱼蛋小心剔到碗里，递到令之面前，她正切了半个水梨，摆摆手算是谢了。

鱼都熟了，用人们又送上肚丝面和几样小菜，也没人喝酒，济之和启尔德先合手祷告，再和大家一起，在院中石桌上慢慢吃了午饭。那排紫薇已渐次开花，玫红花朵层层叠叠堆在树顶，风过时连面汤里都浮有花瓣，众人一时间无人说话。济之看那面条只一人一碗，胡松匆匆吃完后就停住筷子，知他胃口颇大，这一碗面两条鱼抵不得事，就又让厨房再蒸一笼羊肉饺子。

待到饺子上桌，济之先给胡松夹了几个，再分给众人，他开口问道："父亲怎么样？老见不着他人，好几天都没见他在家吃晚饭了……这些日子他在忙什么？"

胡松吃得急了，被饺子烫了舌头，过了半晌才答："义父最近每日都去陈军长家里商量事。"

济之皱皱眉，他小时就和陈俊山不亲，这次归国，更觉得大小军阀无一不双手沾血，魔鬼噬心。前两日陈俊山的人送樱桃过来，要不是令之在旁说馋，他本想把对方打发回去："商量什么事？父亲该交的盐税不是都交了？"

胡松叹口气，说："郑鹏舞可能要来孜城。"

令之吃完了，闲极无聊，正清理石桌上的紫薇花瓣，问道："郑鹏舞是谁？"

济之也只恍惚听过这名字："袁世凯的人？"

胡松点点头："北洋系的陆军少将……袁世凯今年四处打仗，分了几路在打滇军，郑鹏舞手上的两个旅，从安岳和乐至出发，前两日听陈俊山说，不到一周，已经打到了资中。"从资中到孜城，也就是两日行程。

济之大吃一惊："怎会如此？按理说北洋军战线拉得如此之长，占不了滇军多少便宜。"

胡松道："滇军兵力虽然强一些，但分为顾、赵、黄、叶四部，四军长各不相下，当中自然有一些矛盾……军内也是一团乱账，还听说有军官把士兵的饷银换成鸦片，带到四川来，都想卖个高价。"

"官兵自己也抽？"

"当然抽，说是烟瘾大得很……这种兵，能打什么仗？"

济之哼了一声，说："但我们这里，倒是不缺上好鸦片，他们带过来不见得能脱手。"

令之似乎没听见，将满手花瓣包进手绢，面色却黯下来。

林恩溥的鸦片馆在城中已开到第五家，他们都未去过，只听有人在茶馆里津津乐道，馆内连烟具都有数十种选择，烟枪有象牙、暇须、欢塔、鳅骨。枪座有苏白铜、白银、黄金、玉石头底，另嵌八宝。烟斗有梅生、屏香、张六、玉浆。烟盘有鱼骨盘、梓檀、乌木、紫砂铜。烟灯有太古、鸡罩、红毛。烟房则每间包房皆带庭院，院内植有梧桐，丝绒烟榻就设在梧桐树下，另有侍女着薄纱替客人烧烟。城中有小盐商同川军军旅长推牌九，先赢了一个小宅院，后来却输了又输，总想翻本，但时运不再，不知怎么输到万金之巨，他无力偿还，哀求对方让自己缓期偿还，军长一口应下，条件则是该盐商得将自己刚纳的小姨太送入林恩溥的烟馆，打扮妥当，躺同一张烟榻上，亲自替军长卷烟。那小姨太倒是有些脾气，受此羞辱后不肯再归家，索性留在烟馆中，专门服侍出得起价钱的客人，城中都说，她现在是半个林恩溥的人。

那日吃完烤鱼，胡松留在仁济医院歇了两个时辰。他先想就睡在诊楼厅间长椅上，但下午来了几个盐商家的女眷，都是脸颊瘙痒，今春迄今无雨，旧时传下来的蔷薇硝也不顶用，想来配点西式膏药。胡松刚刚睡下，又只得起身，济之就说："你不如去我房里睡，回家前我们再叫醒你。"

济之和启尔德在二楼各有一间卧房，中午可歇息片刻。胡松进房一看，不中不西的样式，黄花梨几案却配了法式高背椅，案上置水晶花瓶，装一大束院子里摘的红黄蔷薇，浓香扑鼻。四壁落白，只挂一个纯金十字架，床头放一本红皮《圣经》，书签露出一大半，是余立心夫妇带着胡松济之达之三人的相片。

甲午那年，余立心携家人去省城游玩，他那时刚收了十岁的胡松，济之也就七岁，令之尚未出生，几人去城中新开的照相楼拍了这张片子，看上去也就是一家人，后来余家再拍照，胡松已经懂事，他知道自己是外人，就坚决不入相了。

相片当时大概洗了几张，胡松自己并没有留存。这一张看得出已被细心收藏，但毕竟已是近二十年前，几人的模样磨损得厉害。胡松拿起照片，心中略觉有异，却也并未多想，脱了外衣，拉过被子就睡过去。他这几日要不在井上整日盯住灶房，要不随着余立心，在陈俊山家中整夜商量，刚才烤鱼吃饭，不过都在勉力支撑，这一睡昏昏沉沉，竟是梦到儿时场景。

胡松进余家时已是半大少年。他出生后患上白喉，亲生父母大概无力救治，就将他送进了育婴堂，襁褓之中仅留了一块木牌，歪歪斜斜写着"胡松"二字。堂中大半是女婴，男婴又多有残疾，他却因治疗及时，是少有的齐全孩子，稍大后按理应当送入习艺所，替育婴堂换一点小钱，但那地方向来是余家资助，余立心钱财上看得松，就这样待了下来，平日里做些杂务，劈柴洗碗。

癸巳年末，孜城有大旱饥馑，慎余堂广制麦饼，以极低价卖给饥民，厨房缺乏人手，就让育婴堂送了一些孩子过来，帮忙洗菜和面。有一日余立心前去厨房查看，正遇上胡松指挥其他孩子如何分工，以提高工效。余立心发现他虽不识字，但谈吐清晰，眉目有勃勃英气，当下就没让他回育婴堂。胡松在家中先是做普通下人，也是劈柴洗碗，闲时陪两个少爷玩耍，他心灵手巧，能自制蜈蚣风筝，又会在稻田里寻蟋蟀，白麻头、黄麻头、蟹胲青、琵琶翅，两个孩子很快被他迷住。过了两年，余夫人在生令之时难产而死，济之达之整日哭泣，他就把胡松正式收为义子，放到内院，再送他去私塾读书，想着给两个孩子真正做个伴。

52

自入了慎余堂起，胡松就和济之更亲，令之出生后，达之一直更喜爱这个妹妹。济之初丧母那两年，不肯独自入睡，一直是白日和胡松一起上私塾，夜间则同卧同起，他性子温顺怯懦，既认了胡松，就凡事都听他的，连睡前吃什么小食消夜，也要先问"松哥哥吃什么？"后来二人都长成少年，不知为何，他们反而日渐疏远，也大概因胡松识字之后，余立心有意将他栽培为家中管事。十几岁也不可能再同住一房，虽然余立心一直对胡松视如己出，但十五岁之后，胡松就坚持住进偏院，距济之的房间步行得半炷香工夫，除了三餐，他们平日里已不大能见面，而胡松又不肯上桌，吃饭都是用小碟分好菜，坐在一边矮几旁吃完。

一直到济之去国，几年间他们从未通过书信，济之的家书中，照例轻描淡写加上一句"家中诸人可均安好？"，然后再起一行"松哥哥可安好？"。这次回来，胡松总觉济之在他面前多有扭捏，偶尔私下相对时，济之寡言少语，但只要和众人一起，他待胡松，却又如幼时般亲密。

胡松正梦见他和济之，大概十岁出头的光景，一同偷偷在井上玩耍，后来不知怎么，绕进了煎盐灶房，二人躲在一口大锅背后，看工人赤着上身，也不盖锅盖，将卤水熬干为粉，手持硕大铁铲，铲起后再配卤水下锅煮至鼎沸，随后点入豆浆，析出渣滓。他们正看到工人最后一次将盐渣放入大锅，盖上锅盖后使其与沸卤混合，忽然听到人声喧嚣，像是前来抓人，济之起身想逃，却一脚踩空，向那沸腾大锅倒去，济之凄厉叫道："松哥哥！松哥哥！"也不知为何，当中杂有女声。

他在这叫声中猛然惊醒，一睁眼看见济之和令之果然站在床前，正焦急唤他："松哥哥！松哥哥！"

他连忙起身，问："怎么了？出了什么事？"

济之面色灰暗，一时间连话也说不出，一口气哽在胸前。倒是令之哭虽哭，断断续续地说："……陈俊山那边派了人来，说……说他们军长已经被……被郑鹏舞的人暗杀了！"

胡松一时间顾不得尚未穿好外衣，急急跳下床，说："怎么被杀的？在哪里？义父呢？回家没有？"

令之哭得更凶："都不知道……只说父亲……父亲他不见了！"

等胡松下楼，陈家送信的人已经走了，说郑鹏舞的军队已经封了大半个孜城。他们几人商量了一下，决定还是得回慎余堂。令之包起头发，又换上济之留在医院里的衣服，让启尔德领着大家走在前面。袁世凯上月刚和英、俄、德、日、法五国银行签订了两千五百万英镑善后借款合同，以盐税为抵押品，在北京设盐务稽核总所，各产盐省区设稽核分所。孜城的分所尚未成立，但省城前几日已派了人过来，希望余家捐套房子当作所址，在这时候，料想北洋的人看见洋人，多少会礼让几分。

暮春已过，过几日就是入夏，早晨还带露水凉意，午后却已有烈日炎炎之感，但走到街上一看，城中只觉萧然，灼灼白光下全是郑鹏舞的兵，也不说话，冷冷站在街头，一人均配一枪。隐约听到城外有枪声，并不太激烈，城中百姓能回家的都已躲进家中，商铺全部关门，街头小贩也慌了手脚，卖凉面的收摊时打翻担架，一地熟油海椒和蒜水，辛味冲鼻，让空气更显紧张。有羊肉汤馆刚进了几头黑山羊，可能正要进店时老板看见官兵，一时间吓得羊也不拴，就锁了大门，那几只羊就这样在正街上游荡，发出咩咩叫声。

四人尽量绕开警戒线，走暗巷窄路，间或有短短距离，不得不从正街穿过，官兵看见启尔德满头金发，也果然不敢上前。济之远远看到几个军官模样的，恍惚以前在陈俊山身边见到过，正想问胡松，他已压低声音说："有几个是陈俊山的人，前几日我和老爷去陈府，还看到其中两人在院子里守着。"

"那是怎么回事？川军的人都投了郑鹏舞？"

"大概是，陈俊山的人也是东拉西凑起来的，除了最早哥老会一直跟着他那一两百人，怕也没人对他忠心耿耿。"

"滇军呢？难道就这样算了？"

"你没听到也有点枪声？不过就是中午说的，滇军自己就四分五裂，成不了气候。我听陈俊山跟老爷说，这次袁世凯怕是下了决心要拿下孜城，给郑鹏舞的官兵配了德国七九步枪，还有两门大炮。"

"袁世凯也就勉强赢了癸丑之役，怎么挪得出手管我们孜城这么远的事情？"

眼看就要到家，胡松叹口气说："还不是因为我们孜城有盐，盐就是实打实的银子……你以为能为什么？"

家中自是也乱成一团。胡松先清了一下人数，发现除了达之尚未归家，倒是没有缺人，他叮嘱大家先不要出门，说家中存粮存水充裕，足够几十人口两月之用。下人们见胡松回来，也就稳了心，厨房里的人还是照例生火做饭，负责杂役的人还是又拿了笤帚去院中打扫，这两年各路军阀来来去去，他们惊虽惊，却也渐渐惯了，几个仆妇分头点上了正厅内外的油灯，慎余堂中本装了电灯，但从小皇帝退位那年开始，就供不上电了。

胡松去洗了把脸出来，已换了粗布衣衫，说无论如何，得去陈家打探一下消息。

济之不肯，执意要同去："我们还是带上启尔德，郑鹏舞的人就不敢对我们怎么样。"

胡松摇摇头："天快黑了，晚上那些兵看不清洋人，万一远远开了火怎么办？"

济之更急了："那你一个人遇到怎么办？"

胡松笑笑，从衣襟中摸出一把手枪："勃朗宁1906，美国人造的，今年年初老爷花大价钱买了两把，我们都随身带着。"

看起来也只能如此。饭菜没好，胡松吞了两个中午剩下的芽菜包子，又急急喝了一大罐冷茶，就这么出了门。天已经毛毛黑，济之令之和启尔德草草吃了晚饭，都不肯回房，在厅中默默等着，这个时分，还是昼暖夜凉，连启尔德坐久了都觉脚冰，进屋给令之取了一张薄毯，她摇摇头，还是来回从厅内走到大门，又再走回来。

过了戌时，听到有人进前院，大家都奔出去，借油灯才看见是达之，衣衫凌乱，污渍斑斑，一时间也看不清是不是血。

济之动了气，质问道："你去了哪里？！现在才回来，陈俊山遭了暗杀，父亲不见了你知不知道！"

达之听到消息，却似乎不怎么吃惊，他慢慢脱了污脏外衣，才说："……很多人都不见了。我刚刚一直在林家，郑鹏舞绑了林湘涛。"

令之着了急："绑他做什么？他也就每天吃吃鸦片，还能有什么用？林家另外的人出事没有？"

达之看透她心思，不显山露水地笑笑，说："刘法坤也被郑鹏舞毙了，以前和他走得近的人都说是通敌罪……"

他顿了顿，又说："……当然，不过是为了敲一笔钱。林恩溥没事，刚筹好了现钱，明天就去赎人。"

济之问："那你听到父亲的消息没有？"

达之摇摇头："林家也是上上下下乱得不得了，我陪恩溥四处去筹了钱，就回来了。"他没细说，自己是揣着自制手雷，一路跟着林恩溥，手雷现在还在裤子里兜着。

令之缓了一口气，又问："你身上怎么了？是不是受了伤？……你们……你们是不是都受了伤？"

达之不紧不慢喝了水，说："没有，我回来的时候想绕小路，结果天黑走错了，绕到城门那边……地上都是死人，我被绊倒了几次……身上这都是别人的血。"

那件外衣还扔在地上，血味已变得腐臭，令之让仆妇拿去烧了。众人都陪着达之吃饭，大家心事重重，他倒胃口极好，喝鸡汤，吃米饭，最后又让人给他下了一碗臊子面。

天色更沉，又渐渐下起小雨，空气中似有潮湿腥味，济之想到达之所说的满地尸体，再想到胡松一人得独自穿过整座城市，他只觉夜雨渐冻，说不上冷，只让人战栗。

等到丑时，大家都熬不住去睡了。济之回到房中，无论如何睡不着，他起身祷告："……一切荣耀归于我主，请您以保守护佑今晚安然度过，我必将永远跪在您的面前……"

后来长夜已过，天色泛白，济之又祷告说："……主啊，您是无所不能丰富万有的主，我们把这新的一天托在您大能的手中，求您再度保守，赐我们今日平安……"济之顿了顿，终于还是加上这句，"如您判定我的罪不得救赎，我只求一己担负这罪，直到永远。"

胡松在早饭时分回来，脸色青白，满面倦容，鞋底裤脚糊满黄泥，但毕竟是全手全脚回来了，大家松了一口气，连忙问他有什么消息。

他摇摇头，说："不知道老爷去了哪里，但当下应该还没在郑鹏舞手里。"

不算好消息，但也不是最坏。原来郑鹏舞早买通了陈俊山身边的军官，大概就是他们在街头看见的那几个，昨日吃饭时，陈俊山不知怎么来了兴致，说院中木槿初开，要摘几朵放进汤碗，取其清甜，他刚摘了花，有三人就同时开了枪，开枪的人也心慌手抖，大都打在脸上，陈俊山长得颇有英豪之气，最后死时却不辨面容。

济之和令之都落下泪来，他们毕竟自小和陈俊山相识，只有达之冷冷问："父亲当时也在？"

"是，老爷也在吃饭，但一时间太乱了，我问了个遍，陈家的下人们都没看到老爷后来去了哪里。"

令之还是不放心："你怎么知道没在郑鹏舞手上？会不会是还没通知到咱们？家里还有多少现银？"

胡松叹了口气："街上都贴着老爷的通缉令，也是说他通敌。"

众人皆惊，想不到郑鹏舞能用这手，林家和余家在孜城根深叶阔，以往清廷也好，军阀也罢，总不敢如此公开撕脸。

达之突然想到什么，问："严家呢？也被郑鹏舞绑了？"

胡松又摇摇头："严家和李家都没事，之前老爷就怀疑，严筱坡和郑鹏舞有接应。"

这倒是也没人惊诧。乱世之下，盐商们都得找个靠山，余家找到陈俊山的川军，林家找到刘法坤的滇军，严家和李家找到袁世凯的北洋军，风水轮流转，整个孜城像一个被皮鞭抽晕了的陀螺，并不知道下一次转到哪里。

济之担忧道："如果郑鹏舞真是想要勒索，父亲不见了，他们怕是也会上门，随便绑了我们仨中间的一个不就行了？"

胡松也说："我也怕这个，以前有陈俊山的兵日夜在外面巡逻，刚才回来看见门外已经没人了，我手上也就这么一把枪。"

说罢胡松看看达之，但达之并未言语，他这些日子自制的炸弹大都在林恩溥的仓库里，但家中还是存有十几枚手雷，胡松有一日招呼下人清扫，在达之屋外的一个假山洞中看见，他想了想，并未告知余立心。

他们当即锁了铁门，想着躲得一时是一时。奇怪的是，就这么困在家中，过了六七日，却没有人上门骚扰，只听到城里渐渐静下来，早晚时分，听得挑夫沿街卖水，孩童爬树抓鸟，又有猫狗之声，似乎万物归序，像之前几次军阀来去时一样。济之和启尔德整日祷告，达之则在一旁冷嘲热讽，令之心烦意乱，在院中石凳上一坐大半日，说是读书，一本《石头记》翻了数日，还没有翻到林妹妹入荣国府。

到了第十日，林恩溥在外叫门，他神色憔悴，却还是维持了林家少爷模样，一身西式打扮，三接头皮鞋，并没有下雨，却拿着长柄雨伞。一进正厅，他就说："余伯父去了北京。"

诸人皆是大惊，济之问："何时去的？你怎么知道？"

林恩溥说："严家的人私下里给我带的话，他们现在和郑鹏舞的关系，不方便直接上慎余堂。"

胡松想了片刻，说："应该是真的，这像是义父用出来的法子，严家和李家应该都告诉郑鹏舞了，义父在北京认识不少人……怪不得这几日没人上门，郑鹏舞也不过是袁世凯放在四川的一步棋，他看不透义父的底细，就不敢轻易动手……你们放心，等这一阵风头过了，我就去北京寻他。"

在慎余堂中众人皆松了一口气，令之赌气似给林恩溥倒上一杯青山绿水时，余立心还有两日就能抵达南京。船上日子苦长，他出来仓皇，身边甚至没有一本书，实在无聊时，他就对住虚空，默背严几道的《群己权界论》，"夫人而自繇，固不必须以为恶，即欲为善，亦须自繇。其字义训，本为最宽。自繇者凡所欲为，理无不可，此如有人独居世外，其自繇界域，岂有限制？为善为恶，一切皆自本身起义，谁复禁之？但自入群而后，我自繇者人亦自繇，使无限制约束，便入强权世界，而相冲突。故曰人得自繇，而必以他人之自繇为界，此则《大学》絜矩之道，君子所恃以平天下者矣"。

天光快近正午，江面却雾气不散，余立心站在甲板上，看江上白鸟蹁跹，只觉过去这十日恍若一梦，前方既有确定终点，又有未知境况。他拿出早晨吃剩的芝麻烧饼，掰碎了撒在栏杆上，也就片刻时间，有鸟前来抢食，互啄凶猛，桀桀有声。余立心想，从中国，到孜城，再到自己的慎余堂，若再经此撕抢，怕是将消失殆尽，难余滓渣。

伍

余立心赴京这一路坎坷。陈家大乱之时，他从旁门偷偷出来，这套宅子本就是余家的旧产，当年以低价卖给了陈俊山，院内何处开渠，哪里设门，他比陈俊山更了然于心，那木门上了铁锁，余立心拿出西服内袋里的勃朗宁，开了一枪，还好院内院外枪声四起，没人留意到这处杂声。

待上了大街，余立心即刻包马车上省城，这已几乎花光了身上的碎银。他虽有一点银票和半锭金子在身，但不知抵京后几时能接应上旧人，不敢多兑，就先由省城步行至嘉定，再搭客船至重庆，又换小轮船至宜昌，最后换大船至南京，等到了南京，这才能坐上赴京的火车。

光绪十四年，达之刚出生，余立心也曾携上妻儿，如此这般走过一遭。族中彼时尚未彻底分家，有叔辈替他料理盐场，他是正大光明的孜城慎余堂嫡少爷，带足银票行李，随行的下人就有四五个，行程自然远比这次舒适。因怕京城饮食不惯，厨子甚至专门带了一瓦罐自家制的豆瓣酱，另有腊肠腊鸭，风肉风鱼，拉拉杂杂，装满十个大藤箱。余立心酷爱读书，但为承继祖业，并未去应试考功名，他一直渴求入京，长长见识。早前因没有门路，十六七岁又刚刚成家，随后就生了济之，诸事闹心，但过了三年，余家在孜城的旧友方熙，已被称为"四川大儒"，广识达官显宦与海内名宿，就在京城为他做了引荐接应。

方熙字尧生，少年时就因工诗善书，薄有文名，到了这几年，川地已有谚曰"家有方翁书，斯人才不俗"。光绪十八年，方熙高中进士，殿试列二等，选为翰林院庶吉士，次年应保和殿大考，则名列一等，授翰林院国史馆编修，后转官监察御史，余立心第一次赴京时，方熙正是这个位置。

他受过余家的恩惠，后来倒是也对余家有恩。光绪二十几年，清廷不许川地盐场凿办新井，以往川淮两地产盐，均有个既定销岸，但一税之后，调为任意各岸销售。对井盐尤其要求严苛，须成张成傲方准销售，孜城打包井盐，惯来是每包二百四十斤，每张五十包，每傲则四百五十包。这些规矩，均是淮盐商人游说而颁，对孜城尤其不利。方熙受余立心委托，以御史身份上奏，并联合京官中的四川同乡，一同造势，曰如若成张成傲方可销售，一不便盐商，二不便民食云云。光绪帝彼时也诸事烦心，挥挥手，就将这规矩给废了。

方熙的父亲方香宋也是读书人，却始终未能考取功名，余朗云敬他人品高洁，又挂其生活困苦，在慎余堂中收拾了一个偏院安置他们一家人，一直让他在慎余堂私塾中教书，且给他出资，编撰孜城的县志和盐业志。余朗云闲时常与方香宋下棋喝酒，子女们则在院中玩耍，方熙比余立心大上几岁，虽性子多有不同，但毕竟是自幼的交情，他抵京那一日，方熙亲自来车站迎接，将他们一家人安置在东四胡同的自家宅子里。

在方家先住了十几日，因本就想在京置业，余立心索性在羊房胡同里买下一处小宅院，家具装饰，一应现成，连下人都一并接收过来，也不过五百两白银。初到京城，余立心百事不通，倒是妻子细心，向自家下人询问物价，厨子出去逛问两日，才敢回话说，白面才卖九个大钱一斤，杂合面四个大钱，孜城人爱吃的三线猪肉只卖五百钱，只是鲜鱼稍贵，一条两斤上下的鲤鱼，抵得过一斤羊肉。

余立心听了，只问"什么是杂合面"，妻子答："说了也没用，你也不会吃。"后来才知道，那是北地穷苦人家吃的东西，多是玉米面，用来包饺子，裹一点韭菜碎肉。余立心不爱这些北方吃食，家中还是照孜城规矩，早上吃面条抄手，另外两餐需上米饭，虽说带了厨子，毕竟用料不齐，水米有异，那两年余立心消瘦不少。

那院子也前后只十几间房，和慎余堂的规模自是不能比。但出了胡同，几步就到水边，正当盛夏，池中红荷翠叶，水汽清凉，胖胖鸳鸯凫水而过，岸边有人撒网捕鱼。余立心和方熙吃过晚饭，沿水东行，走一炷香的工夫，方熙指着右边红墙，说："里面就是恭王府，都说《石头记》里的大观园就是照着这院子写的。"

余立心一惊，问："当真？那尧生兄进去看过没有？"

方熙笑笑："自然有，只是甲申易枢后，恭亲王这几年不怎么宴客了，但你且看吧，迟早得重新用他，老佛爷和皇上手上也没有什么人了。"

甲申易枢指的是光绪十年，中法战争失利，恭亲王奕䜣被罢黜领班军机大臣与领班总理衙门大臣，他确是沉寂了几年，但甲午战败后，老佛爷果然还是又把这两个位置给了他。这次待余立心再回京城，恭王府的主人已是小恭王溥伟。光绪二十四年，奕䜣病逝，溥伟以嫡孙身份袭了王爵，小皇帝退位之后，按民国政府的优待清室条例，恭王府现已是溥伟的私产。小王爷颇有雄心，先想暗杀袁世凯，后又组了宗社党，良弼被炸死后，他去了德国人治下的青岛。余立心从报上看到，小皇帝退位时，小王爷大怒，立下毒誓："有我溥伟在，大清就不会亡！"

方熙则已离了京城，袁世凯任大总统后，为逃避袁的拉拢，方熙先避居沪上租界，革命党人购买讨袁军械，他还曾担保巨额贷款。他和康梁本就是旧友，后来也随之去了日本。民国二年底，方熙携眷回到孜城，住在数年前置下的一处产业中。熊克武在渝宣布讨袁时，曾有传闻这是方熙主谋，据说袁世凯下过令派人加害。但孜城和中国一样，这几年种种大事都只有开篇，未见进程，更不论结局，这件小事，不过也是渐渐没了踪影。

方熙这两年一直住在孜城，有半隐全退之态，平日里不过读书写诗，闭门讲学。滇军占了孜城之后，余立心曾去看他。一进门，满院植有冬寒菜，另有石桌石凳，篱笆上爬满牵牛花，厅内四白落地，长案上杂乱放笔墨纸砚，刚写好一幅字，墨气淋淋：

老屋无营四壁斜，

苍藤青土夹篱花。

此心誓死先人侧，

已是山僧未出家。

余立心叹道："尧生兄，你这真是铁了心要做陶潜？"

方熙给他泡了茶，笑说："这时局，怕是想做陶潜也不易，只是做得一日是一日罢了……"

余立心喝了几口茶，又陪他到院中施肥浇水，终于开口问道："……尧生兄，你从来识人知世，你看这往后几年，究竟会怎样？"

方熙也叹气，道："能怎么样？外围猛虎，内伺恶狼……从道光皇帝的庚子年开始，这国的运数你也看到了，现在……现在怕是还没有到底。"

余立心问："但当年，你也是站在革命这边的。"

"我不是站革命，我是站大势……康梁想拥圣主，以维新通共和，我当时就跟他们说过，这条路不是不对，而是不通。"

"如何不通？"

"民心无底，朝中无人，圣主无权。"

"那现今毕竟是革命党胜了，尧生兄，你怎么反而发悲音？"

方熙摇摇头："没有用……他们赢得了革命，守不住共和……这么下去，怕是还不如回归帝制。"

余立心听罢一惊："如何回归？小皇帝复位，还是另拥新帝？"

方熙道："谁能知道？也许都没有，也许都有。"

过了一会儿，余立心起身告辞，方熙送他至门口，说："你也读严几道吧？我听人说起，光绪三十一年，孙文曾去伦敦拜见他，严说：'中国民品之劣，民智之卑，即有改革，害之除于甲者，将见之于乙，泯于丙者，将发之于丁。为今之计，惟急从教育上着手，庶几逐渐更新乎。'孙文则说：'俟河之清，人寿几何？君为思想家，鄙人乃实行家也。'"

余立心大为震动，问："尧生兄是信严几道，还是信孙文？"

方熙又笑笑："我信谁，又有什么关系？要看这时局选了谁……立心兄，天地运势下一盘大棋，我们这些草民，只能观棋不语。"

余立心摇摇头，道："未见得，天地下大棋，我们下小棋，一盘盘小棋汇起来，必能影响大棋的成败胜负。"

方熙道："立心兄实在有家国抱负。"

余立心答道："这不是家国抱负，这是我自己的命……慎余堂几百年，连长毛都躲过了，难道还躲不过革命与共和？"

待胡松上京城，余立心已在羊房胡同的小宅院住了仨月。胡松这一路也颇费周折，詹天佑那时已出任民国政府交通部汉粤川铁路会办，这条铁路命运多舛，此时终是重启修建，胡松雇车从省城往重庆走时，看到有工人在灼灼毒日下铺设铁轨，但宜昌至省城这一段，建起来怕是还得三两年。他们这次赴京，依然得先坐船至南京，又遇上今年夏天格外苦热，江上水汽似沸，甲板滚烫，有洋人吃不惯船上饮食，就拿着一个小小平锅，在太阳底下煎鸡蛋和生牛肉，撒几颗毛毛盐。

胡松抵京时已经晒得黢黑，因为带了女眷，他沿途只能扮成家中少爷，穿的是济之临行前送他的美国西服，见到余立心，欣喜中显出惶恐，着急洗浴，想换成自己平常衣裳。

余立心久未见他，自然激动，还不待他进正屋，就问道："家中可都还好？"

胡松招呼人卸下行李，答道："都还好……大少爷还是做医生，小姐还是教书……二少爷……倒是没做什么，就是常和林家少爷在一起。"

余立心点点头："随他去吧，他俩倒是小时候就比和亲兄弟更亲……郑鹏舞没来找家里麻烦？"

"他手下的人说缺军饷，来找大少爷要过银子，大少爷和我商量，就给了他几千两……林家当时要赎他们老爷出来，听说花了十万两。"

"这点钱林家拿得出来，只是谁都怕没个头……严家和李家呢？"

胡松"哼"了一声："……谁知道，大概得了势吧。"

余立心叹口气："陈俊山在的时候，他们何尝不认为是余家得了势……严筱坡他们也是聪明人，知道这不是个长久办法……对了，陈俊山的后事怎么办的？"

胡松沉默半晌，才说："没怎么办……陈家的人都散了……剩下的几个人也不敢大操大办，还好孝义会里他还有几个袍哥兄弟，倒是也做了场法事，又在凤凰山上找了个过得去的地势下葬……大少爷替你做主，送了一点银子过去，但听说也没用上，最后被他那两个小妾私分了……那两个女人，有一个跟了郑鹏舞，有一个被林老爷收了。"

余立心也良久没有说话，他和陈俊山这两年虽渐生龃龉，但毕竟有少时情谊。那天他看到陈俊山中枪，当下想的只是逃生，后来又一路奔波，一直到在京城安顿下来，方觉心中钝痛。那日洒在陈家院中青石板上的鲜血，不知怎么一直在眼前晃成红雾，有几日实在夜不能寐，余立心出了宅子，沿水边一直往前走去，直到东方泛白，已有男人挑着担叫卖豆汁焦圈，妇人在一旁往小碟里夹辣萝卜丝，他不惯豆汁的腥臭味，却也坐在路边喝了半碗，才又折回来睡下。

两人正说着话，车上有女子下来，也不上前，怯生生站在门前。余立心见那是楼心月，穿暗色松身旗袍，并无妆容，舟车劳顿，她发鬓蓬松，又黄一张脸，看着胡松，也不言语。

胡松道："义父在京城活动，身边总得有个人打理杂事……楼姑娘也挂念你，你走了这几个月，楼姑娘来过家中好几次……我就自作主张，把她带过来了，要是义父不同意，我再派人把她送回去……"

余立心沉吟半刻，说："快进去收拾收拾吧，北京的太阳比我们孜城要毒。"

妻子难产过世之后，余立心一直没有再娶，家中也没有收偏房，楼心月和他已有几年的情谊，但她性子傲气，余立心不开口，她还是一直留在云想阁做她的头牌，只是除了余立心，不再让客人入自己房中。城中另有几个盐商老爷，虽对她有意，但其实也早知道，她已是慎余堂的人。这次到了京城，余立心对外都称，这是他新娶的夫人，众人见楼心月年纪极小，模样又有掩不住的妩媚风流，心下都知她来路不大光明。但这也不算什么稀罕事，京城中也多见胡同里的烟花女子，转身就做了官家姨太太，何况楼心月在孜城也算见过一些世面，待人接物大方得体，她新做了一批衣裳，又每日在家学简单的京片子和英文，家中有了像模像样的女主人，渐渐也多生烟火，宴起了宾客。

上回入京认识的那些御史翰林，虽大都四散，但民国政府毕竟也需用人，胡松带来的银票一兑换，余立心就又和不少人续上了旧情，家中往来客人一多，那小宅院就显得逼仄。胡松的意思是索性往德胜门那边挪一挪，买一套大的，但余立心这几月住惯了水边，不想再住深宅大院，胡松就费了些周折，把两旁的院子都盘了下来，再找人打通院墙，重新装饰，还照着西式房子的模样。房顶上辟了一处天台，找花匠来植了一圈杂色月季，灰墙外垂下紫藤，墙内搭有葡萄架子，架下放置沙发边几，这样客人在喝茶时候，能望见大片水面。待到这些都收拾妥当，已是秋日将尽，胡松张罗着买了几车无烟煤，想着待过了立冬，家中就得烧煤取暖。

一日余立心外出归来，大概遇事不顺，大衣未脱就上了天台。他现在也学了一点洋人规矩，回家要来一杯威士忌，夏日时加冰，现在天凉，胡松就给他兑一点温水。

余立心先沉默着下去一杯酒，又让胡松添了半杯，过了一会儿才说："原来这里能看见银锭桥。"

胡松沿水面望过去，是隐约有座灰白桥影，但他对京城地名全无概念，并不知道这座小桥有何特别之处，余立心又开口道："……就是汪兆铭和黄复生当年刺杀摄政王载沣的地方，那是摄政王每日上朝的必经之地，一大罐子炸弹，就埋在桥下……前两日我赴了个饭局，才听说他们当日失手，是鸦儿胡同里有人半夜出来解手，看见桥下有俩人影，回大杂院就嚷嚷着叫了警。"

胡松好奇问道："那这汪兆铭怎么没被处死？"

余立心答："据说摄政王自己也想杀，但肃亲王善耆他们几个人说，朝廷正说预备立宪，这时间杀几个革命党人，怕是适得其反……'标榜立宪，缓和人心，并羁縻党人起见，不如从轻发落为佳'，后来武昌举事，他就出来了。"

胡松又问："义父是觉得可惜？是为汪兆铭没成功刺杀摄政王可惜，还是为朝廷没杀了革命党可惜？"

“……都不可惜。摄政王死还是不死，汪兆铭生还是不生，于这时局大势，其实没什么影响。”

“这个汪兆铭现今在哪里？”

“去年去了法国，今年回来几个月，听说现在又回法国了。”

余立心早前就从报上读到，汪兆铭回国，是为了协助解决宋案。今年的国会大选国民党取得大胜，宋教仁三月二十日晚正待从上海坐火车至北京，以国民党党首身份会晤袁世凯，新国会将于四月八日开幕，如若一切顺遂，宋届时将任内阁总理。据说宋教仁北上前，曾和沪上记者徐血儿闲聊，记者劝他：“先生此行，责任甚重，顾宵小多欲不利于先生，恐前途有不测之险危，愿先生慎重防卫。”

宋教仁则不以为意，答之：“无妨。吾此行统一全局，调和南北，正正堂堂，何足畏惧。国家之事，虽有危害，仍当并力赴之。”

谁知话语刚落，宋教仁就在上海火车站中枪，两日后身故。出事时余立心还在孜城，那两月孜城难得平静，余立心去云想阁就去得勤些。有一日陈俊山也在，楼心月下厨做了几个下酒菜，正想抚琴，余立心道：“心月，你今天不用给我们找乐子，坐下来一起喝两杯，把别的人都叫下去吧，我和俊山方便说话。”

楼心月又惊又喜，余立心私下对她虽然也算温柔有情，但有外人在场时，还是仍以歌女待之。她叫去了下人，亲手给二人斟酒布菜，余立心喝了一小盅，问道：“宋渔父的事情，你们军中有听到什么消息没有？”

陈俊山摇摇头：“也都是报上说的，动手的那个武士英，不过是个兵痞，谁用点钱都买得动。”

“不是都说是洪述祖通过上海青帮安排的人手？”洪述祖是内务部秘书，袁世凯的嫡系。

“都这么说，但谁敢下这个断言？现在想杀宋渔父的，可不只是一个袁世凯……"

余立心示意楼心月再去温一壶酒，叹口气道："可惜了。"

"为谁可惜？国民党？你不是最厌革命党？"

"我厌的是革命之前的革命党，现在革命既已成事实……唉，当年清廷想立宪，被生生打断，现在民国政府想选国会组内阁，又被如此这般打断……再多路可走，这么一直断下去，也全成了死路。"

余立心尚记得，陈俊山对这些无甚兴趣，他喝得微醺，去叫了云想阁中相熟的姑娘陪伴，临走前对余立心说："立心兄，这条路那条路的，你想来做甚？我们这种人，且过一日是一日，好好跟对主子，求个平安罢了……"

秋风拂过什刹海，夕阳下水面有火红涟漪，像凛冬将至的密符，又像那日陈俊山在院中青石板上渗进的血迹。他一心只求自保平安，却终究是没有跟对主子，然而活于如此乱世，又有谁能说自己跟对了主子？

胡松忍不住劝他："老爷，天台上凉，还是下去吧。"

余立心点点头，他干了最后小半杯酒，回了卧房。楼心月正在房中替他更换床褥，余立心不惯与人同眠，他们一直有各自房间，他事多心杂，又到了如今年纪，二人性事也并不热烈频密，但这个下午，不知为何，他突然需要柔软莹白身体的慰藉。

余立心关了门窗，从背后搂住楼心月。她刚沐浴洗头，长发未干，又没有上头油，穿一套宽身月白裈子，这几日冷了，披着麻灰色羊毛坎肩，脸上干干净净，像几年前他们初相识的模样，那时她不过十八岁，刚到孜城，是余立心花了大价钱，给她开的苞。

余立心拨开头发，从雪白颈窝那里，亲了下去，楼心月先是心惊，随后就软在那些未换被褥上。雨过天青的被面，用墨色绣着岁寒三友，看起来有一股清冷情欲，余立心就是如此，云雨时不发一声，只有低低呻吟。事情结束之后，他会立刻起身洗浴，但今日余立心好像并不着急，也不许楼心月穿衣，他搂住她濡湿的身子，先沉沉睡了一个时辰。醒来时天色墨黑，他也不点灯，又索要了一次，这才起身招呼胡松，给他们安排晚饭。

那一年冬天极冷，他们在北京过的除夕，这宅子当初建时没装地龙，只能每屋以炭炉取暖，楼心月真有了女主人的打算，想省点用度，就把下人们都挪进几个屋子，只胡松单独一屋，她自己本来还是留着睡房，但余立心说，要挪就都挪了，她也就搬了过来。余立心这一阵心情向好，二人每日耳鬓厮磨，倒是一时间不知今夕何夕，白日在家读书写字，到了晚上，余立心隔三岔五带她出去应酬交际。楼心月很快会跳西洋舞，找本地裁缝做了一堆薄纱轻绸的西式衣裳，她本就精通音律，稍加学习，还能弹几支简单的钢琴舞曲，也就两三月时间，京城的交际圈都知道，四川来了个大盐商，出手阔绰，新娶的夫人长得娇美，且会跳舞弹琴。

按理说现今回孜城，应该已经无甚风险，但余立心想留在北京多看看局势，就打电报回家，让他们几人自己张罗过年，特意叮嘱济之，好好料理井上生意。谁知道到了腊八，济之突然出现在了大门口，就他一人，裹一身灰棉袄，灰色围巾包了大半张脸，手中只拎一个小小藤箱，余立心又惊又怒："你怎么来了？家中怎么办？！"

外面正下着大雪，济之的棉袄湿了一半，他冻得脸青白骇人，忙着把手放在炉子上取暖，过了半晌才说："生意让达之管着，他本来对盐场上的事情，就比我有兴致，现在又有林恩溥帮着他，出不了什么岔子。"

这倒是真的，要都按济之的性子，盐井怕全是要卖掉来建医院修教堂传福音，余立心叹口气，道："你到底来干什么？你不是和启尔德刚建了医院？"

济之大概一路上早想好了怎么答："医院有启尔德管着，孜城又新来了一个传教士，正宗的美国医学博士，可以动手术，比我行得多了……我就想来京城随便看看，见见世面，达之都在这边住过几个月呢，上次过来我才五六岁，什么都忘干净了……何况你在这边，怕是有时候要见洋人，你和松哥哥都不懂英文，我过来也好做个翻译。"

余立心只能说："……也罢了，胡松，你给大少爷收拾个房间出来，让他先泡泡热水，换身干衣服。"

胡松答道："那些空房都冷得没法进人，重新起炉子怕也得几个时辰才能暖起来……大少爷看起来困得很，就先去我房间里洗个澡，睡一觉吧。"

胡松在这家中亦主亦仆，他不愿意住正房，楼心月就给他安排了一间西厢房。京城里的房子如是坐南朝北，整年见不到阳光，冬日苦寒，生了炉子也会冷得入骨。他这间房每日清晨能晒一两个时辰，倒是也算敞亮，且小院里就他一人居住，天井里种了一株几人抱的银杏树，北京和孜城唯一的共同点，就是城中植满银杏，深秋时漫地金黄。孜城地处川南，冬天再冷也有限，银杏枝头多多少少还挂着几片叶子，而京城冬日里的银杏树，只能赤着树身，苦待来年。

胡松引济之往房间走，一路沉默，他有微妙而不知从何言说的焦急，只能胡乱开口打破僵局："大少爷，这棵银杏结的果子不错，楼姑娘收了不少，晚上让厨房给你做白果炖鸡。"因余立心并未正式娶楼心月进门，私下里他还是叫"楼姑娘"。

白果炖鸡是孜城名菜，少时每到深秋，胡松总带着济之在孜溪河旁捡地上滚落的果实。胡松细心，回家后剥出果实后，要先放置清水中煮沸，以去掉银杏果的内皮，才交给厨房。"白果外面那层皮有毒的，你记住没有？"胡松对济之说。

等稍大一些，济之和胡松已不再如此这般亲密，但每次吃白果炖鸡，他都忍不住要细细端看每一颗白果有没有去皮。后来学了医，才知道白果当真有毒，尤不能和阿莫西林同食，但纽约并没有白果炖鸡，他每日不过以三明治充饥，有时候馋得紧了，才会去唐人街吃一顿中餐，唐人街上多是粤人闽人，饭菜其实也不合他脾胃。

胡松见济之还是沉默，就又试探着叫他："大少爷……你要不先吃点东西填填肚子再泡澡，怕你……"

他话未说完，济之打断他，说："你要不叫我济之，要不就别再叫我。"说罢甩手进了房间，又闩上门，那天说是一路奔波，他没有出来吃晚饭，厨房里照北方规矩，熬了一锅腊八粥，给济之留了一碗，他就第二天当了早饭。济之起身已天光大亮，胡松陪余立心出门办事，等他回来时，下人们已经收拾好一间正房，济之住了进去。那房间和胡松的院子隔得远，济之初到京城，每日早出晚归，胡松又似有处理不完的杂事，两人许久没有打过照面。济之把家中的金质十字架带到了北京，现在每日照样早晚祷告，但他渐渐疑虑，主基督将永远不会赦免他的罪，因他自己也觉不可赦免。

就这样到了除夕。余家在京城的年夜饭只有三人上桌，胡松这几日找到一个四川厨子来家里帮手，满满盏盏做出九碟十八品。余立心却只略微动了动筷子，吃了几点核桃仁和蜇皮卷，倒是喝了两杯极烈的俄国酒。楼心月看他意绪甚恶，给他舀一勺子高升燕窝，说："这燕窝不错，边上配的火腿和蘑菇也好。"然后转头对胡松说，"不过这好像是省城的口味，和孜城菜不大一样。"

胡松站在边上伺候，答道："……是，比我们孜城菜甜腻一点，没法子，京城里四川厨子都不好找，不要说孜城了。"

余立心没搭他们的话，吃了一点燕窝，开口问济之："这二十日你在忙什么？"

济之不知他的意思，漫不经心答道："……也没忙什么，四处看了看……前几日都在看北京城里的基督堂。"

庚子拳乱时，北京的八所基督堂被焚毁殆尽，济之这几日总去的是东交民巷附近的亚斯立堂。十年前用庚子赔款重建而成，堂内有人唱诗读经，五彩玻璃映出窗外青天朗日，室内却还是阴冷，洋人也裹着狐狸皮大氅来做礼拜。济之每日天泛白时即出门，天黑尽了方归家，说是去了教堂，但在教堂里也就待一两个时辰，大部分时间他在北京城内惶然乱走，经过卖冰糖葫芦的就买串冰糖葫芦，看见羊汤铺子就坐下吃碗羊汤，也有时候一整天没有进食，饿到猛出虚汗，几乎找不到家。浑噩之中，济之并不知道自己为何要千里迢迢来到京城，前面这几个月，济之在孜城日日心烦，只觉无论如何要来北京，但现在真的来了，他又有了另一种更不可对人言说的心慌。

　　余立心又问："你就不知道十五日前北京出了什么事？"

　　济之茫然答道："什么事？"

　　余立心道："袁世凯把国会解散了，参议两院的议员们，说是都领了四百元回家。"

　　济之恍惚在哪张报纸上也见过这个消息，但他归国不到两年，对政事又毫无兴致，只能答："那是什么意思？"

　　余立心不知怎么，突然来了火，厉声说："你说要来京城见见世面长长见识，这就是你长的见识？！回国也这些时间了，什么事情都还是这稀里糊涂，解散国会这么大的事情，还得问我是什么意思？！我看你说不定还以为现今还是爱新觉罗家的天下！"

　　济之先低头不言语，夹了一点肺片，才低声道："谁是人间的君王有什么要紧？只要我们认得天上的父。"

　　余立心气得挥手拂了碗筷，站起来道："我还没死呢，你倒是把父亲认到了天上！前几年你说想做西式医生，我也就由着你去学医，谁知道现在医生怕是也不做了，出洋学了这么些年，一不想改变国家，二不想承继家业，只知道神神鬼鬼求什么天国，我现在给你说，你要不以后和我断了关系，要做什么就做什么去，去庙里当和尚也好，去教堂当你们洋和尚也行……要不就永远得是余家的儿子，不是你那什么耶稣基督的！"

济之从未见过父亲如此动怒，虽也有些害怕，却还是小声道："父亲，若是改变不了灵魂，改变什么都没有意义。"

余立心已是气得说不出话，作势要打他巴掌，被楼心月在旁死死拉住了，劝道："老爷，大过年的，生气不吉利！"

济之也站起来，还想说什么，胡松一时间忘了身份，上前来压住他肩膀，道："济之，你不要说了！老爷这几日心里烦闷，你别和他顶嘴……"

济之忽觉浑身滚烫，他轻轻抖了抖，满面通红，又慢慢坐了下去。看大家都僵在厅里，楼心月把余立心劝回房间，菜都凉透了，也没人想吃这些荤腥鱼肉。胡松亲自去下了一锅素面，照孜城习惯调了味道，先给余立心房中送去两碗，他知道济之从小爱吃豌豆尖，回国后又不喜辣椒，就特意配了一碗多青少红的，济之没有说话，默默把那碗面吃光，年夜饭就这么有惊无险地过去了。

正月十一，余立心第一次带济之出门应酬，去迎宾馆参加外交部茶会，这种茶会本是政界名流方能参加，但余立心找了相熟的人，花不少钱，捐了两个座位。二人都新做了西服，本来也给随行的胡松做了一套，但他为示区别，还是穿了长衫，马车上三人都一路沉默，除夕之后，父子虽然没有再起争执，但家中气氛始终未能缓和，闷了许久，胡松终于开口问："义父，外交部那条街，为何叫石大人胡同？"

余立心答："说是因为胡同里有石亨的赐第。"

胡松想了想，道："石亨……拥立朱祁镇复辟那个？"

"朱祁镇先赐他忠国公，也算权倾一时过……但后来……后来还不是惨死。"

胡松也想起来："……好像最后还是被朱祁镇杀了。"

余立心点点头："说他谋反。"

"他是不是真的谋反？"

"这历朝历代的事情，说你反就是反了，岳飞既也能谋反，还有谁不能反？秦桧说了，'飞子云与张宪书虽不明，其事体莫须有'，莫须有三字，也算道尽国史。"

济之自小对这些无甚兴趣，史书甚至没有胡松读得熟，他在旁冷冷说道："真无聊，国人没有耶和华和摩西指引，怨不得世世代代为奴，出不了埃及，永生永世就在这里打转吧。"

外交部就在当年的石亨府邸，现今改成西洋建筑的模样，他们下了车，正抬头看那灰砖大门和白石狮子，前头有人打招呼："余先生，今儿您也来了。"

说话的是个三十上下的青年人，高高个子，和他们一般西装皮鞋呢子大衣，戴兔绒呢帽，架一副金丝眼镜，微胖圆脸，看起来一股喜气。余立心笑道："林先生，您怎么特意从天津过来了？"

说着给济之介绍："这是《庸言》杂志的编辑林远生林先生……林先生，犬子济之，前两年从美利坚学医回来，这几个月让他来北京陪我到处转转。"

林远生和济之握了握手，道："小余先生一脸文气，一看就是留洋归来，学医最好，不医好国人身体，别的什么都是空谈……对了，梁先生让我今年就常驻北京了，政坛上的消息，离了京城毕竟觉得不道地……"

梁先生指的是梁任公，《庸言》是民国元年他在天津创办的杂志，济之在父亲的书桌床头都见过，某一次随便翻起，见上面说，取《庸言》之名，是因"言其无奇""言其不易"和"言其适应"……"在浚牖民智，熏陶民德，发扬民力，务使养成共和法治国家之资格"。济之只觉可笑，把那本书扔到一旁，还是翻找父亲收藏的明清珍本小说解闷，先翻到《弁而钗》，后又找到了《宜春香质》。

四人一同进了外交部二楼礼堂，走廊长过百米，两旁有镜面装饰，脚下是菱格纹细木地板，人已经来得不少，礼堂内有隐约钢琴声，林远生说："今日听说来茶会的有接近千人。"

"外交部这地方倒是敞亮，别说茶会，这礼堂几百人跳舞怕是也跳得开。"

"这是迎宾馆呀，当年德国皇太子说要来华访问，清廷特命外务部把房子改成西式建筑，专门请美国人詹美生来设计，全北京最地道气派的西洋房子……谁知道后面皇太子没来，袁世凯倒是把内阁搬到这边，就在这里商议的南北议和与小皇帝退位……小皇帝退位后三天，袁世凯被南京参议院选为临时大总统，就是在这里剪了辫子，海军部军制司司长蔡廷干动的剪刀……有记者在现场，回来在报上写，袁总统一直在哈哈大笑，异乎寻常地高兴……但是你也知道吧？美国驻华公使芮恩施当时也在一旁看着，他说的是，蔡将军用力一剪，说是把袁世凯变成了一个现代人，但他的内心，并没有从此发生很大变化……"

"林先生怎么看？袁世凯这个人……"

"不好说……我们梁先生对他的态度，也是反反复复啊……"余立心知道，这说的是变法失败后，梁任公曾希望清廷能诛杀袁世凯，开放戊戌党禁。但武昌举事之后，袁世凯成为内阁总理大臣，他却又称应"和袁慰革，逼满服汉"，余立心跟随梁任公之说虽然已有近二十年，这件事却还是让他感到疑惑。

"那梁先生对袁世凯关闭国会怎么看？"

林远生摇摇头："……不知道，他可能寄望于还能重开，梁先生这个人，有时候也不知道他是不是天真……话说回来，去年赣宁之役，孙文他们，也是把袁逼到了绝境，他不解散国会，怎么出这口气……

乱世中的事情都这样，没有哪边绝对占理，最后就是错上加错，一笔烂账……"

三人进礼堂找到自己的位置，他们都属闲杂人等，在最靠后的圆桌上。胡松则在走廊上候着，济之本就对这些应酬毫无兴致，见胡松只能和别家的仆从们等在门外，心中更觉不满。那长廊正是个风口，这两日雪后初晴，风如刀刃，胡松外面只穿一件半旧棉袍，出门前不知怎么又忘了围脖，远远看去，平日里永远体面的胡松，也只能缩颈缩喉，尽可能藏身于廊柱之后躲避寒风，看起来和别的小厮，并无区别。

林远生只坐下喝了一口茶，就起身道："余先生，您和令公子先坐着喝茶，我得多去和人寒暄寒暄……真是抱歉，工作所需……余公子，这是我的名片，有时间我们一起听听戏喝喝茶，北京城里我肯定比你们都熟……"

待他走远了，余立心说："你也起来走动走动，多认识几个人。"

济之并不答话，慢悠悠剥面前的松子，过了一会儿才说："父亲，你买这两个座位，到底花了多少银子？"

余立心答："一个座位一百元……怎么？"

"也没怎么……那天你不是说，国会议员的遣散费也就四百元，你这喝个茶就花了两百……我们余家是不是真这么有钱？"

"你以为我来北京是为了什么，还不是为了慎余堂的命能长一点……这些花出去的钱以后都有用处。"

济之冷笑一下，道："……对父亲可能有用处，对我没有……我不要这种攀荣附贵的用处。"

余立心一时怒气上涌，但在人前毕竟不好发作，只能压低声音斥道："过了元宵，你就给我回孜城去！"

济之摇摇头："父亲可以把我赶出家门，但我不会回去。"

"那你来北京到底是想要干什么？！千里迢迢特意赶来气死你亲生

父亲？"

　　本来喧嚣的礼堂内突然静下来，又爆出零星掌声，原来是外交总长陆徵祥出来讲话。讲台设得矮，他们这位置又偏又远，远远望去，只模糊看见陆徵祥戴小圆眼镜，有两撇山羊胡子，外面似乎又有狂风刮过，连礼堂的通天落地玻璃窗都发出巨响，盖住陆徵祥本就不怎么洪亮的声音。济之想到等候在外的胡松，风带冰刺，那走廊三面空空，哪怕他藏身于廊柱之后，也不过徒劳无功吧……济之坐在礼堂之内，四周明明有西式壁炉，门窗紧闭，炉火滚热，人声鼎沸，他却还是觉得冷，仿佛旁无遮蔽，自己又浑身赤裸。济之紧紧攥住一把松子，茫茫然看着前方各怀考量和算计的人群，像回答父亲的提问，又像给自己增加更多疑惑，他喃喃道："真的，我到底为什么要来北京……"

　　余立心却已顾不上他，外交部茶会不过一两个时辰，他花了整整两百元，总得多结识两个名流，探听三句局势。林远生寒暄了一周后回到桌前，给余立心四处指点，谁是外交部次长，谁是美国公使，谁又是袁世凯的贴身幕僚……几桌之前，有个六十开外的老人，茶会上的人大都西式打扮，他还是一身藏蓝马褂，戴着瓜壳帽，也没有剪辫子，戴玳瑁腿无边小圆眼镜，唇边留须，神情肃穆，林远生说："……那边那位，您知道是谁吗？……严几道严先生，他译的《群己权界论》和《法意》，您必然读过吧……袁世凯也对他格外看重啊，刚当上临时大总统，就把严先生任命为北大校长，可惜受教育总长范源濂的排挤，上任五个月就辞了职。当年北大校内为了严先生的去留，可是差点动武，足见他在青年心中的分量……他这一年没少给我们《庸言》写稿，和我算有点交情，余先生，要不要我代为引荐一下？"

　　余立心突然想到去年方熙给他转的那几句严几道，"中国民品之劣，民智之卑，即有改革，害之除于甲者，将见之于乙，泯于丙者，将发之于丁……"他连忙答道："当然当然，天下谁人不知严先生博古识今，且打通东西，我早久仰盛名，只是苦于无缘结识……林先生，有劳您了……"

就是如此。在余济之灌了一瓶子滚水，偷偷溜出礼堂，给胡松送去之时，余立心堆满钦佩与笑容，藏起自身的犹疑和忐忑，走向了看上去也有些几分茫然的严几道。

这是甲寅年的开端，虎年，那日从外交部回来，余立心卜了一卦，地水师卦，大凶，卦辞上说，"此爻内卦变为巽，为进退疑虑之象，故曰'或'。六三以阴居阳，以柔居刚，不当位，居内卦之极，对外卦之敌，短兵相接之象；如小人之才窃二君子之权，刚愎妄进，以至丧师败绩，舆尸铩羽而归，谓之'师或舆尸'。"余立心随手拂去三枚铜钱，他其实根本不信《周易》，不过想求个心安，谁知带来了更多的不安。

但这一年北京果然古怪，到清明都还极冷，几日雨水之后，就迎来了漫长苦热的夏日，湖水渐退，草木枯黄，城中众人都说，这是兵戈之象。

陆

奥匈帝国王储斐迪南大公夫妇被刺杀那日，余立心正在打点行李，打算第二日回孜城。正是盛夏，院中睡莲竞开，石榴熟透，楼心月让下人摘了十几只已绽缝的大石榴，亲手一只只剥出来，放在内置冰块的食盒里，让他在火车上也能吃个新鲜。京城的蔬果远不及孜城丰盛，但有几样东西余立心极喜，一是仲夏石榴，二是金秋红果，三是凛冬柿子。他这次回川准备待七八十日，再回京时，应当正是漫山红果时节，北京人喜欢外裹冰糖衣，串成葫芦，但余立心偏爱它的酸涩味，用来当点心，配孜城带来的茉莉花茶。

石榴籽薄似玛瑙，楼心月又留着指甲，难免戳破，汁水四溢，时不时要停下来擦手，她剥了大半盒子，还是觉得不安，又说："要不还是我跟你回去，一路上也有个人照顾……要是……要是你觉得我回大宅不方便，我随便住哪个宅子就是了。"

余立心正在把几本《庸言》和严几道给他题款的《原富》《天演论》放进箱子，漫不经心答道："……你瞎想什么，和这没关系，我也就是去去就回来……北京这边这么多下人，你都走了谁来管？胡松又得料理生意，又得看他那些瓶子罐子碟子的，顾不上这些琐事。"

为了方便在京城活动，这大半年余立心买下不少商铺，他自己忙于应酬，都是胡松在全盘打理。有个古玩铺子，当时买下来只是听说这两年紫禁城内乱成一团，太监宫女大臣们，凡是有能耐的，无不每日设法把库藏的宝物带出来换钱，正是民间收古玩的好时候。他们这一年在京城各方打点，花销甚巨，就想挣点方便钱，补补亏空。没想到胡松对鉴赏颇有天赋，也就几月时间，已经入了迷，上个月得了一个定窑白釉刻云龙纹长颈瓶，本来转手就可以赚一倍价钱，但他舍不得出手，又不好跟余立心明说，每日在家摩挲叹气。胡松少年老成，这么多年都凡事克制，从不流露心绪，余立心觉得有趣，就故意不说让他留着这瓶子。

楼心月又道："你不是说这一年孜城难得安宁，我们可以在北京再待一段日子……那你何必一定得赶着回去？大热天的，路上当心中暑，你看前几天济之就病了，说是顶着毒太阳去游香山……现在都还躺在房里。"

"我不是和你说过了，盐务稽核分所八月要移到孜城，我得回去见见新上任的晏安澜……稽核所的房子还是我拨出来的，就在沙湾那边，那院子小时候我也住过，院里好大一棵槐树，后来我父亲听了风水先生的话，说屋里有老槐树不好，因为槐树里有个鬼，我们才搬到现在这宅子里，其实命里当真有鬼，哪里这么便宜能躲过去……不过听淮水那边的盐商说，这次来的晏安澜倒是个好官……"

三月，北京政府派年过花甲的晏安澜入川，任四川盐运使，哪怕是对袁世凯多有置喙的人，也对这个安排难提异议。晏安澜是光绪三年的进士，二十年来专于盐务。宣统元年，他曾前往苏、浙、皖、豫、湘、鄂、赣七省盐场，考察数月，以知晓盐政弊端、民情苦楚，并于宣统二年起草了《整顿盐政办法廿四条》，统筹盐捐杂课，淮水两岸十四州县的盐价顿降一半。慎余堂现今都是达之在主事，他每月邮来一封家书，看起来和晏安澜也算相安无事，自达之和林恩溥联手之后，两边的盐场灶房的炉火都是整夜不熄。据达之说，孜溪河现在有一大半的歪尾船运的是余林两家的货，夏季向来是盐运的旺时，余立心惦记歪尾船那长长船橹，搬盐工人们裸着的赤铜色上身，以及孜溪河边密密生长的银杏树，浓浓盐味混杂草木清香，在水中将比在岸上传得更远……余立心想，的确也应该回去看看了。

说起达之，余立心私下里跟胡松叹道："以前总觉得济之虽然性子软，但走的总是正途，盐场这些生意，迟早是要交给他的……倒是达之从小古古怪怪，待他留洋，就想着当没这个儿子，最多花点银子养着他罢了……没想到现在反过来了……济之他……唉……"自从年初和父亲大吵之后，济之这半年虽是还住在家中，但和他们都少有言语，他果真在安定门内交道口的安定医院找了份工作，白日里是正正经经的出诊医生，晚上则和林远生厮混在一起。谁都没料到，林远生虽是整日谈论国事的《庸言》杂志编辑，私下里却爱上戏园子捧戏子，余立心开始也想管管，但让他烦心的事情太多，并挪不出手管教一个胡闹的儿子。

胡松似乎也有点恍惚，只说："……大少爷只是一时糊涂，很快会收心的，上次我去医院给他送东西，看他对病人很是耐心，就像以前一样……"

第二日清晨，楼心月和胡松去火车站送余立心，济之则说中暑没有恢复，还在家中昏睡。他们到正阳门东车站时间尚早，余立心买的头等票，就在头等候车室里坐着休息了半个时辰。候车室全西式装饰，铺厚厚羊毛地毯，明明三伏天，却不知怎么也不觉烦热。枣色天鹅绒沙发，服务生给每人送上一杯咖啡加奶，另有叫不出名字的西式点心，吧台上放着公用电话，纯铜话筒，镶着锃亮金边，胡松说："这车站倒是修得气派。"

余立心喝不惯咖啡，伸手叫了滚水泡茶，道："英国人建的，当年清廷派五大臣出洋考察，就是在这里被吴樾的炸弹给炸了……不过死的是吴樾自己，考察的事情只是推迟了，再从这里出发的时候，就戒了严……不过也没用，当年出洋考察，是为了预备立宪，但革命党不信这些，觉得有皇帝的地方，就不可能立宪……"他突然停了口，想到从吴樾行刺到现在，也不到十年时间，却已有前世今生之感。

楼心月打断他，道："快上车了说这些干什么，怪不吉利的。"

余立心叹口气："这十几年这么过来，话再吉利有什么用……"

后来二人就看着余立心上了车，隔着车窗，楼心月反复叮嘱天气炎热，那些石榴籽今日就得吃光，又说食盒下还藏有一点西药，要是路上肠胃忽觉不适，就一日分三次吃六粒。她今日穿白丝旗袍，黑色西式半跟鞋，头发松松绾成低髻，只上了一点点粉和胭脂，皮光水滑，用真丝手绢轻轻压住额头细汗，不管怎么细看，都是一个秀丽端庄的大家夫人。来京也就不到一年，看起来脱胎换骨的，又何止济之一人。

火车快出站台，余立心才探出半个头，大声对胡松说："那个北宋的瓶子，你真喜欢就自己留着！拿来插插花也好，一百大洋的东西，空放着可惜，就是小心别让家里猫给摔了！"胡松和楼心月都笑起来，这半年因济之的关系，家中少有欢声，他们两个外人，又都身份尴尬，夹在这对性子倔强的父子之间，着实难做。

那天他们一前一后坐两辆人力车回家，刚上车时还是晴日朗朗，得垂下布帘避暑，车还没有到北海，就听到轰鸣雷声，帘外隐约有白光闪过，待到他们到家门口，已经是暴雨如泻，白雾茫茫，看不清院中景致。从门口到正厅有点路程，两人都湿透了，没想到出门时还在昏睡的济之，已经穿戴齐整，站在正厅门口，似在看雨。楼心月的丝袍浸了水，清清楚楚看见里头小衣和丝袜的轮廓，她极是尴尬，话都没说一句，匆匆回房换衣。

胡松正想也回去，济之却递过来一张大棉巾，他只得擦擦头发，又胡乱抖了抖湿衣。刚才雷电齐下，院中没来得及摘的石榴，噼里啪啦掉了一地，新开的芍药被风吹过，孤零零只剩黄色花蕊。济之在边上看他收拾衣服，突然道："过几日，你要不要去看戏？"

　　胡松愣了愣："……什么戏？我从来不看戏。"

　　"你去了就知道了，到时候我来叫你。"

　　"和《庸言》杂志的林先生一起？"

　　"不是，就你和我。"

　　"哪天？我得看店里有没有事。"

　　"不会有事，看戏都是晚上。"济之说完，就撑伞出了门，大概是特意等他们回家。

　　胡松只觉身上又凉又热，鼻塞喉紧，估摸是发了烧。雨越下越猛，水声遮住万物声响，让这空荡荡的宅子，有一种虚空静意。八仙桌上摆着他这段时间爱不释手的定窑瓶子，不知谁新摘了一朵艳粉色芍药插瓶，应是雨刚下时就摘了，花瓣齐整，却带着未干雨水，半开未开，边上还有两个绽缝花苞，胡松随手拨弄那几片青翠叶子，又呆坐半晌，这才回房休息。

　　过了十几日，余立心有电报过来，说已经平安归家，楼心月这才放下心来。除了几个仆妇，北京这院子里就她一名女眷，济之和胡松又和她年龄相仿，为避嫌疑，她几乎不出来走动，一日三餐也都在房中用，家中账目以前有些归她看的，她也全交给了胡松。偌大一个宅院，只有济之算真正主人，但自那日之后，他又很少归家。胡松白日里总去琉璃厂，那里往来的人多而杂，影影绰绰听到人说，有个西南来的富家公子，白日正正经经作医生，夜里却泡在戏园子里，是个不折不扣的纨绔。

　　胡松听了也不说话，只心里冷笑：绝无可能……济之……他毕竟是济之。

余家盘下的古玩铺子唤作雅墨斋，前头的老板听说有个弟弟在宫中做太监，店中有不少说不清来历的好货，尤以宋瓷为佳。胡松接手时，他们刚收了一个北宋定窑划花大缸，高达八寸，缸内纹有鱼藻，缸外雕双层莲瓣，缸口镶铜，敲之如磬。又有一个鼓钉三足笔洗，是钧窑特有的天青色浊釉，但烧的时候大概出了什么岔子，底部烧出一点玫瑰紫，日光下能泛五彩，和别的钧窑笔洗相比，倒更显独一无二。单是这两样，按理就值一套大宅院，但最后他们盘下整个店面，也就花了一套宅院的银两。

胡松也问过余立心，好好的生意，又正是挣钱的时候，老板为什么说不做就不做了？余立心说，去年琉璃厂突然出了不少清廷古物，瓷器、玉器、漆器、红木家具、金丝地毯，都是真正的皇家库货，雅墨斋这两件宋瓷，据说是当年乾隆皇帝的爱物，"隔壁的延清堂，你看到现在就搁架子上的东西没有？青花斗彩盘子、玉壶春瓶、永乐甜白釉薄胎碗、康熙豇豆红釉莱菔尊……一时间收这么多宝物，哪怕是延清堂也没那么容易吧，你以为哪里来的？"

胡松这才想起前几月报上有消息，道之前任热河都统的熊希龄，为筹集资金修缮衙门，把热河行宫里的皇室宝器，偷偷运出来在文物圈中售卖。更有记者言之凿凿写道，熊希龄应袁世凯三番五次邀请来京担任国务总理时，同时从热河"带回货物八十箱，卖价三十万两"，"为热河都统时将前清行宫内之古瓷器、书画取去二百余件，现被世续查明，已请律师向京师地方厅起诉"。舆论自是哗然。

余立心叹气道："熊希龄就被这件事逼得辞了职，辞职之前，还要受袁世凯要挟，签署解散国会和国民党的公文，既失权位，又失民心，无端端成了罪人……事情闹成这样，这雅墨斋的老板，大概也就是想套点现银，免得日后麻烦。"

胡松又问："那延清堂倒还是每日开张。"

"延清堂是以前清廷的内务府总管出的资，这又另说。"

"老爷，袁世凯这样坏，你怎么还……"

余立心沉默良久，才答："……也是革命党和时势把他逼到这一步，换个制度也许会好一点……再说我们也没什么可选的，宋渔父莫名被杀，黄克强无心权术，梁任公的进步党又没什么声势……至于孙文……谁知道宋渔父到底死在谁手里……还是严先生说得好，'制无美恶，期于适时；变无迟速，要在当可'啊。"

济之到雅墨斋来的那日正是七夕。胡松上午去西四牌楼办事，正遇上护国寺逢七庙会，他顺手买了两张牛郎织女年画和一盒子乞巧果。济之进门时，他正一边看别人寄卖的哥窑八方碗，一边从盒子里拣出一个猴子形状的乞巧果当午饭，过了一会儿，才发现正在细细端详那张年画的济之。他今日穿白夏布长衫，内联升黑布鞋，中午刚下了一场雨，他拿一把黑色长柄洋伞，看起来是个规规矩矩的大家公子模样，只是脸色发黑，整个人上下都显疲态。

胡松抖抖手上面渣，叫了声："大少爷。"

济之似乎皱了皱眉头，却也没驳他的叫法，说："晚上去看戏怎样？"

胡松看看店中的西式座钟："……这才两点。"

"今天凉快，可以到处走走……你店里有事？"

胡松摩挲着八方碗的碗沿，说："……倒是也没什么事。"

出了门也不知道应该去哪里，后来就索性叫了车去护国寺。北京城连下十日大雨，这才慢慢凉下来，到了才发现因中午那场暴雨，庙会散了不少，门口只零零星星还有些浮摊，寺墙周围数亩葡萄园子临近成熟，挂满紫玉似的果子。他们从东角门进去，经过一个卖野药的中年男人，穿着黑布长衫，却不伦不类戴西洋礼帽，牵着一头小小黑驴，脖挂铜铃，背上驮着药匣子，下压白布，上书"天元堂黑驴眼药"，下头还画了黑驴。两人自上车就没说话，济之一直拨弄手中洋伞，胡松斟酌许久，开口道："大少爷，你是医生，这天元堂的眼药到底有用没有？义父前一阵也说眼睛酸痛，要是信得过，不如我买一匣子，托人给他带回去。"

济之一开始好像没听见他的话，过了许久才说："不知道，我又不懂中药中医。"

又是良久沉默，二人一路北行，经过卖酸梅汤的永和斋、卖饽饽的吉顺斋、卖绢扇的雪林斋、卖蝈蝈葫芦的平艺堂、卖花木的永春花、说相声的王麻子、吞剑的鸭蛋刘、弹三弦的弦子李……永春花的摊位前摆几十盆茉莉，结满密密匝匝花骨朵，百尺开外已经闻到清香，济之和摊主商量了一会儿，用十文钱剪了一小把花。卖花的是个姑娘，给他剪得又繁又新鲜，还配上层层叶子，济之拿着花也不方便，就又要了一根麻线，系在伞柄上，伞上水迹未干，茉莉香中能闻到雨水的味道。在王麻子那里两人停了一会儿，王麻子果然满脸麻子，正在说一段《西江月》：

> 远看忽忽悠悠，近来飘飘摇摇。
> 不是葫芦不是瓢，水中一冲一冒。
> 那人说是鱼肚，这人说是尿泡。
> 俩人打赌江边瞧，两个和尚——洗澡。

围看的人不多，也几乎没有人笑，济之却还是扔了几枚铜钱，才又往前走。胡松看他心事重重，问道："大少爷以前来过护国寺没有？"

济之摇摇头："没有，只去过一次隆福寺。"

"隆福寺是东寺，这是西寺，的确也差不多。"

"那边东西好像比这边多。"

"今天是因为下雨……义父总来西边见人，王公官宦们还是住在西边多，听说小皇帝没退位的时候，护国寺的庙会还有不少住在定阜大街的王府女眷。"

"清王府的人现在还住这边？"

"应该还在，民国不是优待清室，都成了私产……上次陪义父见人，路过护国寺南边的群力胡同，他说以前那里是庄亲王府，占的地方在王府里也是数一数二的……不过后来被八国联军烧了，说是因为王府里设过义和团的拳坛。"

他们渐渐走到庙会中间，坐下来在一个叫"年糕李"的茶汤摊儿上喝茶吃点心，这摊子除了年糕，还有扒糕、凉粉、油炸灌肠和卤煮丸子，灌肠和卤煮的味道奇异浓烈，瞬时盖过了伞柄上的茉莉花香。他们各叫了一碗凉粉配扒糕，加上混杂花椒油的酱油、醋、辣椒油、蒜汁和胡萝卜丝，二人都吃不惯北京的芝麻酱，北方的辣油也没什么辣劲，不过一股干辣椒烤煳后的焦香。

摊子在两条南北胡同的交口，他们从护仓胡同过来，再往前是棉花胡同。胡松吃了半碗凉粉，停下来喝茶，指着前面两棵大树，道："大少爷，上次我陪义父来过这边，你知道那两棵老槐树中间的院子里住着谁？"

济之似是又在走神，漫不经心说："……又是哪个前清的王爷？"

"以前倒真的是贝勒府，现在松坡将军住里面。"

济之吃了一惊，他虽不大懂国内时局，但蔡松坡的名字总也听过。回国之后，难得有一次和达之闲谈，他提到留日的学生总爱讲蔡将军将原名"艮寅"改为"锷"的故事，先是佳话，后来几乎成了传奇。不过达之对此似乎不以为然，只是冷笑一声，说："蔡将军这种人，都夸他一腔热血，其实就是糊涂，也不妨说傻……这个国家啊，不从里面推倒重来，永远也就是这样了。"

胡松又道："那院子本是天津盐商何仲璟的产业，他辗辗转转是袁世凯的亲家，说是有个儿媳是何仲璟的侄女，老佛爷死的时候袁世凯去天津避祸，就是住在何家，这何家好像跟我们也有什么生意往来，毕竟都是盐商……总之义父说，后来袁世凯对蔡将军不放心，就把他诓来北京，其实是软禁在这里。"

济之问道："父亲这几月在北京城里四处周旋，到底在谋什么事？"

胡松摇头："义父一不搞革命，二不当政客，能谋什么事……"

"要没有商人资助，革命党也没机会转身成了政客……我看父亲以前分明是万事只认梁任公，到北京也就这么点时间，怎么好像现在反往袁世凯这边偏？上次听他的意思，连宋渔父被暗杀，他也疑心是孙文动的手，觉得袁世凯蒙了冤……"

胡松吃完最后一点扒糕，拿出素布手绢擦嘴，说："……义父的事情，我也不知道，他只说这乱世在史书中就一笔一瞬，对我们说不定就是一生，只盼着能保住慎余堂的盐场……大少爷，你倒是并没有几个月前那么不知时局了，义父要是知道了会很宽慰……"

吃了一顿点心，气氛莫名松弛下来，自来了北京，二人还没有这样相对过，聊起旧事时，胡松看到济之原本倦怠的脸，慢慢露出他熟悉的开怀神情，确是多年之前，那个因羞怯软弱，整日赖着他的少年。

黑灰雨云短暂散过一阵，临近夕阳又重新聚集，天色阴沉，庙会上已没有几个摊位，他们就又叫了一辆车，去广连楼所在的大栅栏附近。时间有些不早不晚地尴尬，他们茫茫然逛了通三益干果店、华泰电料行、庆林春茶叶铺……连卖西药的屈臣氏大药房都进去绕了一圈，济之买了几瓶子不知道什么药片。走到广连楼北边时，济之说："要不我们还是先吃点晚饭。"这边一溜下去都是饭馆，有天瑞居、天福堂、天泰楼、全聚德、正阳楼和胜芳大螃蟹，胡松听说临戏上演还有一个多时辰，也确实没地方去，就和济之一同进了正阳楼。

这个时节还没有螃蟹，大热天也吃不动烤涮肉，他们在二楼挑了一张靠窗小桌，济之熟门熟路，点了煮花生、玫瑰枣、小酥鱼、辣白菜、羊头肉和稻草排骨，又叫了一斤黄酒。胡松道："大少爷常来这边吃饭？"

"听戏方便，广连楼附近这几家都吃遍了……天福堂和这边一样，也是山东馆子……天泰楼的肉馒头还不错，有时候来不及仔细点菜，买两个也能顶饿……全聚德吃烧鸭子，蘸的甜酱一股怪味……听说胜芳里有一种螃蟹馅儿烧卖，但季节还没到。"

酒温好上来，济之给一人倒上一杯，加了梅子和姜丝。济之以往在家中从不饮酒，连醪糟煮蛋喝完也会红脸，胡松看他现在做得顺手，问道："你……平日都是和林先生一起过来？"

济之迟疑半刻，才说："一开始是他带我过来这边……但最近……最近我们不怎么往来了。"

"为什么？义父和林先生倒是还偶然会在饭局上遇见。"

"也没什么，就是……性子合不来。"

稻草排骨是用当年稻草，洗净后将酱过的排骨捆好，先蒸后炸，也无甚特别，不过一股稻香，从草中剥出排骨时也有点趣味。济之给他夹了一块，说："你不是爱吃酥肉，这也差不多。"

孜城人家每逢过年，会将排骨和肥肉片一同外裹生粉和蛋液，撒上几颗花椒炸出来，名为酥肉。酥肉炸好后放凉，再与白萝卜同煮，肉质滑嫩，且有萝卜清甜。但胡松从小爱吃刚出锅的酥排骨。大年二十七八，厨房起炸锅那日，他带上济之，早早候在锅旁。慎余堂上下人多，排骨一炸就是二三十斤，他们两个孩童，这么白口也要吃掉一两斤，吃到双手糊油。济之年纪更小几岁，吃完随手往过年新衣上抹，胡松总一把抓住他，先用草纸擦了浮油，再拿皂角给他细细洗手。

胡松大概也想起往事，吃了一口稻草排骨说："……这不是我们孜城的味道，太咸，外面也不裹粉，肉都炸干了。"

济之几乎没吃荤腥，只一直剥煮花生下酒，胡松把自己那杯喝完后，就叫了白饭，说："大少爷，你少喝点，空喝伤脾胃，我记得你以前不喝酒。"

济之又干了一杯，淡淡回答："以前……以前我什么都不懂。"

胡松突然有一股不可名状的恐慌，好像济之正一步步把他引到本不想进入的陷阱。他尽力转开了话题，问道："大少爷……你下面到底有什么打算？义父也不会一直这么在北京住着，局势稍微定下来一点，我们迟早是要回孜城的，你在这边做西式医生，难道打算这么一直做下去？家里的生意毕竟以后是要传给你的……"

济之再给自己斟满酒，还是淡淡说："……看完戏再说这个。"

从广连楼的黑漆匾额下进门后，济之先在影壁拐弯处的南房买了半斤炒瓜子，又往前走到北柜房，靠西墙摆着一口黑绿釉大鱼缸，下带汉白玉底座，济之剥了几粒瓜子，逗得本藏身缸底的水泡眼金鱼浮出水面啄食。墙根里有一溜儿小贩，卖馄饨的、卖卤煮小肠的、卖老豆腐的、卖爆肚的……大概是看戏中间饿了，可以来胡乱填个肚子，但那墙后偏偏又是便池，虽说已用木板盖住，尿骚味还是混杂卤煮爆肚本就遮不住的下水腥臭味。胡松用手巾盖了口鼻，说："这味道可怎么下口。"

济之应是早习惯了，神色自若道："你现在是刚吃饱，要真是饿慌了，什么都能下口。"

再往前走就进了坐东朝西的戏厅，济之带着他往楼上走，见四方形戏台上有两根大抱柱，柱前悬着两盏大汽灯，黑漆抱柱上刻有金字对联，上联"学君臣、学父子、学夫妇、学朋友，汇千古忠孝节义，重重演出，漫道逢场作戏"，下联"或富贵、或贫贱、或喜怒、或哀乐，将一时离合悲欢，细细看来，管教拍案惊奇"，戏台中央也挂黑漆金字匾，上书"盛世元音"，胡松说："这字倒是写得不错。"

"说是有个小贝勒题的，也就十八九岁年纪，小时候在恭王府学的诗文，革命后就一直隐在西山戒台寺。但这个年纪关不住，每个月总要溜进北京城看几场戏，前两月就给广连楼题了这副对联，小贝勒不肯落款，其实老来戏园子的人也都知道了。"

"大少爷，这半年你懂的事情真多。"

济之顿了顿脚步："……都是林远生讲的，他是杂志编辑，跟谁都熟，什么消息都知道。"

楼上分南北两边，各有六个包厢，他们坐在从西往东数的第一个里头，厢内有三排座位，一排是长凳，二排是排桌，第三排则是高凳，看起来起码能坐三十人，但戏都快开场了，厢内还只有他们两人，卖座的送来热手把子，戏单，几碟子花生、松子、蜜饯果脯和两壶滚茶上来，摆放整齐后，弯腰在边上候着。济之擦了擦脸，当面给了他两个袁世凯今年三月新铸的银元，胡松一惊，道："两个人看戏这么贵？"自余立心走后就是他在管账，知道现今一个银元能换一百八十个铜钱，买三十斤上等大米。

济之说："戏园子里看戏不收戏钱，就给十六个铜钱买壶茶，但今日我包了这个包厢。"

"干吗花这冤枉钱？"

"不是父亲的钱，医院给我两百元月饷。"

胡松也不说话了，低头看戏单子，今晚上有三出戏。

民国三年八月二十七　　鸿庆班

《审刺客》　金少山　韦久峰

《长坂坡》　沈华轩　金秀山

《怜香伴》　龚灵甫　刘耘升

济之说："今晚也算有几个名角，但最后那出戏……最后那是出新戏，今晚第一次上台，李笠翁的本子，从未有人演过。"

孜城的茶馆虽也能听戏，但胡松难得陪余立心进去一次，川地和京城的剧目又全然不同，第一出《审刺客》稀里糊涂看下来，他甚至不知是哪朝哪代。楼下叫好声四起，济之却只沉默着不停给茶续水，胡松看他脸色越发潮红，额头渗出层层细汗，用那张手把子擦了又擦，雪白棉布上印出汗渍，胡松也松松领口。虽说连日下雨，毕竟是三伏天气，戏台子两边那煤油大汽灯一开，戏厅里的确是热得紧。

第二出好歹知道是三国故事，那演赵云的武生着蓝边白蟒白靠行头，头戴夫子盔，脚蹬皂色厚底靴，使一把素缨亮银枪，个子魁梧，虎虎有生气，扮相却极俊美。济之低声对他说："这武生叫沈华轩，听说最早也是清廷某个王府的小书吏，本只是个戏迷，就闲下来的时候票票戏，但拜了个好师父，好像跟杨小楼能扯上点什么关系，戏园子里的人，大都不识字，他还能读书，一走票就比别人高几成，很快成了名票……后来小皇帝退位，他也丢了差事，索性专心唱他的戏，这边好几个戏园子，就他扮的赵云最火，《群英会》《华容道》《借东风》，还有这出《长坂坡》。"

胡松说："大少爷，你怎么突然这么喜欢看戏……我记得小时候义父想带你去听两出，你宁可挨揍也不去，说咿咿呀呀的，太无聊。"

济之过了半晌才说："……我也是来了北京才知道，这个世道，难为只在戏里戏外，还有点真心实情。"

《怜香伴》上的时候，楼下散座已稀稀拉拉走了不少人，"这两个角儿没什么人知道。"济之说。

"那你知道？"

"……算吧，排戏的时候，我来看过两次，不过那时他们都没穿行头。"

"不是角儿，怎么这边能让他们压场？"

"后面有人捧。"

"这样……戏排得怎么样，你觉得好看？"

"你看了再说。"

两人停了口，专心看戏。戏台前一阵嘈杂，出外解手和吃卤煮的人陆续回来了，生角压不住场，胡松几乎没听清前面的唱词。只见戏中有一男两女，他想大概最后也就是个二美共侍一夫的故事。谁知道场内渐渐静下来后，却见那叫范介夫的监生，新娶了名为崔笺云的新婚妻子，笺云前去庙中烧香，偶遇一身有奇香的小姐，似是叫曹语花，二人先诗文赓和，后在神佛前订了终身。

崔笺云穿一身艳黄衣衫，颇有英气，道："我们要与寻常的结盟不同，寻常结盟只结得今生，我们要把来世都结在里面。"曹语花则身着月白滚红边的衫裙，模样娇媚，道："来世为同胞姊妹何如？"笺云道："不好，难道我们两个来世都做女子不成？"语花道："今生为姊妹，来世为兄弟如何？"笺云依旧不依："我和你来生做了夫妻罢！"

胡松一惊，低声问济之："两名女子订终身？"

济之转头看着他："是啊……那二人都是男旦。"

戏厅内汽灯越烤越热，胡松只觉得手心、脖子、腋下都积着汗，厢内让人透不过气，他起身去把窗户支开，窗下是戏园后门小巷，几个大木桶中堆满秽物，没有风，一股熟得烂透的西瓜味儿找不到出口，直直冲上窗口。

今日是上弦月，月光恰好投在巷子中央，胡松见檐下有二人搂抱在一起，一人穿西式衣裳，戴小圆眼镜，分明是个年轻公子，另一人则还戴着头面贴着鬓角，不知是今晚哪出戏里的小角色，身形尚幼，也就十六七岁模样，脸上的妆没有褪干净，但也看得出眉目清秀，他眼角勾得细长，更显眼波含情。两人搂了一会儿，又微微分开，唱戏的少年握住那公子的手，也不说话，只用指尖轻轻抚他手心，前门大街也就一两百尺的距离，人声喧嚣，二人却浑然不知，就这么傻傻痴痴，站在一桶子污脏的烂西瓜旁边。

胡松心中烦乱，就又关了窗，回座时讪讪对济之说："……外面有股味儿，又没风，开着也热。"

济之没有答话，他正盯着戏台错不开眼珠，戏中崔笺云和曹语花入了洞房，唱道："虽神灵赫赫应难诳，负心的自有奇殃。但愿从今世世都相傍，轮流作凤凰，颠倒偕鸳帐。"

厢内越发热得让人坐不住，胡松猛喝了数杯茶水，下腹胀痛，就出包厢去解手，解完也不想回厢，只觉出奇饥饿，又在那一溜小贩中挑了一家，花五个铜钱，站着吃了一碗馄饨。这里的馄饨不过糊弄看戏的客人，几乎全是皮，只中间有星星点点肉馅儿，汤里漂着几个虾皮，一撮香葱沫子，搁多了酱油，吃来齁咸。但胡松在便池的尿骚味中，一口气吃完那十五个馄饨，又喝了满满一碗汤，他想，济之说得对，饿的时候，果真什么都能下口。

待他再回包厢，已演至笺云耐不住相思，设计让语花嫁给自己丈夫做侧室，她们就此能"宵同梦，晓同妆，镜里花容并蒂芳，深闺步步相随唱"。戏到了最后，是夫妻妾三人共入洞房，同声唱道："洞房幽敞，鸳鸯锦褥芙蓉被，水波纹簟销金帐。左玉软，右香温，中情畅。明年此际珠生蚌，看一对麒麟降。"

戏台下一阵嘈杂，叫好声混着嘘声，又间或冒出几句下流话，有人粗声粗气道："哟……第一次见识这个，最后这算是怎么回事？谁是凤谁是凰啊这是？"

另一人在边上笑道："哪能分那么清楚，既然一同进了鸳鸯帐，还不是怎么乱配都能作鸳鸯。"

他们见楼下渐渐散了，这才起身离席，济之下楼时问："你觉得……怎么样？"

胡松过了良久才回："不知道……我也不懂戏。"

待到出了戏园子大门，等黄包车时见到前面有两人也正打算上车，胡松见当中有个微胖圆脸的青年，分明是林远生。他身边的人只摘了头面，连戏服都没换，一眼就能看出，是刚才戏台上的曹语花。林远生也看到他们，低头对边上的人耳语两句，那人就先上了车，林远生则微微笑了笑，上前来招呼："哟，余少爷，难得今日你这么给面子，也来捧我们的场。"

济之沉着脸，也不答话，只转头给胡松说："我们走吧。"

林远生这才注意到他身边有人，上下端详了一下胡松，又笑道："这是余先生身边的那人吧……原来如此，这才是自己人啊，多少年的交情，外人自然不能比，又是家仆，带在身边也方便……我说原本好好的，余少爷怎么忽然说翻脸就翻脸，比戏子还无情……"

济之脸色越发乌青，正是各大戏园子散场的时候，黄包车一时间也等不来，他拽着胡松，不言不语往前边暗巷走去。过了一阵，才发现他们正好一路北行，恰是回家方向，沿途漆黑，只有零星月光，各家院墙内似是都植有栀子。慎余堂内胡松所住的小院，就种满这种孜城人称为"水横枝"的白花，盛开时香气馥郁。

胡松沉默了一路，终于忍不住问道："……之前你和林先生……"

济之一直走在他右边，月光斜斜下来，他可以看清胡松的侧脸，胡松看他，却只是一团混沌黑影。黑影中济之答道："……是啊……就和你想的一样……后来……后来你也看到了，我们断了关系，他也有了别的人。"

"你为什么……义父要是知道了……你到底为什么……这样怎么行，你还没有成家……大少爷，你是不是出洋读书的时候生了什么病，这能不能治？"

济之猛地甩了甩手，想甩掉一点不知道什么东西，他烦躁地说："我没有病，为什么一定是有病……松哥哥，你是不是真不知道我和林远生为什么断了关系？"

他们原来已走至水边，天上大团大团深蓝色云朵，暂时吞了月亮，没有一点风，水面阴沉，湖心有鱼刺啦跳出水面，鱼腹雪白，是暗夜中唯一的光亮。胡松心中无边烦闷，茫茫然道："我怎么会知道？！"

济之忽然从一旁拉住他的衣袖，道："……松哥哥，你心里是知道的是不是？这么多年了，你其实不是没感觉的是不是？我心里一直……一直惦记的人是你……我和林远生……不过是寂寞，后来才知道自己不可能，除了你，谁都不可能……松哥哥，你先别说话，听我说……我知道这不对，上帝会有祂的审判，但我想过了，我愿意的，我愿意接受审判，任何审判……只要你和我的心思一样，其实你也是一样的，是不是？"

胡松大惊，这几个月隐隐约约的担忧，猛然被对方戳破在眼前，他急忙抽回袖子，道："大少爷，这……这不可以……你是不是疯了……"

"济之……松哥哥，你能不能叫我济之……小时候你这么叫过我的，你记不记得？松哥哥，父亲总想让你成家，你也一直推脱，你跟我的心思一样，对不对？松哥哥，你想想今晚上的戏，她们都可以在一起，我们也可以……真的，我们为什么不可以？"

胡松只觉脑中糨糊般混乱，道："那怎么可能……她们是女子，可以嫁同一名丈夫……两个男子……这怎么可能……"

济之急切地扶住他的肩膀，道："没什么不可能的，我早想过了，我们一起离开父亲，我可以做西式医生，生活终归不成问题，你跟着父亲这么多年，还能做个小生意，你不是喜欢古玩，那就再开个小古玩店……我们在北京也好，去上海也罢，买个院子躲起来，我反正是不会成家的了，不管谁来说媒，我横竖就是这样了……松哥哥你……只能委屈你一下，对外就说是我的管家，在家我们就像夫妻一样，照常过我们的日子，你说是不是很好……这种乱世，没人会管我们这种小人物，我们能躲一时，说不定就能躲一世……松哥哥，现在父亲回了孜城，正是我们离家的好时期，父亲给你留了不少银钱吧？我们就拿一点，够安顿生活就行，说起来这也是我应得的家产，要是你觉得愧对父亲，不想拿也没关系，我们可以先在西山那边租个宅院，那边便宜，我的月饷也付得起……等父亲明年彻底回了孜城，我们再搬回城里……松哥哥，这些事我反反复复都想过了，你说说，为什么不可以？"

月亮重新从云中钻出来，照亮济之苍白而满是汗水的脸，胡松扶住桥上栏杆，疑心自己即刻就会昏厥，又疑心眼前不过幻梦一场。既然是在梦中，也许便可放纵一回？他伸出右手，用同样渗透汗水的掌心，为济之拂去额头细汗，又轻轻、轻轻地把他的头拉向自己肩膀。从二人相识时开始，他就一直比济之高出半个头，二十年中，世间诸事均有大变，眼前他搂住的，却还是当日的少年。

柒

　　余立心本想在孜城只待两月，谁知杂事纷纷，他一直住到了年底，达之和令之再送他上省城那日，已过了冬至。甲寅年果是虎年，四季剧烈更替，余立心回孜城时白日喷火，盐井上随时备有几缸清热药茶，以免工人中暑。京城虽也燥热，但夜晚暑气总能散去大半，临行前余立心房中还备有薄被，孜城却四面环山，夏日苦长，像蒸一笼久久没有掀盖的包子。平常人家屋中狭窄，不能透气，夜间不少人卷着草席睡在大街上，余立心也把卧房挪去水阁，那地方四面敞空，仅垂下竹帘遮光，只是和后门隔得近，多少有些嘈杂，有时候他已经睡下了，还能隐约听到达之归家，在门口和不知什么人私语。

　　但待余立心走前几日，孜城下了十年未有的大雪，孜溪河似冻非冻，大片雪花浮于水上，久久不融，盐运早停了小半个月，余立心担心停在码头的歪尾船被冻住，临行前让达之安排人来一一挪到岸边。两岸地方有限，有些船甚至被运到了半山腰，远远望去，容易误认为兵车战马。

余立心打算走的那日，先去了河边，向达之叹道："小时候我也见我父亲这么挪过一次船，我那时也就八九岁……跟今年一样，冷得不得了，还没到寒冬腊月，已经下了三四场大雪，孜溪河眼看着就要冻上。我父亲把小半个盐井的工人都叫过来搬船，我就在河边看热闹，小孩子嘛，动一动就热和了……都挪好后才发现河面这么宽，也不知怎么我夏天能游两个来回，父亲说，这就两天，我们的海军提督要去英国接收战舰……我还问他，什么是战舰？父亲说，就是能打仗的歪尾船，但要大得多……"

达之在一旁裹紧皮氅，也没有表情，淡淡说："英国的战舰、德国的大炮、美国的火药……其实都没什么用，再往下走几年就是甲午海战，为海军花了那么多钱，还不是一败涂地。"

令之也怕冷，穿一件狐狸皮大衣，手上还抱着暖炉，说："二哥，那你说什么有用？"

达之不假思索说："什么都没用，只要人还是那么些人……必须什么都重新来过一番，不然什么希望都是说不上的。"

余立心摇摇头，叹道："……这么大一个国家，不可能重新来过的，哪怕是我们小小一个慎余堂，想推倒重来都谈何容易，你看看这河面，就算夏天涨水的时候，歪尾船想转身也是难的……"

达之微弱地"哼"了一声，却没有更多言语，他看了看西式怀表，说："父亲，你快上路吧，盐场的事情，您放心有我……我不懂的地方，还有林恩溥帮忙照看。"

达之和令之把父亲送到城外，再一同坐马车回城，路覆薄冰，那匹小马从未行过雪路，时常打滑趔趄，他们走走停停，到八店街时已近晌午。达之见街口有人挑担叫卖红糖馒头，想起令之幼时最爱吃这种过甜的点心，就下车买了一个，馒头从炭炉上蒸笼里取出，草纸包好后依然烫手，他一上车就扔给令之，自己还是喝车上备有的热茶。

令之照例撕掉外皮，只吃浸透红糖的部分，问道："二哥，东洋有没有红糖馒头？"

"好像没有……没见过东洋人吃馒头，包子倒是有的，横滨的肉包和北京的山东大包比，也差不到哪里去。"

"那东洋人吃什么点心？"

"我也没怎么吃过，倒是有一种叫羊羹的，比红糖馒头还甜，东洋人用来配茶。"

"羊羹？那是羊肉做的？羊肉怎么能做成甜味？"

"不是，就名字里有个'羊'字……其实就是小豆磨成粉，再蒸出来放凉。"

"好吃吗？"

"不记得了，大概就那么回事……我在东洋也没吃过两次，样子倒是挺好看的，什么颜色都有。"

"二哥，你喜欢东洋吗？你还想不想回去？我看大哥迟早是要跟着启尔德回美利坚去的……中国哪里有他们信的什么上帝。"

达之思索半晌，才说："……不想，中国人应该待在中国。"

"但父亲总说，这乱世不知道什么时候才是个头，谁都不知道哪天死在谁手里，你想想陈……"令之想到陈俊山，红了眼圈，突然说不下去。

达之掀开马车木窗的布帘，凝神看着窗外，说："……没关系，不乱到底，也就不会有机会重新来过……"

八店街是孜城主街，全盛时单银号就有二十来家，前两年川军和滇军混战，各家银号纷纷焚烧汇票，以免落入军队之手。滇军来之后，更是强迫百姓用军用券，如若被发现哪家店铺私下里收了钱票，会有官兵上门，砸了整家店的家私装饰。八店街头原本小贩众多，也就一年多以前，达之和林恩溥来八店街办事，亲眼见到有个卖红油抄手的小贩，听不懂一个滇军小兵的口音，对方重复两次之后，失了耐心，一刀刺下去，周围卖牛肉面、酸辣粉、盐豌豆、盆盆肉和凉皮锅盔的小贩们无一人说话，只是默默四散，正是夏天，那血迹渗进青石板，片刻之后就只有暗红印迹。

林恩溥一直和云南人有生意往来，大致听得懂滇话，他上马车后沉默许久，才对达之解释："那人只是说，给老子多放点辣子，不要芫荽……但后来那卖馄饨的还是放了芫荽。"

这样的事情不会只这么一次，如此这般下来，八店街颇是萧条了一阵。慎余堂有十几个放租的店铺，纷纷毁了租约，余立心当时拨了一笔钱，把店主们已缴的租银退回去，那些店铺也就空放在那里。还好这一年局势平稳，袁世凯控住了大半个中国，自去年春天至今，川地的盐税一直能够按期汇至五国借款团所指定的银行，盐商们也多少有些盈余，今年余立心回孜城，又把八店街的大部分店铺重新租了出去，租金较前几年降了三成，但余立心已经满意，晚饭时曾几次对众人说："……袁世凯要真能坐稳，盐场这两年的亏空就都能补上了。"

马车正要拐弯回大宅，达之叫了个停，对令之说："我就在这里下了，约了林恩溥谈事……你是回家还是和我一同去林家？"

令之面上一红，说："……我去林家做什么……我也不回家了，家里就我一人，闷得慌……我去医院帮帮手……"

这一年里仁济医院除了启尔德，又多了一名叫艾益华的美国传教士。艾益华灰发碧眼，比启尔德更显高瘦，穿过医院花园里的半圆门洞需留神弯腰，一年四季只轮换穿白色医生袍和黑色教服，配一双在八店街上买的圆口黑布鞋，他性情本就严肃，中文又没有启尔德流利，整日难得开口。艾益华专看内里脏器，和病人沟通不畅时，多是令之在旁帮忙翻译，令之起先也对他满是好奇，问道："密斯特艾，你们美国人为什么总来中国？"

艾益华的中文不知为何带一股天津腔，他一字一顿回答，却免不了夹带英文："密斯余，first of all^①我是上帝的子民，其次我不是美国人，我是 Texan，我来中国当医生，是奉了耶稣基督的名，要为祂传福音。"

令之不敢再往下答话，只能私下里问启尔德："Texan 是什么意思？"

"得克萨斯人，得克萨斯是我们美利坚的一个州，类似你们四川是中国的一个省，他在 Galveston 读的大学，那是得州很著名的医学院……咦，这么说起来，得州和四川有很多相像的地方，都在西南方向，都有很多河流、山峰和矿产……对了，得州也产牛，他们的牛肉是有名的……"

"真的呀？他们怎么做牛肉，也像我们这样加海椒大蒜吗？"

"不不不……他们就烤着吃，撒一点胡椒和盐。"

"听上去不怎么好吃呀……艾医生为什么不喜欢我叫他美国人？难道这个得州不属于美国？"

"这个说起来很复杂……五十年前我们美国也有一场战争，南方人和北方人打，最后北方人赢了，但有一些南方人，不承认这个政府。"

"那岂不是和我们现在差不多？也死了很多人吗？"

启尔德画了一个十字后才说："是的，死了很多人，有些城市整个被军队烧毁，一大半的人都死掉了……so miserable^②……但对你们中国来说，我不知道是不是也算特别 miserable……而且我们战争的双方都很清楚自己是在为什么打仗，打了四年也就结束了，你们的这些战争……最后大家好像都不知道是为了什么了，也不知道打到什么时候……"启尔德又画了一个十字，"愿上帝赐福于你，你的家庭、城市和国家……"

他低头凝神看着令之，令之却佯作不知，错开了眼睛。自济之也去

---

① 英文，首先。
② 英文，真悲惨。

了京城之后，启尔德就从慎余堂搬到医院二楼居住。"这样万一有病人晚上求医，我也方便马上出诊。"他对达之和令之解释。达之当时没说什么，私下里却对令之说："那个启尔德……搬出去不过是想躲着你。"

"为什么躲我？"

"呵，你还真不知道为什么？……搬出去也好，让他死了这条心，父亲反正也不想你嫁给美国人……话说回来，你和林恩溥现在到底怎么回事？要是差不多了，就跟父亲说，我估摸他也高兴得紧，你想想大哥和我都还没成家。"

令之还是面上一红，随便找个话题岔了过去，依旧每日上午去树人堂给宗族里的小孩上英文和代数课，下午则到仁济医院帮手，她还是和启尔德说说笑笑，却始终亲而有疏。启尔德有时候想到令之被刘法坤绑去那日，他们跟着牛牌子出城，从孜溪河到凤凰山那一段路，是他们距离最近的半个时辰，走到后面，野路上杂草丛生，又多有砂石，令之却走得比他利落，说："小时候大哥二哥总带我来走这条路……凤凰山到了最里头有个瀑布，水边还有个庙，供着不知道什么菩萨，奇怪得很，那周围也没有人家，但每次去到庙里，总有供奉的新鲜瓜果，有时候还有整只猪头……今天太阳都快下山了，要不要改天我带你去看看？"她想了想，觉得启尔德听不懂"菩萨"，就又解释说，"就是 buddha。"

启尔德说："我可以跟你一起去看瀑布……但那个 buddha 我就不看了，上帝在十诫里说，不得偶像崇拜。"

令之似懂非懂，"哦"了一声，大概觉得扫兴，就低头加快了脚步。启尔德看她黑水晶似的眸子，有点后悔自己过于正经，他暗暗想到，待他们真的去凤凰山看瀑布时，他要向令之表明心迹，没想到，那一日没有说过的话，却永远没有机会再说。

甲寅年令之已经年满二十，哪怕在孜城大户人家读过书的女儿中，也少有这个年纪却尚未成亲的。余立心这三名子女，济之年近三十，达之也过了二十五，却尚没有一人成家。余立心虽下过暗誓不逼他们早婚，但到了这个年龄，也是老就不早了，这次他既回了孜城，便想给达之订一门亲事。

余立心本来想着，达之素来叛逆，这件事怕是不易谈成，没想达之听见之后，只是问了一句："大哥都还没有成家，我赶在前面，是不是不怎么合规矩？"

"我们是新式人家，不必拘束于这些陈规旧矩，你大哥他……他有自己的打算，现在盐井上的生意左右都是你在管，我又很快要回北京，你早日成家，也有人帮你料理杂事，要是这两年能生个子嗣，我就放心把慎余堂都交给你。"

达之突然跪下，又磕了个头，道："父亲，既然您说到了这一步，我就明白说了……其实……其实我早有心上人……只是一直不敢跟您说，既然您想要我成家，那我就得明白告诉您，成家随时可以，但我心已决，非她不娶。"

余立心猛地站起来又坐下，又惊又怒："什么？你有心上人？哪里来的心上人，还非她不娶？！这事情多少年了？你回国也就三年，难道是出国前的事情，你是不是和人家都私订了终身？！这姑娘人在哪里？是不是孜城人家的姑娘？"

达之又磕了一个头："父亲，怕是也有个四五年了，我们虽说不上什么私订终身，但两个人都是知道对方心意的……她现在就在孜城……但她……她有一半血脉是日本人……现今就住在林家凤凰山上的院子里，令之也是见过的，父亲要是想见她，我明日就把她带来慎余堂。"

余立心站起身来，在书房内走了四五个来回，又回到书桌前，右手五指弯曲，反复敲打紫檀桌面，说："不用，我们现在就去。"

他和达之令之坐马车上了凤凰山，天色向晚，路途又颇花了一点时间，到宅院门口时已乌麻麻黑尽，那院子大概本是个消暑之地，不过七八间房子，黛瓦白墙，坐落在翠竹林里，不远处是山中瀑布，遥遥听见水声，又有沁凉水汽，还没进院，先闻到茉莉花的香味。

余立心说："这地方倒是不错，就是她一个女子，住这么偏僻也不怕？"

达之说："林恩溥安排的房子，住城里毕竟容易惹闲言碎语。"

余立心"哼"了一声："不管城里城外，我们余家没有房子？需要你找林家安排？你们以为把一个大活人藏这里，就不惹闲言碎语了？你以为之前我没听到过林家大少爷带回来一个东洋女子？……我不过是以为……"他看了看令之，没有说下去。

达之叩了许久门，才有一个仆妇前来，达之问他："小姐呢？"

那仆妇答道："铃木小姐在书房里和大少爷喝茶。"马车上余立心已经知道，东洋女子名叫铃木千夏，林恩溥与达之在东京与她相识，她比达之还要小两岁。

达之也看看令之，说："他什么时候来的？"

"下午就来了，在山上吃的晚饭，大少爷今天带了两条活鱼，说铃木小姐喜欢吃鱼，特意让厨房的人做了鱼汤……"

令之终于忍不住，对余立心解释道："父亲，不要听外面的人乱说，恩溥哥哥他……他不过把铃木小姐当亲妹妹。"

三人进了里屋，看见林恩溥脱了鞋，赤脚坐在一张草席上，草席中央有藤制矮几，上搁茶具，对面坐了一名年轻女子，正在给林恩溥斟茶，见他们进来，连忙放下茶壶，起身鞠了个躬，道："令之小姐，达之先生……"她看见后面的余立心，立刻明白过来，又深深鞠躬，"余先生好，我是铃木千夏。"

铃木千夏中文流利，一口川腔，听不出东洋口音。她素着一张鼓鼓圆脸，杏核眼薄嘴唇，麦色皮肤，穿天青色宽身旗袍，搭着灰色羊毛坎肩，头发按今年的流行，剪短后在耳朵处烫卷，戴一对杂色玉坠子，如果不是事先知道，她和令之站在一起，倒像是令之的嫡亲堂姐。

书房里除了书架，只有这张草席，上面随意散落着几个蒲团，众人都找不到地方坐下，一时间只能站着，还是林恩溥招呼说："不如大家都去后院，那里有个亭子。"

六角亭子建在小池塘边，中有石桌石椅，五人挤挤挨挨坐下后，铃木千夏点上煤油汽灯，又叫人上了几盘点心果品，听说他们三人都没来得及吃晚饭，就又端来三碗哨子面，面汤上青是青红是红，她轻声道："余先生，您试试我自己炒的哨子。"

余立心挑了一筷子，看那哨子炒得散酥，芽菜里还混有笋丁，道："没想到铃木小姐的川菜做得这么地道。"

千夏给他们一一斟了茶，这才坐下："我母亲也是四川人，就在孜城往西两三百里地，不过是个不知名的小地方……今年清明，达之先生和恩溥先生陪我回去过，母亲前两年去世了，葬在东京，我按她的遗愿，在家乡给她建了一个衣冠冢。"

"那你的父亲……"

"达之应该已经告诉您了吧？我父亲是日本人，他自小仰慕中华文明，又决心要游历神州，光绪十五年就到了中国，一边学医一边旅行……那时中日还没有打甲午海战，父亲又学了十几年中文，沿途没什么人知道他是日本人，只以为他有外地口音……后来他在四川遇到我母亲，甲午之后，就把她带回了日本，他们有了我，为了不让人知道我的血统，在中国的时候，我叫林千夏……至于父亲，他现今一人住在东京。"

她声音虽轻，却并不显胆怯，也无任何讨好之意，有一种女子身上少见的冷静，余立心无端端想，达之的眼光倒是不错。他又问道："铃木小姐，你们一家人既然已经在日本定居，你为何来了孜城？"

千夏笑了一笑，大方道："当然是为了达之。我们在东京时已经相识，达之和我……早就是恋人。"

"但你来孜城的时间，似乎比达之回国时间还早……"

"那是我们早有约定，我先来住下，他稍后回来……我们也不用急于一时。"

余立心有隐隐疑惑，却也不好再细问。令之在一旁插嘴说："千夏姐姐除了不是中国人，什么都好，她可是正经读了东京的女医学校，启尔德和艾益华有些治不了的病人，可都是我带来山上，被千夏姐姐治好的呢。今年春天我脸上长癣，也是千夏姐姐给我配了药，我看东洋的方子也和我们差不多，那药看着像玫瑰硝，就是没那么香，三日就见了效……"

林恩溥也搭上两句："余叔伯，我和铃木姑娘相识多年，她慧心巧手，又极有见识，我们外人看来，也觉得和达之实在般配。"

余立心"哼"了一声："我倒不这么看，达之鲁莽幼稚，配铃木姑娘，显是他高攀了。"

达之一喜："父亲，那您是答应了？"

余立心站起身来，看塘中月影，初秋天气爽朗，池中残荷尚未凋尽，影影绰绰能看见长长黑鱼在叶下休憩。他思索许久，方开口道："铃木小姐，你也知道，我们余家是孜城的大户人家，说句自夸的话，我怎么也算得上是思想开明的父亲吧。济之达之令之，都受的新式教育，两个儿子出国数年，我也从未干涉他们想学什么，令之一个姑娘家，我也让她抛头露面，出来做事，二十岁尚未成亲，我虽说心里着急，却也没有真正催促过她……但不管怎么样，盐场是余家一两百年的祖业，总需要人承继，我的长子济之去了美利坚几年，回国就说自己信了上帝，志业只在行医传教，这一年更是仿似中邪，行为乖张，现在留在北京，夜夜泡在戏园子里，不肯再回孜城，我对他，说实话已经不能抱什么期望了……至于达之，自他母亲去世后就性情孤僻，我从来不了解他，他去

108

了日本四年，有两年多都杳无音信，好不容易回国来，无端端要先去北京住半年，我不知道他在干什么，也不想知道，这几年的中国你也看到了，乱世之中，我们这些商贾之家，不过是在这个军阀和那个军阀的夹缝中勉强求生，没有心思想这些琐事……以余家的能力，养个不成器的儿子，哪怕是养他一辈子吃鸦片烟玩戏子，也不在话下……但自去年我去了北京，达之也像中邪，却是脱胎换骨那一种，他把盐场生意料理得我也是挑不出毛病……虽说我想不通这几个月到底发生了什么，但这自然让我心宽慰，这次回孜城我已想好，余家这一盘子盐井生意，以后是只能传给达之了……"

他停下来，喝了一口茶，又接着说道："……我早做好准备，几个子女都会自由恋爱，我自问也没有任何门第之见，但万万没想到，达之会想娶一名带日本血统的女子，你也知道，这几年中日两国关系……上个月日本军舰刚刚封锁了胶州湾，虽说你们打的是德国，但毕竟是在我们的土地上……铃木小姐，兹事体大，这一关我暂时过不去，容我再好好想想，我想你和达之二人，已等了这么些年，也不在乎多等一时半会儿。"

达之越听面色越沉，刚开口说"父亲……但是……"就被余立心摇摇手打断，"你们先听我说完……铃木小姐，林家的这个地方舒服是舒服，但毕竟太荒凉了，何况你既是达之的……朋友，就没必要住在别人家里。你看这样好不好？你也懂医，不如就去医院旁边住下来，这样你平日里也有个地方可以去，不用整日闷在家中，那附近我还有一个小院子，有点简陋，但收拾收拾也能住人，铃木小姐若是不嫌弃，这几日我就找几个下人把那边拾掇出来，你需要什么家私，随时跟达之说，我找人替你备好……就是得麻烦你在城里还是用回中国名字，以免旁生枝节。"

千夏神色自若，又给大家斟了一轮茶，还是轻声细语说道："余先生，多谢您的安排，那我恭敬不如从命，就搬过去了……至于达之和我……您说得对，我们若是心意已决，也不在乎这点时间……今天也晚了，你们夜里马车走山路多有危险，不如就在这里先住下？客房倒是勉强够住，只是东西不齐，辛苦你们凑合。"

达之还想说什么，千夏不动声色对他摆摆手，他也就止了口，余立心看在眼里，心想：达之倒是难得有如此听话的时候，有人治得住他，也许未尝不是一件好事。

这件事就算如此这般定下来了。铃木千夏半个月后搬进了余家的房子，余立心给她找了十几个能干稳妥的下人，叮嘱众人叫她"林小姐"，林恩溥把东洋女子金屋藏娇的事情，虽然在城内传得沸沸扬扬，却并未有几个人真正见过千夏的模样。她把头发新烫了花，重做了一批衣服，她本就能说一口川话，言谈举止若不加留心，丝毫看不出东洋味道，余立心只需对外说，这是自己远房姻亲，因这两年军阀乱战，家中出了事，前来孜城投靠余家。

那房子较林家在凤凰山上的避暑别院稍大一些，规规矩矩的两进院子，千夏住在后院，她本想照东洋习惯，在房中铺草席，晚上搬来被褥就能当床，但众人都劝她说，城中不比山上，人多嘴杂，万一被下人传出去，无端端惹麻烦。后来还是余立心从慎余堂给她送去一张灯笼架子床，这是他去世夫人的陪嫁，通体柏木，床檐上用钧窑瓷片贴成喜鹊闹梅，又饰有梳妆铜镜，令之去看了，艳羡地说："千夏姐姐，这是我们中国的小姐床，专给未出阁的大家小姐用的，但连我的床都没这么贵重，你看这钧窑瓷片，大片大片的，可不是一般碎瓷……父亲虽还没有松口允你和二哥的婚事，但我看啊，他心里必定是喜欢你的。"

那院子距离医院走路也就半盏茶工夫，千夏每日早上就去听诊，孜城普通百姓大都对西医半信半疑，她来了之后，病人倒是增了两三成。艾益华看她每日号脉煎药，院子里一地铺满晾晒的草药，又时不时拿出银针，替病人刺穴行针，有些针长过六寸，刺入穴位之后却丝毫不见血，病人似乎也不觉苦痛，艾益华满心好奇，也想学习东方医术，千夏就每日在闲暇之时耐心给他讲讲经脉之道，她的英文较令之要流畅地道不少，连各种穴位都能勉强和艾益华解释清楚。有一日大家聚在医院吃饭，众人都夸她，千夏笑道："明治天皇四十几年前立志维新，东洋几乎全民学英文，还有文部大臣认为应当废除日文，以英文为国语……不过最后终归没有通过。"说完她叹了口气，"其实那样也没什么不好。"

令之听后惊诧："你们东洋的皇帝和大臣为什么要这样？一个国家没有自己的语言那怎么行？我可不能想象一个中国人读过书，却看不懂诗词歌赋，远的不说，要是《石头记》都读不出好，做人的意思岂不要少一半。"

达之在旁冷笑半声："几首酸诗几本淫书，和一个国家的前途比起来，到底有什么重要？你也二十岁了，现在左右是个教书先生，做人就这么点意思？启尔德艾益华都是美利坚人，他们不也一样用英国人的语言，人家怎么没觉得少了什么意思？"

启尔德也在饭桌上，他看这局面，只能含混其词说："……你们说的什么？我不怎么听得懂……什么是《石头记》？"

令之没理他，对达之不服道："难道一个国家用自己的话说话写字，就没有前途？你这是什么歪理？"

厨房里炖了枸杞鸡汤，千夏给令之舀了一碗，撇去浮油，还是不紧不慢轻声说："天皇认为民族积弱，文化是根本，所以要求国民全盘西化，穿西服，吃牛肉，学英文，想让日本人成为西方人……当年米国人佩里黑船来航，用六十三门大炮轰开日本国门，但日本国内从上到下，倒并不怎么恨他……我父亲总说，没有米国人带来的羞辱，二十年前我们赢不了大清，十年前我们更赢不了俄罗斯。"

令之撇撇嘴："反正我没法理解，难不成我们还得感谢英国人法国人烧了圆明园，德国人占了青岛不成。"

达之面色不屑，还想开口，千夏却给他夹了一个鸡腿，轻声细语笑道："达之也别说了，和妹妹生什么气呢……把这鸡腿吃了，你最近太辛苦了，我看你怕是每日睡不到三个时辰。"

这一年达之确是辛苦。送走父亲之后，达之有两三月时间整日不见人影，按理说寒冬腊月里不好行船，盐运时断时续，正是盐商们的淡季，但乙卯新年一直过完元宵，令之也没在家中和达之吃过几次饭。启尔德和艾益华都不过中国春节，正月里医院也照常开业，这一年难得平顺，除夕后城中爆竹声不息，不少孩童被灼伤炸伤，过年时又难免有不少人食多油荤，医院倒是比平日还忙碌一些。正月十七那日下午，令之去帮手煎药，有个五六岁的小幺妹炸伤手指，嘤嘤哭了大半个时辰，千夏细细给她上了草药，又用糕点蜜饯哄了许久，令之煎好一服药回来，才见那小幺妹被母亲牵着，咬着杏脯笑嘻嘻出门。

令之擦擦手，脱了鞋缩在诊室沙发上，从边几上拿了块杏脯，咬下一角，抱怨道："……千夏姐姐，二哥这么忙，你也这么忙，你好歹每天还在医院里，二哥是根本看不到人影……大过年的没人陪我玩，你们再这么下去，等开了春，我也上北京找大哥去算了……不过大哥也不见得理我，还好松哥哥也在，松哥哥总是会陪我的……呀，这杏脯你吃过没有，怎么这么甜，可把我齁死了……"

千夏给令之倒了一杯滚开水，也上了沙发。房间里烧着壁炉，木柴发出噼里啪啦声响，她穿一件薄薄的藏蓝长棉袍，头发烫直后垂到肩头，脸上只用了一点谢馥春香粉，周身首饰不过一个银镯子，看起来倒比越发珠光宝气的令之更像个女教书先生。

千夏随手拨了拨令之新戴的银鎏金点翠凤凰耳坠，笑着说："你真舍得去北京？哪怕你舍得呢，恩溥可不会答应……这耳坠子是他从省城给你带回来的吧？我那天听他说了，这是紫禁城里流出来的东西，说不准是以前哪个妃子用过的呢……"

令之今日穿一件孔雀蓝织锦短袄,是当下时新的宽袖口,滚着玫红宽边,下系一条玫红织锦的百褶裙,浑身鲜亮,又环佩叮当,那对耳坠尤其显眼,和前两年比,令之现在才真正是个富商千金。她也去拨千夏手上的镯子,低声说:"千夏姐姐,你就别取笑我了……"

"这怎么是取笑?恩溥怎样待你,难道你还心里没有底?"

令之取下来一只坠子,沉默着摩挲半晌凤凰翅膀,才道:"……我是真的没底……恩溥哥哥他……他现在待我自然是极好,就像他没有去东洋读书前那样,你知道吧,我们以前……是真的很好过……但我一想到中间这几年就心慌……千夏姐姐,他在东洋到底遇到什么事了?为什么当时无端端要和我解除婚约?我……我始终过不了这一关……他又总不肯跟我明说。"

林恩溥出洋的第二年,令之已经感觉蹊跷。此前他几乎每周都有信邮来孜城,每封信厚厚一叠,林恩溥自小临碑,写一手好字,八行笺上却不过是那些琐琐碎碎的小事,东洋的天气、饮食、服饰、风景、人情……事无巨细一一道来,又时不时在信中夹带相片,令之彼时也正在省城读中学,虽满怀相思,却也并不觉得他有多遥远,她内心笃定,四年之后待林恩溥学成归国,二人自然就是要成亲的。林恩溥去的第一年暮春,第一次看到东京满城如云樱花,极为震动,在信中对令之写道:"……前几日课上得知,东洋有诗集名为《万叶集》,中有一篇,写一女子名为樱儿,同时被两名男子所慕,她不知从何选择,竟悬树而死,终成樱花之精……令之妹妹,你虽容颜亦如樱花柔美,前世怕也是花魂,今世你我却幸而唯有彼此,待到我们成亲之后,我带你来东洋游玩,春日赏樱,冬日看雪,东京的雪极大,你应从未见过如此景致……"

谁知到了那年下雪的季节,林恩溥的信渐渐稀疏下来,有时令之邮过去七八封了，才能收到一封短信，寥寥数语，只说自己一切都好，不要挂心，相片更是再也没有邮来过。令之心中焦急，却又碍于脸面，不好和家人说起，只有两次趁上林家赴宴的机会，装作不经意向下人打听，林家的管家从小看着令之长大，又知道以后她迟早要嫁入林家，待她极亲，但他似乎也不知道什么异样，只说大少爷似乎在东洋花了不少银子，连老爷都发了两次火。令之知道，林恩溥素来生活简俭，又不喜任何奢华之物，走之前他们互留信物，令之拆了一根发簪，两颗东珠一人一颗，林恩溥却是给她留了一册他自己手抄的《石头记》，对令之道："没来得及抄完，你先拿着，我去东洋还接着抄，这样等我回国，就能凑齐一整套了。"

令之不知道他在东洋还有没有接着抄书，迟迟收不到回信的时候，令之会翻看那册书，林恩溥抄到三十四回，宝玉让晴雯给黛玉送去两张半新不旧的帕子，黛玉半夜研墨蘸笔，在帕子上题了三首诗，林恩溥就正好抄到最后一句，"窗前亦有千竿竹，不识香痕渍也无？"

令之的房间恰恰对着慎余堂中的竹林，这已是第三年的夏天，刚下过一场骤雨，竹枝青翠，叶上滚珠，林中有竹节虫嗡嗡鸣叫。儿时林恩溥夏日来慎余堂玩耍，会带着令之在林中捕虫，再用枯叶起一堆小火，把竹节虫烤来吃，那甲虫肉质肥美，有一股奇异香气，后来他们渐渐大了，林中火焰隔开彼此，却没有隔开彼此的眼睛。

漫长的夏天终究还是过去了，令之三个月没有收到林恩溥一封信，再怎么在心中反复为恋人辩解，她也明白，有些事情变了就是变了，缘由不明，却已然如此。

捌

令之的生日在清明后十日，去年她满二十，因家中诸事纷扰，也就稀里糊涂过去了。今年盐场生意顺遂，达之和林恩溥执意要为她办酒，过完元宵就开始筹划，重新布置园子，又特意让厨子上了一次省城，带回顶尖的海产干物和洋酒，还让千夏陪令之做了新衣。千夏带去西洋杂志，叮嘱裁缝照图做了几件西式衣裳，有一条长裙是层层叠叠的乔其纱，颜色从淡绿一层层染到深绿，图上的式样本是胸前一字，长手套上面空一截手臂，令之反复思量后，还是做了长袖，把领子改成中式盘扣高领，又用最深的那匹绿纱做了一个披肩。

试衣服那日，千夏看令之把裙子上了身，道："本来以为不中不西的，肯定怪模怪样，谁知道倒挺别致，倒像是你家那房子……腰让师傅再收一收就行了……令之，你怎么又瘦了。"

令之把裙子抬起来走了两步，试试脚上的同色缎子舞鞋，道："好像是瘦了，开春才发现我好些裙子现在穿着都显宽……千夏姐姐，你看这裙摆还是长了一点，鞋子都看不到了，做这么漂亮，多可惜！"

千夏上来给她理理裙摆，道："不长，西式礼服就是这样的，谁要看你的鞋子……越长越显得郑重。"

"我要那么郑重做什么？不过是一个小生日，裙子这么长，我到时候怎么跳舞……我好不容易才跟你学会了跳两支西洋舞……"

"可不见得就是一个小生日……你和恩溥商量好没有？哪怕等你父亲回来之后再办婚事，你们也该先订婚了吧？就选这个日子订不是很好？孜城里该来的亲戚朋友都来了，我看达之这么费心给你张罗生日宴，也是有这个意思。"

令之脸色黯了黯，也不管衣服鞋子，随随便便坐下来，那裙摆累累坠坠堆在地上，刹那就沾染灰尘。她愣了一会儿才说："……我们八年前就订过婚了，我也不想订第二次，还嫌我不够丢人吗？何况……何况他也没跟我说起过这件事。"

千夏握住她双手，轻声抚慰道："恩溥有恩溥的打算……不管怎么说，你总是知道他的心。"

天气回暖，令之却双手冰凉，她站起来，淡淡地说："以前我看不透他的心……现在……现在我也不想看透了……该怎样就怎样吧，再怎么拖，也总会有个结局的，是不是让他满意，那就不知道了……"她转了一个圈，恢复娇声，"千夏姐姐，那到时候我就穿这条啦，你看美不美？你说到时候谁能和我跳舞呀，恩溥哥哥是铁定不会的，我看我只能和启尔德跳……"

余立心在四月初来了信，说京中事务繁忙，无心置办礼品，只让达之不用顾虑花销，尽力办得体面。济之的东西也差不多时间到了，千里迢迢托人带回，酸枝镶美人首饰盒里放了一个明代的花鸟金发冠，一支元代的凤首炸珠金钗，又附信道："……此为松哥哥四处搜罗而来，两物皆值百金，乃宫中旧物，小妹穿戴后可留相一张，邮来给我和松哥哥看看，以慰惦念……"

那两样东西虽有些年岁，到令之手上时应当新近炸过，黄澄澄地锃亮簇新，首饰盒里配了铜镜，令之对镜赏玩了半晌，转头对千夏道："大哥和父亲真好玩，还各写各的信，一个送礼一个不送礼的，倒像我们不是一家人……松哥哥也是，自己一封信也没有，去了北京就失了音讯……光给我找这些有什么用，死沉死沉，难道那天我还真戴这个？"

生日设在罗马楼，这先前是慎余堂里的一个闲置院子，前几年余立心整修大宅，特意辟出这块地方，盖了西式房子，本是想济之回国后住进去，但济之嫌它不中不西，乍眼望去廊下倒是罗马柱，细看柱础上却雕了喜鹊闹梅，又说一人住这么大地方，夜里鸦鸣蛙叫瘆得慌，这房子就一直空着。"罗马楼"是当时在孜城的法兰西传教士马埃尔起的名字，却按中式习惯挂了匾额，正宗颜体鎏金大字，让这里更显趣怪。

建房时是光绪三十四年，清廷批准《钦定宪法大纲》那日，余立心正招呼花匠在楼前种上茶花和白玉兰。那一年盐井生意兴旺，五六月间全国上下立宪请愿几近顶点，余立心只觉无论是国是家，均前程有望。他心情舒畅，酷暑中还挽起袖子和工人一起挖土植苗，正满头油汗，胡松拿着报纸飞奔而来："父亲！父亲！批了！"

"什么批了？"

"你平日总说的《钦定宪法大纲》！"

余立心当即扔了铁锹，来不及擦泥就夺过报纸，当头见到报上的大字标题"大清皇帝统治大清帝国，万世一系，永永尊戴"，他定定神，又看到底下小字，"……钦定颁行法律及发交议案之权。凡法律虽经议院议决，而未奉诏命批准颁布者，不能见诸施行……臣民于法律范围以内，所有言论、著作、出版及集会、结社等事，均准其自由。臣民非按照法律所定，不加以逮捕、监禁、处罚"。《钦定宪法大纲》不过二十三条，余立心却反反复复看了大半个时辰，又将后面的《议院法要领》和《选举法要领》细细看了，往后一版则是《逐年筹备事宜清单》，从光绪三十四年一直列至四十二年，该年的第一条为"宣布宪法，宪政编查馆办"，最末一条则是"人民识字义者，须得二十分之一"。但也就三个月时间，罗马楼尚未完工，光绪帝已在瀛台驾崩，第二日老佛爷又死在了仪鸾殿，冬日邮路迟滞，待余立心读到报纸，已是好几日的叠在一起，他这才知道，老佛爷死前，给大清选了一个小皇帝。

余立心本有心好好装饰罗马楼，但自那时起，时局渐乱，他也就没了心思，不过胡乱铺了菱形地板，挂几盏水晶灯，置了钢琴。三层小楼内空空荡荡，几年间除了下人进出打扫，花匠打理园子，余家的人从未出入，这次达之借令之生日的名头，置办了整套西式家具，又托人从上海带回一车各色小物件，留声机、水晶花瓶、烟斗架、雕花壁炉、古董挂钟……一楼原本就留好地方做舞厅，上个月又在四周装了镶金镜子。七七八八忙了两月，千夏说，这和日本上等人家的西式房子，也无甚区别了。

生日照的是西洋规矩，午后才开始来客。清明前后下了十几日雨，这日倒是停了，也不放晴，风拂翠柳，天色阴阴，令之先穿了一身中式衫裙在罗马楼门前招呼，打算晚饭后再换纱裙跳舞，她到底还是戴了那个炸珠金钗，只是叮嘱千夏给她梳头时多藏一点，不要太过晃眼。过去这几年风雨飘摇，孜城盐商的现银大都被造去一小半，就算还有点存底的，女眷们也不敢公开穿戴太过，去年严筱坡有个小姜，不过上街买衣料，因周身叮叮当当戴了饰物，被两个滇军的小兵当街抢劫割喉。怕是林家，这件事也就这么稀里糊涂过去了，那些金项圈玉镯子，最后听说倒是还给了回来。严筱坡一言不发，把家中女眷叫来一起，当众砸了那些玉器，金银的则全部融成钱币，送进了庙里供奉。

孜城里有点头面的人那日都来了慎余堂，加上家门亲戚，自午后至晚饭前，断续来了一两百人，令之先还有点兴致和人谈笑，后来只觉脚酸，脸也渐渐拉了下来。三畏堂李林庵和桂馨堂严筱坡来得倒是比林家更早，这两家较之慎余堂余家和四友堂林家，财力稍弱，也素来和余立心关系平平。此前严家和李家悄然投靠北洋军的郑鹏舞，其后陈俊山惨死，余立心又被迫流亡京城，两边多少生了一些芥蒂。林湘涛还是窝在家中，专心和小妾们吃大烟，林恩溥则几乎全盘接了林家的生意，他一直在几家中调和。去年余立心回孜城，四家人聚在林家吃了家宴，严筱坡带了一坛子据说是道光年间的高粱酒，当众敬了余立心，又自罚三杯，余立心沉吟半晌，只说："严老板，我的事就算过去了，但俊山和我这么多年的交情，我现在和你坐在一起吃饭喝酒，怕他是不会高兴……这两日还得请你去他坟上，倒杯酒，说点场面话。"严筱坡知道余立心这次去北京，结识了不少袁世凯身边的人，现在连郑鹏舞也得忌惮他三分，当下就应了下来。过了几日，他不仅去了陈俊山的坟前拜祭，还为他重修坟茔，又特意从青城山请来道士，体体面面做了度亡道场，余立心没去新坟，只在家中为陈俊山又烧了几支香。后面这几月，林恩溥和达之频繁出入两家，想将四家的生意合在一起成立商会，各自折算一个股份，以利于和淮盐商人竞争。革命之前，孜城已有盐业商会，但大乱之后则名存实亡，严家和李家虽未完全应承，但口气中已多有松动，只是担心届时自己对家中生意失去掌控，决策时再难置喙。

客人都来罗马楼参观之后，自然分成两拨，年轻人留在罗马楼这边，自庚子赔款后，孜城里也颇有一些人家送子女出洋读书，这两年陆续回了国。年纪稍大的，还是在主宅里喝茶打牌。达之请了戏班，在水上临时搭了戏台，那日的戏单是《卸甲封王》《夜奔》和《桃花扇》，唱李香君的闺门旦扮相极美，唱到"携上妆楼展，对遗迹宛然，为桃花结下了死生冤"时，下面打长牌的人也不禁停下叫好。

启尔德早早来了，先在戏台下看了大半个时辰，才赶到罗马楼对令之说："真好看！"

令之讶异："你听得懂？"

"听不懂，但看上去很热闹，穿得也好看，不像我们的 Shakespeare[①]，看起来总不怎么高兴……好像家里刚死了人。"

"Shakespeare？"

"哦，一个英国人，也是写戏的。"

启尔德给令之送了一个八音盒，上紧发条后即是一匹黄铜小马沿着八音盒嘚嘚奔跑，他略显羞涩道："我问了人，说你是属马。"

令之扑哧笑出来："你倒是连属相都懂了。"

"他们说我是属猪，为什么？我不想属猪。还有，为什么没有人属猫，猫有什么不好？像我的小盐巴。"医院花园里两月前来了一只姜黄色奶猫，启尔德给它起了这名，因"盐巴"是他刚来孜城时第一句会说的当地话。盐巴性子颇野，别人都近不了身，不知为何只黏启尔德，连有病人求诊也要蹲他腿上。令之数次试图将盐巴抱到怀里，不是被反口咬伤，就是手上被挠出道道血痕，她气急了老说："也不奇怪，这猫浑身毛色和启尔德的头发一模一样，倒像是他上辈子的兄弟，误投了畜生道。"启尔德不懂佛语，只知畜生不是什么好话，却只看着令之憨笑不语，连千夏都私下说："要不是我和恩溥这么些年的交情，连我都要偏心。"

令之答："这问题我小时候就问过松哥哥，他说，有十二属相的时候，中国还没有猫呢。"

启尔德吃了一惊："什么？我以为中国什么都有，居然没有猫？怎么能没有猫？这个世界上没有比猫更可爱的东西了。"

令之用八音盒轻轻打他："就你废话多。"

启尔德照例憨笑，千夏在一旁突然开口："恩溥来了。"

启尔德见林恩溥和达之从湖边长廊过来，自己讪讪走开。自林恩

---

① 英文，莎士比亚。

溥和令之恢复当下这种说不清道不明的关系，启尔德总尽量避着他。见启尔德突然对院中梨花兴致浓厚，千夏拉拉令之的衣服下摆："你看他，也怪可怜的。"

令之佯装没听见，对达之挥挥手："二哥，你去哪里了，一大早就不见人。"

达之和林恩溥今日都着长衫，一人藏青一人灰蓝，两人都胖了一些，整日在盐井上泡着，面色熏得黧黑，皮肤粗糙，乍眼望去，倒像是亲生兄弟。达之手里拿着一个扁扁纸盒，玻璃纸又系了鲜黄丝带，他走来交给令之，道："早上和恩溥去井上看了看。喏，给你的，试试是不是合身，昨天才从上海运过来的，说是巴黎最新的式样。"

令之撇撇嘴："二哥，你这样我就知道里面是什么了，这还有什么意思？"

达之笑道："还能送你什么？钱父亲给了，首饰大哥给了，我也只能送件衣服。"

令之不理他，看向一旁的林恩溥。他手中只执黑色礼帽，西服马甲里隐约看到怀表金链，除此之外，浑身上下别无他物，笑笑说："令之妹妹，生辰快乐。"

这下连千夏都讶异出声："咦……"一下午来了这么些人，只有他没带礼物。

刚去东洋留学那两年，待到令之生日，林恩溥也千里迢迢托人带回过礼物，不过是小玩意儿，第一年是一对瓷猫，第二年是一对木屐，第三年就只有一封信，到了第四年则失了音信。去年令之整二十，因父亲和大哥都去了京城，令之那日起床后不过随便吃了碗面，收了达之送的一套西洋服饰画报，午后她拉着启尔德去八店街闲逛，想买两本翻译小说，消磨消磨辰光。谁知刚走到街口，碰头就遇到林恩溥，清明前后孖城照例多雨，他正从轿上下来，也不打伞，正打算进林家的鸦片馆。初春微寒，他穿一件麻灰色薄呢大衣，肩上星星点点雨迹，更衬得脸色惨白，城中人都说，林家开了五家鸦片馆，是为了方便林老爷和大少爷自己吃烟，但大少爷可能吃太狠，身子倒是比他爹还要虚几分。令之远远看见林恩溥，手上拿着的红糖锅盔抖了一抖，她正想转身躲开，他已经看到了，二人遥遥隔着一个豆腐脑担子，令之笑笑，正犹豫要不要若无其事说两句闲话，林恩溥却扭头进了鸦片馆。

那日令之和启尔德在书店里逛了大半个时辰，自己选了一本《洪罕女郎传》，启尔德则给她挑了一本《巴黎茶花女遗事》，令之问他："这是写什么的？"启尔德小心翼翼道："也没有什么，写一个男人和一个女人。"令之又问："最后可是好结局？"启尔德看她神色黯然，安慰道："虽然不算好结局，但两个人都知道对方的心意。"令之不语，出了书店说想吃豆腐脑，自顾自一直加辣椒碎。吃到最后，她满脸眼泪，却笑着对启尔德说："这真正是我们孜城的小米辣，你别看我辣哭了，辣耷的人都还有呢，你们美国人可是吃不了。"启尔德在一旁也不劝她，却也默默吃了一碗极辣的豆腐脑。

这日令之倒是轻松，林恩溥空手而来，她还是言笑晏晏，对他道："恩溥哥哥，那你四处随便逛逛，我要回房试试二哥送的衣服。"

走时却叫上启尔德："喂，你去给我看看房里的唱片机，怎么总唱那一首曲子，听了三天了，闷死个人。"

达之和千夏看两人离开，均望向林恩溥，他却没有言语，只淡淡对达之道："这边没事了就过去，严筱坡和李林庵已经等了一阵子了。"

达之点点头，转头对千夏道："烦你多看着令之，要是大半个时辰还不出来，就去催催她。"

千夏今日穿贴身旗袍，那衣料是她从日本带回的花布，墨绿底上有红黄白紫的纷繁花叶，似雨中池塘，恍惚中有蛙声。她平日少有穿这样热闹，又抹了馥郁香粉，嫣红嘴唇，和令之站一起，确是两个富贵人家的小姐，但令之一离开，只余达之和林恩溥在旁，千夏笑容顿隐，看上去只觉白日生云，四下渐阴。她望着林恩溥："不会再有什么问题吧？"

林恩溥有些漫不经心："应当不会，严家昨天口头上已经应了。"

"那李家？"

"李家向来唯严家马首是瞻，李林庵尤其没什么主意，达之最近又送了他一个小妾，特意从苏州买来，弹一手好琴，又还没有开苞，你看他今天刚来，困得睁不开眼，连喝了两杯浓茶。"

达之道："李林庵和你父亲差不多，只要有大烟和女人，并不难对付。"

林恩溥冷笑："我父亲……我父亲怕是大半年没有醒过了……倒是你父亲不好糊弄，我担心……他这次来信，可有说几时回来？"

"没有，北京的局势没个说法，他是不会回来的，我看他上次的意思，倒是话里话外向着袁世凯那边……放心，只要我们余家不吃亏，他没有不愿意的道理，再说，慎余堂的章已在我这里。"

严筱坡和李林庵刚看完戏，见他们过来，跟着达之去了湖心水榭。那边早备好了翡翠麻将，桌旁矮几上置有七八样小点，一人一杯清茶。四人先摸牌定位，达之摸到东风，坐了上座，林恩溥坐他对家，严筱坡是他下家，李林庵笑道："怎么我倒是余家上手，这可当不起。"

达之骰子掷了个一，这是他自己坐庄。他也笑着作个揖："现在可是我做小辈的当不起了，两位叔伯承让。"

这就开了第一圈。达之一上来手就极顺，自摸了一个暗七对，又胡了严筱坡的杠上炮，还零零散散有些平胡。孜城盐商打牌，向来不用筹码，都是现银，当下用的是袁大头，十块为底，加番不封顶。打了不过大半个时辰，除了林恩溥几乎平手，达之桌下的红木钱盒已装不下那么些银元，这点钱自是小事，但开春后是盐业旺季，谁都想讨个吉利。

严筱坡又放了一个三番炮，佯装生气，把砌好的牌都推了，道："不玩了，玩不起，我们严家哪有本钱和余家林家玩。"

李林庵也附和道："筱坡说得是，我们小门小户的，只配自己玩点儿小牌……恩溥，倒是多谢你有心，红玉这小姑娘……有点儿意思。"他整日吃烟，牙齿焦黄，两颊垂下松松白肉，说完又嘿嘿笑了两声。

林恩溥也扫了牌，招呼水榭外候着的下人续上茶水，道："李叔伯，你说这些就见外了，严叔伯也别说这些气话……几家人都是一两百年的交情，前几年局势乱，大家都慌了手脚，生了些芥蒂，到了现在，彼此心里也都应该有数。"

严筱坡喝了茶，又漫不经心磕椒盐南瓜子，把壳扔进水里，道："恩溥，你父亲今日没过来？"

"父亲昨天睡得晚，说不凑白天的热闹，晚上会过来吃酒席，下午在燕子窝里听听曲儿，休息休息。"燕子窝是林家的鸦片馆，都说林湘涛已数月不大归家，平日就住在燕子窝的包房里。

"城里人都说，林家以后都是你说了算？"严筱坡问道。

"父亲健在，严叔伯可不能这么说，不过是父亲想过点清闲日子，那我身为长子，理应替他分忧罢了。"

严筱坡冷笑一声："现在不是你的，以后也是你的。恩溥，你前头说什么心里有数？我们怎么就是有数？"

林恩溥道："严叔伯明知故问……这几年，城内哪家不是吃尽苦头？川军来了抱着川军，滇军来了投靠滇军，北洋军来了，又忙不迭给北洋军表忠心……两位叔伯，抛开损失的银子不讲，你们难道不觉厌烦？"

李林庵点了两杆水烟，严筱坡接过一杆，深抽一口才道："厌烦？我们这些做点小生意的，只有盐，没有枪，能拖家带口活下来就不容易，哪里敢谈什么厌烦？恩溥，你和达之年轻气盛，把这局势想得太容易，你们回头去问问各自父亲，商会这件事，大清朝的时候孜城也不是没有过，后来还不是和革命后的议事会一样，不了了之……这几十年这

124

种有头没尾的事情，我也算见得多了，何况听你那天的意思，说是挂着商会的名头，倒是要把我们两家的生意给吃了！"

李林庵听了这话，悚然一惊："当真？"

严筱坡还是冷笑："林庵和你父亲一样，心放得宽，能享清福，我却还得挂记我们严家两百年的基业，不敢胡来。"

林恩溥道："严叔伯，您这就是言重了，我和达之不过后生小辈，可是担不起。在场的四家人，哪家都吃不下哪家，何况这飘摇乱世，谁还有这样的心思？大家不过抱抱团取取暖罢了。"

达之本在一旁不语，这时也开口道："严叔伯，那日登门拜访，本以为大家已说了八九不离十，您不管有何种疑惑，不妨直说。"

严筱坡沉吟半晌，道："按上次你们所说，这个新商会就我们四家？"

达之答："是，人多嘴杂，以前的商会大大小小收了几十家，最后您也看到了，一事无成。我们四家加起来，孜城的盐井占了七成，做什么都够了。"

"你们挂个商会的名头，其实是把四家的生意全凑到一起？"

"万一城里又来个新军阀，我们四家一条心，他们多少也得忌讳，不说别的，四家井上的工人就上万人，哪怕他们有枪有炮，哪个大帅愿意费这么些子弹？《石头记》您总是看过的，哪个城里的大户人家，不是一损皆损一荣皆荣的？任凭王熙凤再能干，也救不了偌大一个荣国府。"

"你父亲……可是在北京得了什么消息？"

达之笑笑，神情莫测："父亲……父亲倒是没说什么，但这几年的样子，您觉得谁坐得稳这位子？"

"袁世凯……都说他想当皇帝？"

"小皇帝还在紫禁城里住着，没这么容易……哪怕真当上了，你以为革命党会让他千秋万代坐下去？严叔伯，容我说句实话，北京和孜城，毕竟隔了这几千里，朝堂之上的事情，我们这些小民哪能多想，你只需算算，这几年有几个月安心日子？"

严筱坡抓了一把松子在手心，慢慢剥了壳，又捻去皮。他本是圆脸，浑身一团和气，这两年却渐渐瘦出棱角，双手骨节粗大，看到隐约青筋。达之私下里对林恩溥说过："严家……得多小心，严筱坡这个人，这两年倒是有点像我父亲。"

严筱坡吃了松子，又喝了茶，这才道："折下来的股份，余林两家占了六成半。"

林恩溥道："你也看了账本，股份是按盐井、火圈、盐工、推牛骡马、三年盈余……拉拉杂杂一起算的，算下来我们和余家各占三成五，但达之和我商量，各让了一点。"

严筱坡又是一声冷笑："这么说起来，我们还得端茶敬酒，谢你们大方？"

达之道："严叔伯，您何必说气话，我们不过想拿出一点小小诚意，毕竟事情做成最是要紧。"

"做成之后，你们把股份加起来，以后严李两家，岂不是井上的事情都说不上一句话？"

李林庵一直在旁眯眼休息，平日这时间他正该在烟榻上搂着小妾午休，今日又没有抽大烟，已是倦得睁不开眼。

林恩溥给严筱坡续了茶水，道："严叔伯，上次我们不是已经谈好，商会的委员会四家各出两人，凡事决策均需投票，过四票方能推行，这和股份没有关系，各家平等。那点股份，不过年底多分几个红利，何况我们两家投入也要多一些。"

"一家两票……余家有达之，林家有你，连李家也有儿子……你们这是明欺我没有子嗣。"严筱坡独子夭折，妻子只生了两个女儿，他也纳过两个小妾，但后来始终没能再生出儿子。

"当年选议事会，你不也带的余淮？"

严余淮是严筱坡的侄子，严筱坡本是严家二少爷，按理说不过能分些家产，承继不了家业，但严余淮的父亲壮年忽染瘟病暴毙，生意就都落在了严筱坡这里。孜城数年来都有传闻，说严余淮已正式过继给严筱坡，过继是大事，大户人家需得大宴三日，严家却一直未有消息。严余淮和达之差不多年纪，并未出洋读书，光绪三十四年进了京师大学堂译学馆，但读了三年就被严筱坡叫回孜城，刚革命时，严余淮也常跟着严筱坡进出议事会，去井上熟悉生意，但这两年不知怎么，严筱坡出入不怎么带上他。今天他倒是也来了，给令之带了一串不过不失的玛瑙镯子，严余淮少年老成，看起来比济之还要大两岁，穿一身灰长衫，戴无边眼镜，本是严家祖传的圆脸，却和严筱坡一样，这两年瘦了一大圈，眼下乌青，两颊凹下阴影。令之和他幼时相熟，但这两年无甚交往，见他时忍不住道："余淮哥哥，你怎么瘦成这样？"

严余淮愣了愣，答道："近来脾胃不好，多谢令之妹妹挂心。"和众人打了一圈招呼，严余淮又没了踪影，既没看戏，又未打牌，慎余堂二十亩地的园子，他想要藏身，那无论哪里都藏得下去。

令之心中难过，对千夏说："余淮哥哥以前待我最好。"

千夏打趣道："以前待你最好的不是你恩溥哥哥？"

令之轻声道："是啊，小时候他们待我都很好，现在……现在大家都长大了。"

千夏看她神情凄楚，只轻轻握住她双手。令之却突然又高兴起来："你看这镯子，我什么都有，就缺一串玛瑙。"

严筱坡半眯双眼，用手摩挲翡翠麻将，道："委员会说是四家均分，但商会的会长副会长毕竟是你们两家的，以后出去行走办事，名头全让你们占了，生意人都是粗人，谁会懂你们的什么委员会？"

林恩溥望着水面残荷，过了一会儿才似下了决心道："严叔伯，不如这样，我们林家就不要这个副会长的虚名，您要是有意，就直接给您如何？但余家……"他看看达之，"……您也知道，余叔伯现在在北京，认识了不少人，挂着他的名字，很多事也方便一些……"

严筱坡翻出一个发财，慢道："余立心做这个会长，我和林庵是没有意见的……林庵？"

李林庵似刚从梦中惊醒，木木看着众人，道："我都可以，我都可以，按你们……不不，我是说，按筱坡的意思办……"

达之起身给二人作了一个揖，道："既然二位叔伯都点了头，择日不如撞日，契约文书我已备好，现在就放在我父亲的书房里，我们这就过去如何？我家小妹一心要按西洋规矩过生日，这晚饭还得好等，签好之后，我们还能再看会儿戏，今日的戏单热闹得很，等会儿还有《夜奔》。"

严筱坡冷冷道："看来你这是认准了，我们必定会签？"

达之道："严叔伯，大家不过同坐一条歪尾船，前方滩险水急，谁不想把船造大造好，求个平安？和祖宗基业比起来，一丁点儿眼前得失，又有什么要紧？别说你今日只是要个副会长，哪怕你要会长，我自己做不了主，也得飞鸽传书，劝我父亲让贤。"

严筱坡也起身拂衣："罢了，不敢当，就这样我明日还得上门给湘涛兄陪酒谢罪。"

四人出了水榭，沿着院墙内沿往书房去。达之自己也有书房，但开春之后，他喜父亲房前的几百杆翠竹，就搬了过去，林中铺有卵石小道，直行过去正好是书房窗前，达之在檐下搁了藤桌藤椅，偶有闲时，他会歪坐读书。去东洋四年，达之断续学了些日语，不过能应付一点琐事闲谈，自千夏来了孜城，每隔几日就给他上课，达之天资过人，想造炸弹时能造炸弹，想读书时也能读书，千夏从东京带来厚厚一叠装订好的《平民新闻》，千夏对他说，办报的这人，叫作幸德秋水，四年前已经被日本天皇处死。

四人刚进竹林，就听到前方有隐约人声，待稍稍走近，才见是令之坐在檐下，她新换了一身衣服，正是达之今日送她的礼物，红蓝色格纹呢套裙，直直裙身到膝盖上下，配了黑色丝袜，藏蓝色扣襻皮鞋，戴一顶白色镶边呢帽，这么望去，确似巴黎画报中走出的女郎。令之对着窗户挥挥手，笑道："余淮哥哥，怎么还没找到，我不过让你找本小说，怎么花了这么些时间？"她手腕雪白，戴着那串玛瑙珠子。

严余淮则在书房内遥遥答道："……你父亲这里书虽多，却着实没几本小说，你待我再找找。"

达之望望严筱坡，又望望林恩溥，前者眉头紧锁，后者面色无异。天色渐晚，四下寂静，唯有风穿树叶，婆婆出声，众人默然前行，只有李林庵左右张望，突道："余立心这竹林好大气派！恩溥，你回去跟你父亲说说，烟馆里也这么种上几百杆，再在林子里搭个棚子，这样吃烟才真正有意思。"

林恩溥看去冷然，声音却是毕恭毕敬："李叔伯，我今日回去就和父亲商量商量，多劳您提醒。"

玖

生日之前，令之已翻来覆去想了两月，她和林恩溥，无论如何不能再这般下去。乙卯开年多忧，余立心虽去了北京，他订的《大公报》照例送到家中，令之从报上读到，日本公使已向袁世凯递交"二十一条"，上海正在抵制日货，全国上下留日归国学生纷纷上街游行。孜城富商子弟中，留日的少说也有几十人，不少人撕掉证书，上了京城。千夏平日出入，得愈加小心，她虽说一口熟练川话，但举止过分恭敬，遇人总难以自抑前倾鞠躬，熟知东洋风情的人，仍能看出端倪。达之和林恩溥则如常出入盐场，一船船把雪白花盐运往下江诸地，天海井上年前又进了一台日本机器，出卤量陡增三成，孜城中已略有非议，说两人只知挣钱，无视国命。

正月初七，达之难得午后就从井上回来，他去灶房时大意，被熬盐大锅烫到手心，硬熬了两个时辰，这才来医院收拾。来时血泡乌紫，已有拳头大小，千夏用火炭烧过银针，把血泡戳了，又细细撒上药粉，也不包扎，只说："没什么事，就是这两日别再上井了，盐卤烧皮，对伤口不好。"

令之本在一旁无聊，听了这话，起了兴头，道："二哥，左右你也没事了，不如今天晚上我们一起去看天灯。"

孜城人古来擅制花灯，正月放天灯，中元漂河灯，是孜城年头年中两次盛事，天灯从正月初七放到十五，河灯则从七月十三漂至二十，天灯会捐灯祈福，河灯会超度亡灵，最后全城灯火通明，都似过年场景。前两年时局杂乱，天灯会断了两年，今年又筹款重开，慎余堂捐了七八个寺庙，但达之不过循例出钱，并无兴致。

达之果然抖抖手上药粉，道："看天灯？那有什么看头，从小到大年年看，你还没看腻？何况今天才刚开张，不过四处有些灯笼，要看也等到十五，你不是最爱牛儿灯？"

十五是天灯会的最后一晚，按例要鸣鞭炮放焰火，还有各色杂耍，龙灯狮灯，往年城内大盐商每逢元宵总会开个堂会，晚饭后大人看戏，几家小孩儿就聚在一起，由年纪大些的带出来看天灯。有一年是严家做东，在桂馨堂匆匆吃了点肘子腊肉香肠，还没有上鸭汤，小孩儿们已迫不及待，一团混乱上了街，起先还勉强走在一处，后来也就全散了。

令之自小就和林恩溥亲近，两人看牛儿灯入迷，跟着那扮牛的人走远了，大半夜才辗转回桂馨堂，大人们看完戏正在消夜，又几十个孩子挤着放鞭炮，没人留心少了两人，只有十岁出头的严余淮脸色煞白，一直候在门口，下人催他去吃醪糟汤圆，他也不理，也不对人说个究竟，直到令之和恩溥嘻嘻哈哈进门，他才"哇"的一声，哭了出来，倒是令之前去安抚："余淮哥哥，你别怕，我没事，我们只是走迷了路……恩溥哥哥身上带了压岁钱呢，他给了那牛儿灯里的人一个银元，人家就把我们送回来了……余淮哥哥，别哭了，我真的没事……"大人们这才知道原委，都说"严家那个侄子，怕是没什么出息，倒是林家大少爷，小小年纪遇事不慌，以后必成大器"。

令之撇撇嘴，道："也十年前的旧事了，年年都得说一次，你也不嫌烦……元宵，到元宵那日，谁知道你又有什么事，我不管，你和大哥出洋这么久，多少年没陪我看过天灯了！"

达之素来将就令之，想想也就应了，拉拉杂杂叫一堆人，达之令之千夏，启尔德艾益华，令之没提林恩溥，但他自己赶来吃了晚饭。今年过年人少，厨房却还是照常例准备年饭，他们拖拖拉拉吃到初六，今日达之早早回家，吩咐厨房说："天冷，别又鱼鱼肉肉一大桌，就吃个羊肉汤，再烫点豌豆颠儿。"

厨房赶忙去市场买现杀的黑山羊，晚饭前先一人喝了一碗羊骨清汤，这才开始烫羊肉羊杂，启尔德和艾益华不食内脏，更不吃羊血，就给他们一人一个小铜锅，只烫羊肉青菜，末了在汤中下半碗面条。艾益华来孜城数月，中文已流利不少，看诊已不需千夏在旁翻译，但除此之外，他寡言少语，更从不谈及私事，令之私下里对启尔德说："艾医生说是你们基督徒，我看倒像个和尚。"

饭桌上众人都无甚言语，令之突然开口问道："艾医生，你在美国给耶稣过生日，也是和家里人一起吗？"上一年启尔德和艾益华过耶诞节，勉强做了几道西菜，因启尔德说这就是美国人过年，令之也去吃了几个灶火烤洋芋，回来只对达之说，粉倒是粉，但还是烤红薯香甜。

艾益华想了一下，慢道："我没有家里人。"

令之一惊："为什么？"

艾益华放下竹筷，道："我的父母死了，我的妻子孩子……也都死了，战争会死很多人。"

众人一时都沉默下来，艾益华反神色如常，道："你们不用为我落泪，主自有祂的安排和美意。"

达之冷冷道："你一家死光了，你倒认为这是上帝的美意？"

艾益华道："达之先生，约伯有七个儿子，三个女儿，七千只羊，三千只骆驼，五百 yoke① 的牛，五百只母驴，还有 a very great household②，上帝准许魔鬼试探约伯，让他什么都 lost③，但约伯说，Naked came I out of my mother's womb, and naked shall I return thither, the LORD gave, and the LORD hath taken away; blessed be the name of the LORD。"

这句连启尔德也不能翻译，千夏在一旁道："我赤身出母胎，也赤身归土。赏赐的是主，收取的也是主。主的名应当赞美。"

达之沉着脸，又吃了两筷子羊肝，道："此等境界，果然了不起，我等俗人，怕是达不到了……万幸还没有几个中国人，抽上你们基督教的鸦片，不然还革什么命？爱新觉罗氏千秋万载坐下去，也可说是上帝的美意。"

艾益华似懂非懂，但也知他们出言讥讽，也不辩驳，只道："两位先生，你们慢慢会懂，上帝自会拣选你们。"

达之冷笑："只盼着永远别懂为好，我大哥倒是懂了，这一年听说什么也不做，只在京城玩戏子。"

令之起先一直没说话，此时才道："不可能！大哥不会这样！有松哥哥看着他呢！"

达之道："你要是不信，不妨年后自己上北京去看看，只怕松哥哥……"终是没有说下去。

这么闹了一通，后来气氛未免尴尬。匆匆饭毕，因说好沿途看灯，也没有乘轿，六人稀稀落落前行，一路无言，还好慎余堂出门半里地即是夏洞寺，远远已见入云灯杆，各挂九盏大红灯笼，达之见了，对林恩溥道："看来去年的收成……还是不行。"

夏洞寺香火极旺，达之令之幼时来玩，庙前灯杆挂灯少则三十三

---

① 英文，对。
② 英文，许多仆婢。
③ 英文，失去。

盏,多则三十六盏,点天灯背后是"天灯会"和"牛王会",钱说是来自会费放债生利,但所谓会费,还是大都从盐商这边来。灯盏中的灯油,则是善男信女们所捐,按香油多寡,燃灯少则三日,多则一月。达之记得,令之十岁那一年,因慎余堂又有一口井出卤,父亲一时高兴,余家厨房每隔三日,就送去一大水缸香油,让夏洞寺的天灯足足燃了两月,胡松带着他们三人,每日在灯下放鞭炮吃凉皮。

林恩溥也抬头看灯:"我们几家给的香油都照了常例,但寻常百姓家……这两年怕是吃饭也难。"

那灯笼忽明忽暗,照得达之神色变幻,他抬头看灯,良久不语。令之本落在后面,现在也跟了上来,拽着千夏道:"千夏姐姐,走,我们进去烧香,大年初一都没有来上头炷香,往年父亲可是总带着我们一大早来许愿,他不在,二哥就忘了这事儿……不过就算往年,二哥也总不肯来,宁可在家睡觉。"

千夏摇摇头:"父亲不喜拜佛,我就不进去了。"

令之只觉奇怪:"为什么?"

千夏笑笑:"也没什么,他信的东西不同。"

启尔德和艾益华也到了庙门,令之恍然道:"原来你父亲也信上帝。"

"不是,他不信上帝,也不信佛祖。"

启尔德和艾益华饭桌上就讲明了只看天灯,不拜偶像,自然不肯进庙。大门口有人演杂耍,牵一只上下蹿跳的褐色小猴,二人觉得逗趣,就凑了过去。本有数十人正围看杂耍,忽见两个洋人,他们又长得高,反被众人围观,那小猴不知怎么,猛蹿到艾益华头上,又半蹲下来,对下面做个鬼脸,艾益华平日里都冷着一张脸,此时更显滑稽。

令之大笑,达之却冷冷道:"我和千夏去前头逛逛,你自己一人进庙我不放心,正月里贼多,让恩溥陪你进去,里头也逛不了多久,过半个时辰大家就在门口等。"

林恩溥似想说话，但终究只道："令之妹妹，你要买多少香烛，我这就去买。"

令之今日着亮蓝缎子夹袄，大红褶裙，手上耳上丁零当啷戴着金饰，她低头拨弄腕上的绞丝镯子，道："也不用多少，我就去拜拜观音。"

林恩溥去买了一小把香烛，外裹黄纸，又随手给令之请了一串开过光的檀木佛珠，递给她道："不值钱的，求个心安。"

令之摩挲那佛珠半晌，也不戴上，二人这才并肩进庙。夏洞本是街名，孜城人惯称其为天池寺，因寺中有池，千年不竭。每年四月初八寺中放生，百姓买来各式活物，放生池中。天池自北宋仁宗至今，七百年来不知容纳多少鱼鳝鳖蟹，池水不过十尺深浅，从来无人捕捉，却统统不知去向，池水清澈，也少见鱼尸，孜城人总说，水下有暗道，通往西方极乐世界。

八年前，林恩溥将赴东洋，走前令之执意要为他求平安，二人一同在池中放生一对红鲤，两只鱼各剪半边鱼尾，以为标记。恩溥去后，令之时常前来烧香，每次总带半包饵料，在池前逗鱼，最先两年，总能见到一对残尾红鲤形影不离，浮出水面啄食，久久不去，似乎还能认出令之。到了第三年，就只剩一只，意兴阑珊，也不怎吃饵。又过一年，令之再来，两只鱼都不见踪影，大概真去了西方极乐世界，她两手空空而来，再空空而去。

二人再到池边，一时只能无言。恩溥看见池水，忍不住"咦"了一声，令之也道："原来植了荷花。"

恩溥道："你也几年没来了？"

"四年。"恩溥四年前归国，回来正是盛夏，他没找令之，令之还是在下人耳语时听到消息，"都晓得了吧？林家大少爷回来了，还带了一个东洋女人……唉，我们小姐，造孽……"二人第一次见面，已是那年中秋，林家开了两日的流水席，林恩溥没招呼她，令之草草吃了午饭，就道了辞，途中经过天池寺，令之在门外踌躇半晌，最后买了两个卤兔头，回家后对着满池残荷，细细啃完。

他们慢慢往里走，这是天灯会的第一日，天阴欲雨，庙中游人不似往日繁盛，有孩童在门外买了叶儿粑，一路洒下油肥肉丁，父母担心污了佛地，正在路边打骂孩子，却有僧人前来劝慰："无妨，佛从无为来，灭向无为去，不过一点荤腥，又有什么要紧。"

令之问："他这是说什么？"

恩溥摇摇头："我也不知，我在日本从不进佛寺，上一次还是……"他停了下来，许是想到那对红鲤。

"日本也有佛寺？"

"到处都是，那边的佛寺都尚唐风。"

"为什么？"

"日本的佛教就是鉴真和尚传过去的。"

"那在这之前，他们就没有佛祖？那日本人信什么？"

"什么都信，他们相信万物有灵，都能成神。"

正殿是如来殿，据说南宋末年此间见龙，随后遭了一场大火，洪武年间才又复修，到了道光时候，城中诸盐商生意兴隆，就筹了一大笔钱，给佛身贴上金箔。此后国运一路向下，到了革命前一年，一直是靠哥老会派兵守庙，但金箔还是左一块右一块失了踪迹，怕有一半倒是官兵自己剥了去换鸦片，现在遥遥看去，佛祖身上仿似长了癣疥。往年他们来庙中闲玩，总是先拜如来，再慢悠悠去三宝殿、千佛塔，再往后的真武殿、玉皇殿、药师殿……令之调皮，连厨房都要进去逛一圈，偷吃坛中泡菜，天池寺和尚推豆腐和做泡菜是有名的，每年观音菩萨生日，满城的人要来吃斋饭。

到了如来殿门口，香客大都聚在这里拜佛，令之却只在门外往里看了看，就拐弯进了右手边的千手观音殿。上回他们同来，这里还只是一尊寻常观音铜像，恩溥去东洋的第二年，林家死了个小儿子，城里有些风言风语，说是林湘涛平日善事做太少，又嫖赌不忌，触怒佛祖，他就出捐了一笔大钱，重修观音殿。刚修成时，令之来看红鲤，进来拜过两次，但所求之事，菩萨也并未应允。

令之点了香烛，只站着拜了三拜。她转头问林恩溥："恩溥哥哥，你怎么不上来拜拜？"

林恩溥摇摇头："我不拜我不信的东西。"

"小时候我们不都一起拜过？不过……你大概都不记得了。"当年放完红鲤，二人也来拜过观音，出殿后令之曾问他许了什么愿，林恩溥轻抚令之的长辫，只道"也没什么，和你的一样"。

"记得，但那时候……那时候我什么都不懂。"

令之本已打算出殿，听了这话，又跪在蒲团上，规规矩矩磕了三个头，起身后道："恩溥哥哥，你现在当是什么都懂了，那你还拜什么？"

林恩溥道："我现在什么也不拜。"

"是不是你什么也不信了？"

"不是，我信的东西，什么都不拜。"

令之凝神看着观音铜像，道："恩溥哥哥，你知道不知道，千手观音，其实只有四十二只手。"

"你数过？"

"以前余淮哥哥去三台寺数过，他对我说，中间有两只合起来的，两边则各有二十只，手心里都画着眼睛，拿各种法器。"三台寺也是孜城名寺，距离严家不远，每逢严家请客设宴，孩童们总去庙里游玩。

"你和余淮……倒是从小就好。"

"这两年也都没见到了，你也知道，小时候的好，长大了都算不得数。"

他们这时已出了观音殿，绕过院中青铜大钟，四具铜磬，经过饭堂和花厅，到了后边禅院。院中植有松柏，又有翠竹成林，大山门上挂巨匾，是乾隆二十八年孜城县令黄大本手书的"天池禅院"四字，幼时余立心请了师傅在家教令之诗书，还临过黄大本的帖子。

令之抬头看那行草，道："人过进贤桥外路，寺传兴国古时钟。"这是黄大本在天池山题的诗，词句平平，但幼时二人游玩，总经过那块石碑，一来二去都牢牢记住了，令之还曾笑道："也真是的，父亲和你都让我背《全唐诗》，来来回回背不出三十首，这黄大本的倒是滚瓜烂熟。"

恩溥想来也忆起往事，只在一旁站着，假意看院中枯竹。

令之本已打算出了禅院往回走，走到门前，又止步回头，道："我等到四月。"

恩溥不言，看着她，令之又道："四月，你知道的，我的生日。"

令之生日前半月光景，达之来林家商讨杂事，夜半事情方谈完，两人一起在书房吃面，厨房的人本在一旁等着收拾，达之把他们叫了出去，又闩门闭窗，这才对林恩溥道："千夏的意思，你趁着令之生日，就把事情定了。"

恩溥仍是低头吃面，不发一语。

达之又道："令之那边……铁定是没有问题的，她怎么待你，你心里也有数……哪怕只为着你们这么些年……何况我们的计划，也得尽早筹谋……"

面已吃净了，恩溥又从碗里一粒粒夹起哨子，道："这件事不做，我们的计划也不会有问题，余家有你，林家有我……严家和李家，不过迟早的事情。"

达之道："话虽如此，但我毕竟不是长子，父亲待我，也终究是留了心眼……大哥这个人，是谁都说不清的，谁知他会不会突然又回来，再说还有个胡松，父亲和大哥，都信赖他，这次回来，他却从来没有信过我……有了令之就不一样了，家里人最疼她，以后要有什么差错，也有她替我们兜底。"

恩溥摇摇头："无须如此。"

达之不解："即使无须，难道你不想？令之已过了二十，这么些年，你以为城里没人给她做媒？不过父亲知道她的心意，不想强她而已。"

恩溥起身，把下人叫进来收碗，道："我自有主意，你回去告诉千夏，少管我的私事。"

终到了令之生辰那日，几人在书房里外撞上，令之倒是大方，见了他们，只娇声笑道："二哥，你不好好陪我过生日，今天怎么也要谈正事……哎呀罢了，我和余淮哥哥也不打扰你们……余淮哥哥，你出来呀，我们看戏去好不好？"

严余淮本来在屋里找书，听到声音才出来，手里拿着一本林琴南的《恨缕情丝》。他今日来时满脸病容，眼下淤淤乌青，现在倒突然有了神气，只是出了一头一脸汗，鬓角粘灰，看到严筱坡，他脸色沉了沉，轻声叫："二伯。"又向众人点点头，和令之一起退了出去。

待达之恩溥与严李两家订好契，再回到罗马楼，晚饭已经开过了，在池边给他们四人单留了一桌，严筱坡和李林庵等了半日，只慌着回去吃烟，不过胡乱用鸡汤泡饭，吃了点凉菜，就匆匆告辞。天色半明半暗，院中杂花喷香，屋内有西洋乐声，启尔德大概修好了唱片机。年长的要不散了，要不还是散在院内各处打牌听戏，年轻人都在厅中跳舞。盐商子弟留过洋的已占一半，剩下一半也都去过北京上海，见过一番世面，会跳舞的人着实不少。

达之慢条斯理吃冻鱼，他细心剥出鱼籽，又对恩溥道："你该进去跳舞。"

恩溥今日没吃什么东西，正喝第三杯高粱，他淡淡道："我不会跳舞。"

"在东京你带我去过学校舞会，你忘记了？刚去那个月，我见过你跳舞。"

"你记错了。"

"我不会记错。"

"那时候不是我。"

"那是谁？"

"不重要的人，已经死了。达之，你怎么还不明白，以前的人都死了。"

达之停了筷子，良久方道："你说得对，我忘记了。"

不跳舞也进了舞厅。令之和启尔德正在中央跳华尔兹，她还是穿了那条绿乔其纱长裙，大概跳热了，取了手套披肩，盘扣解开两颗，露出雪白臂膀，和若有若无的颈脖。令之想是初学，时常被裙尾绊住，但启尔德总能顺着她的舞步，每次令之像要绊倒，启尔德就轻轻把她的腰往上带一带。达之和恩溥进门，恰好看到令之又打一个滑，却被启尔德拽住，她吐吐舌头，轻声对启尔德说了句什么，启尔德个高，乐声又响，他就微微埋头，侧过身子听令之说话。

留在这厅里的人大都下了舞池，只千夏穿一条米黄纱裙，素素净净坐在旁边，虽说对外都讲她是令之的远房表姐，但毕竟是生面孔，也没人请她跳舞。严余淮则坐在舞厅的另一侧，他大概是真不会跳，厅里这么多年轻人，都一色穿西式礼服，也就他还穿灰扑扑长衫，又生得瘦，远远望去，像个吃烟的老人。

达之恩溥走过去，坐在千夏边上，一人倒了一杯洋酒。千夏看着舞池，也不转头对着他们，只轻声道："你应该准备礼物。"

令之突然有一声娇笑，似是又差点摔倒，四周的人都看她，恩溥也含笑看过去，道："干你何事。"

"你太负气。"

"和这没关系。"

"明明到手的东西，又不是不欢喜，却偏偏不要，这难道不是负气？"

一曲终了，令之见到他们，挥挥手丢下启尔德过来，到了先喝一大口橘子水，笑道："热得我，千夏姐姐，早知道这条裙子不改式样就好了，你看现在可好，我脖子里全是汗。"

千夏没答她，反而转头道："达之，我们也去跳支舞，要不我白做了这条裙子。"

达之会意，和千夏下了舞池。乐声再响起时，那一大杯橘子水已喝净了，令之脸色沉下来，轻敲空杯，手指上涂了嫣红蔻丹，映在水晶杯上更显白皙，她低头道："上次我说过了。"

恩溥也不看她，道："我记得。"

"所以……你这算是想好了。"

"错了，我正是想不好。"

"想不好……那也只能这样了。"

"你说这样，那就这样吧。"

令之微微抖了抖，终是忍不住转过头来，直直看着恩溥的眼睛，她眼中隐约有光，也不知是泪，还是顶上水晶灯闪烁，令之道："恩溥哥哥，这么些年，我也没有问过你一句……为什么？"

恩溥面静如水，道："令之妹妹，不是凡事都有一个为什么。"

令之站起身，粲然一笑，道："你说得对，我问这个干什么……恩溥哥哥，你多保重，和我二哥一起做事，也不要伤了身体，你看你这些年，瘦得脱了样子……你慢慢喝酒，今天这是二哥特意从上海运回来的法国酒……我得再跳舞去了，启尔德在那边等我呢，余淮哥哥也说让我教他跳舞。"

她正要走，恩溥突然从裤兜里拿出个玩意儿，放在令之手心里，道："算不得生日礼物，早早做好的，不过给你玩玩。"

令之低头看，那是块鲜红翡翠，定睛才看出雕成鲤鱼模样，断了尾，眼窝里嵌了一对东珠。令之认出有一颗是当年她拆了钗子留给恩溥的，另一颗则不知哪里配好，大小颜色分毫不差，倒像她早扔进孜溪河那颗，"……石头是偶然得的，这颜色也不值钱，不过取个新鲜。"

令之没有手袋，把那鲤鱼随手从脖子口扔进衣服，道："好呀，恩溥哥哥，我回头仔细看看，这首饰不是首饰，摆件不是摆件，也不知道到底能做什么？"

恩溥凝神看她半晌，道："做不得什么，连做镇纸也太小了，令之妹妹，你随手就扔了吧。"

"那多可惜，石头不值钱，两颗眼珠子可是上好的，再不济我也能拆了再镶一对耳坠。"

到后面人人都跳出了瘾头，这是孜城第一回正儿八经有西式舞会，上一辈的人牌局都散了，这边还谁都不肯走。令之甚至中间去换了一套衣服，这次是蓝色塔夫绸裙子，大大方方露出脖子手臂，裙子特意绞短一截，华尔兹转圈的时候，裙子窸窣有声，隐约看到雪白小腿。快到午夜，厨房里送来小食，有排骨面、醪糟汤圆和雪梨甜汤，恩溥喝完甜汤，走出舞厅时，正看到乐声又起，令之拉着满面通红的严余淮，教他舞步，启尔德站在一旁，他也说不上高兴不高兴，只凝神看着令之。

林恩溥出了慎余堂，往南边行去。这两年他并不常住家中，他在城中有不少私宅，起先都传林家大少爷四处养着女人，但现今也都知道，那几个宅院虽大，却不过有些仆妇，且林恩溥每隔几月就会换掉一批，达之也问过他为何，恩溥只说："妇人嘴碎，多换换省些麻烦。"

刚走了两步，后面有人轻声道："没想到，你倒是有真感情。"

林恩溥停下来，午夜微凉，千夏在跳舞裙子外面，裹一件半新不旧的羊毛坎肩。她住的地方本在慎余堂北边，平日里要是晚了，时常也就住在令之房里。

林恩溥也不看她，仍旧前行，道："这么晚了，你不该出来，城里毕竟驻这么多兵。"

千夏追上来，这两日正是满月，他们走一条斜巷，莹白月光映照她半边脸庞，像某出戏里的旦角，她站在恩溥左边，道："都到了现在，谁还怕这个，我们这种人，随时可以去死。"

恩溥道："那也要选个死法。"

千夏道："恩溥，我知道达之，却不知道你。"

"也无须知道，千夏小姐，在东京时你就告诉过我，我们不过是同道，勿要牵涉其他。"

"令之那边，你终是下了决心。"

"也说不上决心，只觉得麻烦。"

千夏凝神看他，摇了摇头："你不是觉得麻烦，你是不忍。"

"你想得太复杂。"

"恩溥，从认识的第一天起我就知道，你和别的人不一样。"

"千夏小姐，你言重了，眼下何等时局，有何所谓一样不一样。"

林恩溥和千夏相识于光绪三十四年，后来恩溥惯对人说，那是明治四十一年。早稻田大学自明治三十八年起设有清国留学生部，接收庚子赔款后的官派学生，恩溥则是自掏腰包的富家少爷，其他中国学生不大看得上他，平日里彼此无甚交集，只有每到开同乡会前，才会有人来找他募捐。总来找他的那人，长得黑胖，单眼覆白膜，话声似刀锋磨石，拿了恩溥的钱，此后再遇上，照样见面不识，后来这人也失了踪迹，听说是追随同盟会的人回国革命，恩溥只心道：原来革命党里，就是这么些人。

恩溥先进文学部，学了一年只觉无趣，就又转到法政部，他没对家人提起，林家让他留洋，不过是想要个名头，无人关心他学的是什么，那时他还给令之写信，这件事本也不大重要，他却斟酌数次，未有下笔。最初一年，他在东京过得闷气，闲时更思孜城和令之，但到了第二年，心中渐生波澜，再想起令之，眼中已像生了雾气，他倒是有一张令之在省城读书时的相片，穿小袖窄边的蓝布褂裙，黑鞋白袜，发梳双辫，言笑盈盈。他也时常拿出相片细看，却越看越觉令之稚小，仿似多年以前，他们在盛夏去孜溪河上游水，他游得快，片刻到了河心，转头去看百尺之外的令之，只小小一个头，又长绒绒毛发，仿佛倒像只猫，他无端端地，心中一惊。这照片他先是夹在一本《新社会》的旧刊中，后来又不知怎么放进了某本幸德秋水的书里，书是他日日翻看的，相片每日在眼前晃动，他反倒记不起令之的模样。

　　那年也是清明前后，林恩溥在神田初见千夏。明治三十九年日华学生会成立后，事务所就设在神田的锦辉馆，说是"其目的为图两国学生间亲睦，进益德智"，隔月开一次例会。锦辉馆向来是个热闹地方，自革命派至保皇党，凡是在日本的国人，少有不去该处的，那年章太炎出狱后横渡东京，就是在锦辉馆即席演说，据说在场有留日学生数千人，一时盛况无前，那日恰逢东京暴雨，馆内已无立锥之地，不少学生挤在馆外走廊中，其实听不见只字片语，却无人离去。

　　这边的中国学生无非这么两种，要不一心求学，要不一心向政，恩溥则渐渐发现，自己对两者皆无甚兴趣，来东京一年，他不大上课，也从未去过锦辉馆，平日里大都在图书馆中看些闲书，开始还出外走走，半年之后就越发少离开学校。但他遇到千夏那日，东京阴雨多时，终得放晴，宿舍中另外五人，既想外出游玩，又吝惜钱财，就死活拉上他同去，恩溥心知他们不过想找人付账，却也不说破，六人于是一同坐车去了神田。

下车后不过随意走走，暮春时分，路旁密密植了粉樱，因前几日风雨交加，花瓣落了一地，此处樱花色深，沾雨后近乎斑斑血痕。恩溥想到去年此时初见满城樱花，深感震动，给令之邮去数页长信，现今他却时常懒于提笔。他并非悄然情变，有时夜深，想到令之，仍觉得甜蜜悸动，但不知为何，他觉得这件事渐渐不再重要，重要的事情，他却又未能寻到，唯有前路茫茫，内心虚空。

他们走了大半个时辰，大家都觉肚饿，沿途见一一食铺，门前布帘上有"鋤焼き"字样，同行中有人道："这是火锅，咱们不如也去吃吃天皇推崇的牛肉。"于是就进了这店。孜城也喜食牛油火锅，且专烫下水，恩溥想到毛肚脆香、鹅肠爽利，忽感饥饿，坐下之后点了菜，又叫了两壶清酒，店主先上满满一大盘牛肉，在抹上野鸭油的铁锅内稍加煎制，待牛肉显出焦色，再倒入喷香酱油，又待汤汁煮沸，这才加了蘑菇豆腐和春笋，慢慢炖上。日本的牛肉不似孜城，须老死后方能进食，几是入口即化，也无需其他调味，大家吃得高兴，有一人忽提及当时在这边上的锦辉馆听太炎先生演说，见他发长过肩，体态稍腴，四下有人私语，这是因狱中食物少盐。太炎先自陈心史，称年少读书，每每读到蒋良骐所修《东华录》，见戴名世、曾静、查嗣庭诸人冤案，则胸中发愤，只觉异种乱华乃是第一恨事云云，其他几人点头应和，颇感热血，大家一起尽了杯中酒，恩溥却还是吃牛肉，冷冷道："那又如何，我们汉人杀汉人，又何曾停过手，洪天王那几十年，死的人怕比扬州十日、嘉定三屠多上十倍。"那几人显是不悦，却也没有明说，待到恩溥付账出门，几人纷纷托词另有杂事，大家也就散了。

恩溥本想径直回学校，但又不想和他们同车，往前走几步见到锦辉馆的牌匾，就想进去坐坐，打发个把时辰。刚进馆，见一女子站在门口招呼，虽说明治五年，日本政府已颁布《学制》，中有规定"令一般的女子与男子平等教育"，但恩溥来东京一年，从未真正见过日本女学生，也少有在公共地方见到女子。眼前这少女身着箭翎花纹和服，外裹百褶长裙，却配利落马靴，长发梳髻，用缎带系一个大蝴蝶结，见恩溥进去，微笑着鞠了一躬，开口却是道地中文："先生是中国人吧？"

恩溥一呆，道："你怎么知道？"

"因我母亲也是中国人，我识得中国人的眼睛。"

"和东洋人有何不同？"

"也说不上来，但见到就能知道，中国人……眼中总有一股愤懑之气。"

恩溥听了这话，确觉愤懑，为做掩饰，他往里看了看，只见台上高悬红色布幅，用白涂料上书"社会主义"四个汉字，他转头问那女子，"这又是什么意思？"

拾

乙卯年天气诡谲，余立心年初从孜城归京，尚赶上最后一场雪，他和楼心月坐屋顶赏雪，见什刹海上浮冰渐融，细雪入湖。他笑道："别看孜城算是南方，今年雪下得比北京还大，我走那日，孜溪河还冻得结结实实。"

雪中已有春意，楼心月穿着新做的藏青薄呢大衣，忽想起什么，道："前两日我去裁缝店，见街上有好多学生，路上四处拦人，说要罢买日货，这衣服刚好是日本料子……"二月初，英国记者端纳设法取得"二十一条"原件，且在《泰晤士报》上公布之后，中国各报也披露了"二十一条"全文，一时举国哗然，尤以留日学生反应激烈。留日学生总会中有个叫李大钊的，这两日在报上发表所谓《警告全国父老书》，中有文"盖政府于兹国家存亡之大计，实无权以命我国民屈顺于敌。此事既已认定，则当更进而督励我政府，俾秉国民之公意，为最后之决行，纵有若何之牺牲，皆我国民承担之"。

余立心这日下午刚读过此文，此时不过摆摆手，道："这些孩子只是糊涂，不用搭理……国力如此，岂是说不屈就不屈的？他们以为当年'马关''辛丑'，还真是李鸿章一人卖国不成？"

春日苦短，不过两月时间，入夜之前，屋顶已热得坐不住人。顶上新植了一圈儿花草，楼心月开始还每日清晨上去松土浇水，有一日不过待了小半个时辰，竟晕了过去，因来不及叫医生，就让济之看了看，济之听诊之后涨红了脸，轻声对一旁的父亲道："楼姑娘没什么大碍，转眼就能醒，醒后多喝热水，别太劳累，她只是……已有了三月身孕。"

余立心"哦"了一声，也颇觉尴尬，只能干咳一声："知道了。"楼心月不过二十出头，虽不明言，心中自是一直盼着此事。只是她性情倔强，在孜城时身份不明，一直喝着草药，来北京后才停了，这一年肚子一直没有动静。年前她月事迟迟不来，本以为有了，谁知半夜才看见床单染血，她换洗后突然落泪，道："喝了多少年楼里妈妈配的药，根本不知道里面是什么，月事也乱，我们这种人，她自然是盼着永远生不出孩子。"余立心也不知应说何言安抚，只道："这种时局，有孩子也不过是受苦。"她也知道，这两年他的心思不在这上面，就赶紧拭去泪水，道："说得也是。"

这时已是五月下旬，"二十一条"化为《民四条约》，已行签订。余立心此次回京，带回整整一藤箱金条银票，有了银钱作保，以前不认识的达官显贵，纷纷也就认识了。知晓楼心月有了身孕，他本想在家陪伴半日，到了接近晚饭时分，胡松过来提醒，他才想起今日早约好了东兴楼的局，余立心斟酌半晌，还是对醒来后一直喜至淌泪的楼心月道："你好好歇着，我给你带半只酱爆鸡回来拌着面吃。"东兴楼就在东安门大街路北，他们平日里也偶有过去，楼心月吃不惯鲁菜，只喜单叫一份酱爆鸡带回家做面码。

那日的局还是林远生攒的。《庸言》停刊已有一年，林远生当下也没有正经做事，不过四处晃荡，手上却也不缺钱，年后还在北池子新购了一小宅院。他自有他的好处，余立心这几月通过林远生，认识了不少袁世凯身边的人。这日的饭局主客就是外交总长陆徵祥的二等秘书，名唤于湘淮，不过三十岁左右年纪，本是陆家厨子的长子，清廷时陆徵祥先在俄国，后赴荷兰，革命前再至彼得堡，这厨子一直带着家人跟在身旁。于湘淮自幼勤奋向学，说得一口好俄语，革命后陆徵祥被袁世凯急电召回任外交总长，正是身边缺人的时候，顺势就让于湘淮做了秘书。

余立心本想带着胡松赴宴，但临出门胡松忽说有笔账目出了问题，得赶去店里看看，济之则说有个病人刚做了手术，得回医院瞅两眼，便和胡松一同出了门。这次回京，济之倒是似也胡闹够了，每日清晨去医院出诊，傍晚若是没有病人，即回家晚饭，夜里也再不出门看戏，只在家中读书，有时和胡松在院中下几局棋。济之在美国带回一种新棋，棋盘上有王有后，马不蹩腿，象不飞田，胡松虽是新学，棋力却高得多，有时余立心一人应酬回来，也来下两局，二人的象棋都是年少时他教的，但现在也得受胡松让一马一车。

余立心私下问过胡松："济之……他到底是怎么了？一时疯癫一时寻常的，这次回家达之也是这样，突然说要娶个日本女人，倒也不是说就不可以，但我看他们两个，也不大像一对小情人……我这两个儿子，没一个我摸得透的，他们还不如吃吃大烟玩玩女人，我反而省心。"

胡松沉默半晌，只道："大少爷他……之前只是糊涂，以后应当渐渐就好了吧。"听起来倒是比余立心更觉不解茫然。

饭桌上只有四人，就选了东兴楼内最里边花园小厅，除了他与林远生、于湘淮，还有一个叫佐藤铁治郎的日本人，五十岁上下，穿一身玄色和服，面目清癯，神情倨傲，林远生介绍时说："佐藤先生做记者已有二十余年，在朝鲜就待了十五年，可谓熟知中日朝三国时局，现在天津经营《时闻报》。"

余立心上次去天津租界内走动，确看到不少日本人都在读此报，连忙作揖道："佐藤先生，久仰久仰。"

佐藤铁治郎微微鞠躬回礼，几人谦让了一阵，让于湘淮坐了座首，这才入席。于湘淮白净面皮，鼻翼两旁有几颗麻子，面色不豫，坐下之后也不开口，只一粒粒拣油炸花生米下酒。余立心敬了两轮酒，他也只是淡淡回两句，局上气氛颇冷，余立心向林远生望去，他也神色尴尬，面露悔意。林远生现今算是吃皮条饭，饭局组砸这么一次，谁都不知道会不会在圈内坏了声名。

撤下竹荪全鸭汤，厨房上了葱烧海参。东兴楼的海参讲究油厚味重，南方人不大习惯，陆徵祥是上海人，于湘淮的父亲又做一手沪上好小菜，见了这糊里糊涂的海参，皱皱眉头搁下筷子，似已想要离席。佐藤突然道："于先生心情不快，可因我是日本人？"

于湘淮也爽快："林先生约我时，确是未提在场会有日本人，更没想到会是佐藤先生。"

佐藤道："看来于先生也认识在下。"

"我们总统府里的人，谁会不知道佐藤先生……您在朝鲜这些年，一门心思跟紧袁总统，听我父亲说，当年总统放个屁，你是也要一笔一画记下的……不用说前几年你攒的那本《袁世凯传》，靠这伪书赚了不少钱吧？"

余立心一惊，这些年他也算熟知政事，对袁世凯更是从戊戌变法时就一直留心，大报小报上的新闻少有错过，连袁娶了多少门姨太太也全算得清，却从未听过此书，抬头看林远生，也是满面愕然。

佐藤听了这话，冷笑道："在下确是有过此作，就是托大总统的福，书已印好装订齐全了，还遭袁大公子连夜赶往天津，让我国总领事压了下来，这书如今除了我手上的底稿，怕是全被你们一把火烧了。"

于湘淮道："小幡酉吉可是收了我们大公子一大笔钱，这钱难道没有入你的手里？"

佐藤道："钱我确是拿到了一些，那又如何？于先生难道认为，在下穷三十年之功，殚精竭虑写这么一本书，竟是为了这么些钱？这书完稿也有六七年了，现今看来，袁总统走的哪一步我没写对？"

众人听了，都起了好奇之心，连于湘淮也沉吟片刻，道："不知道佐藤先生书中终究写了什么？"

佐藤自饮了一杯，道："此书最末一节，名为'概论袁世凯之将来'，开篇即述'能预虑支那之将来，方能概论袁世凯之将来'，彼时袁大总统可还刚被摄政王解了官职，正在河南赋闲，我的书中已言'知袁世凯未来之际遇，朝野相需，当倍甚于庚子之李鸿章也'，在下别的不敢妄言，对袁世凯这人，却是实实在在下了几十年苦功。"

佐藤说的时间余立心也记得，革命前三年光绪和太后先后病逝，小皇帝的父亲载沣掌摄政之位，即刻解了袁世凯的官职，袁只得称疾返乡河南，先隐居辉县，后又转至安阳。彼时余立心一心立宪维新，坚信戊戌政变时因袁世凯出卖维新派，致使康梁流亡日本，谭嗣同洒血菜市口，光绪帝则至死被囚禁于瀛台，那时候不恨袁世凯的国人，怕是全天下也找不出几人。

不过七八年时间，世间已无清帝，革命至此，余立心不见共和，却只感愈发混乱。宋教仁被刺之事，余立心这两年在北京断续听到消息，当年直接联络兵痞武士英在上海车站行刺的应桂馨，虽都认为是袁世凯内务部秘书洪述祖的旧友，但亦不少人疑心革命党人陈其美乃背后真正主使，因应桂馨早年曾是陈其美旧部，陈其美则是孙文左臂右膀，宋教仁一死，国民党内无人再可与孙文竞争，而袁世凯背此骂名，又民心大失，可谓一石二鸟之计。林远生两年前有一次私下对余立心道："连梁任公也说，刺宋之人，主使人应是陈其美，但革命党那边甚至称任公也有嫌疑，不过是想坏了立宪派最后的声名。"

余立心想到此节，开口问道："不知佐藤先生怎样看宋教仁之死？

袁世凯乎？革命党乎？梁任公乎？"

佐藤摇摇头："应桂馨既遭灭口，此案势必将成千古悬案……只是以我对袁世凯的了解，他看似是个鲁莽粗人，实则心细如发，既要杀宋教仁，何必大张旗鼓，邀其来北京商议组阁要事？倒是孙文这个人……实在不敢说。"

于湘淮听了此话，面色稍有舒展。林远生见了，忙招呼大家喝了一轮，佐藤干了一杯之后，特意给于湘淮续上酒，道："于先生心有芥蒂，想必是因'二十一条'之故。"

于湘淮道："佐藤先生，天皇政府如此狼子野心，身为中国人，岂能毫无芥蒂？"

佐藤道："于先生，您说得自然有理，但国家是国家，国民是国民，你虽恨我是日本人，我却还是想和你做个朋友……别说我和你，当年美国将军佩里黑船轰开日本国门，我的国人却视之为英雄，为其在横滨立碑，碑上还有我国首相伊藤博文亲笔手书……时局万变，您又何必如此介怀。"说罢，佐藤又自酌一杯。

桌上饭菜微凉，海参渗出腥味，于湘淮叹了一口气，道："佐藤先生，你我国情有异，民心不同，以李中堂之地位，尚不能卸'马关''辛丑'之侮，何况袁大总统现今本就四面树敌，卖国这罪名，在中国是谁都担不起，我们这些在手下做事的，走出去也面上无光，倍感败挫。"

佐藤道："这'二十一条'如何能怪到袁大总统头上？日本觊觎满洲，也不是这一两年的事情，据我所知，前几年日俄两国几次私下立了密约，双方约定俄国拿外蒙，内蒙则属日本，眼看俄国在外蒙和新疆频频得手，我国政府早就心急难耐……但袁世凯从来是英美的人，一直的策略都是联英美而制日俄，日本政府从未想过与他合作，前几年欧洲大战，欧洲各国统统卷入战场，正是日本在支那扩张的好时机，黑龙会头目内田良平起草了一份《对华问题解决意见书》，递交给了我国首相大限重信，要是我没看错，'二十一条'，大部分内容都化自这份意见书。"

桌上众人听了这话，都觉惊异，余立心道："佐藤先生，难道你竟看过这意见书？"

佐藤笑了笑，道："做了三十年记者，这点办法总得有。"

于湘淮急问道："这意见书到底有何内容？"

佐藤道："我当年也就从朋友手中粗粗看了两眼，只记得当中最要紧的乃是强令中国缔结防御同盟，将南满和内蒙委托日本管理，福建沿海几大港湾则租给日本作为军事基地，中国陆军由日本训练，军事工业由日本协助建立，中国与他国订立借款租地让地条约须得日本同意，如此等等。"

众人听了，都默默点头，于湘淮道："这样看来，这确是'二十一条'前身。"

佐藤又道："我当时着重看的，乃是当中提及袁世凯的部分。"

他停顿片刻，吃了两筷子菜，才又道："内田良平对袁全无信任，也早就看透其在外交上惯用'以夷制夷'之术，黑龙会当时所图的，乃是唆使中国革命党人、宗社党人以及其他失意分子在全国范围内引发骚动，如整个国家陷入混乱，袁政府将因此垮台，届时日本政府再从四亿中国人中选择一位最有势力、最著名的人物，助其组织新政府，统一全中国。"

余立心道："佐藤先生可知这是指谁？"

佐藤摇摇头："孙文亦可，溥仪也罢，我只知道，日本政府要的，绝不是袁世凯……大总统这卖国之名，若说卖给英美尚可商榷，卖给日本，则实在不知如何说起。"

于湘淮听了这话，面色更缓，叹道："这次和日方谈判'二十一条'，我虽不能亲入现场，但陆先生是如何谈下来的，我倒是也都知道……唉，弱国外交，横竖是一个难字。"

佐藤道："于先生，不知能否详谈？"

于湘淮看看门外，林远生会意，让外面候着上菜的二人先下去，继又关门闭户，待四下无声，于湘淮才道："谈什么，如何谈，每一步袁大总统都事先有过部署。"

众人皆屏息听着，于湘淮又放低声音，道："大家可能不知道，这'二十一条'是一月十八日，日本驻华公使日置益在面谒总统时，突然呈交的，事先无任何告知，日置益彼时态度颇为强硬，要求总统对此保密，否则日方将采取行动云云……总统虽私下震怒，当日却只对公使称，这乃外交事务，应交给曹汝霖曹次长带回外交部，再由陆徵祥陆总长与公使交涉。但就在当晚，总统立即召开了紧急会议，从国务卿徐世昌，到陆军总长段祺瑞，再到秘书长梁士诒，悉数列席，当时定下的方案，是要避重就轻，尤其第五号共七条，包括中华民国中央政府需聘请日本人充当政治军事顾问，日本在中国内地所有的医院、寺院、学校，中华民国政府需一概允许其拥有土地所有权，等等，总统的意思是，这竟是以高丽看待我国，此项万万不可与他商议……"

佐藤点头道："我也听美国记者友人说过，总统府有意安排外交部英文秘书顾维钧将'二十一条'之消息透露给英美记者，寄望借此向日本施压，四月中美国国务卿果令驻华公使芮恩施向中日双方分别表明，美国将不会放弃在华任何权益，正因如此，中方谈判才能坚持不谈第五号，日方也只得同意修正案……'二十一条'中，最终真正白纸黑字签下来的，实乃十二条。"

于湘淮道："佐藤先生果然消息灵通，谈判三月，'二十一条'变成十二条，虽仍是丧权辱国，我们总统府上下，却实在是尽了力……先生可知，因谈判胶着，三月初日置益曾访曹汝霖，语调强硬，称若于数日之内日方无满意之承认，将恐生不测，日军这三月期间亦不断向山东和南满增兵，以示军事威胁。"

林远生先前一直不语，此时突然开口道："以袁大总统之心气，就甘受此奇耻大辱？"

于湘淮再叹道："各位心中所想，总统府过去数月，可谓反反复复想过百次千回，总统的确曾想过，不妨与日本一战。"

余立心一惊，道："万万不可，国力相差千里，再战不过是再来一次甲午之耻，可能惨况更甚。"

于湘淮道："余先生，您虽不是政局中人，却看得如此清楚。不错，总统曾询问段总长，以当下中国之军力，是否有望保卫国土，段答，他可拼死保卫四十八小时，四十八小时之后，则只能听候总统指示。日方五月八日在国务会议中发出最后通牒，在场十余人，皆言无计可施，唯有全盘接受，只段总长一人力主发动军队。是战而大败，还是不战而降，总统这几月也是几经反复啊。三月底他曾对芮恩施透露，所能做的让步必以不削弱中国独立为前提，但英国大使朱尔典随后告诫称，这局势极为危险，总统如若知彼知己，就不应轻启衅端……总而言之，这是处处两难，唉，卖国这笔烂账，谁都不想负责，但终究，还是得我们总统府的人担此千古骂名……"

于湘淮说完，许是酒气上涌，脸色煞白，佐藤有意安抚，给他盛了一碗素汤醒酒，道："谈判三月，总统府能从二十一条谈到十二条，已是一笔大功劳，若不如此，今年此地尚是中华民国，明年说不准就成了高丽。"

于湘淮道："也多亏大总统细心安排，谈判方能从二月拖至五月，日方的意思，是要天天谈，每周五次，但总统私下对陆先生说，无论如何，想方设法把时间拖过去，所以陆先生就回，自己公务繁忙，又要处理诸多外交事项，又要出席内阁会议，每周只能和日方开会一次。陆先生这个人，你们也知道，温文尔雅，说什么都不急不躁，日本公使日置益也不好逼得太紧，所以最后大家各让一步，定为每周谈三次……这会谈说是下午三时至五时，但陆先生每每寒暄客套就得一刻钟，随后又是献茶又是吃点心，那时节又是清明前后，陆先生特意让大总统叮嘱我父亲，做了各式南方点心送去，青团里包笋丁肉丁，生煎包子是荠菜馅儿的，时不时还上一碗油豆腐粉丝汤……这么汤汤水水又上又撤，吃完又得喝茶漱口，又得热毛巾擦脸，说不准还得去洗手间，好不容易大家都坐下来开谈，一半时间倒是过去了。"

众人听了都笑，于湘淮自己也笑，道："为了让日本人不至当众翻脸，我父亲那几月可是使了浑身解数，春笋从杭州坐专列来的北京，到了总统府一刻都不耽搁，剥皮焯水，切丁下锅。陆先生自己观察了一阵，说日置益爱吃虾饺，父亲就亲手剥虾和面，虾饺做多了，我们在门外候着的人也一人能分到两只，咬下去那汁水之鲜，连我都没吃过……父亲说，做了一辈子厨子，没想到做饭还能爱国。"

余立心笑道："这也亏陆先生想得出来，日本人难道没有察觉？"

于湘淮道："日本人自然知道，但日本的待客礼节，比我们中国人更为烦琐十倍百倍，所以他们也不好公开说什么。好了，茶喝完了，总得开谈了，陆先生知道，每次无论如何得谈那么几条，不然没法交差，他说话本就轻言慢语，讲究辞藻，谈判中更是引经据典，别说日本人，我们听了，也是半头雾水，外交部的翻译你们大概不认识，一个叫施履本的湖北年轻人，从东京法政大学归国没多久，他有时听不清，陆先生也不着急，又慢悠悠复述一遍，稍有不明，即说自己不敢做主，得报告大总统，就这么着，又能拖到下次……"

佐藤笑得尤为畅快："陆先生这可是把我们日本人当猴子耍。"

于湘淮叹道："哪里说得上，不过是俎上鱼肉，垂死挣扎罢了……这些办法上不得台面，但实在争取了一些时间，大总统这才能派人赴美摸清对方底线，把'二十一条'泄给报刊，又四处找外交途径施压……最后这结局，也不过是惨败中取了一点小胜。"

于湘淮说了这话，去更了一次衣，大概擦了一把热毛巾，酒醒过来，明显后悔此前多言，不声不响吃了小半碗茄子面，就托言离席。待林远生送他回来，余立心忍不住问道："林兄，于先生所言，你怎么看？"

林远生摇摇头，道："事情肯定是这么些事情，至于怎么看……这就难说了，他是总统府的人，自然事事向着袁世凯……大总统这人，说是雄才大略也行，要说是大奸大恶亦可，不信你去问问城中满人，谁不恨他？谁不说要不是袁世凯革命时无心打仗，革命后又步步紧逼，隆裕太后怎会情急之下让小皇帝仓促退位……革命党，立宪派，袁世凯，乃至清廷，要说我看，哪边都差不多，都有自己的算计，又都差口气，你看日本，突然来个天皇说要励精图治，也就几十年时间，但人家怎么就成了，人有运命，国亦如此啊……"

余立心又问佐藤："佐藤先生不知有何高见？"

佐藤想了想，道："袁世凯此人，当年倡议立宪是真的，后来自己想当大总统、施计骗退清帝亦是真的，刚才于先生所说，袁世凯绝对无心卖国，这也是真的，现在这是他的天下，他没有道理不惜主权土地……但如林先生所言，时运不在他的手里，当年谋变法图强，然而贵国千年专制，天赋人权之论，可谓闻所未闻，想幡然立宪，谈何容易？此后革命既成，党派分立，袁世凯几次易帜，于哪派来说都是外人，都疑他有异心，想要坐稳总统之位，又谈何容易？至于卖国，鸦片战争这七十年以来，此国之君主重臣，想不卖国，更是谈何容易……"

余立心道："那在佐藤先生看来，此国可是断了希望？"

佐藤道："谁也不敢这么说……但依愚拙见，若不是光绪帝和太后先后病逝，贵国七年前的预备立宪，也不见得就一定走不下去，小皇帝年幼无权，隆裕太后又只求自保，毫无雄心，鄙国维新图强看来一路顺遂，也因天皇年富力强，方能谋划大业……但这些事，过去了就是过去了，机不可失，也时不再来。"

余立心道："宗社党虽被解散，但我听说，这两年在日本也有动作。"

佐藤点头道："确有此事，两年前大隈重信二次组阁，他一直支持满蒙独立，以和俄罗斯共分东北，必然寄望在国内也有人可用，因此有心扶持宗社党。据我所知，宗社党在东京设了总部，分部则设在大连，肃亲王善耆、恭亲王溥伟、陕甘总督升允、蒙古贵族巴布扎布，还有一些日本人，都在里头。"

余立心道："那佐藤先生看来，他们可能成气候？"

佐藤摇头道："不过再添些变数罢了……能成什么气候？再拥爱新觉罗氏复位？小皇帝当下不过十岁，待成年还有数年之遥，以当下中国之乱局，数年后的事情，谁能说得清？何况我听说小皇帝就像他父亲，性子软弱，登基时就在乾清宫大哭一场，平日里也不爱读书，不像能成大器的模样……但要是不立小皇帝，另选王爷贝勒，那就失了正统，如何能服众？"

余立心叹道："佐藤先生说得是，这条路走不通。"

林远生在一旁插口："要是另起一个皇帝呢？我是说，汉人自己的皇帝，你们也知道，当下这个小皇帝，也说不上正统，只是过继给光绪帝的，而光绪帝自己，也是过继给同治帝的，同治帝又是咸丰帝的独子，咸丰这一脉，事实上早就断了血脉……你们就没发现，所谓正统的爱新觉罗氏气数已尽，连儿子都生不出来了……"

三人都沉默半响，余立心道："你的意思是……"

佐藤道："这当然也是个办法，只是未免太险了，必定千夫所指……"

林远生道："当年武后称帝，何尝不是千夫所指，但谁让她的儿子个个懦弱无能，她做这个皇帝，可不比李家做得差。"

佐藤道："我观大总统二十余年，他应当早想到此节，否则去年也不会冒天下之大不韪解散国会，只看他是否有胆一试了……"

林远生道:"还是梁任公当年说得对,我国之国情,数百年专制之下,人民既乏自治习惯,复不识团体公益,惟知持个人主义各营其私,还是应弃共和而归君主。"

余立心道:"梁先生现今还会这么想?"

林远生道:"也许不会,但余先生您何必执著于此?"

余立心叹道:"读梁任公二十年,早习惯奉其为圭臬。"

林远生道:"早年梁任公何尝不是奉康南海为圭臬,后来又如何?我们守的应是道,不是人。"

余立心道:"林先生金言。"

林远生道:"余先生,我们这些观棋之人,虽无法下场执子,却也得押对胜负啊,小至一人身家,大至家族运命,也许就此会生变局,国史三千年,选一条路比走一条路重要,从来如此啊……"

余立心不语,时辰已晚,大家于是散去。他出门签单,又打包了酱爆鸡,叮嘱厨房多放点汁水,回到家中,胡松和济之均未归家。

楼心月在院中乘凉,她拿出针线丝绸,月光下正做一个鲜红肚兜,大概打算绣荷叶田田,翠绿丝线已绣出荷叶一角。二人一同在石凳旁吃了面条,楼心月心情极好,絮絮和他说些闲话,问他晚上饭局有何人何事,又说到孩子出生已是年底,不知到时是在北京,还是回了孜城。

余立心突然打断她,道:"咱们这边还有多少现银?"现今慎余堂的生意分了两处,孜城的盐井向来是胡松在管,虽然这半年实在达之手里,但账本一直还是每月邮到北京,让胡松过一下眼。这边的账原本也在胡松这边,但自今年余立心从孜城回来,胡松突然说楼姑娘既在,家中就算已有女主人,他手上事情也多,就不再管钱了,余立心以为他有心避嫌,也就由了他。

楼心月想想,道:"几家店每月都有流水三四千两,但上月你不是刚提了五千两出来,现在……怕还有一万来两吧,库房里还有些金子,也没个数，我明天去点点……怎么？又要买店？"

余立心摇摇头："你给我兑八千两银票，一千两一张，金子都融了，做成十两一个的小元宝，再去买些首饰，耳坠戒子之类，镶一点珍珠宝石，不用太贵重，打发下人也不失礼就行。"

楼心月应了一声，也不多问，过几日一一办好。余立心四处走动，上门拜会了一次于湘淮，送上一个雍正年间的青花桃蝠纹橄榄瓶，这是胡松新近寻的，据说本是一对，从紫禁城里流出来一个，不是花钱就能得来的东西。于湘淮本是个小人物，平日少有人攀他的关系，收此重礼，做事反而格外用心，实打实替余立心张罗了几次上得了台面的饭局。饭局之后，银票和首饰就这样七七八八送了出去，识得的人渐渐增多，更渐渐往上，到了八月，余立心在北京饭店的一个局上，见到了杨度。

袁世凯去年解散国会后，杨度被任命为参政院参政，正是不惑之年，一时风头无二。余立心年前赴一场茶话会，远远见到他，也就是书生模样，一身长衫，满面傲气，局上不大和人搭话，只一人淡淡喝茶，后待严复来了，他方起身，毕恭毕敬陪严复四处走动。林远生善评各方人士，谈及杨度则说："杨先生是个奇人，秀才也中过，公车上书也上过，预备立宪时，五大臣的考察各国宪政文，实为他和任公执笔，任公也跟我说过，当今中国真懂宪政之人，除他之外，也就是这杨皙子……他和孙文据说当年在东京聚议三日不歇，二人有约，如君主立宪事成，孙文则助他，如民族革命事成，他则尽弃其主张，以助孙文……他和袁世凯也是多年深交，预备立宪失败，摄政王载沣要杀袁时，杨度可是冒死相救，后面袁罢官离京，据说旧识中只有严修与杨度前往车站送行。"

余立心道："杨先生早年一心保皇，后来却与袁走得如此之近，岂不有背叛之嫌？"

林远生道："这也是杨先生聪明的地方，审时方能度势，他求的是立宪君主，倒不见得一定要保皇，何况自光绪驾崩，立宪中断，保皇从何保起？至于他待袁世凯，当中怕既有私情，也有眼识，清廷大势已去，革命党羽翼未丰，唯有袁世凯，是各方都能接受的人物，武昌举事之后南北议和，杨度几次公开批评清室，'大张立宪之帜，破坏阻挠不遗余力'云云，为袁世凯能在革命后出任大总统，杨先生可是真正出了大力……"

这一年余立心对杨度的新闻多有关心，但一直未见到什么声响。到了五月底，他通过于湘淮识了袁世凯府上总管袁乃宽的女婿，方知二十日前，杨度向袁世凯密呈《君宪救国论》一文，内书"中国如不废共和，立君主，则强国无望，富国无望，立宪无望，终归于亡国而已……故以专制之权，行立宪之业，乃圣君英辟建立大功大业之极好机会"云云。

余立心一惊，问道："那不知大总统是何反应？"

那人笑道："大总统当下没说什么，但事后让我老丈人给杨府送去牌匾，上面'旷代逸才'四个乌黑填金大字，乃是总统亲笔所写，下款落的是乙卯五月，可没有用这中华民国的称号。"场上诸人都笑，都有心知肚明之感。

那日过后，余立心更是卯足精神，四处见人，夜夜有局，归家总是深夜，进院门见树影沉沉，花香袭人，胡松和济之在院中石亭内小酌对弈，也没有下人伺候，桌上不过摆一点盐水毛豆，和一碟子卤水鸭胗。二人见余立心，只有胡松起身，济之和他之间虽仍有芥蒂，但毕竟较前几月缓和不少，父子对面点点头，算是打过了招呼。余立心回房对楼心月道："济之达之俩孩子，越大越看不透……也罢，我也就不想了，只要不生事就好，左右盐井不枯，家里的钱也经得起他们造……幸而还有胡松，倒更像是我亲生儿子，就是和济之一样，死活不肯成亲……"

楼心月似是欲言又止，最终还是没说什么，起身招呼厨房给余立心端来蜜桃冰碗。肚子渐渐大了，她倒不怎么害喜，只是嗜睡，余立心回家之前，她已睡过一觉，此时有点精神，就陪着余立心吃冰碗，吃了两勺子，她用青瓷勺子搅动碗中冰碴，低头道："……账房的人今天过来，说你又去提了八千两现银，账上已是没什么余下的了……先生，我本来不该问，但现在我们既有了孩子……我……我有点担心……"虽已成家，楼心月还是照当年在云想阁的习惯，叫他先生。

蜜桃脆甜，余立心吃尽了才搁下勺子，道："正是因为又有了孩子，我们才更需求个现世安稳。"

"这现世是不是安稳，我们这些人，又做得了什么主……"

"以前我也这么想，所以当年革命党在孜城起义，我是既不帮清廷，也不挺革命……但现在想过来，以一个慎余堂的财力，自是改变不了天下，但一万个呢……也许那就未必……那我这次何不试试，做这万分之一。"

见到杨度那个饭局颇大，在北京饭店大包间里开了两桌，杨度坐一桌主位，另一桌则是三月闭会的约法会议议长孙毓筠，那日胡松也在楼下候着，下车见到孙毓筠远远过来，"咦"了一声，低头对余立心说："上次店里进的那个后周的柴窑瓶子，就是这人收了去。"

孙毓筠当年也是革命党内叫得上名字的人，家世雄厚，革命前已捐了道台，举事后他在安徽被捕，两江总督端方卖了其家族面子，方能逃脱一死。武昌事成，他曾任过安徽都督，后因皖内权斗，不久即下野。他和袁世凯多有相似，都是在各派之间游走的人物，入京后也深为袁所器重，袁曾有意让他担任教育总长和陕西省长等职，但他不愿任实职，一一推脱，先在总统府任高等顾问，后任国会议员，袁一手解散国会之后，才做了这约法会议议长，平日出手阔绰，胡松还轻声道："孙先生总来店里，说自己一月薪俸有三千元。"

那日饭局并不知是谁做东，包间在饭店七楼，遥遥可望紫禁城。北京饭店这年刚翻修，装了三部美国人的奥的斯电梯，在座诸人大都是第一次坐电梯，不免有些忐忑，刚坐下不久，孙毓筠脸色惨白，起身去了洗手间。余立心恰好也在里头洗手，听他在隔间内呕吐不止，有下人在门外伺候，在偌大洗手间内铺开家什，当场给他烧了金黄烟泡，抹在烟枪上递进去。

过了好一会儿，孙毓筠方回席，面色稍好，却仍掩不住底上蜡黄，让余立心想起林湘涛的脸，鸦片吃到一定年岁，就会是这番模样。开席后孙毓筠各方介绍一番，余立心本就识得局上两三人，都是湘淮大盐商，和他境况差不多，这两年放下家中生意，来北京游走，无非向官家求个安稳。另外的也都是各方商贾，做面粉的上海荣家，做纺织的杭州刘家，做笔的安徽汤家，做航运的天津卢家……虽不是都来了当家，但也算给足面子，派来直系子弟，尤其汤家，来了一个年轻女子，着男人西服，戴白纱手套，进屋也不脱草帽，脸上不显妆容，只涂一张红唇，顾盼有姿，坐下来自顾自饮威士忌，席上只这一名女子，自是所有人都向伊看去。余立心禁不住想，自己的身家恐是席上最寒酸的，多亏于湘淮各方经营，方能列席，回头让胡松再寻张八大山人的鸟送过去。

这日的菜是中西合璧，饭局过半，上了松鼠鱼和奶油烤大虾，杨度端着酒杯站起来，清清喉咙，席上静下来，听他道："在座诸公，和杨某均初次谋面，各位都是一方豪富，能卖在下这个面子，杨某不胜荣幸，在此先干为敬。"说完仰头尽了杯中玛瑙般的葡萄酒，余立心见他满面笑容，语调殷切，和去年茶话会上的孤傲形状判若两人，心中已是纳闷。

杨度手握空杯，又道："自民国成立，迄今已有四年，虽赖大总统之力，削平内乱，捍御外侮，如此勉为其难称得上国以安宁，民以苏息。前两日有人问杨某，自此以后，整理内政，十年或二十年，中国或能谋富谋强，与列强并立于世界乎？杨某想冒天下之大不韪断一句：绝无可能。长此以往，国人若不思所以改弦而更张之，欲为强国无望，欲为富国无望，欲为立宪国，更是无望也，而千年专制之国，若无立宪，则终归于亡国而已。"

局上众人想来都暗暗心惊，连那汤家女子也停了杯中酒，除下手套草帽，屏息听杨度道："……各位大概知道，革命之前，杨某曾多年寄望于前清立宪，彼时立宪之权操于清室，然清室之所谓立宪，非立宪也，不过悬立宪之虚名，以召革命之实祸而已。大家也都知道，最初立宪党之势力，远不及革命党，及立宪有望，人心遂复思慕和平，革命党之势力，因此一落千丈。倘若清室真能立宪，则辛亥革命之事，可以断其必无，但此事既已成实，杨某也只能叹一句，此乃天祸中国。

"革命至今，国人已是言必称共和，但民国何尝有过真共和？当年革命党以共和为号，实则为驱除满人，可叹当世之书生，犹迷信共和，认为当中确有主义，真可谓大愚不灵。墨西哥亦是共和国，但至今变乱频仍，该国与我国类似，多数人民，从不知共和为何物，亦不知所谓法律以及自由平等诸说为何义。骤与专制君主相离而入于共和，则以为此后无人能制，可任意行之，世上枭桀，则以为人人可为大总统，而选举不可得，则举兵以争之耳，两年前的二次革命，正是其明证。半年之前，严复先生曾私下和杨某饮茶，严先生叹道，民国初立，他已认为民众多愚，共和难立，天下仍需定于专制，到了今日，他更觉如何脱离共和乃是最难之问题，'自吾观之，则今日中国需有秦政、魏武、管仲、商君及类乎此之政治家，庶几有济'，国运飘摇，更需强人现世，方能安定四方，然而，严先生也知，此语若对众宣扬，必为人人所唾骂。

"杨某则不惧唾骂，在此大胆说一句，中国之共和，无论如何，终必废弃，我不自改，人必为我改之。不过由我自改，即我之自救；由人代改，即人之亡我。杨某这日召此饭局，乃是想和学界贤达，成立一个国体研究会，以研究君主、民主国体二者究竟何种适于中国，研究会专以学理之是非事实为讨论范围，此外各事，概不涉及。在座各位均是一方豪富，杨某在这里厚着脸皮，想求个大家的支持。"

说罢，杨度自斟一杯白酒，一饮而尽，席上众人都愣住了，一时也没人应声。过了半会儿，那汤家女子慢吞吞戴上手套草帽，道："说了半天，原来革命这么多年了，还有人想当皇帝。我们汤家不过做点小生意，就不沾这皇亲国戚的光了。"她起身离席，余立心听身边有人私语，说这是汤家二小姐汤萼，刚从美利坚回来，学的似是法律。

汤萼去后，又走了不少人，余立心只认得荣家和两个淮地盐商，他犹豫半晌，终是留了下来。席上稀稀拉拉剩下一半多人，也不再有人斟酒，厨房上了各色水果煮醪糟小汤圆。余立心从窗口望见紫禁城蓝瓦金顶，夏日炎炎，屋角却堆了冰，脚下沁凉。他吃下一勺极酸的橙瓣，又往碗中加了两筷子凉面，红油辣眼，他只觉分外安心。

拾壹

　　袁世凯受帝制后不过三日，楼心月诞下男婴，济之在医院叫了留德归来的女医生来家中接生。她毕竟年轻，没吃什么苦头，早上破水，午前就生了，一个时辰后就起身喝了鸡汤，又吃一碗开奶的芸豆猪蹄。余立心喜不能抑，亲笔把小儿子的名字写在族谱上，又拿来给楼心月看，她也是这才知道，孩子名叫余宪之。

　　楼心月有些担心，道："这名字……会不会冲撞了……当今皇上？"她从报上已看到，袁世凯年号洪宪。

　　余立心笑意吟吟，小心抱着孩子，抚他粉嫩脸皮，道："不会，此皇帝非彼皇帝，既将年号定为洪宪，日后自然是要制宪的，等了这么些年，还花了这么大一笔钱，也算见到君主共和是什么模样了。"这半年为劝进，余立心卖掉两个铺子，又遣胡松回了一次孜城，亲自押过来一批金子。革命至今，慎余堂本就大伤元气，这两年靠达之在孜城打理妥善，进出流水刚有盈余，这下又像是剜了一大块肉，胡松平日少有评议家中生意，这次也忍不住道："父亲，是不是也该有个数……明年要是

166

水路一断，盐运不出去，井上撑不了几个月。"孜城盐商最大的风险，向来是一旦开战，水上被阻，川盐数月无法抵达下江，江上水汽蒸腾，盐本就损失一半，加上人力损耗，又不能回流资金，后方井上只能停产。

余立心彼时不以为然，道："待袁世凯事成，局势自然平稳，水路没有断掉的道理。"

话音刚落，余宪之尚未满月，蔡将军即在云南宣布独立，此举震动全国。蔡将军待袁世凯之心，几年间多有起伏，民国初立，蔡锷甫为云南都督，即致电黎元洪，称袁为"闳才伟略，实近代伟人"。仅仅两周之后，因袁谋划在北京召开"国民会议"，试图再议国体，蔡将军又致电孙文及各省都督，称这是"袁之狡谋"，且立即组织军队，准备北伐，亲笔写下《北伐誓师词》，道："甘冒不韪，乃有袁贼。"小皇帝退位之后，帝制已除，袁世凯认了民国，蔡将军又以云南都督身份，兼任云南民政长，当下就算承认北京政府，给大总统的电报中，更是称其"宏才伟略，群望所归"。当年余立心在孜城，和云南方面多有生意往来，还曾和人私下议论："这蔡将军也是，如此反复颠倒，不知有什么算盘。"

对方是个年轻人，看起来深敬蔡锷，听了这话不大高兴，冷冷道："余先生也是糊涂，蔡将军之心，从来唯有'共和'二字，袁世凯劝退清帝，他自然支持，袁世凯妄图再动国体，他当然反对，有何反复颠倒之说？"

杨度那"筹一国之治安"的筹安会成立之后，梁任公在上海《大中华》月刊发表《异哉所谓国体问题者》，一时之间举国传颂，余立心彼时正好四处打听卖铺筹银，捐于筹安会，过了两日才在《申报》上看到，读至"夫国体本无绝对之美，而惟以已成之事实为其成立存在之根原"时，余立心已摇头冷笑，再往下读，"……且吾欲问论者，挟何券约，敢保证国体一变之后，而宪政即可实行而无障？如其不然，则仍是单纯之君主论，非君主立宪论也。既非君主立宪，则其为君主专制，自无待言。

不忍于共和之敝，而欲以君主专制代之，谓为良图，实所未解。今在共和国体之下而暂行专制，其中有种种不得已之理由，犯众谤以行之，尚能为天下所共谅……"，余立心扔了报纸，对胡松道："当年帝制的时候，说应当君主立宪，共和行不通，现在君主立完了，又说应当维持共和，君主立宪使不得……这个梁任公啊，亏我读他十余年，原来也不过如此。"

胡松不答话，共和也好帝制也罢，他也不甚了了。不过今日又经他的手卖掉一个绸缎庄，因急于出手，价格被压得颇低，那铺子由他亲手买进，就在瑞蚨祥二百尺外，生意极好，客似云流。先前老板本是个老贝勒，据说清帝退位后吐血而亡，几个儿子这就分了家，分到绸缎庄的少爷日日吃烟，又在烟铺染上赌瘾，这铺子他们入手就拿了一个好价格。胡松又花了两月整修，一楼大厅宽敞阔气，中央放两个花梨地墩为货柜，上置十尺见方的大玻璃，玻璃内除了江浙绸缎布匹，还进口东洋和法国的上等布料，另有鞋面、手帕、香皂、香粉等洋百货，二楼则接待贵宾，有裁缝专门量体裁衣，有几十本巴黎画报供人挑选样子，太太小姐们选好布料，还可坐露台上喝咖啡吃点心，看底下大栅栏如织游人。因布料式样均是最新货，绸缎庄重新开业不过两月，就已盈利颇丰，胡松上两月还对余立心说，边上布鞋铺子说要转让，不如盘下来，把店面再增宽一倍，余立心当时道："这些事情，你决定了就是了。"

卖绸缎庄的银票刚刚到手，余立心旋即亲自送去杨度府上。胡松在门外候着，待余立心出来，见他喜气洋洋，胡松叹一口气，终究是什么都没有说出口。

梁任公的文章发表后不久，余立心听林远生说起，袁世凯曾想用二十万银元买下此文，遭拒后又各方威胁，"光是语出恐吓的匿名信，任公可是就收了几百封……嗬，听说任公叫人给府上厨房送去，全都用来每日生火煲汤。"梁任公为粤人，平日三餐都爱喝口老火汤。

余立心摇摇头，道："任公糊涂，袁总统怎会也是如此，他要说由他说去，民心自有辨析，说话如此这般翻云覆雨的人，又会有多少人信？"

过了几日，身为任公门下弟子，蔡将军亲组军界要人会议，当场挥毫写下"主张中国国体宜用君主制者署名于后"，随后又带头签下"昭威将军蔡锷"字样，跟随他之后的，另有十二位声名赫赫的将军，京内亦有人称，蔡将军这几日带携小凤仙四处赴酒局，每局必在席上叹道："先生学识国内无人能及，确是深谙各国政体，可惜不知时务，这么多年了，还是个书呆子。"

余立心在另外的局上听到这话，席上各人均摇头，倒没料到蔡将军半世盛名，现今却也只知谄媚当局，余立心则不以为然，道："蔡将军如此这般，实在大有勇气，国人只知尊师，反而失了本心，何况梁任公本人，又何曾对康南海亦步亦趋？难道只允他自己和老师分道扬镳，不许学生因理念而悖逆？"

正因如此，蔡将军举事反袁，余立心极为震动。彼时宪之尚未满月，余立心清晨在饭桌上读到报纸，当下就打翻了面前白粥，起身后一言不发，回了书房，除叫胡松进去说了几句，终日未出。宪之那日也不乖省，放声啼哭，楼心月怎么也劝慰不下。待天已黑尽，胡松外出归来，余立心这才出来吃饭。宪之见了父亲，竟也停了哭声，津津有味吃奶。

济之今日也早早归家，几人围坐一桌，天阴欲雪，厨房上了几个滚热汤菜，待胡松喝了一碗，余立心方开口道："问得怎么样？"

胡松搁下碗，摇摇头："去了好几家，都没问到什么确切消息，他们也在四处打听，倒是……"

胡松看了看楼心月，停了口。余立心颇不耐烦，道："都什么时候了，还避讳个铲铲，有什么说什么！""铲铲"是孜城粗语，他平日斯文，也少有乡音。

胡松这才道："倒是陕西巷云吉班里的老板娘，说了一点闲话。"陕西巷身处八大胡同，云吉班则是小凤仙的娘家，所谓老板娘，不过是老鸨罢了，这两年余立心出门应酬，难免要去烟花之地，他又出手阔绰，和各处名班的头面人物都能混个脸熟。这些事大家平日心照不宣，回家后也绝口不提，此时楼心略有尴尬，只佯装低头喝鲫鱼奶汤。

胡松道："……那老板娘说，蔡将军这四个月里，去了好几次天津。"

余立心道："天津?"

胡松道："……说是从八月十五日起，每周都去一次，搭晚车，第二日回京，小凤仙在这边则通宵宴客，替他掩护。"八月十五日，那就是筹安会成立次日。

余立心即刻也想起日子，道："原来如此……任公一直在天津……"

胡松点头，道："……十一月之后，蔡将军和任公先后托病，离了京津。"

这余立心倒是知情，蔡将军几次出外治病，袁世凯均大方批准，《政府公报》上也一直简要消息，京内也有些许流言，称之后几次，蔡将军实则已是先斩后奏，袁不过无奈而已，如此这般，可谓放虎归山，余立心则不以为然："蔡将军迷途知返，听说平日里又纵情酒色，白白地哪来那么多担心。"

胡松当时就听过这话，此时见余立心脸色不定，心中只觉不忍，但到底还是说了最后一句："……蔡将军抵达昆明后，梁任公即起身去了南京。"

余立心沉默半晌，道："这是去见了冯将军?"说的是北洋军嫡系、江苏都督冯国璋。如若深究，这也合情合理，冯将军深受清廷器重，武昌举事之后，他力主镇压，清帝退位后方勉强接受共和，无论如何不能跪另一个皇帝。

不待胡松回答，余立心已道："不用说了，我都知道了……这师徒二人，倒是唱一出好双簧……可怜天下人……真是被他们骗得好惨……"话到最后，已有悲音，浑身颤抖，手中一碗鸭汤洒了小半。

胡松心觉不忍，这大半年他为余立心各方筹钱，自然知道整个慎余堂为押宝新帝，可谓付了血本，他想伸手慰藉，却又觉尴尬，只拿出手绢，替余立心擦去前襟鸭汤。

楼心月见这局面，早抱了宪之，佯装去院中逗鱼，她又想听真切，并未走得太远。济之则一直在低头看报，众人一时间都无言语，他突然读出蔡将军和旁人歃血为盟的誓词："拥护共和，吾辈之责。兴师起义，誓灭国贼。成败利钝，与同休戚。万苦千辛，舍命不渝。凡我同人，坚持定力。有渝此盟，神明必殛。"另有一篇电文，则是他和云南都督唐继尧共同发出："吁请取消帝制，惩办元凶，足征人心大同，全国一致……并发命令永除帝制。如天之福，我国家其永赖之。否则土崩之祸即在目前。噬脐之悔，云何能及。痛哭陈词，屏息待命。锷、戣同叩。"

济之读完，冷冷笑道："中国这般蛾摩拉之地，没想到仍有蔡将军这样的人物。"

余立心噌地起身，用筷子指着济之道："宪之怎么说也是你的小幺弟，生出来没见你抱他一抱，亲他一亲，连你弟弟妹妹，还知道千里迢迢托人送来贺礼，你倒是好，就当没这回事，好几天不见人，一回来反而满口风凉话！今天你便在这里说清楚了，你到底什么意思！"

济之并不看他，道："也没什么意思，就是实在没想到，当年您一心送我和达之留洋读书，说什么待我们学成归国，必能助国家中兴……也不过十年时间，父亲您家也不回了，生意也不管了，反而一心一意，拜了个新皇帝。"

余立心气极反笑："慎余堂的事情你现在倒是知道关心了，你以为我想管就能管？你以为现今世道，做生意就是做生意？就你们拜上帝的聪明透彻，我们这些在俗世里打滚的俗人，都是傻子？"

济之道："以袁世凯之粗鄙草莽，信他？呵呵，我看就算不是傻子，也差不多了……虽说国人都不认上帝而拜偶像，但你们拜一个这样的人，还妄想他能给中国带来真正之改革，这不只是痴傻，简直是痴狂……幸而还有蔡将军和梁任公这种明白人，力挽狂澜，撑此国于不坠……父亲，我知道你为促袁世凯成事，扔进去不少钱，但我就不明白了，是你的钱大，还是国家的运命大？"

胡松知道这是戳到痛处，在一旁死命给济之做手势，让他闭嘴。余立心脸色先是铁青，渐渐却缓了下来，他坐下望着济之，沉默良久，再开口时喉咙嘶哑："……你以为？你以为我不知道袁世凯粗鄙草莽？你以为以杨度严复之才，竟看不出袁世凯并非良君？大家不过都是没有选择罢了……水至清则无鱼，国史三千年，从来如此，只有如此这般草莽之人，方能成事……远的不说，革命党内前有黄兴，后有宋教仁，那又如何，最终站在台面上的，还不是一个孙文……蔡将军自是年轻有为，智识、谋略、勇气，无不一等一，但一等一的人，在中国向来是行不通的，国人见识低劣，同行又不知伦理……"

济之还想说什么，余立心挥挥手，道："……不用再说，你慢慢也就明白了，中国的事情，从来讲的不是道理，而是运气。"

宪之突在院中大哭，余立心走去从楼心月手中接了孩子，低声哄逗，楼心月则在一旁偷偷抹泪，幸而天色已晚，又只余残月，院中也没有上灯。过了半晌，方响起余立心的声音："你回头就发个电报给达之，让他清清账目，现银能撑井上几月就撑几月，北京的这几个铺子，除了雅墨斋你留着自己玩儿，别的能卖的都卖了，价钱折一点就折一点，别拗着不出手，这套房子倒是先留着，日后来北京也有去处，这边差不多处置好了，我们就回去一趟。"

这话自然是对胡松讲的，但胡松并未答话。冷风乍起，风中只有宪之泣哭声音，厅中灯火通明，胡松和济之站在亮处，暗处则只余黑影。

但孜城迟迟未有消息。胡松每五日就发一封电报过去，直到丙辰年二月，达之的回电终于过来，只短短几字："锷入川，水路已断，井上未停，勿念。"

余立心看了电文，先说："既然这样，那就照你的意思，铺子都先留着。"过了半刻，又惴惴道，"……达之的话，也不可全信。"

这两月他突见衰老，并非生出华发，而是一眼既知的疲惫，每日睡到近午方起，草草吃过午饭后，又躺下再睡到不定时辰，不再日日读报，更不出门应酬，不过战事渐紧，此前劝进那些人似乎也默默散了。余立心胃口极好，却不甚讲究，尤爱大馒头夹猪头肉，或韭叶粗细的手擀面，也不加面码，不过混点辣椒油和醋，稀里糊涂一海碗就下去。家中厨子半年前才特意从孜城找来，不懂做这些北方面食，余立心说，也不用麻烦，巷口小店随便买来就成。胡松整日在外料理生意，济之更少有露面，晚餐时厨房做一桌小菜，余立心常常尚未起床，楼心月又不过随便搭搭筷子，这么过了大半月，她索性让厨房只做下人吃食，自己跟着吃一点汤水面点，天气渐寒，雨雪不断，让空荡正厅更显孤寒。楼心月情绪不佳，吃得又少，很快没有了奶水，就给宪之请了一个奶娘，此前据说一直在紫禁城里，按照宫里规矩，每日吃一大碗不加油盐的猪蹄下奶，有时喂奶时正好遇到余立心进屋，他也不知躲避，直直往奶娘雪白胸脯看去，眼神四散，好像穿过奶娘，又不知应落在哪里。

他变得主意很多，又每个主意都不怎确定，早上起床说明日就回孜城，催着楼心月收拾，到了晚上，又说"还是再看几月"，一日忽道要公开登报称自己反对帝制，过几个时辰又丧气道"罢了，我这种小人物，反对不反对，也无人关心"。袁世凯的人又过来要过几次钱，说是军费紧缺，他闭门不见，倒让胡松拿主意。

胡松推不过，最后又给了一点银票，他私下里极为忧虑，对济之说："你父亲往日生意上的事情，从来没听过谁的意见，何况这样大事，他居然让我拿主意……"他一直没有照余立心的意思把铺子出手，这几月还是照常经营，余立心也知道，却也随了他的意思。

城中虽乱，这些商铺流水却不减，胡松又叹气道："是这样的，乱世中反正不知明日，不如爽快享受几天。"

济之笑笑："话说得倒好，那你怎么不知爽快爽快？"

济之每晚趁四下睡下之后，总要来胡松房间待一两个时辰。他们在鼓楼南边其实已租下一个小院，但胡松每日坚持回家，两三日才过去一趟，为避人耳目，院中连下人都无，济之则每日都去，收拾房间，置办家具，大半年下来，那边已是像模像样，胡松却仍是犹疑，并未给济之任何允诺。

这日胡松正在灯下看账，济之进来就脱了呢子大衣，歪在床上，闷闷道："你六七日都没回去了。"

胡松不答，只拨弄算盘，济之又道："你压根儿没把那边当家，是不是？"

胡松停了手，也不看济之，道："我是个育婴堂收留的孤儿，我哪里有什么家，不过跟着义父，四处混个日子。"

济之气得坐起身，道："当日你是怎么答应我的？我父亲一回来，就都不算数了是不是？"

胡松道："我从来没有答应你什么。"

济之急了，走来按住胡松的手："那日看完戏出来，你分明跟我说'不妨试试'！房子也是一起去看的，添置东西也都问了你的主意，连钱大头也是你那边出的，现在你才说那不算家，那之前说过两年或许一起出洋的事情，是不是更不算数了？松哥哥，你到底是把我当人，还是当个猴儿？！"

胡松把济之的手拨开，见算盘珠子已被拂乱，他也停了手，道："济之，世事有变……如今……如今我担心你父亲，跟了他二十几年，从未见他像现在这样……"

济之怒道："世事永远有变，今天这人做了皇帝，明天那人当了总统，我们总不能为这些不相干的人，误了自己终生！"

胡松摇头道："那些人是那些人，你父亲是你父亲，他待我恩重如山，怎能说是不相干的人。"

济之颓然坐下来，看着胡松的眼睛，道："我父亲有万贯家财，几十口盐井，无数生意，又有达之令之，他再坏能坏到哪里去……松哥哥……我……我却只有你……"话未说完，已开始哽咽。

胡松大概也觉不忍，伸手握住济之，道："等这场仗打完……我看也打不了几个月……我们再作谋划……"

济之落下泪来，又自觉羞惭，用衣角拭去，再把胡松双手都裹在衣服里，问道："真的？这次不是又牵着我鼻子走？"

胡松叹气道："从头到尾，都是我被你牵着鼻子走，我糊里糊涂，到现在还不知道这大半年是怎么回事……"说完轻轻用手指替济之拭去残泪。

济之脸色原本灰暗，现在瞬时亮起来，笑道："什么怎么回事，还不就是这么回事。"说罢忍不住在胡松的嘴上轻轻啄了一下。

胡松神色尴尬，不由看看窗外，轻声道："不是说好了在家里别这样。"

济之负气般又啄了一下，道："那在哪里？那边你又不肯回去，要不我今晚不走了……"说完想去解胡松的长衫。

胡松连忙闪到边上，却也忍不住嘴角含笑，道："别闹了，明天我过去。"

"几时？"

"中午在东四有个饭局，吃完就过去，你不用等我，自己先睡个午觉。"

"那晚饭和我一起在那边，我去天福记买半根酱肘子，再做两碗面。"

"晚上还是回来吃，怕这边有事。"

"能有什么事？你午饭吃完就不知是几点，晚上又要赶回来，那能在一起待多久？怕是刚到又说要走，上次就是这样，连……也忙忙慌慌的。"

胡松又笑又窘，只得低声道："好了，这次我一定不忙忙慌慌……到你满意总行了吧？"

"过一夜？"

"那怎么行？"

"那我今晚不走了。"济之说罢又坐回床上，作势脱鞋脱衣。

胡松无奈，把他拖起来，道："你真是……先说好了，最多待到三更天……我俩一晚上双双不归，也没法解释。"

"有什么好解释，父亲最近一日怕睡十个时辰，哪能注意到我们……"话虽如此，济之还是借力把胡松拉到床上，胡乱亲了几口，这就出了房门。院中有黑影掠过，大概是平日里总来觅食的那只大黑猫，他父亲总觉黑猫不祥，让人见到就赶，但胡松爱猫，总偷偷在墙角放点剩饭鱼骨。

济之第二日先一大早到医院告假，回到院中收拾半日，天阴欲雪，刮剌剌寒风，济之倒出了一头一身的汗。按理说已近开春，但去年冬日苦寒，又没下两场雪，院子里百物不生，只一株狗心腊梅满树开花。济之剪了一枝插瓶放在床头，又换了寝具，那床单是胡松从铺里带过来的，日本丝，墨绿底，密密绣满花叶。济之沐浴出来，想躺上试试，却一路睡死过去，起身时天色已晚，胡松并未过来。

他又等了两个时辰，胡乱自己做了碗面条，不过白盐白味吃下去，

176

那半个酱肘子还在纸袋里，拿回家时滚烫，现在渐渐凉了心，油浸透黄纸，让一切都显得恶心。

吃完面，济之拎着酱肘子回了家。胡松果然在家里，余立心也在，脸色仓皇，在厅内踱来踱去，楼心月抱着宪之坐在一旁，孩子大概刚吃了奶，正咯咯笑着吸手。胡松见济之进来，迎上来假意替他拿过酱肘子，却偷偷挠了挠他的手心，济之本满肚怨气，一下都消了，问道："怎么了？"

胡松看了看余立心，方答："二少爷今日发了电报回来。"

"那又怎么了？"

"滇军进了孜城，占了我们河边的一个大仓库放军火，又让城中几家盐商提供吃食，暂时倒是给了银子，只是这几月四处开战，断了各地交易，家家都没有多少余粮。"

这是迟早的事情，只是未想到如此之快。去年三月，袁世凯将亲信陈宧调入四川，如今任巡按使，当时就有人跟余立心说，这是担心称帝时滇黔两省反对，如此以川地为营，届时可攻可守。蔡将军举旗之后，余立心有两三日水米未进，胡松四处打听，回来宽慰他道："大家都说，去年陈宧将袁世凯嫡系的三个混成旅带进了四川，这样连同此前川军的兵和各地警卫，袁在四川军力已超过四万人，蔡将军的护国军一共才三万余人，他再英名盖世，一时间也攻不进来。"

谁知所谓四万人虽是个整数，真打起来却得分开算计。叙州旅长伍祥祯本是云南人，早年是保皇党，后虽归顺于北洋，并未与护国军死战，很快丢了叙州。驻守永宁的第二师师长刘存厚则在举旗初期就与蔡将军私下联络，一月底则正式发布宣言，自称护国川军总司令，支援蔡将军的第一军。周骏的第一师和冯玉祥的第十六混成旅虽能与护国军一战，但冯玉祥这人心性摇摆，对袁并非真心，周骏则和陈宧互有芥蒂。故此自一月蔡将军亲率护国主力军入川之后，连战告捷，又有熊克武、但懋辛等人的四川义军支援，到了三月，袁世凯这方已是溃不成军，胜败分明。

济之见父亲在厅中走了几十个来回，脸色煞白，心中既有鄙夷，又生怜悯，道："父亲有什么打算？哪天回去？"

余立心生生停住，慌忙道："回去？不不不，我不能回去……我怎么能回去……"

济之道："为什么不能？这么大事情，你不回去，难道真都全交给达之？你倒是对他放心。我听说达之浪子回头，不仅有林恩溥的功劳，背后还有个日本女人，嗬，不知道过两年再回去，慎余堂还姓不姓余？"

胡松在一旁叫住他："大少爷，你吃饭没有，这酱肘子看着不错，要不我让厨房给你煮碗白粥？"

济之不加理会，又道："父亲，既已押错注，就得认输。"

胡松急得几乎要上来拽他的衣服，余立心又站住，茫然道："输？输什么输？我又从来不赌。"

济之道："父亲，孜城怕是没有人比你赌得更大……这三个月你装聋作哑也差不多了，人家荣国府被抄了最后不也兰桂齐芳，你这是打算躲到什么时候？"

余立心颓然坐下，道："……回去？怎么回去？大家都知道我这两年支持袁世凯登基，护国军能放过我？另外几家不趁机吞了我？不要说慎余堂，我回去只怕命也保不住……"

济之道："所以呢？留达之令之在那边等死？"

胡松喝道："大少爷，你言重了，二少爷和小姐都不会有事，这些年滇军在孜城来来回回也好几轮了，他们不过是要钱，上回也就是交了五万银元了事。"

这说的是辛亥那年云南独立后，滇军曾以援蜀军之名入川，先灭了同志军，随后进占孜城，一举拿住了盐税。那年盐税占全川赋税三分之一强，而孜城则占了总盐税的九成，盐价二十五文一斤，滇军每斤抽税也是二十五文，几大盐商为不提盐价，只能压低盐工薪俸，孜城中七八成百姓都在井上讨生活，一时间民怨沸腾，工人纷纷罢工，井上灶火停了断了大半个月。后来是慎余堂先站出来，允诺自家井上盐工每人每月补贴大米三十斤，肥肉五斤，另外几家也先后跟上，这才勉强复产。后来清兵犯潼关，蜀军和滇军需北伐支援，滇军离去时，还诈了商会五万银元，虽说当年商会有几十家成员，但小门小户那些宁可退会也不拿钱，大头还是余林严李四家出。当时会长是林湘涛，他上门和余立心商议两日，最后余家和林家各出一万五，严家和李家各出八千，剩下四千银元则让余下各家表个意思。滇军虽是走了，北进途中还在合江偷袭同志军，劫走盐款三十万两，余立心从此对所谓"革命军"只生恶感，他当时就对胡松道："看吧，开了头以后就得照旧，还会回来的，哪怕滇军不回来，其他哪管什么军，都会效仿。"

　　果然，滇军走后，北洋政府的川军进来，军饷仍是从盐款这边出，方法虽与滇军略有不同，但军队提用盐税这条路，却是就此确立下来。两年后熊克武举兵讨伐袁世凯，和北洋军在隆昌附近激战，北洋军趁机在泸州扣下孜城驶出的盐船，船上有盐六十一傲五百包，以盐借银，每傲核价一千两，且限期五天，过期则进行拍卖。这批盐大部分是慎余堂的，余立心斟酌几日，却并未赎回，他只对北洋军派来的人道："你们既已明抢，就都拿去吧，慎余堂就不再折腾一趟，替人洗白了。"据说北洋军光是这一笔，就拍到白银十一万余两。到了去年，北洋政府当年在孜城的盐税收入大概有五百七十多万银元，而一个师一年军费约十万银元，谁占了孜城，谁就等于生生多出五十几个师。

　　说回那日，济之道："既是不过要钱，父亲为什么不能回去？他现在不是还挂着孜城盐业商会会长的名头，这样躲在北京，难道说得过去？”

胡松道：“回去也没什么意思，留在北京看一看也好……事情说不定还有转机。”

余立心立刻点头道：“是，是，我也这样想，看一看也好……你明天给达之回个电报，就说那边的事情全由他做主，钱也不用吝惜，等局势定下来，总是能挣回来的。”

济之终是忍不住冷笑，道：“父亲，原来我现今才算认识你。”说罢拂袖自己回了房。

余立心像是没听到这话，打了个哈欠，道：“让厨房再给我煮碗素面，这酱肘子是不是天福记的？好得很，切了配面拿上来。”

一大海碗的面条稍后就上，余立心把面条和肘子吃得干干净净，厨房把肘子上锅略蒸，又淋上大量蒜泥辣椒，厅内关紧门窗，让冲鼻蒜味更显明确。这院子前两月虽拉上电线，但北京城中除紫禁城和外国人的地方，电并不总能供上，那钨丝灯每晚总要闪闪烁烁，有一瞬间光将暗未暗，胡松在一旁看见低头吃面的余立心，这几月他虽一心吃睡，却凭空瘦了下去，脸颊上鬼影浮动，像一个将死未死的陌生人。

胡松想，也许都会过去，也许一切尚有转机。

拾贰

　　电报送抵慎余堂那日，只令之一人在家，她拆了电报，苦等半日，直等到手中一本《块肉余生录》无论如何翻不下去。令之想了想，把电报夹在书中，出门去商会寻达之。

　　这年孜城开春奇早，似是刚过元宵，孜溪河旁已有杨柳抽枝，细叶绒绿，过风而不寒，令之穿一身千夏送她的灰蓝毛呢衣裤，又披一件藏蓝呢风衣，脚蹬高筒马靴。这衣服刚上身那日，她和严余淮相约去书局，严余淮一见她，自己先羞涩起来，道："令之妹妹，你今日好洋气，刚是从巴黎还是哪里回来。"但余淮并未去过巴黎，他还是一身灰布长衫，浅口布鞋，戴大而圆的黑框眼镜，这半年他丰腴了些，脸上的肉回去了，又像他儿时那样，看来有些傻愣，却一团和气。

　　二人当时正走街心，令之指着一旁米铺，突然笑道："余淮哥哥，那倒像是你亲爹。"米铺里正好有个老头，正在舀米上秤，也是灰布长衫，大圆眼镜，远远望去，和严余淮确是血亲模样。严余淮却突然沉默下来，只淡淡道："父亲死得早，别说令之妹妹你没见过，我都快忘了

181

他长什么样了。"令之知他年少父母双亡，一直在严筱坡鼻下求生，心中突生怜爱，轻轻拍了拍他的手，道："余淮哥哥，你不要伤心，我在这里呢。"

余淮多年未听过这般温柔话语，眼圈竟是红了，一时也说不出别的话，只喃喃道："是，令之妹妹，你在这里。"

今日令之在城中坐了一段车，到河边让车夫先回，自己则慢慢往商会走去。码头密密匝匝停满正在上货的歪尾船，令之总在启尔德的医院出入，船工们有几个识得她，远远招呼道："三小姐。"

令之也不便大声答话，只用力挥手，天色晴好，水面微澜，反照金光，令之半眯眼睛，越过高高船桅，往更远的地方望去，一时间只觉山河浩荡，万事茫茫。

商会就在河边，用的是林家的房子，那地方原是个盐仓，后来几经改建，变成林家会馆，可喝茶可看戏可吃烟，林家每逢有生意上的客人过来，大都安置在那边住下。刚建好那两年，令之尚幼，每逢有戏上演，林恩溥就偷偷带她进来，让她藏身于二楼角落的帷幕内，又在帷布上剪了一个洞，她就探出头来看戏，夏日苦热，那帷幕极厚，小半出戏下来，令之热得浑身湿汗，几欲中暑，恩溥趁大人们不备，过半个时辰就给她带来一碗冰镇酸梅汤。有一回酸梅汤不小心洒了，沿着围栏渐渐滴在楼下客人头顶，那几人疑惑地抬头望了几次，后来大概以为是屋顶漏水，也就用手巾擦了擦头，继续看戏。那日正演《白蛇传》，到了水漫金山这一折，白蛇手持长剑，和青蛇一同上来，白蛇悲愤道：

仗、仗、仗法力高，
仗、仗、仗法力高。
俺、俺、俺、俺夫妻卖药度晨宵。
却、却、却、却谁知法海他前来到，

教、教、教、教官人雄黄在酒内交。

俺、俺、俺、俺盗仙草受尽艰苦，

却、却、却、却为何听信那谗言诬告？

将、将、将、将一个红粉妻轻易相抛！

多、多、多、多管事老秃驴他妒恨我恩爱好，

这、这、这、这冤仇似海怎能消！"

　　恩溥陪令之看到这里，扯扯她的发辫，轻声道："我得下去了，父亲让我去见个客人，今日没法再上来了，你若是还热，就别看了，反正《白蛇传》年年演，天凉了我再带你过来。"她却撑着看完了那出戏，回家后上吐下泻，喝了整整三日的藿香正气水，恩溥来探她，给她带来市集上买的面人，捏成白素贞模样，撑一把小小油纸伞。

　　商会选在这里是达之的主意。此前孜城商会成立五十余年，一直是以林家为首，现在却把会长一位让给了余家。达之对众人道："我父亲不过挂个名，商会的大局，还是得让林伯父主持。"故将议事处选在林家会馆，林湘涛一年里只头一个月来了一次，后头每次议事，都是林恩溥坐主位。

　　令之一进会馆，就有人迎上来道："三小姐，二少爷和我家大少爷都在里院，要不您先喝口茶？"

　　令之点点头，道："你们不用招呼我，我随便逛逛，你进去带话给我二哥，让他快点出来。"

　　戏楼大概有一段时间没用，令之沿楼梯上去，见扶手上薄薄积灰，楼梯夹角隐约有蜘蛛结网，到了二楼帷帘那里，令之一眼就见到恩溥亲手剪出的那个大洞，这几年各家都在应付度日，这会馆一直没有整修，何况这帷帘本也无人注意。令之禁不住轻抚那深红绒布，又想再把头从洞中穿过，但大小已然不合，帘布拉动时，顶上簌簌落灰，令之抬头见

屋顶天窗，想到有一年恩溥带她看那顶上四个翼角，恩溥说："令之妹妹，这上头一般都是排一排仙人走兽，我们这里可不是，你仔细看看是什么？"她仰得脖子酸痛，终于看清，那是哪吒闹海、孙悟空三打白骨精、武松打虎和鲁智深倒拔垂杨柳，白骨精做得尤为精心，一半女相一半白骨，定睛一看让人悚然心惊，令之拽着恩溥的衣袖，怯怯道："恩溥哥哥，我怕。"

达之和林恩溥、严余淮一同在楼下出现，另有李林庵长子李明兴。李明兴比他们几人都大一轮，从未出洋，一直留在孜城，平日大家少有往来，城中人都说他性子古怪，也不像他父亲吃烟玩女人，整日闷在家中，虽早早娶妻，一直未有子嗣，却也不见他纳妾。令之和他数年未见，现在只觉得他脸色阴鸷，看来一股凶相，衬得边上的严余淮则越发圆头圆脑，满身憨气。

达之仰头道："你怎么来了？可是井上又出了事？"前几日有熬盐工醉酒守夜，掉入大锅，生生烫死，尸体捞上来时几乎只剩白骨，孜城开井采卤几百年，从没听说过这种事情，一时人心惶惶。工人们都说，这种死法，必是大凶之兆。

令之连忙放开帷帘，匆匆下楼道："松哥哥的电报到了，说父亲还是不回来。"说罢把那张纸递给达之，并不看一旁的林恩溥，倒是笑着问道："余淮哥哥，你怎么也在？"

严余淮突然见她，又惊又喜，道："二叔这几日有事，让我来替他开会。"商会契约上写明，商会议事每家出两人，凡事过五票即可决定，达之和林恩溥都替各自父亲参加，初时严筱坡和李林庵也过来，这两月见百事烦心，也觉和后辈议事脸上无光，索性也都让下一辈代办。严筱坡没有子嗣，只能让家中下一辈中年纪稍大的严余淮出席，李明兴此前则从未上手过井上生意，说是四人围坐，最后自然大都是余林两家做主。

达之读完电报，淡然道："也早想到了，父亲不回来也好，他在北京操心大事，管不了我们。"

令之担心道："你那日不是说，父亲再不带点银票回来，井上就撑不住了吗？"

二月，川军第二师师长刘存厚在永宁起义响应护国军，永宁和孜城不过半日马程，他隔了两日即派人前来，要求提银以做军饷，来的人样子斯文，师爷模样，道："我们军长说了，当下军情紧急，大家上下齐心，为国为民，这银子都会用在战事上，你们放心，会给个正式印收，日后用来抵解税款。"话虽说得客气，同来的却有一百来个兵，腰上别一式一色的德国手枪，有人偷偷告诉达之，城门外不过百米，还押了两门炮。

达之和林恩溥找另外两家商量，都没什么办法，这几年一直是余家和林家与川滇两军有点交情，严家和李家则靠着北洋军，现今川滇起义，严筱坡本就惶惶不可终日，现在只求自保，李林庵更是毫无主意之人，不过道："一切听商会的，一切听商会的，只是我们李家在商会里本就占了小头，这给钱的时候总不能……"

达之私下对林恩溥道："我父亲这两年在北京，和袁世凯的人走得近，川军那边肯定也是知道的，要不这样，这笔钱就慎余堂包圆了，不走商会的账，如此也能让我们买个安心。"

林恩溥思虑片刻，道："我看这次护国军里也有刘法坤，你也知道，前几年他占孜城之前，一直是我们林家和他应酬。现今虽说川军和滇军一同反袁，不过是蔡将军的面子，等战事结束，两边该争什么必然照争，该有的芥蒂也不会解。现今刘存厚既认了林家是刘法坤的人，往后我们日子怕也不好过，不如这次一起买个平安。"

达之知道，这不过是想到余家这大半年开销甚巨，替他分忧，他也不拒绝，道："这样也好，反正我们迟早都是一家的生意。"后来那师爷带走现银两万两千两，银元券五万四千两百元，余家和林家几是平摊了这笔烂账。又过了一月，蔡锷抵永宁，也遣人来提了九万元，都给了正式印收，达之一拿到印收就撕了，淡淡对恩溥道："谁还需要这东西抵什么税，到那个时候，孜城也不会再有税。"

恩溥却将自己的收起来，道："万事都不要做得太满，留点余地，总不会有错。"

达之冷笑道："你倒是越来越像我父亲，凡事都想着留有余地，怕是余地留太多，那股气泄了，什么都干不成……说起来，这倒是也像父亲。"

恩溥淡然道："做事不求必成，求的是理当，达之，我并没有抱像你那般高的期望。"

达之还想说什么，千夏在一旁轻咳两声，达之忍了忍，也就住了口，事后千夏私下对达之道："井上很多事情他还是比你熟悉，严家和李家也更服他，不要现在就失了分寸。"

达之闷声道："这分寸我看是迟早要失的，林恩溥这个人，这一年摇摇摆摆，也不知在想什么……看他如何待令之，就知道他靠不住。"

这日四家又聚在会馆，乃是因四川都督陈宦以战事为名，要求袁世凯政府允许盐税留川，且已在袁未批之时，就先后提用一百余万元，这两日又有消息，称四川稽核分所已与陈宦订立拨款条约，从六月起，照拨净余盐款十分之四。自民国二年袁世凯向五国银行团借两千五百万英镑巨款，依其附带条件在各产盐区设立盐务稽核所以来，这尚是稽核分所与四川政府第一次订约拨款。

达之听令之语中确有忧心，宽慰道："没有关系，既有了商会，四家就是一家，今日已商量好了，陈宦既明说了要截留盐款，那暗里再来要钱的，大家就都一条心，宁可停产也不给了，恩溥也说了，林家先挪一点钱来给我们应急，井上暂时停不了。"

令之并不望向林恩溥，似是对着虚空道："多谢恩溥哥哥。"

林恩溥也不知望向何处，道："令之妹妹客气。"

严余淮候在一旁，似是终于鼓了勇气，道："令之妹妹，昨日我看到书局又进了一批书，你要不要和我去看看？"

令之嫣然一笑，道："好呀，余淮哥哥，今日好暖和，咱们先去河边走走，你陪我摘点花回家插瓶，再找家店吃鱼……这时候，鱼肚子里都有籽了呢，最后再去逛书局，你说好不好？"

二人走后，李明兴也托词回家，恩溥看看达之，道："就在这边吃饭吧，等会儿千夏也来。"

千夏来时，他们已在院中石桌摆好饭菜。会馆花园为了近水，索性没有外墙，只用一排竹篱虚虚隔开，上爬牵牛。往外百米之遥，是孜溪河通往沱江的一个拐弯，歪尾船们在这里需缓缓转向，弯窄船多，繁忙时节，总难免有相撞事故，若是损毁严重，满船巴盐沉入水底，过了两日，水面上渐有鱼尸浮出，船工们一网网捞上来，就在船上现烧鱼锅，配大量米饭。辣子香浓，船桅密匝，那味道没有出口，在河上经久不散。但此时达之再往水上看，只疏疏几艘船，伶伶仃仃，往沱江去。

千夏手执一把杂色野花，从河边进了院子，她今日一身中式打扮，宽身灰蓝旗袍长到脚面，丁字皮鞋鞋底糊泥，仔细一看，旗袍也湿了下摆。千夏先进里屋寻了个陶罐，把花插起来，这才洗手坐下吃饭，这日厨子也是做了辣子黑鱼，铜锅下置炭火，锅内亦有豆腐、茼蒿和猪肠，达之和恩溥两人对饮，见千夏坐下，也给她斟了一杯。

千夏喝了一口，道："这酒好辣……你们猜刚才我走来遇见谁？"

恩溥不语，舀半边鱼头，又一筷子夹出鱼眼，达之道："令之是吧？"

千夏点点头，道："还有严家那少爷，二人正在河边摘花，还拉我摘了好一会儿……我看令之是真的开心。"

达之道："事已至此，她再不开心，也得开心给人看看。"

恩溥还是不语，细细给鱼肉剥刺，放一旁小碟，达之终忍不住，道："你到底有什么打算？"

恩溥道："打算？我没有打算。"

达之道："令之现在这样，你就由着她这样？"

恩溥道："令之的事情，去年她生日已和你们说过了，她也知道我的意思，当时如此，现今也如此。"

达之道："你这个人！怎样说你才明白？你和令之的事情，如若成了，皆大欢喜，你也知道，那青楼女子给我父亲又生了一个儿子，虽说孩子还小，但毕竟是又生变数，现今这样，既对令之不公，也不利于大计……"

恩溥打断他，道："你们想的事情，才是对令之不公，至于大计，勿用再说，我心里有数。"

达之道："恩溥，我实在不懂你，令之和你，乃是天造地设顺理成章，又能让各方方便，你为何偏要执拗而行？"

恩溥道："我自己的私事，为何要用来给别人方便。"

达之气得拍桌，那碟挑好的鱼背肉跌下地面，但忽地又道："要是令之和余淮……倒是也好。"

千夏愣了愣，但转眼便明白过来，道："没错……你父亲虽又给你添了个弟弟，毕竟年幼，暂且不足为惧，林家有恩溥在，我们本就十拿九稳，倒是严家……严筱坡心思深沉，又一直对你们两家多有警惕，只可惜他没有子嗣，家产迟早要分一大半给严余淮……我看严少爷这个人，倒是丝毫不像他叔叔，老实敦厚，一股憨气，对令之也是明眼都能看出的痴心，如果令之能和他……倒是省了我们不少事。"

达之看看恩溥，道："你怎么看？"

恩溥缓缓喝酒，道："令之和我们这些事没有关系，她日后自会嫁个好人家，不过拿一笔嫁妆，分不了你多少家产，不劳你们在此费心。”

千夏道：“如果是他们两人自己情投意合呢？”

恩溥笑了笑，话声却渐厉，道：“那也是令之自己的事情，同样不劳你费心，我先把话说在这里，我们的事情，不要把令之扯进来，否则……余家根基再厚，也经不过你父亲这几年的折腾，我要是退出来，你们怕是也不好成事。”

说罢，他用手巾抹了抹嘴，也不看达之和千夏二人一眼，从院子径直出门。林家的司机小五本拿着一海碗面条，在码头边看人往船上运盐，正大声说笑什么，见了林恩溥，连忙扔了碗，把车开过来。去年年底，林恩溥设法从上海运了一辆美国福特车到孜城，花了两千七百大洋，孜城路窄，平日里开出去又惹人围观，他也没怎么用过，但会馆地偏，坐马车颇为费时，他就让司机开来练手。

孜溪河旁路面虽宽，却多是沙砾，轿车上下颠簸，小五也刚从省城学了车技回来，时时熄火，满头大汗向林恩溥道歉。恩溥心平气和，道：“不着急，你慢慢开，今日回城也没有什么事情。”

车开至岸边浅滩，轮胎撞上一块大石，又熄了火，小五下车把石头搬走，恩溥也就下来透透气。这处不设码头，罕有人迹，滩上只有几名孩童，拿着铁铲木桶，在沙中挖蚌壳。幼时他和令之也时常这般玩耍，河蚌细小，挖一大桶回去，撬开也不过炒少少一盘，令之喜爱和韭菜同炒，铺在极细的鸡蛋擀面上，再混豆瓣辣酱拌开了吃。有一次吃到一半觉得硌牙，以为是未尽沙土，谁知吐出一看，竟是一颗小小珍珠，令之极是兴奋，对他道：“恩溥哥哥，待下次我们再挖到珍珠，那就能一人一颗啦。”但自那以后，他们从未挖到过另一颗珍珠。

福特车如此这般走走停停，终于到了城内，八店街的路过不了车，小五问道：“少爷，我们是不是绕过去回家？”

林恩溥道：“你把车开走吧，我去看看店，等会儿自己走回去。”

八店街不过长约半里，本有三成的店面都是林家产业，另有三成则属余家，这一年余家开销甚巨，余立心几次有电报回来，让达之处理几家店铺，将银票汇去北京。达之前来和恩溥商量，道："八店街是孜城中心所在，要是零散卖出去，以后怕我们做事也不大方便，还是你先都收了如何？我们做个过得去的低价，我父亲慌着用钱，也没法计较。"

恩溥刚买了福特车，盐款又向来是每年正月前方结，手上一时间也拿不出那么多现银，最后是把千夏此前住过的山间别院转给严家，这才凑足钱款。严筱坡这几年玩女人抽大烟，多少做得过分了点，城中大宅人多嘴杂，传来传去不甚好听，他索性带着几个小妾搬进山里，每日不下烟榻，倒是神仙快活。至于井上生意，商会成立后，从生产至外销，从省城至下江诸省的人际交往，一概是商会出面，统一为四家打理，商会中严家和李家都是挂个虚名，不过是恩溥和达之里外应付，每月看账本发薪饷这些琐事，他又都让严余淮试着熟悉。城中有流言称，严筱坡去年专从上海请来一个德国医生替自己看不育之症，调理了大半年，最后说身体着实不行，他素来心眼狭小，总觉得如若抱养一个，家产到底还是外流，只能早做打算，让严余淮接了生意。

恩溥在八店街街口的菜市场下车，这市场虽不是正式店铺，却占地甚广，割为狭小铺位，分租给卖菜卖肉的乡民，这本也是余家产业，去年达之转给了林家。市场不值多少钱，到手时还折了三成，但既有盐井营生，从井上工人的吃食用度，到推盐水牛的胡豆草料，有个自家市场毕竟方便，如若遇到荒年，各类供应勉力不断，井上也能尽量维持。达之这两年虽对井上杂务事事上心，却毕竟是生手，当日却只想着这几百个铺位都得分开收租，租金细小，琐事烦心，索性脱手，恩溥也不劝他，只痛快收了下来。

恩溥每隔几日总来此处逛逛，知晓物价，每月看账心中也有个底，去年物价尚稳，一银元兑一千两百文铜钱，白米一千八百五十文一斗，菜油一百四十文一斤，猪肉也几乎是这个价格，牛肉则每斤贵上二三十文。今年战事一起，米面鱼肉都往上涨了两成，但自民国三年起，井上烧盐匠工薪饷一直为四千文每月，也就能换五十斤白米。盐工家中常有数名孩童，妻子又多无收入，生活自然多艰。恩溥今年年初曾想给工人提一提薪饷，达之却道："现在既是商会，你们四友堂提了，剩下三家必得跟着提，现今我们手上本就缺钱，四家加起来有一百余口盐井，盐工十万余人，每人每月增几百文，你有没有算算这就是多少银子？如此耗费，我们如何成就大事？"

恩溥道："我们所图大事，本不就是让他们能过好一点，为何一定要等到大事已成？"

达之道："话虽这么说，但凡事总得谋划，也必得有人牺牲，你也知道，我当年是做炸药的，为革命党做炸药的人，十个怕是死了七个，还瞎了两个，若没死这么些人，你以为革命能成？若无人付出代价，必定万事不成。"

恩溥只淡淡道："我不是革命党，我也不让别人去牺牲，让不相干的人付代价。"

达之当时也未多言，只习惯冷笑片刻，此后也再未提起，但从那日开始，恩溥已模糊感到，二人所求，虽有相似终点，却必走迥然路途。

这日已过午后，市场摊铺散了小半，剩下的摊主三三两两聚在一起打长牌，众人都识他，连忙扣了牌，招呼道："林少爷，早上刚挖的笋，嫩得很，给你来两斤？"

林恩溥也不拒绝，拿了笋、芦蒿、新剥胡豆，又用麻绳提了两条鲫鱼，按市价多涨两成给了钱，摊主们自是不要。双方反复推让之时，却见令之和严余淮，说笑着从街口拐过来，令之拿着一个面人，正侧过头说什么。

她刚剪了齐耳短发，耳边吊一对小小圆环白玉坠子，那颜色远远看去，像是两滴水。恩溥猛地发现，令之原本那孩童圆脸，在这一年时间中已悄然现出棱角，她瘦了一圈，更显下巴尖尖，腰身纤细，今日这衣服也衬她，像巴黎画报上的西洋大学生，石路泥泞，马靴笃笃踩在泥水上，有一股恩溥陌生的英气。

令之见到他，客客气气道："恩溥哥哥，你来看铺子呢。"

恩溥见她手上那面人，执一把小小油纸伞，模样做得不大细致，但分明是断桥上的白素贞。他恍惚片刻，想起多年前自己送酸梅汤给躲在二楼看戏的令之，就从厨房上楼这短短距离，他怕酸梅汤失了冰气，跑得太急，反倒溅出来大半，一碗酸梅汤端上去，令之只能喝两三口。她不大高兴，嘟嘴抱怨，恩溥说再下去给她端一碗，令之却又不许，道："你看看你的衣服，再跑一次怕是要湿透，回头病了怎么办？"最后病的却是她，因那几日的戏是《白蛇传》，恩溥央卖面人的做了一个白素贞，令之卧在床上养了大半个月病，收到后喜不自禁，一直插在床头，正迎盛夏，面粉几日就干裂开缝，白素贞脸上似有道道白痕，终于扔掉那日，令之伤伤心心，大哭一场。

令之说了那话，也不待他回答，正打算错身而过，恩溥却突地伸手摸摸令之手上面人，把半歪油伞扶正，道："令之妹妹，你现在得不得闲？我有点话，想和你说。"

令之一惊，自去年生日之后，她和恩溥再未私下见过，众人都在之时，二人不过客气寒暄，四周的人看在眼里，谁都没有说破，甚至没有人再催她的婚事。令之已经在想，不妨今年过了，就入京考大学，父亲少有信来，济之自小和她不亲，松哥哥虽每逢来信，还是洋洋洒洒数页纸，但不知为何，只让人深感敷衍疏远。达之一直疼她，但这两年她已时常疑惑，总觉达之渐是另一个恩溥，先是不可捉摸，后是不敢相认。

严余淮在一旁略微尴尬，令之和恩溥订婚又退婚，孜城无人不知，他把手中的两卷外国小说递给令之，道："令之妹妹，我突然想起来下午还得去账房，这书你看了再给我。"

令之接过书，也不说话，望向旁边一家鱼摊。几十斤鲫鱼挤挤挨挨养在硕大竹篓里，地上杂堆鱼肚鱼肠，腥味扑鼻。这时节鲫鱼摆籽，每条都有鼓鼓肚皮。

恩溥待严余淮走远了，这才道："走吧。"

令之这才转头看他："我们去年不是把话都说完了？"

恩溥把声音压得更低："你真要在这里和我斗气？"

那些卖鱼卖菜的已笑吟吟看着他们，令之面上一红，道："去哪里？"

恩溥想了想，道："夏洞寺倒是离这里不远。"

"你不是说自己什么都不信，也什么都不拜？"

"那边清净。"

夏洞寺仅两里来路，二人一路无言，进寺之后径直到了后边的天池禅院，恩溥在院中找了一个石桌，用手巾把石墩细心擦了两遍，这才让令之坐下。

石墩正好对着千手观音殿，令之想到上回二人来，还是去年正月，自己左思右想，在这里给恩溥约了死期，但结局也无非就是这样，一时感伤，没忍住落下泪来。

恩溥已没有干净手巾，就拿衣袖替她轻轻拭去眼泪，最后却一时情动，让指肚划过令之细嫩脸颊。令之急火攻心，甩开道："你干什么？！别这般黏黏糊糊！"

恩溥收了手，道："……你还在怪我。"

令之已止了眼泪，道："也说不上，就是这样没什么意思。"

"这一年……你都还好？"

"我们不是三天两头都见到？恩溥哥哥，你也看到了，我全手全脚没死没病，千夏说我还胖了不少，去年做的衣服都快扣不上扣子。"

"你知道我不是问这个。"

"恩溥哥哥，我哪里知道你是要问什么，我甚至从来不知道你到底在想什么。"

"我叫你过来，不是想和你斗嘴。"

"我没有和你斗嘴，我说的是实情。恩溥哥哥，你不能这样，想晾我几年就晾我几年，想叫我过来，我就得巴巴过来，对不对？"

"我有话想跟你说。"

"我以为我们已经没有什么话可说。"

寺中有小和尚从后门进来，见到二人，以为是香客，兴冲冲走过来，道："二位施主，今日留下吃斋饭吧，我刚去后山挖了木耳和笋子，你们看看这笋，嫩得出水呢……"

话音不落，他已觉不对，又看到令之红着双眼，讪讪道："打扰了，打扰了……我先把菜送去厨房……这……这是我在地上拣的野莓，二位施主吃着玩儿……"

和尚在石桌上留下十几颗极小莓子，色泽嫣红。令之喜酸，儿时每逢春天，总要拉上恩溥去凤凰山拣上一篮子，一路上吃掉一小半，剩下的让厨房用蜂蜜渍好，可一直吃至盛夏。

和尚走后，恩溥见她低头拨弄那些莓子，二人都许久未有言语，恩溥终于叹口气，道："令之妹妹，你和严家少爷……"

令之捻了一颗莓子入口，大概是极酸，她皱皱眉头，道："怎么？"

"余淮自然是好人，心地淳厚，待你也是……但你得想明白了，婚姻不是儿戏。"

令之笑笑，道："我自然知道婚姻不是儿戏，你倒是什么时候也知道了？"

"你现在和我是不是只能这般说话了？"

"你说来听听，我应该怎么和你说话？"

恩溥也捻起一颗莓子，轻轻用指尖捏碎，再用手巾擦去汁液，他起身淡淡道："令之妹妹，既然这样，我就先回去了，该说的我也说了，日后绝不再扰你半分，凡事我知道你也有自己的主意，旁人多说无用……你多保重，无论什么时候，无论什么事情，只要你有需要我的地方，只要你说一句，我必会前来。"

恩溥说完，径直出了禅院后门。令之坐在凳上，怔了半日，终是"哇"的一声俯身大哭，那余下野莓压在手下，汁液四流，青天白日下，像不知何人，流尽满身鲜血，空留悔意。

到了七月，暑气正盛，达之给父亲发去电报，道："令之余淮已有婚约，待父亲回川，即日完婚。"济之过了十日方回电，道："父亲垂危，婚约甚好，正可冲喜，委屈令之，尽早成婚。"

拾叁

　　严余淮向令之表明心迹，是在民国五年六月。自三月袁军在四川溃败，护国战争大局已定，五月底，四川督军陈宧在与蔡将军停战议和两月之后，通电全国称"代表川人，与项城告绝，自今日始，四川省与袁氏个人断绝关系"，不过两周之后，即传来袁世凯死讯。

　　七日傍晚，严余淮送看完戏的令之归家。戏园距慎余堂不远，他们就没有叫车，一路走着回来，途中遇到有妇人挑着担卖红糖冰粉，那日乌云压城，闷不可当。不过走了半里，二人已浑身濡湿，停下来吃了冰粉。糖水杂冰，一口下去颇解暑气，令之正说想再吃一碗，半空已有隐隐雷声，似城外驻军放炮，无端端让人心惊，待他们急急抵家，地上已密密铺满拳头大小冰雹，院中荷花本正当盛季，现在却七零八落，满池红瓣。

　　冰雹下了小半个时辰，雨则越下越大，严余淮就在慎余堂吃了晚饭。达之和千夏今日也难得在家，饭桌上二人不怎么说话，似都有心事，倒是余淮和令之正夹起一个肉丸，突然打了一个滚地响雷，像大炮就架在院中，直直打向屋里，她吓得没夹住丸子，落在桌上。

令之惊魂未定，道："这雷打得……多少年没有这么响的雷了，是不是会出什么事？"

余淮给她另夹了一个丸子，道："前几日我还听路边算命的说，今年四川不安生，怕有大事。"

达之冷笑，道："哪怕往前推二十年，四川哪一年安生？中国哪一年安生？不是这件大事，就是那场灾荒而已。"

千夏见余淮颇为尴尬，插话道："那算命的也没说错话，报上说袁世凯快不行了，又说是陈宧给气的。"

陈宧前两年带兵入川，辞行时对袁世凯行三跪九叩之礼，后又学藏地喇嘛拜活佛的礼数，再拜了一次。袁大概无论如何没有想到，最早反他的，竟是自己视为心腹的陈宧，而此后几日，陕西的陈树藩和湖南的汤芗铭又先后独立，报上有人戏称此为袁世凯的"催命二陈汤"，那时就有消息传出，袁已重病不起，连法国公使馆的医生也已束手无策了。

达之听了，又道："这算什么大事？暴君独夫，死了也就死了。令之，我看你今年嫁个人成个亲，倒是比这个更大的大事。"

这话说得猝不及防，令之愣了半晌才道："二哥，你说什么呢？！"

严余淮在一旁，已神情紧张，轻声道："令之妹妹……令之妹妹……今年要成亲？"

达之似笑非笑，道："你说呢？严少爷？你天天和令之一起，她成不成亲你还不知道？"

严余淮这才会意，不知如何应答，只涨红了脸佯装喝汤。令之又羞又气，正要扔了筷子回屋，却听大门咿呀，林恩溥走了进来。

暴雨初停，还零碎有些雨点，恩溥也不打伞，灰色绵绸长衫湿了大半，他进屋见到严余淮，淡淡道："严家少爷也在。"

严余淮不大好意思，诺诺解释道："雨太大，实在回不去……"

恩溥却不再理他，转头对达之道："刚收到北京那边的电报，袁世凯昨日死了。"

达之笑起来，道："怎么人人都关心他的死活。"

恩溥道："由不得我们不关心。"

达之哼了一声，道："不关心又如何？"

恩溥已显不耐，道："袁世凯既死，陈宧虽说已与他绝交，但之后北京政府如何会信他，他的位子必然也坐不长，蔡将军又听说喉疾不愈，打算东渡日本治病，我找人打听过了，蔡将军一走，下任四川督军应是罗佩金。"

达之这才渐知恩溥所忧，道："蔡将军那个参谋？"

"嗯，护国第一军总参谋，日本士官学校学成归来，后来就一直在云南，当年蒙自兵变，据说罗佩金只身入了敌营，亲手擒回叛将，是个人物。"

"那又如何？管他什么人物，谁来又有什么区别？"

恩溥也生了怒气："达之，你怎么还如此幼稚？举国飘摇，我们岂能独善其身，换一个人就是换一番天地。"

达之道："要是真能换一番天地倒是好了，就是哪那么容易。"

恩溥道："战时蔡将军已向稽核分所提过要借拨盐款的十分之四，这你也是知道的，现在护国军既胜，罗佩金必会重提此事，北京政府急于定下局势，也不会不给他们这个面子。"

达之道："这也早想到了，左右稽核分所之前也拨了这个数给陈宧。"

恩溥道："去年有袁世凯在上面慑着，盐款总算七七八八都收回来了，今年你也知道，前面护国军来孜城已提了十几万元，打三个月仗，盐运断了一个半月，今年盐款哪怕全能收回来，也凑不齐给稽核分所，更何况下江也有战事，众人现在对北京政府也在观望……罗佩金又刚刚上任，且我私下里打听过了，这次护国军入川，他虽算立了大功，但他算是唐继尧的人，唐将军和蔡将军看似师徒，但也有嫌隙，蔡将军真正看重的人是戴戡。"

达之道："也是梁任公学生那个？"

恩溥点头，道："在东京我还算见过他一次，出国前他在贵州就有神童之名，他在日本就不是革命党，一直和梁任公的政闻社走得近一些，回国后不知怎么几地辗转，居然认识了蔡将军，二人又一见如故。这次护国战能势如破竹，戴戡功不可没，黔军抚使刘显世效忠袁世凯，但其外甥王文华身为黔军主力一团团长，深佩戴戡，一心共和，黔军这才能在最初即加入护国军……"

恩溥刚进门时，令之本佯装吃饭，现在却不由凝神看他，二人忽地对上，令之一惊，匆忙转头对着严余淮，恩溥也收了目光，道："……说这些倒是也没什么意思，总之有蔡将军的面子在，戴戡应是四川省长。罗既任督军，旁边有一个手握兵权的省长在，他定要立威，但你我两家若想维持井上不停，是无论如何拿不出这笔钱了，更何况罗戴二人之外，还有个川军的刘存厚，是段祺瑞的人，他也要养自己的兵……袁世凯不死，各方还算勉强撑着局面，现在他既死了，我们如何对付得了漫天神佛？"

达之想了想，道："去年开始稽核分所已是直接和商会打交道，这商会毕竟不只是我们两家，前两年我们硬顶下来，今年既不行了，也得让他们出出力。"

恩溥道："道理是这样，但严家和李家……"他看看严余淮。

严余淮平日虽憨，这时也会了意，道："我叔叔……我叔叔他不会听我的……"

达之道："你叔叔也没有儿子，严家迟早是你的，余淮兄，我看你该接手的也要早接手。"

严余淮诺诺道："……怎么接手，我叔叔虽已经不大管井上的事情了，但账房先生每个月还是去家里给他看账本，平日里几百两银子我还能做主，再多了就得我叔叔的印章，他平日再怎么吃烟，章是不离身的……"

达之却突然转了话，对令之道："令之，刚才我们不是说到你的婚事。"

令之愣了愣，道："二哥你又瞎说什么？"

达之道："怎么瞎说？你连二十都过了，孜城哪户人家的女儿，到这个年龄还没成亲？"

令之急了，道："你和大哥都没成家，催我是做什么？"

达之笑笑，道："大哥我不知道，也管不了，我和千夏早算订了婚，你要是能先订个婚，我们也能放心，不过城内差不多年纪，又没有成家，还得和你合得来的男子，可真是不好找，父亲既让我们都受了新式教育，总也不能让你盲婚哑嫁……严家少爷，你说是不是？"

严余淮吓了一跳，一时不知如何回应，只呆呆看着令之，令之已羞得满面通红，双目含泪，千夏本在一旁一直没有说话，这时却悠悠开口道："严少爷，有些事情，过了就是过了，没有就是没有。我母亲当年教我读中国诗，第一首就是《金缕衣》，花开堪折直须折，莫待无花空折枝，写得真好，你说是不是？"

严余淮再愚笨，此时也都懂了。他突地站起来，也不敢看人，只低头直直对住脚尖，道："令之妹妹，我的心意你不会不知道，今日既然大家都在，我只想问问，你可愿嫁我为妻，我知道我是个笨人，没什么本事，但我自小心中就只有你，你可能给我这个机会，让我一生一世待你好？"

屋内一时间无人说话，只达之神情热切，看着令之。见她手持单筷，来来回回拨弄碟中肉丸，几次想开口，却又没说出什么，只道："余淮哥哥，我……我……"如此三番，终是落下泪来。

严余淮也落了泪，道："令之妹妹，你此时不肯没有关系，我明年再问你，明年不肯也没有关系，我后年再问你，一直到哪天你嫁了人，我就不再问你……我不着急，你也不用为难……我……我这就回家去了。"

令之眼泪落得更急，不知怎的无意间望向恩溥，只见他面色如水，起身看看屋檐，道："雨也停了……你们慢聊，我就先回去了，达之，明日早上你还是来商会，我们再好好商量一下。严少爷，我的车就在外面，你要是现在走，我便送你一程。"

严余淮却又不走，犹犹豫豫看向令之，恩溥也不说话，这就出了门。慎余堂从外屋到大门颇有距离，一屋的人见他走出去，听那皮鞋敲打石板的笃笃声音，似有人敲更，声声催命。他快到门口，令之忽地大声道："余淮哥哥，父亲不在这边，我一切听二哥的……但有你这么待我，我想也没人会不放心……二哥，你说是不是这样？"

恩溥走得很快，他并未听到达之轻笑出声，千夏轻搂令之连道"恭喜"，严余淮喜不自禁握住令之的手久久不放，而令之，虽满面笑容，却一直没有止住眼泪，她一边擦拭，一边对严余淮道："没什么，我只是太欢喜……余淮哥哥，有你真好。"

恩溥出了慎余堂，司机小五不过十六七岁年纪，百无聊赖，正蹲在地上，看雨后被打落的鸣蝉，那蝉将死未死，四脚朝天在泥地里挣扎，小五用一根草棍，想替它把身子翻过来。他见了恩溥，急忙起身去开车，恩溥站在车门前，忽道："小五，不如你今日教我开车。"

小五本在井上司牛，也不知为何，别人的牛推卤最多三汲后必得更换，他却可以赶牛四汲五汲。井上的牛三五年即已老弱，销往肉铺，盐工们再用极低价买回，自行宰杀，切片入滚盐水蘸花椒，既下饭又增力。小五却从不食牛肉，每逢自己的牛被杀，他总要远远望着淌泪，再烧两刀纸钱，盐工们不喜他烧纸晦气，他就自寻角落，默默烧完埋灰。去年冬天，恩溥上井查看，正好见到小五缩在一口熬盐大锅后面，抹着眼泪烧纸，管工的见了，怕恩溥生气，急急解释道："这小娃儿，脑壳有点毛病，老给死牛烧纸，还说牛和人也没什么分别……少爷莫怪，他做事倒是能干，赶牛出卤比别人都多两三成。"

恩溥当时没说什么，静静看管工赶小五快走，小五却硬是把剩下的纸钱烧完，满面纸灰泪痕，这才离去。半月后恩溥决定买福特，需找一人上省城学车，他突地想到了小五，管工把小五送到四友堂时，他懵里懵懂，以为自己因给牛烧纸被开工，路上大概悄悄哭过，脸上依稀有泪，却还是倔强模样，一见恩溥就道："林少爷，我这就走，但你能不能让他们不要杀我的牛，它身体好得很，还能拉两年。"小五的确聪明争气，不过半把来月，已从省城学成归来，车反倒还运在江上，等了十日，方抵孜城。

听恩溥这话，小五愣了愣，道："少爷，可是我不会教人。"

"有什么不会，你怎么开，就怎么教我。"

"这乌漆麻黑的……"

"车上有油灯，能看见。"

"……那少爷想去哪里学？这城里没什么宽敞地方，撞坏了心疼车，城外又没什么好路。"

恩溥想了想，道："就在城里绕着走两圈，你这就教我。"

小五道："少爷，我学的时候，教车的都用千斤顶把车支起来，这样车轮只能空转，才不会撞到人。"

恩溥道："让你教就教，今天话倒是多。"

小五只能先一一教给恩溥车上部件，转向舵，排挡箱，刹车鞋，刹车杆，仪表台，克拉子，风门水箱……正想再教各式手号，恩溥挥挥手："不用了，你直接告诉我怎么开。"

小五战战兢兢，给恩溥说了两遍，恩溥这就拉出风门，点上火，又打开马达，再松开刹车杆，踩上克拉子和油门，那车猛地飙了出去。

　　内城路窄人多，恩溥就向城墙那边开去。一路走走停停，熄火了他就又拉风门点火，走歪了就动动转向舵，雨后地滑，稍稍动舵车只会更歪，还好一路无人，只有几只小猫擦着车身，吓得喵叫。恩溥不大会转弯，每逢路口总会打过，车身剐到路旁银杏，发出刺啦声响，像胡琴断弦，扰音入骨。

　　小五心中也惊，但他还是那股倔强脾气，见恩溥如此，反倒一句不吭，只直直看着前头是否有人。车开到城墙边上，右边拐角有个夜宵摊子，架小小竹棚，零星几人坐棚下吃抄手，城里都知道林家少爷刚买了美国车，但真见过车的人少之又少，现今听见车响，都端碗站起，好奇张望。

　　离摊子尚远，恩溥突地刹了车，小五猝不及防，头猛撞上前头仪表台，额头渗血，恩溥却当没看到，淡淡道："你先下去，给我点碗抄手，让老板调成酸辣汤，多搁点儿醋。"

　　"少爷，就停这里好，前边我看停不下。"

　　"知道了，你先下去，我坐坐，歇个手。"

　　小五扶着额头下车，却见恩溥即刻又拉动风门，福特车轰鸣着直直向城墙冲去，小五愣了片刻，终于惊叫起来："少爷！"

　　一切发生得极快，老板手中抄手尚未下锅，一只夜猫正想跳上灶台偷食肉馅儿，车已从全速向前至刹住一半，车轮划过路面凄厉有声，众人眼睁睁看着它撞向城墙，先是轰然巨响，继而尘雾四起，车头凹进大半，前头玻璃碎渣四溅，小五颤抖着冲上去时，林恩溥已是浑身鲜血，却清清楚楚对小五摆摆手，道："我没事，你去找个车，送我去仁济医院。"

　　没过几日，这件事就在孜城引为传奇，城中但凡喝茶的人，不论走进哪家茶馆，总能听到有人称自己那日正在一旁吃抄手，眉飞色舞道：
"可不只是玻璃，那车头怕是也碎成碴，抄手汤喝下去，满嘴不知道什么东西，吐出来口口带血！"

听的人哄笑道："这又改了，昨日你还说吓得手里抄手都翻了。"

"没都翻嘛，翻了一半我没舍得，还是喝了两口。"

"林少爷这是怎么了？会不会大烟吃多了，脑壳着了？"

"谁知道，林少爷疯疯癫癫的，都这样子了，硬生生是自己爬出来，坐下来吃了碗抄手，还让老板多放点醋。"

"不是说他满身是血吗？"

"可不是！说的就是这个！血刺呼啦的一个人，大晚上的，就坐在路边吃抄手，还扔了两个喂猫，你们说瘆人不瘆人？"

"后来呢？"

"后来？抄手都吃完了，还等了好久，林家那个小司机才找来人，好歹把林少爷送去仁济医院了。"

"林少爷倒是命硬。"

"也差点不行了，上车的时候我看他可是坐都坐不住了，要不是有血，那脸怕是白得像鬼。"

"林少爷本来脸就白。"

"吃大烟的人哪个不脸青白骇。"

"都说林少爷吃大烟，但我听林家的人说，他们少爷在家从来不吃。"

"林家百八十个院子，哪个院子里没搁人？哪边的人敢说自己都知道？再说了，林少爷的家底，吃吃大烟又怎么了？人家吃八百年也不需要你我操心！"

林恩溥在仁济医院住了一个多月，倒是的确吸了几口鸦片。启尔德的吗啡针用完了，去省城上下进货得好几日，恩溥送去时浑身玻璃碴子，得用镊子一一夹出，恩溥虽说自己熬得住，却也痛厥过去三次，启尔德就叫小五去林家的大烟馆里拿了点烟土过来，靠着那点劲，天色乍亮，碎渣这才七七八八都摘净了，恩溥已是半晕半睡，却没忘记对小五道："不管谁问起来，都说是你开的车。"

　　林湘涛第二日中午起床方听见此事，急急赶过来，恩溥尚未醒转，他听启尔德说已无大碍，也放下心，只骂骂咧咧，扇了小五两个耳光，吩咐家里派几个下人过来帮手，他平日少有这许久不碰烟，骂人时也哈欠连天，见儿子无性命之忧，又惦记着家中小妾，不过半个时辰就回去了。达之和千夏后脚赶到，达之皱眉问道："怎么回事？好好地怎么会撞城墙？"

　　小五道："是我不小心，乌漆麻黑的也没看，把油门当成刹车鞋，一脚踩上去，后来再刹也来不及了。"

　　"我过来的时候，怎么听到路人说是恩溥自己开的车？"

　　"没这回事，少爷又不会开车。"

　　"那么晚了，恩溥不回家，去城墙那边做什么？"

　　"少爷说想吃碗抄手。"

　　"哪里没有抄手，非得走城墙边上去？"

　　"少爷说那家的抄手好吃。"

　　达之哼了一声，显是不信，千夏已进屋看了恩溥出来，道："还好都是外伤，我看过了，没什么大碍，个把月就能起身，就怕会留疤。"

　　恩溥却在医院整整住了三个月，伤口反复溃烂，启尔德托人从上海带来一种德国药膏，却也效果甚微。那年暑热又盛，林家花了大钱，每日买两箱冰块放在房中降温，又有小五日夜不断为他用凉水擦身，才勉强压下恩溥浑身热度。烧的时间长了，他一直不怎么清醒，令之来过几次，都遇上他半昏半迷，二人始终未能再说上话。九月初有一日，令之走时在床头留下那只红翡鲤鱼，小五当时看得分明，就放在恩溥喝水的那个雨过天青杯旁，但待到他出去换了擦身毛巾进来，那鲤鱼已在地上跌得粉碎，两颗东珠一颗滚到屋角，另一颗则不知所踪。

过了半晌恩溥醒了，小五把那些碎片包起来给他看，恩溥淡淡道："可能是我刚才睡迷糊了，伸手拿水喝，不想碰到了地上。"

小五道："还有一颗珠子怎么都找不到了。"

恩溥看起来极为困倦，又躺了下来，道："找不到就算了，这珠子也不值钱，你都扔了吧……不扔也行，你拿去首饰铺子，多少换点银子。"他伸手去拿水杯，满满一杯水，因手抖不止，倒洒了大半杯在床上。

待到九月秋凉，恩溥刚能在屋内拄拐走动，令之和严余淮已成了亲。这场婚事办得极为仓促，既是急着为余立心冲喜，又似每个人都担心会有变数，令之的嫁衣头面来不及新制，从箱底翻出她母亲当年的嫁妆，那衣服颜色已不新鲜，裙摆又被虫蛀了两个洞，连千夏都不忍，道："不如再等两个月。"

令之却说："这有什么关系，左右只穿那么一天，这么大一件衣服谁能看到两个小洞，让人上街找个好裁缝，给我补一补就行。"

达之则在一旁道："这样就好，母亲的衣服，穿着出嫁倒是更显得贵重，父亲知道了也高兴……首饰这两日我就让人去省城置办，令之，你想要什么就买什么。"

令之摇摇头，道："我什么都不想要。"她神情萧索，并无新婚将近的喜悦娇羞，却也说不上有甚不喜，顿了顿又道："二哥，你能不能去给严家说，我想要间自己的书房。"

严筱坡没想到严余淮憨憨呆呆，却能娶到余家独女，极是喜出望外。他想着令之是新式女子，就照着慎余堂罗马楼的模样，也在桂馨堂中拨了一个小院，改成西式小楼。因时间紧迫，来不及置办物品，居然是从省城现买了一个西式房子，把里面的东西七七八八拆下来运回孜城，这么下血本，显不是为了这个侄儿，严余淮过继给他一事，拖了数年，已初定明年春天就正式祭拜宗祠。

大事均定，却每个人都有每个人的焦心。达之听了令之言语，道："严家连新楼都给你收拾好了，还会没有一间书房？"

令之道："我要我自己的，不和他们家的书混一起。"

千夏在一旁忽觉不忍，道："令之，要是你有什么不愿意……"

令之打断她，道："千夏姐姐，你多心了，我没有什么不愿意。"

达之也不耐烦挥挥手，道："千夏，你别瞎说，令之和余淮自小相识，感情又好，这么合适的婚事哪里去找。"

令之沉默半晌，道："二哥说的是。"

千夏看她神色凄然，岔开话道："这几日怎么不见你出去？"

前几个月令之和严余淮每日上街，逛书局，上戏园，泡茶馆，坐路边吃凉面，城中早有传闻，称余家果是新式家庭，两个儿子尚未成家，女儿反倒光明正大"自由恋爱"。

订婚之后，令之却几乎不再露面，慎余堂的私塾树人堂今年因战事停了学，恩溥一直在启尔德那边养伤，她也不再过去医院帮手，整日不过在家中读书喂鱼，按理说成亲前应做一些女红，但令之却连手帕也未有绣过半张。

严余淮来找过她，令之却轻声道："余淮哥哥，我们既要成亲了，就不急在这一时出去，免得给人看笑话。"到后面，严余淮再来家中，令之是见也不见了，余淮以为她不过羞赧，也不多心，只是更尽心筹备婚礼。

令之懒懒对千夏答道："出去也没什么意思，天这么热。"确是盛夏，屋外蝉声四起，更显烦扰，令之打个哈欠，"你们都忙你们的去吧，我先睡会儿，可能睡一觉就凉快了。"

令之和余淮成亲那日倒是天凉，天阴数日，晨起即雨，恩溥在走廊下喝了米粥，慢慢拄拐挪回房间，启尔德和艾益华正从楼上下来。启尔德一身白色西装，艾益华则身着牧师黑袍，因令之突发异想，说想试试西方人的婚礼，让艾益华替他们主持。启尔德本说，二人既没有受洗信主，就不能行基督教的婚礼，艾益华却道："余小姐既有这种想法，那就是神的美意，也许他们已被主拣选，我们就不用过于 stickle to^{①}。"

启尔德见恩溥还是穿家常衣服，道："林先生，你真的不去令之婚礼？"

恩溥指指手中木拐："确是行动不便，烦你替我向令之道个喜，我们林家的礼应是昨日就送过去了。"

启尔德叹口气，道："林先生，我知道你心里难受，我……我其实也一样……但余小姐有她自己的选择，我们只能 bless^{②}，你说是不是？"

恩溥淡淡道："启先生，你说到哪里去了，我和令之的事情过去多年，本来也就是家人一时玩笑，并没有什么正式婚约，严少爷品行端正，又对令之一片痴心，我自然祝福于她。"

婚礼不过一天时间，除艾益华主持西式婚礼时，令之一度满面泪水，别的时候，她均言笑晏晏。余立心未归，拜高堂时上头是余家一个叔伯，令之敬茶手抖，洒了他一裤脚滚水，令之居然掀开头盖，自己摸出手巾擦拭，四旁的人都笑起来，令之吐吐舌头，这才又跪下去。

婚宴早早就散了，也并没什么人闹洞房，那日正是十二，月亮似满未满，新房里红烛将尽，反见得月光莹白。令之坐在撒满花生桂圆红枣的红被上，她早把头盖头饰都取在一旁，衣衫沉沉，又只靠早上吃的那碗红油抄手撑到现在，她浑身是汗，也不知是饥是热，令之嫌周围伺候

---

① 英文，拘泥。
② 英文，祝福。

208

的人烦，半个时辰前把她们都叫了出去，现在也不好出门要吃的。余淮进屋时，她剥了满桌子花生壳，桂圆不甜，红枣倒是饱满，她吃得两颊鼓鼓，也不敢抬头，噗一声吹灭蜡烛，怕余淮见到她红肿双眼。

但这一切终究是发生了，余淮虽尽力温柔，令之还是浑身颤抖，月光照在半边床上，让那斑斑血迹更显惨烈。余淮睡着之后，令之又抓了一把花生，偷偷起身走到院中，月凉风轻，满院月季看似繁盛，却已开尽荼蘼，令之此时才真正相信，万事至此，已是不可回头。

拾肆

　　令之生产颇为辛苦，她婚后第二个月已知自己有孕，却一直拖了三月才告之余淮。树人堂在冬至后重新开学，令之对那边的工作本多有游戏之心，此时却坚持要去上课，且让余淮暂不告知两方家人。他待令之百依百顺，只能叮嘱家中几个知情下人不得外传。严筱坡一直住在山间外宅，倒是极好应付，达之让人带话过来，叫她有空就回慎余堂住上几日，她则总是推脱，"刚嫁过来，也不好老是回家，怕严家的人多心"。

　　千夏对达之道："令之似是变了。"

　　"怎么变了？"

　　"也说不上来，她好像不大欢喜。"

　　达之正紧皱眉头看账，也不抬头，道："欢喜？现今这时日，有谁真能欢喜？你欢喜还是我欢喜？林恩溥欢喜？他多少时间不管商会的事了？你倒是记得推推严余淮，过继一事赶紧办了，他拿了严家印章，我们好歹能应付一下稽核分所的盐税……严筱坡老奸巨猾，整日装作吃大烟，其实就是躲着我们，不肯给钱。"

千夏道："要不是那日我们在一旁拱火……令之不见得会嫁到严家……"

达之不耐道："她总是要嫁人的，林恩溥又不肯娶，嫁到严家总比嫁到别人家要好，我们做事也方便。"

树人堂离严家有点距离，令之也不肯坐车，每日清晨即起，暮时方归。那条路穿城而过，令之抱着书本，慢慢走过孜城各街，天色尚暗，店面大都未开，路旁有妇人卖红糖馒头，令之就总买一个边走边吃。馒头起先滚烫，却迅速变得冰凉，似一块硬硬石头，在腹中待足整日。怀孕近六月，她一直反胃，除了这个馒头，每日不过吃些泡饭咸菜和清汤素面，整个人倒瘦了一圈。又逢寒冬，她穿厚厚棉衣，无人看出孕相，胎儿渐有动静，有时似大鱼吐泡，有时又会凸起一块，应是小手小脚在腹中乱踢。令之把手掌按在上面，跟着那凸起游走，低头轻声道："你还好吗？"冬日苦长，这渐渐成为她唯一喜欢的事情，她还是吃下即吐，却强撑着再吃，鸡汤漂油，一碗吐出来，她再喝一碗。

春节回门，入席时令之脱下大衣，千夏才惊叫一声，急急过来抚她肚皮，问道："几个月了？"

令之笑笑，道："还有四个月就生了。"

严余淮在一旁憨笑，达之脸色铁青，过了许久，方道："坐下吃饭吧，也不知道合不合你现今口味，多久没回家了，也不知是你自己成了外人，还是把我们当了外人。"令之也不说话，伸手去舀鸡汁鲍鱼。

清明之后，余立心收到严余淮长信，十几页八行笺，啰唆颠倒，不过来回说令之生时苦痛，耗了整整三日，血流不止，接生婆实在无法，找了启尔德和艾益华接手，又过两个时辰，胎儿终是落地，是个男孩，五斤八两，令之晕过去半宿，但幸而安然无恙云云。信中还夹有一张照片，令之紧紧抱着那胖胖男婴，照片后有字"爱子宣灵满月留影"。不知为何，严余淮自己倒不在相片里，令之极为消瘦，却满面笑容，头发梳成一个髻，斜斜插一根玉簪，像孜城不知哪家的妇人，也就几月时间，那娇憨少女在相片中失去了踪迹。

余立心草草读完信，合着相片扔给胡松，道："孩子倒是长得好，这名字不行……你说什么来着？"

胡松把信和照片细心收起来，道："也没什么，路上听到卖报的吆喝，说美国人对德国人宣战了。"

余立心道："这也是迟早的事情……盐业银行那边有消息没有？"

袁世凯死后，余立心大病一场，先是说中暑，后又咳嗽半月，高热不止。济之自己不敢定诊，辗转托人找了德国使馆的大夫，待确认是大叶肺炎时，余立心神智尚清，但已起不了身，大夫虽还在坚持每日过来打针，且说正在托人从美国带来新药，胡松却已在暗暗准备后事。

济之正说拍电报回孜城，让达之令之赶紧上京，或还能赶上奔丧，却突然收到令之婚讯。楼心月道："要不……冲冲喜也好？"确诊肺炎后因怕传染，楼心月把宪之一直放在胡松房中，自己则衣不解带在屋内照顾余立心，不过两月，已瘦得脱形，她也不怎么落泪，只是面容凄切，怎么也掩不下去。余立心听了楼心月冲喜一说之后，也不置可否，只艰难起身道："……余淮……倒是个……好孩子……我看比……恩溥……可靠……"

胡松对济之道："义父心里还是想试试，你快给二少爷打个电报，让他们赶紧把婚事办了。"

济之本对冲喜一事极是反感，胡松又劝道："不过求个念想，你何必如此拘泥？"

济之道："念想？还不就是一点泡影？和父亲先梦立宪、后望袁世凯有什么分别？不过一次比一次荒谬可笑……冲喜……我真没想到，父亲会变成这般模样，居然要去信什么冲喜……可见有时候人活得长，也不见得是什么好事，你看蔡将军，去年死在日本，虽不过活了三十余年，一生何等磊落灿烂，只是这块蛾摩拉之地，不配有如此这般的摩西，永远出不了埃及。"

胡松虽听得似懂非懂，却也动了气，道："济之，你怎么越活越无情，难道你盼着自己父亲死？"

济之道："我自然不盼着父亲死，但我也不把死看得那么了不得，人人都有一死，死后且有审判，反正如在世时行善，就能进入新天新地。"

胡松冷笑道："那我倒是死了也好，你且祝我进了新天新地。"

济之也伤了心："你这么说话，分别才是想我去死！"

二人别别扭扭已有一年，胡松虽曾说待护国战争打完，二人就筹划离京，但余立心先是精神有异，继而重病，这事似就不了了之。鼓楼那边的房子，胡松已两个月未去一次，济之先只是抱怨，后来却渐渐动了真气，反而再也不提。余立心一病，他就公开搬了过去，不过每日回来看看父亲病情，家中上下一团混乱，也无人察觉有异。

令之婚礼那日，新药到了，针下去时余立心已近昏迷，不想这么打了三日，他渐渐醒转过来，一开口就道："饿得很，红苕稀饭有没得？"余立心来北京后一直说官话，此时开口却是川音，红苕稀饭更是夂城常见吃食，楼心月在旁呆了半晌，终于"哇"的一声，哭了出来。

病去抽丝，待余立心又能出门，已是乙卯年冬至前后。天阴欲雪，胡松陪在一旁，沿着什刹海走了半个时辰，寒风中似有刀刃，却仍有小贩缩手缩脚，在路边叫卖烤白薯，余立心让胡松去买了几个，白薯焦烫，包上黄纸，胡松见岸边有石凳，就脱了狐狸毛背心，垫在石上，扶余立心坐下。

冰面铁灰，有老翁留了长辫，穿铁冰鞋，背着双手，不紧不慢蛇行。另有四五名孩童，坐在冰床上，前有小厮拉车，几人都是满人打扮，戴黑貂瓜皮小帽，脑后垂一根假辫子，应是附近不知哪家前清王府的孩子。

余立心吃了半个白薯,忽道:"我们是哪年剪的辫子?"

胡松想了想,道:"你当了那个临时议事会的副议长之后,就让家里人都剪了。"

余立心点点头:"孙文一月发了剪辫令,我们三月剪的。"

胡松道:"幸而孜城没多少革命党,听说省城里不肯剪的,被当街摁住,剪了才放走。"

余立心道:"要没人逼你,你会不会剪辫子?"

"可能也会,但被人逼着干这事,总心里不痛快。"

白薯吃到最后,只剩一张焦皮,突有风起,连着黄纸吹到半空中。余立心见那黄纸晃悠悠掉在冰面上,这才道:"当年我不肯支持革命党,说到底,也就是这个原因。"

胡松道:"父亲是说剪辫?"

"当然不只是一根辫子……我是说,革命一起,好像什么事情,都是被逼着往前走,我却总想着有点退路,万事还能回旋。"

胡松不知应说什么,余立心又道:"我这一年多支持袁世凯称帝,砸进去这么些银子,济之不用说,是不是连你也觉可笑?"

胡松想了半晌,才道:"父亲,我只是想不明白。"

"想不明白什么?"

"革命党也好,袁世凯也罢,和我们毕竟搭不上什么关系,孜城到北京,几千里路,父亲,你这又是何苦。"

"当年革命刚成,陈俊山劝我去临时议事会,我也是这么说,那时他只道我幼稚,想得太简单……他倒是什么都想到了,又能如何?两颗子弹过来,也就那么一瞬,死也没什么关系,只是死得太憋屈……陈俊山也好,我也好,这几年都活得太憋屈……后来……后来我也就是咽不下这口气。"

胡松不知应说什么，默默给他掸掸衣服。

"慎余堂到我手里，也有二十几年，其间又有三口盐井出卤，这两年还用上了洋人的机器，产量比起父亲去世时，增了起码四成，但井上的账你最知道，从光绪帝死那年算起，就年年都是个亏字。"

胡松叹气道："这也没有办法，这边五万，那边十万，谁家都受不住这折腾，慎余堂如此，孜城别家也好不到哪里去。"

"莫说孜城，举国商人，除了真发一笔战时财的，都是这般境况，前年杨度设宴为袁世凯筹钱，在场的除了我，哪个不是富甲一方，席上又有哪家不抱怨这日子过不下去？父亲当年先想让我考个功名，后又让我捐官，我说，当官有什么意思？何况是当这清廷的官？父亲道，祖父当年入狱，后来连夜花七万两买个二品顶戴，你以为是为了什么意思？不管哪朝哪代，在中国这地方，凡你想做点什么事，没有官府站在后头，永远是行不通的。我却还是不信邪，那时不是又搞洋务又说维新，我就对父亲说，日后之中国，必和今日不同。父亲叹口气，道，每代人都这么想过，你且看吧……谁知来了革命，不同倒是不同了，却成了这般模样，没过两年我就知道，陈俊山是对的，父亲也是对的，祖父花那七万两，买慎余堂两代平安，这是笔划算买卖……病了这一场，我更是想明白了，袁世凯没有时运，我自然也没有，但我只是选错了人，没有做错事。"

胡松心中一沉，却不敢再说什么。二人静默下来，那老翁越滑越快，孩童们则下了冰床，在冰上摇摇晃晃嬉戏，铁冰鞋刮过冰面，有如烟白雾腾起，又过了半响，冰上有巨响传来，不知是谁撞到谁，只听哭声一片，推搡一团。余立心不知为何，一个人哈哈笑起来，他病这一场，瘦了怕有二十斤，脸上挂不住肉，两腮垂下来，笑时止不住抖动，面色蜡黄，嘴唇乌黑，看起来满面病相。胡松黯然想，眼前这人，怕是再也好不回从前。

收到严余淮长信那几日，余立心一直在外奔波，肺炎痊愈之后他在家养了两月，在床上已仔仔细细将这两年的账清过一遍，除了孜城带过来的七八万两银票，北京这边他们丢了一个绸缎铺，一个茶叶庄，一家川菜馆子，本还有一家鼻烟店，已经快要出手，胡松实在不舍，偷偷卖了手上几个钧窑瓶子，又找济之挪了一点钱，凑了那笔数字把这件事应付了过去。现今他们手上只有这鼻烟店和雅墨斋，另有两处不值多少的宅院，鼻烟店每月进账约五百大洋，雅墨斋这种古玩铺子，则全凭运气，袁世凯死后，宫里又乱了一阵，流出不少东西，胡松虽趁机收了不少货，但都还没能寻个好价出手，如今不用四处给钱，楼心月当家又向来当得省俭，他们寻常花销自是没有问题，但达之那边几次来信，希望能汇些银票回去应付盐税。余立心上月就和胡松商量，看还能有什么地方可增增进账，胡松整日琢磨，把家中生意翻来覆去掂量，那日突地想到了张镇芳。

余立心识得张镇芳是两年前在杨度的某个局上，酉时开席，张镇芳足足戌时才到，却一来就当仁不让，坐了主位，身旁也没带随从，只有一个十五六岁的年轻公子，一身灰色长衫，眉目俊秀，坐下后也不与人寒暄，安安静静，低头玩手上一串翡翠珠子。

桌上嘴杂，余立心身旁坐一个天津盐商，之前见过两次，却一直没有搭话，那日他主动对余立心道："哟，张都督今儿把儿子也带来了。"

余立心问道："这人是谁？好大派头。"

"张馨庵张都督你不认识？"

余立心想了一想："大总统那个表弟？前两年做过河南都督的？"

"呵！哪是什么表弟，不过是姻亲，他姐姐嫁给大总统的大哥袁世昌，袁世昌这人，在袁家没什么地位，混不上官，也就在项城做点生意，听说大总统对他也不怎么满意……不过张馨庵是自己真有本事，二十九岁就中了光绪皇帝的进士，后来还当过长芦盐运史，要不是大清

216

亡了，现在还管着咱们这些人呐……我看他家底比大总统还厚些，都说大总统当年被罢官，张都督一笔就给了他三十万两啊，允诺要保他一家老小终身花销，难怪大总统再出山要重用他……对了，余先生是吧？前两日总统府的人找你没有？你打算给多少……唉，不是说我们不想出钱，但这天长日久一年七八回的，总得有个头，万一大总统这事不成……"

余立心不想谈钱，把话头调开："小公子倒是长得好，教养也一流。"

那人凑到耳边低声道："你不知道？不是亲生的！他一儿一女都折了，眼看也生不出，这是过继他大哥的儿子！"

往后袁世凯心思渐明，用钱的地方越发多了起来，更需拉拢各方商贾，余立心又断续见过几次张镇芳，和他算能搭上话的关系。张镇芳性子粗爽，说话大声武气，却出入总带着他那叫作张家骐的儿子，他待儿子怕是比下人还周到，把虾掐头去尾一一剥好，这才放他碟子里。也就一年时间，张家骐很是高了一头，眉目更显清秀，张镇芳自己剪了长辫，常穿西式衣服，张家骐却无论何时，总是各色长衫，留着小辫，那风采气度，似是前清小阿哥模样。都知道他家和大总统的关系，出入各色场合难免惹人非议，但张镇芳似是毫不在乎，席上提起紫禁城里的那位孩童，他还是毕恭毕敬，遥遥作一揖，称一声"宣统小皇帝"。

大人的局上无聊，张家骐吃完饭四处玩耍，一来二去，竟和总在庭院中等候的胡松混熟起来。张家骐尤好书画古玩，有时会偷溜出府，去雅墨斋里闲耍，他模样稚嫩，有客前来时，却比店里伙计更熟典知故，还能似模似样招呼半日。胡松有一回对余立心道："张家那小公子，真不得了，小小年纪，说起陆机米芾陈闳钱选，我看比琉璃厂一大半伙计还有数呢……上回有人拿着一张赵孟頫找上门来，要价五十块大洋，说家里着急筹钱送儿子出洋，问了几个人都说没问题，肯定是真迹，小张公子在边上就看了一眼，说这写得倒是不错，但是双钩赝品。这么个小人儿，说的话没人信，也没人知道他是谁家公子，都笑呢，哟，一个小屁孩儿，还懂双钩呢……谁都劝我收了，五十大洋的赵孟𫖯，这还不是捡钱？还好我留了心眼，托人找了紫禁城一管仓库的太监，他看都没看，就说，必是赝品，因为真的那张自乾隆皇帝时起，就一直在宫里头搁着呢……"

余立心听了只淡淡道："他们家的孩子，见过的东西自然比别人多些，别说见过一眼宫里的真东西，哪怕以后宫里的东西都成了他们家的，也不出奇。"

未至乙卯年，大家已明白袁大总统所图为何。到了五月，余立心在报上读到，民国政府在天津成立了盐业银行，经理为张镇芳。这件事已议多年，余立心记得小皇帝尚未退位，孜城就有消息称朝廷要成立盐业银行，以盐税为本金。严家和朝廷一直关系密切，严筱坡私下里对余立心透过底，上面有心官商合办，他已提早打通关系，让他们这几家都能参股，余立心当日即摇头道："慎余堂就不凑这个热闹了。"

严筱坡奇道："余兄为何？这可是包赚不赔的买卖。"

余立心笑了笑："严兄，事到如今，你还真信有什么包赚不赔的买卖？大厦将倾，我们这些人，都站在下头是没办法，再往里挤，就是想不开了。"

余立心一直不知严家到底有没有拿出真金白银，为莫须有的盐业银行参股。民国成立两年，梁士诒代理财政总长时，又把这件事再抬上桌面，当年袁世凯能当选大总统，梁士诒在国会内成立的公民党可谓功不可没，京城里私下都称他为"小总统"，一时风光无限。余立心好几次托人想与他府上结识，却都未能如愿。这次盐业银行成事，名头响亮，称的是"以辅助盐商，维护盐民生计，上裕国税，下便民食为宗旨"，一开始就说明是官商合办，资本金一部分由盐务署拨给官款，一部分则来自民间堆花。余立心在局上听人说，原本额定五百万资本，官股应两百万，这钱却一直没有到位，因财政部长周自齐称盐税为北洋政府收入大头，如若交给银行，财政部势必不能控局，始终逶迤拖拉，最后盐务署实际入股据说不到十万元。三百万商股里，除张镇芳本人认购五十万元外，入股的还有叶赫那拉家的那桐、江苏督军张勋、安徽都督倪嗣冲等人，均是各方要人。北洋权贵和清室大都投资实业，这几年已是无人不知，什么开滦煤矿、启新洋灰公司、华新纺织公司……哪家的股东都逃不开这些人，先投实业挣一笔现钱，再往银行存款吃一笔利息，国家虽风雨飘摇，官宦皇族们倒是越过越体面，别的不说，余立心见天津小报的花边消息，江西都督陈光远在盐业银行有两张定期存单，每张均有百万之数。

次年袁世凯病死后不久，北京政府即称财政困难，那么一点点官股也被盐务署收了回去，全部改为招商股，大半股份都在总经理张镇芳手中。胡松那日想到这层，便和余立心商量道："眼下我们北京的产业，每月进账就那么点儿数，过过生活倒是无妨，想要帮达之他们的忙，却是万万不可能……要是新做个什么买卖，一则风险太高，二则我们也没什么本钱……父亲，要不你琢磨琢磨，看能不能在盐业银行那边参个股？"

余立心沉吟半刻，道："几年前严家这么劝我，我还说过，慎余堂不凑这个热闹。你也知道，我们余家向来不沾钱庄和当铺这两块生意。"

胡松道："但今时不同往日，当年咱们也不缺钱……除了种鸦片，眼下没有比这来钱更快的了。"

余立心也知这话不错，这几年欧罗巴战火连绵，各国都卷了进去，中国这边的企业都趁机松了一口气，手握实业的军阀们大都狠赚一笔，而靠张镇芳在政商军三界的关系，这些钱大半存在盐业银行里，据说连小皇帝的私房钱也在里头抵押放贷，他只需坐在紫禁城中就能收利钱。这两年盐业银行购了善后借款公债、中法五厘美金公债、中比六厘美金公债、沪宁铁路英镑公债、克利甫斯以盐税担保的英镑公债等，更是赚得盆满钵满，据说从去年起，股东们的年纯利已经过了四成，比种鸦片还日进斗金。想到这些，余立心沉吟道："就算我有这心思，张镇芳那边……也不是想搭关系就能搭上。"

胡松合上手中账本，道："说不定我能想点法子。"

过了两日，胡松花了点钱，托张府下人给张家骐递了帖子，道店里新收了几张字画，摸不透真假，让小张公子有空过来鉴一鉴。帖子送进去三日，张家骐只身一人来了雅墨斋。

二人上次见面还是洪宪之前，正逢盛夏，张家骐穿一身米白苎麻长衫，宽边草帽，戴一副小圆墨镜，一进屋就把那墨镜盖子掀起，拿出手帕拭汗，直嚷嚷道："可有什么冰的东西没有！我可是从北海一路走过来的！"

胡松本在柜台后看账，这下一边吩咐店里的人去拿两碗酸梅汤，一边自己去后院，给他先打井水拧了把毛巾，出来递给他道："这种三伏天，张公子怎么不坐车？"

张家骐胡乱擦了擦脸，又一口气灌下大半碗酸梅汤，这才长松一口气，道："家里车老有人跟着，我自个儿跑出来的。"

胡松道："怎么着？有急事？"

张家骐摇摇头："我能有什么急事，就是想来琉璃厂逛逛。"

胡松道："最近没听说谁收了什么好东西。"

张家骐道："可不是，看半天，就一张展子虔还过得去，不过我看那印章缺了一块，心里毕竟疙瘩，就没下手……宫里头也没有什么新东西流出来。"

胡松笑笑，道："都说小皇帝怕你表叔赶他出紫禁城，到时候身边没有什么靠得住的东西，这一阵把仓库看得特别紧。"

张家骐放下汤碗，舒舒服服伸个懒腰，看门外脆金日光，漫不经心道："……是吧……我还不知道……这些事情，来来回回的，也没什么意思……哎，上次你那张颜辉的《煮茶图》还在不在？给我拿出来再看一眼，我回去越想越不对，应该是这一两百年间的东西……"

胡松知道张家骐的脾性，对政治官场毫无兴趣，满心只有字画古玩，他自己要不整日听余立心纵论庙堂大事，要不济之总和他有这样那样不痛快，十日里头，倒是五日不肯和他说话。京城虽大，胡松却常觉逼仄憋闷，倒是愿意有这样一个人，在一起不过喝茶闲话，仿似万物静止，百事俱散。

这次张家骐再来，已是暮春时分，日头晴暖，满城飞絮。那日午后，胡松在雅墨斋门口吃水梨，仰头看一只纯黑小猫上了杨树却下不来，急得在树干上直磨爪子，他正让店里伙计去找个梯子，就见前面远远走来一人，藏蓝长衫黑布鞋，长身玉秀，头脸却用一张灰色棉布包得严严实实，走到跟前对胡松瓮声瓮气道："胡老板，怎么着，收了什么好东西让我瞅瞅？"

胡松这才听出这是张家骐，惊道："张公子你这是……"

张家骐把棉布一层层解下来，只见他皮肤黧黑，满脸风团，肿得睁不开眼，满不在乎道："嗐，还不是给这杨花柳絮给弄的，肿了好几天了……不过北京城一年四季，就这时候最美，我倒是宁可肿着……哟，这还有只小猫呐……这棵杨树长得好！你看上头这么多鸟儿，'新年鸟声千种啭，二月杨花满路飞'呐，庾子山这人，做官是一塌糊涂，诗倒是还可以……对了，前个儿两个月，宫里头有太监运出来一幅张旭，写了四首，前头两首庾子山，后头两首谢灵运，看起来倒是真东西，就是我一时手紧，父亲这几月又太忙，我没处讨钱去……"

胡松见他还是往日模样，一提起心爱之物，就如此絮叨，不由微笑道："张公子，你可是黑了不少？怎么？去年往南边去了？"

张家骐索性把那棉布扔在门前长椅上，悻悻道："我倒想！还不是我爹，说我这么大个人，总得有个去处，去年硬逼我去了表叔的中央陆军混成模范团……嗬！你知道这鬼模范团在哪儿操练吗？天安门前头那大空地上！那地方，别说树，连草都没有两根！我足足脱了两层皮！"

模范团操练时胡松也遇上过，那时间余立心总往那附近跑，有一回黄包车在这里停了半支烟的工夫，说是要等前头操练结束，余立心便掀开帘子看了许久，兴致勃勃道："见到没有，这是德国人的操练办法，步炮骑工辎五科都全，这是二期，一期可都是保定军校的高才生，还有不少北洋军官，实打实打过仗的……有这些精兵良将托底，大总统何事不成？！"

胡松见那些官兵懒懒散散，队不成队列不成列，有几人竟一边行进一边抽烟卷，甚至有白白嫩嫩的富家公子，在皮带上拴一根长长金链，顺道遛自己的小哈巴狗，余立心却似已被一叶障目，全然不醒，压根儿看不到这些。胡松当下也没有说什么，但从那日起他就留了心眼，余立心要送出去的钱，他总要借故推托，要不就道手上没有现银，要不就说店里实在需要周转，三千五千地省下来，虽说于大事无补，但到洪宪梦碎，余立心突然发现，胡松那边颇给他留了一些闲钱。

胡松道："张公子，你这倒是学了一身本事。"

张家骐进了屋，舒舒服服在太师椅上坐下来，撇嘴道："叫人给我打个热水帕子，又粘这一头一脸……学什么啊瞎学，还不是糊弄人，据说也就第一期还行，到我们这期，团长你猜是谁？袁克定……嗬，还真以为自个儿转眼就是太子，我看他也就比我强点儿……况且学员还不都是我们这种，纨绔子弟，不抽大烟不玩戏子就不错了，平日里看个字儿遛个鸟还行，打仗……这不是开玩笑吗？"

胡松听他自己毫不在乎称自己"纨绔子弟"，不由莞尔，道："张公子真是越发幽默了。"

张家骐翻翻白眼，道："怎么了？我就乐意一辈子当个纨绔，怎么过不是一生？看看画儿写写字有什么不好？谁让我爹有钱，我想怎么造就怎么造……非得谋个宏图霸业才是出息？呵，袁克定那种出息，给我八回我也不要……最后还不定谁先灰飞烟灭呢？"

胡松听了这番话，一时心内震动，正想说什么，济之突地从外头进来。他们这段日子一直在闹别扭，济之已几乎搬了出去，偶尔回家收拾几件衣服，见了他也是不言不语。家中事杂，似是没人注意济之愈发阴郁，只有一次余立心突然在饭桌上问："济之最近在忙什么？怎么人影也不见一个？"

胡松一时语塞，楼心月正在一旁给宪之喂饭，她忽地道："老爷，今日弟弟咿咿呀呀，好像叫了一声爸爸。"宪之过了周岁，抓周时牢牢握住一支德国钢笔，咯咯大笑了起码小半个时辰，余立心大喜，对楼心月道："济之达之现今都不爱读书，一个比一个脾气古怪，还是宪之像我的亲生儿子。"这大半年他也没什么别的事情，大都闷在家中，整日都逗弄孩子，对宪之疼爱有加，听到他居然已能开口说话，一时喜不自禁，早忘记济之这茬。自那往后，余立心几乎没有提到过济之，济之回家的时间，则渐从三五日一次，变为大半月一次，回来时也常是深夜，他回房需经过胡松房间，有两次胡松见他驻足窗前，在纱帘上映下黑影，他犹疑半晌，也没有叫住他，到后来，他也不知道济之是几时回来了。

现在突地再见济之，只觉他胖了，恍惚是个熟人，却往外溢了一圈。这日如此晴暖，济之却还穿着厚厚夹棉长袍，满头大汗模样。他一进门，就见到张家骐又擦了一把脸，言笑晏晏，把毛巾扔给胡松，胡松也粘了一手杨花，黏黏糊糊不痛快，就拿毛巾又胡乱擦了擦手。

济之正看到这个，脸顿时白了，冷冷道："我来得不巧。"

胡松把毛巾扔在一旁，道："大少爷。"

济之脸更黑了，咬咬牙道："你有空没有？我有话说。"

张家骐在一旁见二人神色凝重，以为他们家中有事，道："松哥儿，要不我先四处遛遛，过个把时辰再过来？"

胡松摆了摆手，道："张公子，不用……大少爷，我和张公子有正经事情，你不如先回家，晚上再说。"

济之似是没想到胡松会这样打发他，一时怔在那里，好一会儿才笑了笑，黯然道："说的也是，你们有正经事情，我能有什么事？"说罢他急急走了出去，他那棉袍长可及地，敦敦实实，倒像一个竖起的黑色棺材。

张家骐看胡松神色阴沉不定，望住济之背影，好奇道："你家大少爷这是怎么了？"他和济之也见过一两次，听说济之爱看戏，也兴致勃勃邀过他两次，济之则总是冷冷回绝。

胡松这才回神，道："谁知道……许是手头缺钱，我们少爷能有什么别的事？"

张家骐笑道："也是应当……听说大少爷最近和一个青衣走得蛮近，那人我算也见过，嗓子一般，样子倒是标致。"

胡松心头震动，却岔开话题，正色道："张公子，今日找你来，是真有正事。"

张家骐吓一跳："怎么了？咱们这种人，能说什么正事……我先给你说，借钱我可没有，我想买什么东西，也是一桩一桩找我爹要，上个月看上张朱耷，也就一百块大洋的事情，我爹磨磨唧唧，总也不给我，结果给别人买去了……哎哟，下次带你去人家里看看，不是朱耷平日那种丧丧气气的大眼睛长嘴鸟，是一只猫！嗬，画得说不上怎么着，但我看了，朱耷这辈子怕是只画过这一张猫，可惜了，可惜了……"

胡松见他还是如此絮叨，不由又笑了，道："张少爷，你再老说这些，我这正事儿是永远没机会讲了。"

张家骐瘫在太师椅上，道："行，你说。"

"张少爷，雅墨斋过去这一年，不多不少，挣了两千多块大洋。"

"哟，挺发财的。"

"在咱们这条街上，不能和延清堂这种背后有内务府的比，但确实也算不错了。"

"怎么着？想拉我入股？"

"入股有什么意思？张少爷，您可有兴致，把雅墨斋盘下来？咱们算个价，彼此要是觉得差不离，这店里所有东西都是您的。"

张家骐吃了一惊："什么？我？我拿个店来做什么？你看看我，松哥儿，你再看看我，这上下，像是个做生意的人？"

胡松被他逗得笑起来，道："张少爷，你像不像有什么关系？你们张家多少人能帮你，你放心，这不是一笔亏钱买卖。"

张家骐奇道："怎么偏得盘给我？以你的能耐，今儿起床动这个念头，下午不就找到人了？"

"张少爷，和你说话我也不绕圈子，我就痛快讲了，我家老爷，想用这个铺子，换一点盐业银行的股份。"

"那找我爹去呀，找我干什么？"

"张少爷，要是我们能和令尊说上话，还用在这里和你磨嘴？"

张家骐愣了愣，道："你想让我去跟我爹说？我给你说，这没可能，一百块大洋的事情我爹尚且不由我，何况这么大一笔生意。"

胡松道："张少爷，令尊就你这么一个儿子，只要你肯使劲，别说一张朱耷，就算你想把八大山人收全了，他怕是也会答应……何况我这只是一笔生意，雅墨斋有些什么东西你也清楚，张家不吃亏。"

张家骐摇摇头："你要是想见我父亲，我可以替你安排安排，这生意的事情就算了，我一开口，父亲别说答应，是不是揍揍都不好说……你可不知，父亲说我总得寻个事情做做，把我送去曹锟那里做秘书，手续办好俩月了，办公室门往哪边开我还没见过呢……这时和他说什么生意，岂不是凑上脸去寻死？"

胡松似是早猜到他会这么说，笑了笑，转身就进了里屋，片刻间又回来，手上多了一卷字。他先在玻璃柜面上铺了一块棉布，这才把字缓缓打开，对张家骐道："张少爷，起先我忘记说了，店里最近得了这东西。"

张家骐满面疑惑，过来先看到"山高水长"四字，他已是惊不能言，转头对着胡松："……这，这，这是……"

胡松点点头，道："张公子，我得托你细细看看，这张李白的《上阳台帖》，到底是不是真迹？"

拾伍

　　严宣灵长到八月，已是冰雪可爱，聪敏异常，竟会说数十个短词，整日"妈妈""妈妈"地叫个不停。严筱坡本看他不是嫡亲孙子，不大有兴致搭理，但多见了两次，宣灵就知凑上去亲他的脸，发出"爷""爷"的声音，又总是伸手求抱，饶是严筱坡这种人，也终究绷不住了，吃大烟玩女人都暂时失了兴致，三天两日回大宅，只想逗弄孩子。

　　那日达之去严家闲坐，正好遇上严筱坡也在。宣灵刚吃完一小碗南瓜米粥，满嘴糊泥，严筱坡抱住宣灵，拿一张雪白蚕丝手绢给他擦嘴。宣灵不住咿咿呀呀，想把那手绢往嘴里塞，严筱坡一面拂开他的手，一面道："达之，你来看看宣灵现在这模样，可都说长得像你，也是，外甥似舅，这也是常事……这两日我正想找你，咱们那商会，我看我们严家就退了吧。"

　　达之愣了愣："为何？去年给严家分的红利不少，稽核分所那边要的盐税，大概数目你也知道，我们已是尽了力，严伯父是还有什么不顺意？"

严筱坡道："我知道，商会照顾我们严李两家，给咱们分的利比占的股多，但商会毕竟啰唆，什么事情都得商量来商量去，你和恩溥又太能干，凡事都有你们做主，这么下去，余淮怕是一百年也学不会生意上的事儿……现今又有了宣灵，严家的产业早晚是要放到他手里的，我还是把盐井都收回来，让余淮早日上手。你放心，严家也不让商会吃亏，去年多出来的利，我都退回去，今年该给稽核分所上的税，这才十一月，我们缴足一年，你看如何？"

依严筱坡往日脾性，这确是开天辟地头一次愿实打实吃亏，达之一时也不知如何对付，只想了想，道："严伯父，你既是心意已决，那我先口头上应了你，文书上的事情，待我给父亲去封信再说，你看如何？父亲毕竟在名头上还是商会会长，左右都得给他说一声。"

严筱坡笑了笑："你父亲……怕是没有这个心思理我这些碎事吧？……不过也罢，不急这一时，但话先说前头，海崖井出的卤，下个月开始我就单算了，账可以还是从商会走，但钱得先给我结了。"海崖井是严家现今出卤最多的一口井，出来的卤水格外厚咸，且水火两旺，火井就地起锅煎盐，就这一口井，烧着近五十口大锅，比慎余堂的天海井还要多几口。严筱坡这二十年四处造钱，生意折的倒比赚的多，他又素来不肯亏待自己，银子水一般花出去，但孜城的人也都知道，只要海崖井上的天车仍转，严家就还是严家。

达之心下清楚，严家不只是想从商会退出来，而是另有筹划。严筱坡前一阵去了两次省城，和好几家银行经理约了局。有人私下放出风来，严家是在四处接洽，想选一家在孜城设分行，以严筱坡的性子，估摸是不想找他人插手堆花，他已经陆陆续续往北京运了一批古董字画，想寻个好价出手。严家在省城里本有一些绸缎、茶楼、洋货铺子，他也卖了个七七八八，加上这次把海崖井收去，显是在筹银行本金。

达之想到上次父亲回来，曾私下和他谈过城中这几家大户："……

李林庵为人唯诺，好赌好吃好色，下头两个儿子，小儿子去年刚留洋，听说刚去几月，就退了学，执意要学什么油画，就算回来，想来也像你大哥，不会愿意接手生意。大儿子李明兴你也打过交道了，虽说不像他父亲，却也看不出能有什么出息，再往下，李明兴没生出一子半女，李家已是没有人了。林家和咱们余家一百年来亦敌亦友，原本令之要是和恩溥成亲，往后顺理成章，孜城盐场过半生意都是我们的，但年轻人既有年轻人的想法……令之，我也从未想过用她来交换什么，只要她自己高兴，哪怕终身不嫁，余家也不是养不起一个女儿……恩溥也是我看着长大的，他再怎么变，有令之在，他必定不会为难咱们。你现今和恩溥走得近，我也放一大半的心。只是你得知道，各家终归有各家的生意，恩溥既有野心，也有能耐，我看他的志气不止于一个林家，余家断断不可被林家吞了，去换什么现钱……至于严家，你往后得多加提防，严筱坡这个人，我识他已有三十年，始终看不透，别看他也像李林庵玩女人吃大烟，生意他可是从来没有放过手。前两年跟我说过，井上的事情，先制于天，后困于人，别的不说，孜城的盐税这十年里翻了三番，现今袁世凯还算能压得住各方，待他也出事，孜城定是各方必争之地，大家还是得另想出路，听他的意思，似是想筹一家银行……他说的不算没理，但我之前答应过父亲，慎余堂一不做票号钱庄，二不涉当铺，这一点你也记清了，余家现有盐井二十一眼，慎余堂在我手上三十余年，多了三眼，在你手上，也绝不能少。"

达之想到这些，心下冷笑。半年多前，余立心卖掉雅墨斋，又发来急电，让达之把大公和炎阳两口盐井先押出去，筹一笔现钱汇至北京。慎余堂名下这二十一眼盐井，除了天海，出卤最多的即是炎阳，而大公凿于北周武帝，当下孜城如此绵延一千五百余年的盐井仅有两口，一是余家慎余堂的大公，二是林家四友堂的富世，对两家来说，均是不可估价。两口井都位于孜溪河畔，两岸天车一般高低，隔河遥遥相望，盛夏苦热，幼时的达之和恩溥常在河中游戏，从此岸游至彼岸，令之不能下水，就闷闷不乐，枯坐岸边，等他们再游回来。二人为逗令之开心，总一人在井上取一包盐，单手托起至头顶，看游回时尚有多少未化，孜溪河宽水急，若是平常人，游不过半，整包盐就全化在水里。达之也是从那时方恍惚知道，恩溥待令之，已是有所不同，为博令之一笑，好几次恩溥手上的盐丝毫不损，上岸后却得瘫躺岸边沙滩，久久不得起身。

这五十年来，大公井出卤渐稀，但它从来是慎余堂的福地，余家仍给它分去最好的盐工和管事。每年暮春，井上拜祭天地，祭坛就设在大公井的天车底下，五牲齐全，那猪并非整猪，而是一个胖胖猪头，白水煮大半日才能熟透。上完供大家哄抢贡品，大都爱肥鸡肥鸭，只有幼时令之，把猪头紧紧抱在怀里："恩溥哥哥最喜欢吃凉拌猪脑壳。"慎余堂所出最名贵的鱼籽盐每年不过百来斤，从不出售，仅是余家自用送礼，两百年来也一直是用大公井出的盐卤煎制。达之回国后井上汲卤都换了机器，大公井却还是一直用的壮牛推车，出那么一点点卤，这两年除了熬鱼籽盐，也没有别的去处。这种盐颇需手艺，小皇帝退位之时，慎余堂中尚有十人能煎出不散不破珍珠大小的鱼籽盐，这几年老盐工死了两人，又有三人失明，剩下五人也大都年近七十，有无心再做的，有因这两年孜城战祸不断，迁去外地的，手下虽有学徒，也暂且出不了师。余立心一年前来信还特意问起此事："大公今年出卤如何？鱼籽盐可能无恙？此盐不过取个吉兆，却万不能断，若是井上实在无人可用，孙师傅人在省城，往年慎余堂待他有恩，你可亲自上门，邀其回乡，令之自小最得孙师傅疼爱，可携她同去，以情动之……为父人在此地，梦萦孜城，你万万谨记，大公不倒不枯，慎余堂就必能长存。"

达之接到电报，去找恩溥商议，坐下先冷笑半晌："父亲……若是我们大事不成，慎余堂也就是在他手上败掉……我看他已失了大半心智，为入股这盐业银行，连大公井也要让我押出去，且不说他自己以前立的规矩，要是想做银行钱庄，就在孜城有何不可？他还催得紧，三日已来了两封急电，你说，我是照办还是应付应付？"

恩溥想了想，道："盐业银行的经理是张镇芳，袁世凯死后，张镇芳就一直是张勋的人，而张勋……说不清他是谁的人，现今不管大总统和总理，看来都会有用得着他的时候……你父亲想要入股，倒不见得只是看重什么银行，我看他是想借此拉拢拉拢和张勋的关系。"

达之冷笑："袁世凯这么瞎闹一通，父亲不知道砸进去多少钱，现在不知收手，倒是有越陷越深的意思。"

恩溥听了这话，心有所动，突道："谁不是呢？达之，咱们此前所商之事，你可有片刻觉得不妥？"

已是初夏，自上次腿伤初愈，恩溥就搬出了四友堂大宅，一人住在外头。他把林家在城西一个久未有人的宅院拾掇了出来，院子极小，不过五间厢房，除了小五每日开车，恩溥只带了两个从小跟着他的仆妇过来，一人打扫收拾，一人做饭洗衣，他现今吃得素简，早晚吃面，中午则在商会或井上随便对付两口。林家在孜城有数十处宅地，这怕是最小的一处，房前小院仅三十尺见方，连个池子都没有，一口粗陶大缸里养了几株睡莲，此时将开未开，露出星点黄色花蕊。院中杂草乱生，恩溥特特让仆妇不需太过收拾，也无甚名贵草木，一株榕树已需二人环抱，须根垂地，又落地生根，缠住旁边的一棵杏树，杏花已褪，青杏初结，藏于叶下，得定睛细寻，方能看清。

恩溥说完这话，也不看达之双眼，起身摘了两枚青杏，达之愣了半晌，追至院内，道："你这话什么意思？"

恩溥摊开双手，给达之看那两枚小小青杏："也没什么意思，我只是想，万一我们错了呢？"

达之道："我们不会错。"

"你怎么知道？"

"你忘记当年你是怎么和我通宵长谈，让我入伙的了？"

"我都记得，但这和对错没有关系，我也可能会错。"

"对错由我们自己心定。"

"不，对错就是对错。"

"你的意思是，当年你信的，现今你不信了？"

恩溥还是低头玩那两枚青杏："也不是，我只是没那么确定了。"

达之突地伸手把杏子拂到地上，声冷似冰："你最好确定确定，要是你不想唱这出大戏了，总得提前让我知晓。"说罢，他一脚踩向地上滚动杏子，青汁四溢，溅在他的青灰麻纱长衫上。

那日达之拂袖而去，恩溥则在院中站至黄昏。过了几日，恩溥拿了一张银票去给达之应急，道："既已有了商会，你父亲又是会长，大公井明面上就不能这样处置，这笔钱是我的私房，你先用着，就算大公私下里押给了我……但这是最后一回，下次再如此，我也是无能为力了，你父亲若是事成，这笔钱得尽快还我，林家现今能挪动的现钱，也是寥寥无几。"

达之屈指弹弹那张银票，道："怎么，对错你想明白了？"

恩溥沉默半晌，道："想不明白，可能永远想不明白。"

达之把银票收起来，拍拍恩溥肩膀："别想了，到了这步，前路只有这一条。"

恩溥拨开达之的手："你父亲大概也是这样想。"

"咱们和他不一样，我们所信之事，肯定是对的。"

"我刚说了，你父亲大概也是这样想。"

那笔钱通过省城票号汇至北京，余立心连电报也没打回来一个，倒是胡松稍后来了一封短信，达之只觉厌烦，看也未看。待到盛夏，京城忽然传来消息，段祺瑞被大总统黎元洪罢免总理之职，张勋率五千辫子军以调停之名北上，果像恩溥此前所说，不管段祺瑞，还是黎元洪，都公开支持此举。张勋一抵京，先逼大总统解散国会，再各地寻遗老入京，孜城有个前清的举人，民国后有五年始终不肯剪辫，今年年初，儿子趁他熟睡，终把辫子剪了，他几次寻死未遂，硬在脑后绑了一根假辫，每日在城中游荡，开口闭口仍是"皇上"，因名声在外，现今被省城急招，喜滋滋进了京。到了七月一日，十一岁的小皇帝懵里懵懂，重新坐上龙椅。

然而小皇帝从发"即位诏"至再发"退位诏"，前后不过十二日，商会的龙旗尚未制成，就有消息传到孜城，称京城已是大乱。达之连发数封急电，却迟迟未有回音，又过了几日，他方从报上知晓，张镇芳沾光做了十二日的内阁议政大臣，自张勋败于段祺瑞的讨逆军后逃入荷兰大使馆，张镇芳同也当了十二日陆军部尚书的雷震春乘车欲回其老巢天津，车行至丰台，二人即被段芝贵下令逮捕，押于铁狮子胡同的陆军部。报上影影绰绰称，张镇芳在狱中遭受酷刑，"遍体鳞伤"云云，段芝贵本和张镇芳、雷震春一样，当年都是助袁世凯洪宪之举的"十三太保"之一，段张二人更是结盟兄弟，段这次却任段祺瑞旗下的讨逆军东路总司令，报上分析称，背有"内乱罪"之名的张镇芳等人，均可能会被处死。

达之想到上次胡松发来那封未读之信，翻出来一看，里面果然写道："……银票已兑，松知世事艰难，筹钱不易，万谢不已……父亲近年在京城，历尽波折，身心俱疲，无力亦无心回信予家中，望二少爷与三小姐万勿多心……盐业银行入股一事，已在进行当中，现银已交至张镇芳手里，契约文书随后即订，待事成之后，年底一旦分红，我自会安排一半汇至孜城，以解你之急……"达之来回读了两遍，随后划上一根火柴，烧了那薄薄一页八行笺，窗外疾风欲雨，信烧至一半，即被卷至院中，那火球在风中翻滚，似鬼火幽幽，灭而不尽。

那是丁巳年夏天，蛇年性凉，孜城大雨盈月，三伏已需秋衣，恩溥院中满树青杏，尚未熟透，就被他亲手一一摘下酿酒，大肚玻璃瓶中一层杏子一层冰糖，过半后注满孜城高粱烧酒。这是他在东京时学得的酿法，彼时他给令之去信："……东京初夏，已有炎意，和同学去镰仓江之岛避暑几日，镰仓美甚，海水碧蓝，卷浪拍岸，沿途一字木制矮屋，檐下总见妇人手酿美酒，以青梅为底，加之米酒，据称三月可饮……孜城虽无青梅，却有青杏，想来相差无几，待来日归家，或可一试，待阴雨绵绵之日，你我在檐下对饮赏雨，岂不美极……"三月过去，那酒变成琥珀颜色，恩溥每日傍晚归家，独坐檐下观雨，自饮一杯。酒无甚特别，还是高粱，不过带丝果香，大概加多了冰糖，酒喝到最后甜到齁喉，恩溥就又兑上冰凉井水，就着一碟子火边子牛肉，他能喝到深夜。因为这瓶酒的关系，那个夏秋过得飞快，待段祺瑞再辞去总理职位时，孜城草木萧萧，已有冬意。

京城诸事虽惊心动魄，但在孜城大部分人眼里，也和竹园里上一出新戏无甚差别。除了达之和恩溥，也无人知道余立心又在一次豪赌中输了个七七八八，严筱坡上次谈及退出商会一事，说来轻描淡写，但自那日之后，就三番五次催促达之恩溥，一是要将严家海崖井的账独立出来，二是退会手续需在年底之前办完。前两次恩溥还能设法推脱，但严筱坡明显愈发不耐，恩溥私下和达之商量："严家我看是糊弄不过去了，要不只能罢了。"

达之冷笑："你倒说得简单，如何罢了？他要商会把今年海崖井的收入先提出来，咱们手上哪里来的钱？哪怕咱们拉下脸去借，现今孜城还有哪家能挪出闲钱？上回我父亲要的那笔还是你自个儿的钱，稽核分所今年涨了两次税，现在川滇两边的人都进了城，都驻在咱们的盐仓附近，你以为他们图什么？煮饭方便？"

七月之后，北京政府一直由段祺瑞控制，段听从梁任公之意，拒绝恢复国会和约法，打算在另召"临时参议院"之后，选举新国会。孙文随即以"假共和之祸尤甚于真复辟"为由，在广州举旗护法，一时间举国响应，颇有两年前洪宪时护国之势。在蔡将军死后，云南就是唐继尧的地盘，此次他虽也举旗护法，且和桂系的陆荣廷一同被选为护法军政府之元帅，但二人均不认孙文这个大元帅，唐继尧借机组织"滇川黔鄂豫陕湘闽八省靖国联军"，并自任总司令。联军刚成立不久，唐即以川军刘存厚阻挠为名，挥师入川，一月内就进了孜城。川军原本大部驻在城外，现在则赶在滇军进城前两日，在余家东岳庙盐仓旁驻了整条街的兵，滇军则由赵又新、顾品珍分师，一方驻在凤凰山下的关外码头，一方驻在商会旁的邓关码头，一南一北，正正卡住孜溪河通往沱江的两个出口。为防私盐外运，数百年来这两处一直是朝廷所设的关卡，清人之前，水运一直以关外码头为起点，自康熙年间起，因孜城外运官盐激增，清廷就又在邓关设卡，盐船需先验收，再加盖关防，方可沿江下行。

　　各家在两个码头旁都设有盐仓，以便于装盐载船，邓关码头旁的火井仓为林家最大的盐仓，林恩溥每日都会过去清点存货、翻阅账本。火井仓已有一百余年，本就是木制房子，不过四周围了矮墙加固，年久失修，孜城本就阴湿，这边又靠水，木头早已半朽，顶上横梁尤其摇摇欲坠。守仓库的人提了几次，应整修仓库，换掉横梁，以免整个仓库坍塌，但林恩溥斟酌再三，只是沿着仓库内加了一层砖石和油布，横梁却始终未有应允，一直将坠未坠，半悬空中。每日清完账目，恩溥总会在仓库一角躺下，角落里有一块青石板，大概是当年修仓时特意留下，以便仓库看守的人能打个盹儿，但后来林家在仓库门口加建了一个草屋，看守都住里头，这石板却也一直留在那里。它原本应有棱角，但现今磨得油光水滑，又铺上草席，似是一张小床，恩溥和衣躺在上头，直直看向顶上悬梁，看累了眯上半晌。盐仓最惧湿，四角里都堆着整麻袋花椒和石灰，麻袋年头亦久，经纬有漏，丝丝石灰半漫空中，让里头似是幻

235

境。恩溥在石板上每次都只睡半个来时辰，却总被魇住，梦中有白灰凝固成块，堵住口鼻，需得挣扎到浑身是汗，方能醒来，醒后恩溥久久心悸，但他依然每日去那里睡上一觉，不论风雨。

冬至那日，早早说好令之和余淮会带上宣灵回慎余堂吃补药，除孜城惯有的补药汤，达之特意让厨房杀了一只小羊，只取羊腿羊排，剁得稀烂后亲手熬了一砂锅粳米粥，又加了两颗鱼籽盐调味，粥从清晨就上锅慢熬，熬到中午，令之才推着坐在西洋小推车里的宣灵进屋，余淮则拖拖拉拉带着一大包杂物跟在后面。宣灵穿一身宝蓝缎面棉袍，同色瓜皮小帽，顶上有一颗浑圆东珠，像年画里走出的孩童。令之则是西式打扮，穿前两年的毛呢大衣，原本是亮到灼眼的翠绿，现今多了一些旧灰调子。令之又整个人都比两年前消瘦了一圈，衣服松松挂在身上，又松松围一条半旧不旧的米灰围巾，反倒更显洋气。宣灵和令之二人都圆圆眼睛，鼓鼓脸颊和下巴，十足十是一个模子里出来，余淮则胖了不少，一张脸看不出轮廓，又胡乱罩一件旧棉服，眼镜上有斑斑污渍，应是宣灵吐出的食物残渣，他也不擦一擦，只乐颠颠跟在后面，倒像是个跟差。

偌大一个紫檀圆桌，加上宣灵也就五人。达之和千夏早早上了桌，并不让下人伺候，千夏把羊肉粳米粥用西洋小碗盛出来，达之则持一根细长铁钎，拨弄锅下木炭，这个红铜炭炉是余家祖传之物，说是万历年间宫里传出来的东西，看着不大，却极沉。往年冬日，余立心隔三岔五要让人搬出来吃火锅，"令之最爱吃火锅，随她母亲，"余立心总这般道。

令之抱着宣灵，坐下也不说话，懒懒模样，一直捏着宣灵的小小手指。屋内烧着炉子，她脱了大衣，余淮伸手想去拿住，令之却绕开他，远远把衣服扔在了身后的太师椅上，余淮也就讪讪坐下了，看着达之拨炭，道："补补正好，令之什么都不肯吃……你们劝劝她，宣灵也快周岁了，可以吃牛乳了，我看令之瘦成这样，孩子吃她的奶也不见得是好。"

令之看他一眼，依旧不说话，只是把宣灵往怀里又搂了搂。千夏见他俩之间有股怪气，就舀了一点点肉粥，送到宣灵嘴边："这是舅舅特意给你做的哦，舅舅一大早就起来熬了呢，舅舅好喜欢宣灵是不是？"

但宣灵不过舔了舔，就把那几粒米吐出来，倒是一直伸手去抓桌上一个小小蓝彩银链圆球，千夏又道："这也是舅舅给你买的哦，这是地球，我们都住在地球上，知道不知道？"

令之将那圆球放在宣灵手里，对达之道："谢谢二哥，这是哪里来的稀罕东西？"

达之给众人都盛了补药汤，淡淡道："托人从京城带的，美利坚的货，不值几个钱，就是个小玩意儿。"

大家低头喝汤，这桌子往年总坐少说八九人，现在空了一半，席间仿似有风，令之喝了两口，也不吃里头的药材和蹄髈，只用勺子拨弄汤料，像是忽地想起道："父亲有消息没有？"

达之今日却胃口大开，已盛了第二碗，他吹开汤面浮油，喝了一口，才不紧不慢道："没有，不过给我带东西的人说，也不会有什么大事了，现在局面在段祺瑞手里，冯国璋也进了京……父亲，父亲大概是忙。"说完，他似是自己也不信，笑了半声。

令之听了，正想说什么，忽地有人奋力拍门，院中下人急急开了，过了半晌，林恩溥大步进来，满脸怒气，对达之道："顾品珍今早烧了正街，你是早就知道？"

说完他才仿似刚见到席上众人，恩溥向令之点点头，又摸了摸宣灵细软乌黑的头发，从怀里拿出一块小小金表，塞进宣灵的棉服里，道："早备好了，也没个机会给宣灵。"

令之把那金表拿出来，见连链子都是十足十的真金，道："恩溥哥哥，这太贵重了。"

恩溥摆摆手，转头再问达之："你什么时候知道的？"

达之也不看他，用筷子夹了块蹄髈肉，道："昨日晚上，顾品珍派了几个人来商会，算是通报过了。"

恩溥道："那你为何不来找我商量？"

达之扔了筷子，道："商量？有什么可商量？顾品珍手下的人说是来通报，带了十个人，个个腰上别着枪，我们有什么可以跟人家商量？他们现今也是要败了，走之前自然想捞点什么，怎么着？还能不让别人捞？你有这本事没有？"

顾品珍和蔡将军仅相差一岁，二人均从东京陆军士官学校学成归国，他虽不如蔡将军有举国之名，但在滇军中也一直是数得出的人物。此次护法开战，顾品珍为唐继尧麾下的八大司令之一，自五月起就驻在邓关码头，和城外川军几次巷战，各有胜负。川滇两军是为抢盐抢粮而来，开火时倒是互有默契，都绕开城内，纠缠于凤凰山下孜溪河边一带，除让几家大户供粮之外，于井上井下民生并无大扰。严家大宅离河边不远，半夜偶有枪声，宣灵养得娇惯，半夜仍要起来喝两三次奶，每听到枪子声音，会吓得猛一哆嗦，狠狠咬住令之乳房。令之自哺乳以来，双乳一直布满伤痕，余淮有两次情不自禁，夜里凑过来，把手伸进令之里衣，令之痛呼出声，把上衣脱净，让余淮看乳周斑斑血痂。从那个时候开始，严余淮就一直睡在书房，他依然想念新婚那个晚上，月光下令之柔软莹白的身体，但哪怕是像他这样懵懂愚笨的人，也已清楚知道，那个身体再不会回来了，余生里令之都将只是宣灵的母亲。这样也很好，余淮总想，这样令之会一直住在隔壁，夜里起身喝水时，他永远能听见她轻轻走到桌前的声音，和什么都没有比起来，他愿意留着这样的令之。

自八月底以来，钟体道所率的川军第三师逐步攻下滇军，顾品珍先失码头，又丢了两个盐仓，撤出孜城只是个时间问题。今早令之一家从严家大宅坐马车过来，需穿过大半个孜城，走至正街附近，已听见车外有隐约呼声，但马夫熟路，绕了小半圈后平安到了慎余堂。

自被刘法坤绑过一次之后，令之听见滇军的名号总要不由自主别过头去，像是摆一摆头，就能把往事扔在脑后。她听达之说完，就抱着宣灵起身，道："孩子困了，他在外头也睡不着，我们还是回家去。"

林恩溥想也没想，脱口而出道："我送你们回去。"说完才觉不妥，却还是看了看余淮，又道："我有车，街上烧得厉害，你们毕竟带着孩子。"

令之迟疑着不答，达之在一旁道："还是我送他们，车你给我们用。"

恩溥也已想到，上回令之被滇军绑走，林家在中做局，无论如何脱不了干系，虽然顾品珍这一系和他家私下里从无往来，但也不能怪达之小心。他点点头，道："小五就在车上，他开车稳当，你们可放心。"

他们四人正要匆匆出门，宣灵忽地大哭起来，指着桌上的蓝彩圆球，咿咿呀呀示意众人。恩溥拿起来，把链子系在宣灵脖子上，又拍拍他的脸，道："外头风大，给孩子围点东西。"

宣灵在两日后被发现，身上围着令之的米灰围巾，手心里紧紧攥着那个小小地球。他面色青白，长长睫毛覆在眼下，似小兽熟睡，有一种让人心悸的温柔神情。令之把宣灵抱在怀里，像往日那般摇了一摇，扭头对恩溥道："围巾厚得很，宣灵他不会冷。"

拾陆

令之于民国七年一月三日离开孜城，走前几日大雪盈门，却并不
怎么冷。她终于脱了那件毛呢大衣，自冬至之后，她就没有换过衣服，
大衣覆灰，变成一种沉沉暗绿，像特意把衣服做旧了，以衬上如今的
令之。

令之夜夜不睡，清晨即出门，走至孜溪河边，岸边青石盖地，上有
凹痕，可让她枯坐整日。河面似冻非冻，歪尾船仍未停航，船身启动时
击破星点浮冰，晴日之下耀出万千幻彩，令之会不由自主向那点幻彩伸
出手，像帮着谁往上去。宣灵下葬后，启尔德翻出一本书，给她看书中
插画，有双肋长出翅膀的裸身小人，正往天上飞去，启尔德道："你不
要担心，宣灵已到了天堂，和耶和华在一起。"画中场景洋里洋气，和孜
城无甚关系，令之想，孜城若有路通往天堂，那应是在孜溪河上，那耶
和华是个洋人，也不知会不会不认得宣灵。但水上有雾，终日不散，确
似仙境，令之又想，耶和华不认得的话，菩萨总是认得的，漫天神佛，
管谁都好，只要能在天上看顾宣灵。宣灵刚出生，她抱着去拜过观音菩

萨，夏洞寺里四十二只手的千手观音，余淮陪在一旁，忙前忙后上香点蜡，令之也有过一时恍惚，想到上次正是在这里，她告诉恩溥，自己等到四月，只能四月。但那不过是刹那念想，跪下磕头时，令之什么都忘了，只有怀中这小小婴童，软软手脚，暖热皮肤，令之想，就这样了，一辈子就这样了也没有关系。

令之从一月一日起收拾东西，因启尔德前一晚告诉他明日就是新年，民国也有好几年，孜城人仍是惯于过旧历，但现今她等不及，要尽早去到新一年。她每日从河边回到慎余堂，就困在自己屋中收拾，零零散散一点东西，也不知为何需耗数日，几件衣服，几本书，母亲留下的几件首饰，一点金子，恩溥送给宣灵的那个怀表大概经了摔，停在三时四十五分。令之又想，不知那是何时的三点四十五，只盼着那是半夜，不是下午，半夜宣灵睡熟了，那个时刻会过去得很快。但自那日起，令之每晚总要忙忙碌碌，或做鞋绣花，或用小小炭炉蒸蛋煮面，有时什么都做尽了，她就站在屋子中央，直至三时四十五分。房间空荡，恍似人心，余淮有鼾声自隔壁传来。事发之后，他和严筱坡也痛哭过半时，但严筱坡道，没有关系，令之还小，明年再生一个就是，孩子属蛇最好，蛇为小龙，大龙贵是贵重，也怕受不起这命格，就这两月怀上吧，那样孩子出生在秋天，不冷不热，令之也不受苦。余淮听了之后，当夜就要回屋来住，令之房中没有烧暖炉，半夜还穿着那件大衣，她从衣兜里掏出一把剪刀，对准自己胸口，道：除非我死，余淮哥哥，除非我死。

令之起先也不知道，她为何并未寻死，那剪刀一直放在身边，有时半夜吃面，吃了两口，她会拿出来，白刃闪光，厨房里一直用这把剪刀剖鱼。银光灼眼，令之终是明白，死去太容易了，容易的事就不会痛苦，而只有死亡没有苦痛，如何对得起宣灵，她无法去死，她唯有活着。

东西收拾妥当，正是三日寅时，她拎着皮箱，出了严家大门。院中有人守夜，本牵了条大狗，靠在门前打盹，见她一惊，道："少奶奶，半夜三更的……"令之拿出那把剪刀，也不言语，冷冷晃了几晃，自己径直推门出去，又往前走了半会儿，才听到后面狗吠，喧哗人声。

他们不过以为我会去死，令之默想。宣灵死了，她若是活着，再生一个自然也好，但她若是死了，严家不过是无可无不可，也许更好，现今严家想退出商会，她夹在两家中间，反是麻烦。余淮对她确凿有情，她死了，自然也伤心，但那点伤心是会过去的，就像他也疼爱宣灵，但宣灵死了，他也就流了那么一点眼泪，有些人是这样的，五行缺水，终生只拿得出那么一点眼泪。

过几日就是小寒，令之出门前沐浴更衣，裹了一件狐皮大氅，这衣服是她的嫁妆，说是前清那时候鄂罗斯的东西，皮毛齐全，蓬蓬狐狸尾巴围住脖子，夜半寒凉如冰，她却也捂出汗来。皮箱重而勒手，她沿着大路走走停停，慢慢穿城而过，城中已都是川军钟体道的地方，零星有几个兵裹着袍子巡逻。说是巡逻，手里都拿着扁扁酒瓶，半醉不醒，见了令之，大概以为是楼里姑娘，不免不三不四起来，有人当街脱了裤子，哗哗撒起尿，骚味四溢，令之不怕不躲，笑笑从一旁走过，夜半苦寒，那个小兵大概也觉得冷，悻悻把裤子拉起来。

令之想，她大概是不会再怕什么事情了。小时候她最胆小，路旁吃碗素面，远远有马车驶来，她都要抱着碗躲到檐下，还着急叫道："恩溥哥哥，你快过来！"恩溥则总不紧不慢，把她牵回桌边，道："令之，不要怕，它走它的，跟你没关系。"忽地有风，令之打个战，把箱子放下稍歇，又想，恩溥说得对，从今往后，任它洪水滔天，也是和我没关系了。

令之敲了一会儿，恩溥才来应门，浑身穿得整整齐齐，也不知是没睡，还是正要摸黑出门，藏青棉袍下腰间鼓起一块。自上次出事之后，恩溥新买了两把勃朗宁1900，他本也叫人给令之送了一把过来，严家的人说，少奶奶在河边，自小少爷没了，少奶奶天天都在河边。

恩溥别了两把枪寻到河边，令之坐在青石板上，看了看枪，淡淡道："恩溥哥哥，我就不用了，你和二哥多小心。"令之十几日没怎么睡，面色青至透明，头发胡乱绾起，鬓边蓬蓬乱发，像多年前那个以为他溺死了，在水边急得一头一脸汗的少女。恩溥走时，回头看她一眼，再看一眼，他以为死掉的东西，原来尚有活气，尚在挣扎着呼吸。

恩溥见了她，愣了半晌，才道："快进来，外面冷。"

令之摇摇头："恩溥哥哥，我不进来了，你送我走。"

恩溥似是并不吃惊，只道："天亮了再走，还是现在？"

"现在就走，你让小五送我上省城去。"

恩溥嗯了一声，孜城至省城不过三四个时辰车程，小五一日来回，也不引人疑心："……也好，天亮了难免不给人看见。你缺什么？我这个宅子里东西不全，你等我回一趟四友堂，都给你备齐了再走。"

令之把箱子放下，揉揉手腕，道："不用，你就给我一点大洋和银票，我手边没有钱，母亲留下的首饰我都放家里了，只有点金子，换来换去也不方便。"

恩溥道："这是现成的，我身边的都给你，你花销个一两年没问题，你要是缺了，想办法打电报回来……你真不进来？"

令之又摇摇头，恩溥转身进了里屋，须臾之间就拿了一个黑布袋回来，他从袋中拿出几块大洋，放进令之手里，又把布袋装进箱子，才道："你随身带这么点就够了，银票是全国通兑的……你是要上北京？"

令之点点头："恩溥哥哥，你也知道，我一直想上北京。"八年前令之不过十六，在省城读完中学，念念不忘想申请女子大学，一直赖在宿舍不归，家中电报一而再地打过去，均石沉大海，令之只托人带话回来报了平安。但那年四川各地保路之事已有星火之迹，清廷内也是暗涌四起，到了十一月，各方重压之下的清廷将原定于宣统八年的立宪期限，缩改于宣统五年，余立心已知大局将变，他亲自上省城把令之押回孜城。令之哭闹了些日子，却很快收到东洋来信，道恩溥已定于当年归国，那时她已觉恩溥有异，但毕竟心有侥幸，想着待真的再见，也许恩溥哥哥，还是那个恩溥哥哥，恩溥既是要回来，那她这个书，读不读也就没什么干系。

谁知道又过了八年，恩溥才像回到幼时，二人也不多言语，便知彼此心意。恩溥进屋把小五摇醒，陪令之一同上车，道："我送你出城，这时间城门还没开，川军上下的人都认得我。"

令之没有推辞，掀起衣摆上了车，恩溥上车坐定，就用左手握住令之右手，这才对小五道："开车，就走大路，不要避人。"

孜城的路这几年熬过数次巷战，坑洼不平，车开到正街附近，突有一个大坑，小五大叫一声："少爷小心！"这辆福特开了三四年，底盘已有些许不稳，恩溥早就跟小五说，有事上省城时找个洋人看看，这日进坑出坑猛歪了一下，小五回头一看，见令之半依半靠在恩溥怀里，连忙转头回去，专心把车向城门开去。

天色墨黑，顶上有星，更显冷寒，城门口有四个守夜老兵，大概都喝多了，缩在长至脚面的棉袍里打盹，恩溥轻声对令之道："你先趴下。"令之脱了大氅，整个人不过小小一只，缩在后座下，只见满头青丝，倒下时一对圆环白玉坠子打到车板，发出丁零声音。恩溥看了看坠子，正是令之婚前他们最后一次说话时戴的那对，当时她消瘦的小脸突然在这逼仄的后座浮动，像她那时就已死了，现今只是游走的魂灵。恩溥想，原来这就叫悔意。

恩溥脱了棉袍，盖在令之身上，随后下了车，搓着手和那几人打招呼："哟，还真守着啊，也不进屋打个盹。"

因钟体道打过招呼，在城门轮岗的人都认得恩溥，他出手也大方，每三五日就给他们一点酒钱，按说城门出入都得开车验货，但恩溥不过打个招呼。四人中年纪最轻的那个反是个士官，笑道："哎哟，林少爷又半夜出去。"

"去外头仓库里点点货，早上又得运一批去武昌。"

"林少爷真发财。"

恩溥拿了一块大洋，塞进那人怀里，道："一起发财一起发财，黄士官，拿去给大家买瓶酒暖暖身子，我看这天气，小寒前得有场大雪。"

黄士官把大洋放进兜里，随意往车内看了看，道："这么冷的天，林少爷怎么倒把衣服脱了……咦，这是……"

林恩溥刚想道："晚上喝了几杯，身上发汗……"又顺着黄士官的眼睛看去，见令之剩下的那个坠子不知怎么掉了，正好在恩溥的棉袍外露出半月弧形，车内漆黑，那坠子闪出白光，避无可避。

林恩溥笑了笑，拍拍黄士官的肩膀，在他耳边轻声道："瞒不过你，云想阁带出来的，你也知道，我凤凰山上面有个宅子，里头没有外人，怎么都方便……"

黄士官从车旁走开，嘿嘿笑道："林家少爷好福气……那云想阁到底什么神仙地方，找个时候也让咱们兄弟开开眼咯……"说罢招手开了城门。

待全不见人影，令之才坐起来，抬手理了理头发，车内逼仄，她腿压麻了，一时无法起身，恩溥拍手让小五停车，把令之牵起来，又从地上捡起耳坠，放进她手心，道："路上别露财，首饰这些都收起来吧，这件大氅……罢了，衣服就穿着吧，这一路北上，天寒地冻的，你……"恩溥顿了顿，终是无话可说，只能道，"你多加小心。"

令之把那个耳坠也塞进恩溥手心，道："这坠子不值钱，不过是小时候稀罕的东西，恩溥哥哥，你就都替我收着吧……衣服是母亲留下的东西，待我上了省城，买件棉袍，就让小五带回来，你也给我收着，别告诉二哥我去了哪里，谁都别说，让他们当我死了最干净。"

恩溥迟疑道："……你……还回来吗？"

令之又摇头："我也不知……恩溥哥哥，我现今是什么也不知了。"

恩溥点头："那我给你收着。"

小五停下后就下了车，黑漆漆的也无处可去，又不好走远，只能尴尴尬尬站在车头，佯装抬头看星。二人都有无数话语翻涌胸前，却似是都被冻住喉咙，一个字也吐不出来，就都转头看小五。

恩溥似是忽然下了什么决心，伸手摸了摸令之脸颊，道："令之妹妹，这话我早就该说了，只盼着现在也还不晚……往前几年，是我昏了头，从今往后，你回来也罢，不回也罢，我总是等着你的。"

说罢，恩溥下了车，叫小五过来，道："你也别急着回来，先把令之小姐送上船……快过年了，怕你们急匆匆地买不着票，我也是刚想起，我在东洋时有个同学，父亲是川江轮船公司的董事，你去省城先找上他，报了我的名字，他自会帮忙。"

令之道："我知道，汪启舟是吧。"

恩溥笑道："原来你还记得。"

令之道："人没见过，名字记得。"

恩溥车上有一本林琴南所译《巴黎茶花女遗事》，本是他教小五识字，送他随意看着玩的闲书，这时正好翻开，在扉页写下汪启舟的姓名地址。做完这些，也再无理由拖着时辰了，恩溥关上车门，只对小五道了一声："你慢慢开，路上要是乏了，就停下睡一会儿。"夜半有风，孜溪河水气汤汤，风中已有雪意，恩溥却只觉酥麻，像袖中有火，一点点烤着指尖。

小五刚把车开出，又忽地停下了，令之推门下来，奔到恩溥面前，道："恩溥哥哥，我有件事，需求你帮忙。"

恩溥道："只要你说。"

令之道："宣灵走了，我本不应活着，但我既做了人的母亲，就理应替孩子报了血仇，若是有一天你知道了是谁对宣灵动的手，烦你给我打个电报，天涯海角我自会赶回来。"

恩溥摸摸腰间那把勃朗宁，道："有我在孜城，你不用操心。"

令之摇摇头，道："我要自己来，我当然要自己来……恩溥哥哥，你答应我了是不是？"

恩溥看令之眼中密密血丝，忽地伸手替她理了理鬓边乱发，又轻轻拨了拨那白玉耳坠，忽地摘了下来捏在手里，道："是，我答应你。"

小五一路未歇，中途不过停下两次出恭吃饭，令之坐着纹丝不动，也不闭眼休息，一路只看那本《巴黎茶花女遗事》，小五下车时问她可要一同去吃，令之只低头翻书，道："你吃饱点，我不饿，烦你给我带点茶水。"小五只得给她买了两个米粑，又用荷叶包一点香肠，灌了半壶菊花，令之也不推辞，在后头窸窸窣窣，一边翻书一边吃米粑香肠，川地香肠多是麻辣，小五买时却忽地想到，恩溥少爷偏喜粤式风味，就割了两截粤味给令之。他平日就心细，让老板片得飞薄，想令之就算不饿，路上走了这三个多时辰，满口发苦，吃点甜的总也不坏。

谁知令之没一小会儿就吃完米粑香肠，又喝了大半壶菊花茶，在后头忽地叹了口气，不知对谁轻声道："……小时候我家有个厨子，说上两辈是广东人，每年一过冬至就在后院里一咕噜一咕噜地挂好多香肠，做太多了，怎么吃也吃不完，父亲就四处送去，恩……最爱吃这种……"大概是勾起往事，令之声音渐渐低下去。

天光已是大亮，自过了资阳，一路就淅淅沥沥下着雨雪，虽路上雪水混泥，踩到稀脏，但路旁雪白干净，树上已薄薄积了一层，又有几株野长的腊梅，一骨朵一骨朵缀满花蕾，令之开了车窗，忽地冷香袭人。虽是城外野路，这时已有熙攘之意，挑夫们矮小精瘦，挑着整担瓜果青菜、黑红炭煤，因怕被雪潮了，上头盖了薄薄油纸。也有男人赶着马车运水进城，妇人就坐在车后，摇摇晃晃照看车上木桶，省城虽不像孜城，井水苦咸，但上等茶馆仍是从城外运泉水泡茶，每碗多收五文钱。令之读书时常去茶馆看戏，省城女子已不需专坐楼上包厢，只在楼下特特划了两张桌子，同学中也有大家小姐和台上伶人私下相会，令之见他们痴痴缠缠，心里只觉安定，她那时想，自己和恩溥，是就等在前头的事情。

令之趴在窗口，看车上妇人渐渐掉在后面，雪点嘚里啪啦拍进来，像催促她赶紧往不知道前头哪里去，而前头的种种事情，并没有真的等在那里。车内渐有冰意，小五一边开车一边跺脚，令之关上窗，把双手缩进大氅，问道："小五，咱们还有多久到省城？"

小五转头笑起来，指指前方青砖高墙，道："令之小姐，你还没见着？前头可不就是城门了。"

小五所指的为省城东门迎晖。此地旧城可溯至汉唐，明时更有王府，但明城衰旧，康熙初年全城重修，城墙高三丈，厚一丈八尺，东西相距九里三分，南北相距七里七分。到了乾隆四十八年，四川总督福康安再次重修，全城遍种芙蓉，以复五代芙蓉城之名。金水河绕城而走，可通舟楫，城中共有四门，东门迎晖，南门江桥，西门清远，北门大安。

令之探出头，见青石城墙上刻的"迎晖"二字，她忽地想到数年以前，自己初上省城读书，也是从这道门进城。正是八月，连有几日暴雨，满地粉白芙蓉花瓣，令之捡起来晾干后夹在信里，给恩溥邮去。待到暮春时分，她和同学城外踏青，则是走西门，出门即是山，几个女孩子也并没有特别地方要去，听说山上有道观，就只一气往山上走，后来终是迷了路，曲里八拐不知到了哪里，山上梨花谢了，结出小小青果，待下山时分，城门已关，众人都哭起来。只有令之，想了片刻，就上前和几个守门兵士说话，几人都是小兵，看起来不过十三四岁，怯生生模样。不过转眼工夫，令之挥手让她们过去，只见城门已缓缓打开。同学惊问她到底如何做到，令之道，也没有什么，我给了点银子，又吓了吓他们，说少找我们麻烦，我可是识得官府里的人。令之平日里听父亲闲谈，记得几个官场上名字，这些人确是和余家关系颇近，余立心虽不捐官，但也在省城有点声名，官中的人不大看得上盐商的门第，但人人都艳羡他们手中的银钱。

她心中得意，把这事细细写在信中，但恩溥回信却似是不大高兴，"以如今官府之不仁，我辈无力抗之，已是心中有愧，又何必以钱势逼人，小民可欺，你我又何尝不是如此？"令之看了信，心中老大不快，忍住一月未回，恩溥却也音信全无，后来她毕竟是熬不住，又写了信去，再不提前事，只说省城夏日苦热，宿舍朝西，夜里闷似蒸笼，自己整夜无法安睡云云。信刚写好，还未邮走，突然有两个小厮来学校寻她，眉清目秀口齿伶俐，道自己是南城汪家的下人，大少爷是林家少爷在东洋的同学，林家少爷托他们少爷派人，给余家小姐送一床玉席过来。说罢从车上运下一个巨大油纸包，男子上不得宿舍楼，两人就麻利地找了舍监，给了点钱，待东西都运上去了才走。令之回宿舍，见玉席已整整齐齐摊在床上，每颗蓝田白玉麻将大小，显是家里的老物件，磨得油光水滑，莹莹泛出宝光，摸上去则触手生冰，宿舍里别的女学生热得整夜辗转，令之却还要搭上一层薄被。恩溥的信随后也到了，信中道汪家大少爷名启舟，家中做的是航运生意，和余家林家都有不少生意来往，信中还有一张他和几名同学的合影，恩溥在相片背后特特注上，"左二即为启舟"。恩溥自己就站在汪启舟旁边，二人穿一式一样的日本大袍子，腰间均系宽带，踏着木屐，令之扑哧笑出来，她在省城见过两个东洋人，也是这身打扮，怪模怪样，留着小胡须。令之想，恩溥下次再拍照，可别就留上小胡须了。但那几年恩溥不过邮过这一张相片，令之夹在一套读熟了的《石头记》中，时时拿出翻看，连带着对汪启舟的脸也烂熟于心。

汪启舟现今还是相片上那般模样，敦敦实实站在门边，分明还是小孩子的五官，倒八字眉，脸颊鼓鼓，翘着嘴，像总在和谁生气。令之见他颇是羞赧，一时也不知说什么，忽地没头没脑道："汪少爷，你可比相片上显黑。"

汪启舟一愣，道："东京风大，我和恩溥又老去海边游水，都晒黑了。"

令之笑道："是吧，恩溥哥哥刚回国时，我没怎么见着，这两年见得多些，他倒是又白回去了。"

汪启舟也放松下来，笑道："那是自然，四川整年也没有几日见着太阳……余小姐，你倒是和相片上一模一样。"

令之想到当年她也曾特意去桂王桥南街的"涤雪斋"照相，穿学校的蓝布褂裙，拍了一套相片，从中选了最好看的一张邮给恩溥。想来恩溥也和她一般，总把那相片拿出翻看。

汪家在省城应是大户，进了东门，小五路上停下问了两次路，不过一个多时辰就找到地方。小五扣了门环，开门下人听了报的林家名头，虽是有些疑惑，但见二人开着福特而来，令之神色憔悴，却裹着一条狐皮大氅，知道不是普通人家，客客气气让他们稍等片刻，立刻进去通报。汪家朱门高墙，远远看去已知气派，门前不像一般人家蹲两头石狮子，而是一边一艘精雕细琢的石船，船帆张开三尺有余，一艘刻着"定知一日帆"，一艘则是"使得千里风"，笔钩带风，应是拓的颜字。

当年令之也从父亲那里学过这首孟郊："江与湖相通，二水洗高空。定知一日帆，使得千里风。雪唱与谁和，俗情多不通。何当逸翮纵，飞起泥沙中。"余立心抱着令之，站在孜溪河边，看歪尾船顺流而下，隐隐与沱江相接，令之那时就知道，只需随着歪尾船一路往东，就能见到诗中场景。但不知为何，她却一直未有真正坐过船，前几年想过去北京读书，被父亲硬生生拦住，这几年她总想，自己是一辈子也不会离开孜城了，她不会在船上见到江与湖相通，也不会去北京看一眼紫禁城。启尔德告诉她，他们西洋人相信命运在上帝手中，而上帝的一切安排都自有道理，不要疑惑，只要听从。

宣灵被发现后，即刻被送往启尔德的医院，启尔德听了听呼吸，什么都没有做，便摇摇头对令之说了这番话。令之一直抱住宣灵，傻傻呆呆愣了许久，像是听不懂启尔德那怪模怪样的孜城话，宣灵软软瘫在怀中，像一个面粉捏成的小人儿，令之摸了摸宣灵的脸，想了想，又摸一摸，突地尖叫出声道："道理？这能有什么道理？你看看宣灵！来啊，你再来看看宣灵！他出生的时候不是你给他接生的吗？你摸摸他，你摸摸他再来给我说道理？你们那个上帝如果有一点点道理，为什么不让我死，为什么不让我死？！宣灵做过什么？有错的是我！有错的是我啊！我就不该嫁去严家，不，我哪家都不该嫁，爸爸，爸爸，我是不是错了，爸爸，你快回来，爸爸……宣灵，宣灵，是妈妈的错，是妈妈的错，妈妈害你受了苦，妈妈会还给你，妈妈一定还给你……"宣灵死后，令之就哭了那么一次，整整两个时辰，她哭得生生晕了过去。等再醒来，严家已给宣灵打好了一具小小棺材，一时间找不到好木头，用的普通杉木，严余淮在旁边絮絮叨叨道："二叔本来也想找金丝楠木，但这时间实在找不到，家里倒是有一块，但那是二叔自己的寿材，你也知道，动了寿材总归是不大吉利……"令之拍拍棺材盖子，轻声道："你走吧，让我一个人陪陪宣灵。"余淮又道："那……那你要不要吃点东西，我……厨房里刚熬了老母鸡汤。"令之道："也可以。"余淮走后，令之只觉双眼肿痛，是再也流不出一滴眼泪，她伏在棺材上，听里头似有闷闷声响，像谁压低了声音喘息，再细细听来，分明像她自己亦在棺中，搂住宣灵不敢大声出气，生怕被神佛发现了揪她出棺，但这小小棺材，宣

251

灵在里面已是局促，她是无论如何都进不去了。令之想，既是如此，就用杉木又有什么要紧？从今往后，再没有什么事情要紧了，倘若上帝真有安排，那就随他安排。

小五走后，令之在汪家住了几日，因汪启舟道年前客船不多，票也早订出去了，恰好他也要在一月底上北京求学，订了一个去汉口的头等舱，让令之不妨和他同行，一起到汉口，再想办法多买一张火车票。令之是无可无不可的，就在汪家大大方方住下了，小五本想送她上船，但令之坚持让他回去，道："我在汪家能有什么事情？恩溥哥哥没你，反而不方便。"小五想到恩溥确是日日需用车，推脱几次，也就答应了，走之前小五不知怎的，站在车门前落了几星泪，抽泣道："令之小姐，你走了，我们少爷就更可怜了，少爷他……他……你……你还是早点回来……回来看看少爷……"

令之用手帕给他擦了泪，轻声道："若是我回来了，你可还来省城接我？"

小五急道："自然要来的，我带着米粑和香肠来，广东香肠！"

令之笑起来："那咱们一言为定。"

小五喜道："令之小姐算是答应我了？"

令之想了想，道："我答应你，但你别当真，我也是这两年才知道，很多别人答应的事情，到后来也是作不得数的。"

小五又急了，道："但我答应的事情一定作数的，令之小姐，你信我！"

令之把他推进车里，又关上车门，道："我自然信你，我只是让你不要信我，你回去跟你少爷说，我什么都好，我会一直都好，让他再勿要惦记。"

汪家尚有高堂在世，一直未有分家，大宅占地二十余亩，共分七院，汪启舟五个叔伯，加上他父亲汪少生，各住一院，另有一院是给汪家出嫁的女儿回门时留的闺房，令之现今就住在这院里，名为"七树堂"，院内有北房、西房和东房共十三间，北房为书房，西房为卧室，东房是饭厅和下人住的地方，卧室内东西一应现成，但令之坚持要住在书房，道："我家里也给我留着房，要是我回门看见自己的床被人睡了，嘴上不说，心里总是不欢喜的。"

书房玲珑曲折，若从房顶往下，能看出一个船形，名为"雨漫舫"。汪启舟解释道，汪家世代在水上营生，每个院中都留了一间船形屋子，"我父亲那间叫'青雀舫'，改天带你去看看，呵，房里还行，外头真的到处是鸟雀儿，鸟粪也不收拾，说粪是财，收了不好，我父亲……他就是这么个人。"说到最后，汪启舟声音冷下来，令之觉得他像刚回家时的达之，人仿似还是那个人，但盯着看久了，又认不出这是谁的模样。

汪家分院吃饭，汪启舟的父亲汪少生第一日在饭桌上露了个脸，往后就再没见到人影。只要他不在，汪启舟吃饭就不正经上桌，也不许下人伺候，自己去厨房拿出饭菜碗碟，在院中石亭内摆好，坐下便吃，吃罢又自己拿回洗碗，他吃得极为简单，顿顿都是一碟猪头肉，一碟油菜，一碟泡萝卜，再来一大碗茶水淘饭。令之开始还在厅内正儿八经入席，后来也和他一同在院中吃，汪启舟不过多盛上一碗饭，每样菜也多了几分，两人吃到最后有时没有菜了，就各自吃一点白饭，汪启舟是一点点肉渣也要夹起来吃净。

这么吃了两三日，汪启舟一边麻利收拾碗筷，一边道："余小姐，若是觉得不合胃口，你不如还是和我母亲一起吃，我母亲的厨子是从我外祖父家带过来的，做的回锅肉和豆瓣鲫鱼在城里也是有名的。"

令之站在一旁，想帮忙又觉无处下手，道："汪少爷，我觉得这样好极了，我父亲也算是省俭的人，但自我出生，除了读书那两年，还从未吃过这么方便清爽的饭呢……不，哪怕读书那两年，食堂里也是顿顿七八个菜，又是鸡汤又是甜汤，啰里啰唆，你这样多好，吃饭收拾，也不过一刻钟时间，我家一顿饭下来，怎么也要大半个时辰。"

汪启舟点头道："我们中国人就是这样，把时间全耗在这些无聊透顶的事儿上了，吃饭，打牌，抽大烟，捧戏子……呵，我回国前就已发过誓，再不能在这些事情上浪费一点时间，我们再也等不及了。"

令之奇道："等不及做甚？"

汪启舟把碗筷一一放入紫檀托盘，他笑了笑，满脸呆气忽地一扫而光，面上似四散宝光，道："自然是等不及改变，所有一切都需要改变，国家，民众……你我。"

令之愣在原地，道："我父亲和两个哥哥也总说这些，但到底如何才能改变？"

汪启舟道："余小姐，你跟着我来。"

令之不知何意，只得跟在后面。二人沿着曲折游廊经过汪家偌大花园，数株明黄腊梅正是花期，异香扑鼻，有身材高大的小厮正站在梯上修建花枝，那木梯看上去朽得厉害，遥遥也能听见吱嘎作响。地上有数十枝开全了的，彼此隔着点地方一一排开，想是要送往各屋插瓶，令之房中有一个定窑白釉花口瓶，每日都换上新鲜花枝，这几日正是眼前这檀心腊梅。再往前又见满池残荷和森森竹林，池中有人行舟清理落叶，竹叶中则有人松土施肥，这些都是令之在慎余堂中见惯的场景，大户人家，都是如此，汪家宅子比慎余堂更大，院中人手自然也更多。但汪启舟突地停下，对令之道："余小姐，你冷不冷？"

令之适才吃饭，就脱了大衣，刚才走得匆忙，也没有穿上，她紧紧身上褂子，道："水边有风，是有些凉。"

汪启舟指指池中下人，道："水上风更大。"

令之这才留意到，船上那仆妇满面发青，风迎面而击时，她似是差点抓不住手中的长长爪篱，在船上左右晃了两晃，才重新站稳。汪启舟却只说了这么一句，又带着令之绕过竹林，这才到了厨房。慎余堂只有一个厨房，就在大宅内，足足有三十尺见方，汪家的大厨房不知在哪里，每院中自己的小厨房都是另搭了一间青瓦房，说是小厨房，也挤了七八名下人，正热火朝天杀鸡剖鱼，似是要做什么筵席。但令之知道，汪家每日寻常饭菜，也都是四冷盘四热荤，另有一汤两菜，饭后点心，不想吃米饭的备上鸡汤面和鱼汤抄手，再加上清口的甜汤，是够这七八人整日操办。屋中有一十二三岁的小丫头，正站在矮凳上，用丝瓜绦洗碗，槽中怕有百来个碗盘，天寒水冻，丫头手上层层叠叠，堆满紫色冻疮，她本就穿一件过大的旧棉衣，袖子挽了几圈仍是太长，在水中浸透了，硬邦邦直往下坠，小丫头长得瘦骨伶仃，一双手腕不过鸡爪粗细，现在更像被湿衣服死死压住，再也抬不起来。

众人见了汪启舟，都连忙迎上来，有个妇人想接过汪启舟手上托盘，道："大少爷，你怎么就说不听呐！这些事哪能你做？快把碗给我。"说罢对小丫头呵道："小荷，你今天再敢让大少爷洗碗，看我把你手打折了！"小荷吓得一哆嗦，连忙拿起丝瓜绦又胡乱擦了几个碗。

汪启舟把托盘放在灶台上，挽起衣袖，把那小丫头拉到一旁，掏出一张手绢给她细细擦了手脸，拿过她手中的丝瓜绦，这才道："余小姐，你刚才问的问题，我想啊，不妨就从你我自己洗碗开始。"

拾柒

　　令之走后，严家上天入地寻了两日。严筱坡先在井上调出数十人，把凤凰山翻了个遍，因又听下人说令之那半月都在孜溪河边，就托了川军的人，以查货之名，把河上歪尾船一一搜过。严余淮对叔叔道，令之可能会坐船，因他记得幼时和令之在河边玩耍，令之会指着河水的尽头道："余淮哥哥，以后我要到那边去看一看，你信不信？我一定会去看一看。"严余淮怕水，别的男孩都在水中嬉闹，只有他和令之坐在河边看管衣物，他只道："……怪吓人的，令之妹妹，恩溥哥哥说了，我们别走远了，就坐在这边。"令之嘴一撇，道："你听他的做什么，他又不是你老汉。"孜城土话以"老汉"称父亲，令之是大家小姐，本不应说这般村话，说完自己也吐了吐舌，她也即刻想到，严余淮早没了父亲，就用小小一双手盖住他双手，故意把声音放得轻轻道："余淮哥哥，我说错话了，你莫要怪我。"严余淮反手握住她又软又热的小手，道："令之妹妹，我怎会怪你，我永远不会怪你。"令之从小就是这样，想讨谁欢心，就会把声音放得很轻，但到了如今严余淮才想起来，自二人成了亲，他就再没听过令之那般声音。

严余淮在水边绕了两日，自然也想过令之可能投了水，早找了十几个司牛的盐工跳进河中找寻。大寒之后，孜城果然下了一场大雪，孜溪河虽未冻上，水面已有浮冰。司牛的盐工都可双手牵牛，原本最是壮实，但也抵不过这般酷寒，不过在水里撑了大半个时辰，就都上了岸，人没有捞着，快上岸时却在浅滩处看见一只白玉耳坠，缠在一堆压在巨石下的水草上。严余淮本来水边抖抖索索等着，见了这坠子，不管不顾突地跪在滩上，对着半冻水面大哭道："令之妹妹！令之妹妹！是我害了你，是我害了你啊！我不该求你嫁给我，你要是没有嫁给我，现在你就还能好好的，你就在家里多好，我还能见着你！令之妹妹，你让我再见见你，我再不把你拘在严家了，只要让我能再见见你，我就送你回家去，我知道，你不喜欢我们家，你别怕，你再也不用回去了……令之妹妹！令之妹妹！你听到没有，你听到了就答我一句，好不好？令之妹妹，你答我好不好……"宣灵死后，严余淮虽也伤心，但似乎也只是不过如此，婴孩命贱，还算不得人，别说夭折的，哪家若是生了女婴或不是齐整孩子，随便找块破布包了，就扔进孜溪，这样的事情也是常见的。每年总有人在河中网鱼，网上小小死婴尸体，嫌麻烦的人也就直接扔回河里，也有人稍生怜悯，就会送去夏洞寺，寺中和尚在后山专划了一块地，给这些死婴做坟。宣灵出生后，令之为了给他积福，去那边拜过两次，严余淮拎着香烛纸钱跟在后面，那块地四周都是桃树，围住上百个密密麻麻的小小坟包，桃花开尽了，粉红花瓣把坟包层层裹起，无法一一在坟前烧纸。令之就在中间勉强选了一块空地点了香烛，又把纸钱一个个包成抄手模样才烧，令之自言自语道："那么小的孩子，也用不了钱，得给他们送点吃的，小孩子饿了总哭，一直哭一直哭，哭着最可怜，不过这地方倒好，再过几个月，桃子怎么吃也吃不完。"余淮蹲在一旁接不上话，只能默默包纸抄手，婚后不过几日他就知道，自己不明白令之，大概永远都不会明白，但这又有什么关系呢？只要她就在身边，只要她是自己的妻子。宣灵没有了，他自然也伤心，也落了泪，但哭了半个时辰，他又觉得饿，就让人给自己煮了一碗鸡汤素面，吃到一半又觉没有浇头，厨房的人又赶紧送了几块炸排骨过来。排骨和面都吃完，严余淮回过魂来，宣灵死了，但以后总会有别的孩子，他只需好好抚慰令之，她过了这阵，自然会再跟自己同房。严余淮从小欢喜令之，但一起玩的孩子们醒了事，都看出她和恩溥定不定亲，都是早配好的一对，令之看恩溥的模样，无论如何再没有旁人的余地，他从来没有想过，自己和令之还能有今天，想到这些，他后来确也不怎么伤心了。令之去河边一坐整日，晚上也不许自己同房，余淮就安心在书房睡着，他想，总会过去的，就像自己，总会过去的。见到耳坠的那刻他才知道，原来这是不会过去的，对令之和自己而言，均是永远过不去了。

第二日，严筱坡带着一夜之间脱了形的严余淮上了余家。过了小寒，孜城果然大雪封门，二人特意没有坐车，从桂馨堂一路走去慎余堂，到时已是满身雪珠，严余淮一路淌泪，脸上几是薄薄有一层浮冰，到了他也不说话，只把耳坠递到达之面前，又失声大哭起来。

达之坐在那把鬼脸黄花梨太师椅上，手中执了一盏盖碗茶，一直没有说话，也不伸手接过耳坠。就这么僵了许久，旁边的千夏才把坠子接到手里，仔细看了看，对达之道："确实是令之的坠子。"

达之把碗一摔，沉着脸道："我自然知道，这坠子是我母亲的东西，令之从小戴到大的，五十米外我就能认出来这宝光。"

严余淮心中本还有些许侥幸，到现在全然落空，一时间反而不哭了，只呆呆看着达之。达之哼一声，道："严少爷，你这般看我是什么意思？妹妹是我亲手交到你手上的，你现今就还个坠子回来，这算什么？余家就这么一个女儿，从小是父亲含在嘴里长大的，活要见人死要见尸，你让我如何向父亲交代？"

严余淮呆呆道："意思？我没什么意思……我能有什么意思……令之妹妹没了，我活着本就没什么意思……我把命还给你们，你这就拿去。"说罢，他一屁股坐在椅上，又落下泪来。

达之冷笑，道："严少爷，你倒是有趣，你的命？余家要你的命有何用？余家要的是三小姐的命，小小少爷的命！你的命？你的命在我们这里，还没有一口井值钱！"

严筱坡一直沉着脸不说话，这时终于开了口，道："二侄子，你话也别说过了，哪怕你父亲在这里，也得给我们严家留点脸面。"

达之道："呵，若是我父亲在这里，你说他是在乎自己亲生女儿的命，还是你们严家的脸面？"

严筱坡道："那你发个电报告诉你父亲，商会我去年就说了要退，你们当时也满口应承，我该出的盐税一分没少早交够了，但退会这手续一拖再拖，怎么？现今是打算给我拖过年去？海崖井的账本去年十二月倒是给回我手上了，但说好了单独核算的盐款呢？核了三个多月了，这八千多个大洋，商会倒是核给我们严家！"

达之看着严筱坡冷笑，道："严叔伯，您信不信？您还没踏进门呢，我就知道您要说这些。"

严筱坡道："二侄子，你又信不信？我不是余淮这种傻子，你也别以为我不知道，你心里是个什么算盘。"

达之道："哦，那严叔伯不妨明说，我是个什么算盘？我家小妹现今生死不明，你说，我应该打个什么算盘？你问问你家少爷，小妹从小在家和谁最亲？是我父亲我大哥，还是我？哪年春天一家人去凤凰山上坟，不遇着我陪着令之放风筝挖木耳？夏天田里克猫儿肥了，哪次不是我下田，捉上来亲手活剐，给令之炒嫩姜吃？孜溪河上若是冻住了，令之想上河溜冰，哪回不是我先上去玩小半会儿，听清了没有冰裂才敢让她上冰？严叔伯，以我和我家小妹的感情，别说现今慎余堂是我当家，哪怕我还在东洋，也得赶回来给她讨这个公道！你既这么说，那这样吧，我们两家也别要什么脸面了，大家官府见，堂堂严家竟能逼死自家儿媳，孜城多少年都没有出过这种丑事了！严叔伯，我知道你现今心思都在办银行上，我倒要看看，省城那些银行董事敢不敢和我们余家这么撕破脸，他们还想不想要商会往里头存钱！"

严余淮也不哭了，只愣愣看着达之，像是不明白为何二人起先分明是在说令之的生死，怎么最后却绕到了商会和银行上头。千夏本坐在一旁不声不响，这时起身给余淮拧了一把热帕子擦脸，道："严少爷，你别听他们吵架，大家都是一家人……令之……令之也不会希望这样。"说到后面，面上从来只有浅笑的千夏，也有哽咽之声。

严筱坡看一眼千夏，冷笑道："我道谁呢？原来是千夏姑娘……一家人……我倒不知道，千夏姑娘和我们也是一家人？这是什么时候的事情？怎么我们严家没有接到消息？"

一句话说得千夏拿着手帕僵在那里，但她脸上即刻又挂上浅笑，道："严老爷，大家气头上，都不要把话说过了，达之的脾气，您也是知道的，别说是您，他父亲也是一点办法没有，他要是真的脑子转不过筋去报了官，对谁都不好。"说罢，她又拧了一把热手帕，给达之递过去。

达之抹了抹脸，把手帕重重摔在身旁黄梨花几上，又拿起盖碗喝了一口，并不说话，只摩挲手中那枚耳坠，望向墙上挂的那张全家福，相片中余立心坐在中间，抱着十岁的令之，济之和达之站在身后，令之已是半大身形，缩在父亲怀中显得多少有些滑稽，但余立心满脸疼爱，把令之抱在腿上，又用手揪住她右边耳朵。相上的令之就挂着这对坠子，相片洗时大概哪里出了差错，两边坠子都只剩一个耀目白点，令之见后不大高兴，自己去书房拿了毛笔，蘸上铅白，在相上自己的耳坠下又画了两个白圈方才满意，余家每隔两年就会照几张相，但余立心特特把这张洗得最大，配了西式框子挂在正屋。严余淮本已停了泪，但现今见到画上令之，那眉眼和长大后并无二致，相上连令之唇边那颗红痣也拍得清清楚楚，他又哽咽起来，对着相片哭道："令之妹妹……我……我……"

严筱坡满脸不耐，把面前盖碗一饮而尽，对千夏道："行了行了，你们这套把戏，糊弄糊弄余淮就得了，你就直说吧，你们要如何才罢休？"

千夏起身给严筱坡续了茶，轻声道："严老爷，令之……不管令之出了什么事，她总希望严家和余家不要生出嫌隙，商会早先退了也就退了，但这时间你再退，外人谁会不多心呢，还以为两家真的撕破脸，这对您也没什么好处，您说是不是……"

严筱坡又把茶饮了，盖碗往花几上一摔，道："行了，我知道了！余淮，我们走！这地方可不好待！待一个时辰，就得有一个时辰的银钱！"

严余淮惶惶然站起身来，道："什么意思？二叔，什么意思？"

严筱坡面色沉沉，望向达之，道："没什么意思，孜城这四家，以前都只知道林湘涛享福，有个省心儿子，呵，谁都没看出来啊，余家……余家才真正养了个好儿子！"

直到严筱坡带着严余淮甩门而出，达之也再未发过一言，他只是反反复复摸着那耳坠，直到千夏把它抢了过去。千夏把坠子攥在手心，银钩嵌肉，渗出隐隐血丝，千夏终是哭了，道："达之，我们都错了，我们不该这样。"

达之手中空空，却往面前抓了一抓，像是脑子不大清楚，还想徒劳地夺回一点业已逝去的东西，但刹那之后，达之又还是达之，双手稳稳拿着盖碗，不知道望向哪里，道："没有我们，只是我，是我一个人的主意，和你有什么关系……"他摇了摇头，似是要把宣灵小手小脚的影子甩开，"令之她没有死。"

千夏惊道："没有死？那她在哪里？"

达之道："恩溥把她送走了，要不去了日本，要不上了北京。"

千夏道："你如何知道？"

达之把耳坠又拿回，道："坠子一捞上来我就找人问过了，偌大一个孜溪河，就这么巧能掉在浅滩？还正正钩上水草压在石头下边？那地方我和恩溥令之去过多少次，有什么水草？更没有什么大石，水底都是鹅卵石，令之最喜欢捡鹅卵石，一袋袋抱回来，我一颗颗给她洗……这都是恩溥安排好来糊弄严家的，呵，他也知道糊弄不了我，要不也不会好几天了没露面。"

千夏愣了好一会儿，才道："那你让我跟严家那般说……"

达之笑笑，伸手想摸一摸千夏脸颊，道："不是怕你演得不好，让严筱坡看出来，他可是个老滑头……现在不是挺好，令之没死，严家也不敢从商会退出去，我们又能缓一阵。"

千夏啪地打开他的手，道："挺好？宣灵死了，挺好？你真的觉得这挺好？宣灵的鼻子眼睛和你一模一样，他死的时候已经会叫舅舅，你觉得这挺好？达之，你到底是谁？"

达之把手缩回，冷笑一声，道："我是谁？你和恩溥当年怎么教我的？到如今你们一个两个地来问我是谁？你们这就不认得我？你们认不认得自己？铃木小姐，你先问问自己，你是谁？你一个东京女人，跑到这穷山恶水小地方做什么？是不是时间久了你自己都忘了，还以为真的是过来嫁给我？"说罢，达之把手中耳坠一摔，那白玉本就不值钱，在青石砖上裂开，看上去似是孜溪河边随处可见的鹅卵石碎片。达之无端端想到，自己给令之洗鹅卵石，中间总夹着不成形的碎片，他随手扔掉，却总要被令之捡回，达之疑道，这要来干什么？那么多好的还看不过来呢。令之则说，碎掉有碎掉的好看，都是整整齐齐的，什么也不缺，看久了反而没什么意思。

千夏再不说话，蹲下把碎玉一点点捡起，放手帕里包好，从慎余堂走去仁济医院。这条路她和令之早就走熟了，沿途满植黄桷兰，树高三十余尺，绿盖似云，树下时时有小贩叫卖杂物小食，令之一会儿买个锅盔，一会儿坐下喝碗冰粉，短短一条路，总要走大半个时辰，但那时她们并没有什么事情等在前头，不过从这一棵树走到那一棵树。黄桷兰郁郁葱葱，四季不黄不枯，绵延而下，似是永无终点。

千夏今日穿一身这两年时兴的"文明新装"，上边一件青色高领斜襟衫袄，下系玄色长裙，浑身上下不着簪饰，几无绣纹，只在两边袖口纹了几点红梅，把帕子递给余淮时，隐约能见花心白蕊。这种衣服式样本就是从东洋传来，民国后又从京沪渐传到内陆，千夏总这么穿，也无人疑心，只觉她穿来似乎格外妥帖。千夏在孜城住了六年，已没有什么东洋痕迹，城内的人都只知她是余家远亲，现今和达之订了亲，只是一直未有正式过门，这在孜城自然私下有人非议，若是有人当面问起，达之就道："……这着不得急，我大哥还没成亲呢，何况父亲人在京城，令之出嫁已是没有高堂可拜……总不能我们余家的婚事都这般草率吧。"他说得有理，千夏又早已说得一口流利孜城话，时间长了，孜城人仿似都忘了她尚是余家不明不白未过门的二少奶奶，只都知道，仁济医院有个女大夫，医术高明，模样又美，名唤林千夏。

千夏仍是每日和启尔德艾益华一起在仁济医院出诊，她熟知草药和艾灸，孜城人对西医大都疑虑，反是来找问诊的病人更多，她时时需从早忙到晚，有时实在倦了，索性就在医院里住下。济之走后，他那个房间本就一直空着，这两年千夏就三不五时住在房里，越来越少回余家给她安排的那个小院。千夏陆续带了一些被褥衣服过来，又收拾了几本书，除此之外，房间四周空荡，只有济之留下的一桌一椅，桌上的水晶花瓶仍是时时插花，床头那个黄铜十字架钉子松了，悬了许久，是艾益华给千夏送暖炉时看见，才又重新钉上。艾益华比启尔德细心，见这间屋子的窗户对着院子，虽糊有窗纱，却总能看到绰绰人影，他怕千夏觉得不自在，特意去城里买了深红绒布，又自己亲手搭了杆子，做成西洋式样的窗帘挂上，这样窗帘一拉，屋内伸手不见五指。这边下人也少，不似那个正经院子，天蒙蒙亮已有喧哗人声。千夏在这间不过十二三尺见方的小屋里睡得极踏实，有时在漆黑中似醒非醒，她会不由自主叫一声"お父さん^①"，像自己仍在东京驹场的家中，母亲不在了，她仍是那个睡在榻榻米上的小女孩，而父亲则在外屋挑灯写作，她半夜醒来，哭着叫お父さん，父亲就会进来喂她喝水，再轻声哼歌哄她，待她又入睡后才再推门出去。然而那样缓慢的时间，却如洪水一般迅猛过去，往后的日子里，父亲不再把她当成一个小女孩，后来父亲也死去了，却什么都没有来得及成真，起码在日本是再无可能，那些幻梦半悬空中，既无法升起，又不舍降下，父亲只希望她在另外的土地上，成为另一个自己。

千夏原以为这一生便是这样了，不再有什么自己，唯有另一个父亲，和父亲的幻梦。但后来她和令之相识，令之以一腔赤诚待她，她却无法还之以如斯赤诚。上回二人一起走这条路，是令之刚嫁去严家没多久，来医院看她，又说要回家收拾点东西，夏日幽幽，甫下了一场大雨，打落一地黄桷兰，馥郁香气萦绕路间，像打翻了达之托人带回的巴黎香水。令之穿一身月白衫子蓝布长裙，仍是婚前打扮，不过把头发绾起，沉甸甸的髻垂在脑后，插一根白玉簪子，走了一会儿，千夏见她鬓角松了，停下给她笼笼头发，道："严家……你怎么样？"

令之望着脚下层层落叶残花，仍是往前走，也不看着千夏，道："挺好的。"

---

① 日文，父亲。

千夏握住令之的手，道："当真？"

令之把手轻轻挣开，道："自是当真，余淮待我怎么样，你还不知道。"

千夏叹口气，道："自然，严少爷待你……我们谁都看在眼里，要不我也不会……只是……"

令之打断她，歪歪头，道："没什么只是，都过去了，我不想了，你也不要想。千夏姐姐，你看，我头发都梳上去了，我自己梳的，好不好看？"

千夏摸摸她的发髻，却见鬓间盈汗，头发丝丝黏起，道："我看今天也不怎么热，你头上怎么全是汗，咱们先去前头吃碗红糖凉糕，那家你不是最喜欢？你也有一阵子没回来吃过了。"

令之摇摇头，道："不了，我回房收拾点东西，就得赶回桂馨堂，今晚严叔伯说了，他回大屋吃饭。"严余淮过继之事拖了又拖，令之就仍以叔伯称呼严筱坡。

千夏当时只想，令之似是有哪里不大一样了。那家红糖凉糕味道说不上怎样，但摊主舍得汲冰凉井水，把凉糕湃在水里，上覆厚厚棉被，这样无论外头如何炎炎，凉糕入口仍有冰意，令之自小时起，每年都不知要吃多少。往年是恩溥陪着她，恩溥去了东洋，济之达之也都离家，她暑假回家，就只能拉着满面不快的胡松过来，再后来又有了千夏，令之总道："千夏姐姐，你来了真好，我从小想要个姐姐。"说罢又拿手拨拨耳坠，不知怎么，令之总喜欢用手拨弄耳坠，高兴时这样，烦忧时仍是这样，刚才她说自己不吃红糖凉糕，就是如此这般，不由自主拨了拨那对白玉耳坠。千夏那时只想，令之倒是瘦了不少，往日的嘟嘟圆脸清减下去，烈日炎炎，更显她肌肤玉般透明，树影在脸颊交错，千夏无端端想，令之这个模样，倒像慎余堂书房里那尊白玉观音。

如今千夏怀中揣着白玉碎片，又走在这条路上，正是酷寒时分，夏日里卖凉糕的妇人正裹着棉袄，缩手缩脚地在树下卖十文钱一个的红糖锅盔，锅盔和凉糕一样，都藏在厚厚棉被下，拿出时仍烫到甩手，需包在黄纸里，一点点撕开来吃。千夏终于想到，那时间令之已有了身孕，所以她不吃凉物。

千夏回到医院，午后没了病人，艾益华一人坐在院中读书，一壶一杯，壶前摆一小碟凉拌洋芋条。艾益华在孜城也有四五年，和启尔德一般爱上了川菜，尤爱这边烧制洋芋的各种法子，洋芋烧鸡，洋芋牛肉，青椒洋芋丝，凉拌洋芋条。半夜饿了，他自用房中取暖的炭炉烤洋芋，蘸碾得极细的海椒面和花椒面下酒，他总道："中国人了不起，能把 potato^① 做得比牛肉还味美。"

千夏在他对面石凳上坐下，道："他还没出来？"说的是启尔德，自令之出事后，启尔德已几日没有出诊，整日枯坐屋中，二人怕他出事，就轮流进去看着。启尔德也不赶他们走，只自己一人呆呆坐在地上，他的房间平日里就热闹，现今更是无处落脚，这边几个花里胡哨仿乾隆年间的龙纹瓷碟，那边散落旧书旧画，床上堆着集市上买的洋货杂器，大都是不值钱的小玩意儿，铜口上磕了一块的蓝料鼻烟壶，肚上裂缝的白瓷娃娃枕，上不了发条的银壳怀表。令之和他走得最近的那阵，二人时时会去夜市，孜城的夜市在东西大街，东起夏洞寺，一路绵延至仁济医院往西三百米，黄昏时起，二更后散，售有古董玩器、鲜花旧书、香货冠帽，都是上不了台面的小玩意儿，说是古董，十成十都是这几年的新物件。夜市均是地摊，一下雨就纷纷甩卖，令之就总挑雨将下未下之时，拉着启尔德过来，她自不缺这点银钱，不过图个新鲜。东西买回来，令之怕父亲和二哥笑话她总买些破烂，又不舍得扔掉，就一股脑搁在启尔德这里，令之道："启大夫，你可不要扔掉，我时不时还会过来玩儿的。"启尔德就把这些玩意儿当宝贝一般收起来，孜城潮润，旧

---

① 英文，土豆。

266

书旧画生出薄薄一层霉，难得有几天放晴，启尔德会赶紧摆在屋檐下阴晒，因千夏说，旧书画要是直直放日头底下，纸张会坏得更快。令之确是来过几次，把怀表打开，看里头黄发碧眼的巴黎女子画像，启尔德告诉她："这是法兰西的皇后，后来被法国人砍了头。"

令之惊道："她不过是个女子，为何要砍她的头……我们的皇后不还好好住在紫禁城里，你们的呢？"

启尔德道："我们没有皇后？"

令之道："是一直没有，还是像我们这般？开始有，后来又只是口头上的皇后。"

启尔德笑道："我们是从来没有。"

令之道："哇，那你们也有点可怜……不过我也不知道我们皇后长什么样，下次咱们再去找找，说不定也能买到相片。"但再往后，先是林恩溥，再有严余淮，令之的心，继而是她的人，启尔德知道，都是再不会回来了。但他仍收着这些东西，特意买了个紫檀箱子搁在床底，令之出事前，他也时不时会翻出来看看，他心中并无其他念想，不过是习惯了这般。宣灵出生时是他接的生，小小一个婴孩满身血污，也是他用热水洗净擦干，亲了一口方递给令之。他当日就想，不如他就当作已为宣灵受洗，那从今往后，他就是耶稣基督保守的孩子。

艾益华见千夏回来，起身道："出来了，还看了一上午病人，中午吃了两大碗面条，吃完就上楼睡了，我上去看过一次，果真睡了，还打呼噜，房间也都收好了。"

千夏奇道："怎么突然就好了？"

艾益华摇摇头，道："who knows①，也许是耶稣显了什么神通。"

千夏和艾益华差不多时间到的孜城，自千夏从林家凤凰山上的小院

---

① 英文，谁知道。

搬下来，就和艾益华启尔德相识，启尔德一心都在令之身上，济之则不知想甚，整日神不守舍。艾益华彼时的中文又半通不通，孜城里只有千夏，能和他夹杂中英闲聊，启尔德本寡言少语，但一人闷葫芦久了，也觉寂寥，千夏东一句西一句，先是聊书，渐渐聊及私事，后来艾益华有意苦学孜城话，话中很少再夹有英文，但和千夏在一起，却不由自主会流出几个词，像一个人束手束脚久了，总想有片刻放纵。

艾益华见千夏神色黯然，小心问道："余小姐……真的是？……"

千夏隔着手帕捏了捏碎玉，她不敢把达之的话说出，却又不想对艾益华说谎，只默默坐下，自己倒了一杯茶，又白手夹了两根洋芋条，那洋芋拌得极辣，她一口茶没有咽下就被呛住，咳出满脸眼泪，艾益华见了，也不说话，只把自己手帕递上。

千夏刚拿手帕擦了擦泪，启尔德从楼上下来了，虽还是满面倦容，却穿得整整齐齐，刮了胡须，又洗了头，见到二人，一言不发坐下来，把放洋芋的小碟拿到面前，风卷残云般都吃了，启尔德能吃辣，吃完不过唏嘘半响，又随手拿了艾益华的杯子喝茶。

千夏凝神看他，蜡黄面上泛着红潮，眼中满溢狂乱热意，这种眼神她是见惯了的，父亲、早时的恩溥、往后的达之，都有过这般眼神。天色极阴，似是又要下雪，院内花木清早凝霜，现在过了正午，都还未融尽，启尔德却浑身热气，好似刚听说宣灵在被炸死那刻，他从医院一路狂奔，奔到凤凰山下，见令之坐在一块大青石板上，抱住宣灵小小尸体，他一霎间汗如雨下，却只是强撑着道："令之小姐，你不要太伤心，我给宣灵施过洗，他的肉身本是尘土，也已归于尘土，但他的灵已归于救主基督，变成天上的启明星。"

千夏见启尔德喝完余茶，起身又倒了一杯，道："我刚从余家回来，他们……"

启尔德摆摆手，道："千夏姑娘，你不用和我讲，这几日我想过了，济之走了，令之也不在了，我和余家，再没有什么关系。"

千夏道："但这医院……"

启尔德环顾四周，道："医院是余家的，他们想收回去便收回去，我们再办一家，就是没有医院又有什么关系？耶稣走遍加利利，为众人治病，为我主传福音，他既没有什么医院，我们也可以。医院被收走了，我们就坐在路边，为来去的人看病，有主的保守，我们有何担心？Edward，do you agree with me？[①]"

艾益华点点头："It is written，Man shall not live by bread alone，but by every word that proceedeth out of the mouth of God[②]。Kilborn，你没有错，我们不用忧虑，只听主的旨意。"

千夏听了，缓缓坐下，把包着碎玉的手帕放在石桌上，道："这是令之的东西。"

启尔德打开看了看，又包好攥在手里，道："真奇怪，令之喜欢的东西总是坏的，要不起先就坏了，要不终是要坏掉……不过也没什么不好，就放在我这里吧，她那些东西，我都留着。"

千夏看着他郑重其事，把手帕收进衣服，低头许久，方道："这样也好，大家就都散了吧，你们传你们的福音，我留在这里也罢，去不知道哪里也罢……这些事情……都过去了。"

启尔德笑一声："过去？什么过去？不，千夏姑娘，这件事刚开始呢……宣灵和令之的仇，我自是要替他们报的。"

千夏和艾益华均是一惊，艾益华沉声道："Kilborn，'Dearly beloved，avenge not yourselves，but rather give place unto wrath：for it is written，

---

① 英文，艾益华，你同意吗？
② 英文，经书上说，人的生命单靠饼是靠不住的，所靠的只是上帝所吩咐的话。（见《新约》马太福音 4:4）

Vengeance is mine; I will repay, saith the Lord'①，报仇是耶稣基督的权柄，不是你我的。"

启尔德又是一笑："if any mischief follow, then thou shalt give life for life, eye for eye, tooth for tooth, hand for hand, foot for foot, Burning for burning, wound for wound, stripe for stripe②。"

艾益华无言以对，只道："耶稣基督不会给你这样的旨意，你会后悔。"

启尔德惨然一笑："真的吗？怎么我睡了三天，每分每秒，都听到耶稣基督给我的旨意。"

启尔德转身进了屋，留下千夏和艾益华，雪已经下来了，夹在风中，像孜溪河边的沙，打在脸上有舒畅痛意。艾益华慢慢收拾东西，千夏则在一旁帮手，洋芋吃完了，红油凝在碟底，千夏突地收了手，望着那星点红油，道："宣灵死的时候，身上有没有血？"

艾益华道："什么？"

千夏指指油迹："宣灵下葬前是你们给他换的衣服，他有没有血？"

宣灵的丧事只办了一天，因严筱坡说，孩子太小了，事情办太大，反而生邪，恐会对严家命数有损。于是请了和尚道士，和尚敲着木鱼，唱了一晚上的经，两个道士则留着长须，画符舞剑，唱念有词。每隔半个小时，就有个道士停下来，提醒令之和余淮该哭一哭，起先他们都呆呆傻傻，让哭便哭，似两个泥塑木偶，到了后面，余淮困了，半睡不醒，只在道士提醒的时候猛然惊醒，凭空嚎叫两句，令之则全然不哭了，她坐起身来，靠在蒲团上，两眼灼灼，望向偷偷打盹的和尚，胡言

---

① 英文，启尔德，'凡我的好朋友，不要伸自己的冤枉，总要等候主责罚他。圣经上主说道，伸冤在我，我自然要报应他。'（见《新约》罗马书 12:19）
② 英文，若有损害，就当以命偿命，以眼偿眼，以牙偿牙，以手偿手，以脚偿脚，以烙偿烙，以伤偿伤，以打偿打。（见《旧约》出埃及记 21：23—25）

乱语的道士，令之根本不相信，眼前一切当真和她的宣灵有什么关系。

尸体停了七日后下葬。按严筱坡的意思，自应葬在严家的墓地里，但前两日晚上，令之抱着棺材，冷冷道："宣灵既不葬在严家，也不葬在余家，我给他选了地方。"严筱坡想上前把棺材抢过来，令之拿出一把匕首，道："严叔伯，除非我死，除非我死！"

令之选的地方在凤凰山上，入山后一直往西走，尽头是一个瀑布，水边小小寺庙，正殿是地藏菩萨，偏殿里却无端端供着一尊岳飞。下葬那日，令之带着抬棺的启尔德和艾益华，再有几个严家的小厮，走到庙后一块空地道："就是这里，你们挖吧。"

启尔德环顾四周，虽是枯水时节，这里却仍水气汤汤，瀑布高有百尺，奔流而下，在山间发出轰隆声响，下有一小潭，不知深浅，潭边漫出绒绒青苔，他忽然泪盈于睫，道："密斯余，这就是你说过的那个地方。"

令之目不转睛，见男人们在地上已挖出一个浅浅小坑，漫不经心道："什么地方。"

"这个地方！几年前你告诉过我，你说凤凰山有个瀑布，水边有庙，庙里有菩萨，你还说，这里奇怪得很，周围也没有人家，但庙里总有供奉的新鲜瓜果，有时候还有整只猪头……"

令之"哦"了一声，道："你记性倒好。"仍只专心看男人们挖坑。

启尔德没有再往下说，他知道令之是全然忘记了，而他永远忘不了那个傍晚，他和令之走在孜溪河边，芦苇疯长，杂花遍地，太阳从河的尽头下沉，前方则是没有尽头的灼灼赤血，那是他和令之走得最近的一个傍晚，他们都想再往前走，却都有些许羞涩，僵持半晌后，令之叹口气，道："今天太阳都快下山了，要不要改天我带你去看看？"但待她真的带他来看看，却是如此严寒清晨，万花凋零，草木结霜，他们一路沉默不语，陪着宣灵的小小棺材。

艾益华不知道宣灵下葬时身上是否有血，棺材打开过一次，但只有令之在旁，她似是轻轻抚了抚宣灵的脸，又把一个蓝彩银链圆球放进棺中，启尔德则在一旁低声读经："……我因为信主才说这句话，如今我们也是信主，所以说的。原晓得上帝既复活了主耶稣，也必定叫耶稣使我复活，和你们一同站着。我所遇见的事，都是为着你们的利益，得着大恩，祝谢上帝的人多，上帝的荣耀就越发彰明了。所以我不懦弱，外面的身子虽然毁坏，里面的心却日日新鲜。现在所遭的，虽然艰苦，也不过是点小事，若到后来，就可以享受极久极大的荣耀了。我所专务的事，不是看得见的，只是看不见的，为的是看见的，不过是暂时罢了，看不见的，却是永永远远的。"他平日读经惯用英文，那时应是为了宣灵特意背下了这么长一段，艾益华似懂非懂，只大概知道这是 Corinthians[①]。

雪点越打越密，让人无端端害怕起来，似是鼓点声声，催人做出决定，千夏的玄色裙子先是濡湿，随后渐渐有硬硬雪粒黏在摆上，经久不融，她低头一颗颗摘下来，再抬头时已满眼是泪，她对艾益华凄然道："宣灵的血，还有别的血，我母亲……在不在那里都一样，我终究是要还的。"

艾益华想也不想，握住她的手，道："那就我们一起来还，我陪着你，等着审判那日到来。"

①　《新约》中的哥林多前书。

拾捌

　　民国七年二月，汪启舟带着令之，辗转大半月，从省城先坐船至汉口，再乘火车上了北京。他和令之自是都住头等舱，汪家派了两个叫顺风和顺水的小厮，晚上睡在四等舱，白日则过来料理琐事。按理说这二人应陪着他们一路到北京，再在京城找房子、雇仆妇四下照应，等启舟待腻了再一同归家，毕竟哪个大家少爷出门读书，身边不带几个人？但到了汉口，几人刚在旅馆住下，顺风正在理箱子，顺水则泡了茶，又拿出两个烧饼，道："少爷，余小姐，你们先随便吃点，我这就去让他们准备饭菜……少爷你想吃点什么？汉口我上次陪老爷来过，鲍家巷里武鸣园的河豚是出了名的，可惜现在也不是时候……"

　　启舟摇摇手，道："你们别折腾了，大家凑合在这边住一晚，明日你们就回去。"

　　顺风似是没听懂，呆呆道："回去？回哪里？少爷，你不是说要到北京去上学？"

　　顺水急得打他手，道："你长脑子不长？！少爷是说让我们自己回去!"

　　顺风仍是呆呆地:"自己回去?回哪里?少爷,你在说什么呀?"

　　启舟笑笑,道:"以后你们就自由了,想回哪里,就回哪里。"

　　顺风愚钝,尚未回过神来,顺水却已牵着他一同跪下了,道:"少爷,你这是怎么了?我们若是这样回去,老爷夫人会打断我俩的腿啊!"

　　启舟把二人扶起来,道:"顺风,顺水,我知道你们从小跟着我,我和你们,比家中兄弟还亲……我家待你们自是不错,但再不错,你们也是下人,没有地位,没有自由。现今你们大了,时代也不同了,这不是大清,不应再有人被奴役,你们这就离了我,自己过自己的日子去。"

　　顺风终是听明白了,"哇"一声哭出,道:"少爷,你是不是不要我们了?少爷,我们没有地方可以去,求求你别撵我们走……少爷,我们哪里不顺你的意了,你说我们一定改……少爷!少爷!……"顺风自小这样,遇事就哭,顺水则脾气犟,不肯出声,却也已是满面泪水。

　　启舟似是早有准备,从箱中翻出两个布袋,听上去有叮当之声,他把布袋给二人,耐心道:"不是我不要你们,而是你们本就不是我和汪家的私有之物……人应当是自由的,这些话你们现在可能不懂,但你们多去外面看一看闯一闯,慢慢就会懂了……这里有一点银子,你们省俭一点,花个两三年没有问题,你们回四川也好,就留在汉口也好,若是各自散去,就得多加小心,若是不想分开,就一起做点小生意,若是钱不够了,就打电报来北京大学,我自会再想办法……但我想啊,你们很快就能自立,顺风,你不是做得一手好菜?顺水,你手笨一些,但脑子灵活,又能识字记账,你们二人不拘在哪里,开个小馆子,总能活下去,不用再出卖自由,去换取生活了。"说到此处,启舟又从箱中翻出一本《群己权界论》,在书中取出两张叠起的黄黄旧纸,"这次出门前我在母亲房中翻到的，你俩的卖身契，从今往后，你们就是自由之身，以后汪家和你们，只有情意，再无干系。"说罢，启舟看也未看，把两张卖身契撕了。

顺风一时呆了，只见碎纸落了一地，也不知该怎么办，只急得一直推顺水："这可怎么办，你说话啊，你快给少爷说说……"顺风顺水从小都和启舟一同上家中私塾，顺风学了一年，了无兴致，每日假装上学，其实偷偷溜去厨房，和大厨学手艺。顺水则比汪家大部分少爷更为好学，启舟去东洋那几年，他每日替汪少生打扫书房，收拾完总要偷偷翻看房中报刊，对"民国""自由""奴役"这些新词熟知于心，此时他见地上碎纸，脸上已隐隐有向往神情，口中却仍拗道："我手哪里笨了，少爷，你哪次出门，不是我给你做的锅盔和糍粑？"

启舟笑起来，道："行，你们安置下来了，也给我打个电报，学校放假了，我就过来吃你做的锅盔。"

顺风再钝，也知一切已成定局，他抽抽泣泣，一边抹泪一边蹲下继续理箱子，道："少爷，你别听他的，他做的锅盔没法吃，又不酥又没味，以后还是我做给你吃，我早给他说了，锅盔发面一定要放一点熟猪油，他总是不听……"

见他絮絮叨叨，启舟和令之都笑起来。顺风和顺水第二日就回了四川，他们是同年堂兄弟，老家在省城旁的金堂县，二人父亲均死于庚子拳乱，母亲则先后改嫁，都失了音信，但二人仍想先回金堂，看看祖宅，找找族中亲戚，再做下一步打算。启舟给他们买了二等舱，都安置好了这才下船，离开码头时顺风顺水站在甲板上，脱下棉衣舞着衣袖对启舟和令之挥手，二人均是泣不成声，在风中声嘶力竭叫"少爷！少爷！少爷！"，令之虽只和他们相识数日，此时也不禁落下泪来，汪启舟却只是笑笑，胡乱挥了挥手，也不发一言，转头便离去。

再过两日，令之和启舟上了火车，汉口至北京火车票分三等，头等车三十三块大洋，二等车二十九块，三等车则为十四元五角。启舟给令之买了二等车票，自己则只坐三等，二等车厢男女分室，四人一室，左右各有一架上下床。令之的床在上铺，扶梯陡直逼仄，启舟见令之迟疑，就爬上去替她铺好寝具，这才去了三等车厢，走前道："余小姐，你在车上好好休息两日，下车前我自会过来找你。"

车行两日两夜，除去省城上学，令之从未出过远门，也是头次坐火车。包厢内另外三人似是一家姐妹，同去北京求学，大姐已在京城待过一年，两个小妹则是初去，一路兴奋，向大姐追问京中风土，大姐起先还有一搭没一搭回话，说这时节北京的冻柿子和冰糖葫芦，后来终是不耐，大叫一声："废话恁多，都给我睡去！"小妹们这才悻悻睡了。

令之却久不能眠，只靠在枕上，听窗外咣当之声，想到自己和济之达之，再加上胡松，小时似乎也曾有过这般亲近，但不知哪里出错，这几年他们都变了，大哥，二哥，松哥哥，甚至父亲，尤其父亲。松哥哥自是要一直陪着父亲，大哥却也一走不归，二哥虽在身边，却似是比当年去了东洋更显遥遥，到了这一两年，令之甚至有一点躲着二哥，也说不上原因，只是每次见他双眸阴沉，心中总觉不安，甚至可以说得上害怕。

至于父亲，令之更是已有两年未见。平日里父亲一月一信，但令之一看字迹就知是胡松代笔，一封信不过三五页，先问井上生意，再说京城时事，提到令之时常已是最末，且仅寥寥数十字，自己成亲，生子，再到宣灵死去，父亲提也未提归期。令之也不觉寒心，只觉父亲已是见面不识。自己当年去省城求学，父亲每月总要上来看她一次，带她吃西餐，看戏，逛绸缎铺子，有时实在抽不开身，也会让胡松特特走一趟，零零散散带上一车孜城吃食。从恩溥，到二哥，再到父亲，那些以为会永世存在的情意，却是像仓中存盐，不过经过一个夏天，看着还是原样，里头却一点一点潮去和消逝。

火车突地停了，有一声急促锐利的汽笛，不知是到站还是半路停车，那三姐妹睡得沉，连身也未翻一下。令之本有些微倦意，又突地全然清醒，想到不过两月之前，这正是宣灵起夜喝水的时辰，宣灵喝水总喜吞咽出声，喝下之后要大叫一声"啊"，以示满足之意。令之在暗中仿佛听到他奶声奶气那句"啊"，不由微笑，刹那却又想起宣灵如今不在了，她孑然一身，既无负累，也无牵挂，令之以为自己会和往常一般，在半夜哭上一场方能入睡，但这一晚她并没有，往后亦是如此。

第二日一早，令之在餐厅吃完西式早餐，又喝了一杯英国红茶，起身去后面找启舟。短短几十米，走了好一阵才到，因一出二等车厢，就全是站着的旅客，密密匝匝，几无立足之地，三等车厢没有床铺，票上也不印座位，说是八人共坐一根长木凳，实则挤了十五六人。正是寒冬腊月时分，车窗紧闭，厢内人味滚滚，又杂有煮鸡蛋、白菜包子、芝麻烧饼和麻酱拌面味，令之阵阵反胃，刚吃的那份煎蛋香肠几欲上涌，用围巾捂住口鼻找了好一阵，才看见启舟靠在两节车厢的连接处，那里人倒是不多，但稍一走近便知，没人是因这边四处漏风，片刻便有刺骨寒意。启舟看来早有准备，叠穿了起码两件厚厚长棉衣，浑身上下裹成圆球，手中却还拿着一册书，斜倚车门读着，似是全然未觉四周这嘈杂人声，而车外更是滴水成冰。

令之急道："启舟哥哥，你这样怎么行？"

启舟这才见到她，道："余小姐，你怎么过来了？快回去，这边冷得很。"

令之道："原来你也知道冷……启舟哥哥，这三等车厢不是人待的地方，我刚才过来看到我们那节车有人下车，空了两个铺子，你现在就跟我一同过去补票，应当还来得及。"

启舟摇摇头，道："余小姐，谢谢你的好意，但我这两日就在这里了，你放心，我吃饱穿暖，不会有事。"

令之疑道："为什么？启舟哥哥，你是不是因为把大洋都给了顺风顺水？你放心，我那边有的，我这就去取。"

启舟笑道："难道坐三等车厢，只可能因为银子？"

二人正说着，有个妇人抱着襁褓中的孩子摇摇摆摆过来，那孩子大概刚拉过，又吐了奶，妇人浑身扑鼻恶臭，令之接连打了好几个干呕，勉强平静下来方道："那还能为什么？启舟哥哥，我们赶紧走，这真不是人待的地方……要是我们二等车没位了，头等总是还有的，早上吃饭时茶房跟我说，给他一点小账，待火车出了湖北，就能加钱换到头等车厢。"

启舟道："余小姐，你刚才说，这三等车厢不是人待的地方？"

方才那股恶臭旋而不散，又有个男人在不远处抽水烟，那烟叶大概只是劣品，车厢内刹那有股辣气，令之咳起来，道："是啊，启舟哥哥，你看看，这哪里是人待的地方。"

启舟笑笑，指指四周，哺乳的妇人，抽烟的男子，正在剥鸡蛋的老妇，在地上爬着玩耍的稀脏孩童："那他们是谁？他们不是人？"

令之愣住了，半晌才道："启舟哥哥，你什么意思？"

启舟道："余小姐，你我都是在大户中长大，接触的都是老爷太太少爷小姐，但人间除了老爷太太少爷小姐，还有很多别的人，比如顺风顺水，比如现在三等车厢里这些人，还有那些连三等车厢也坐不起的人，余小姐，你去车顶看看，上面还躲着不少人，以中国之大，这样的人是很多的，比我们这种人，要多得多。"

令之迟疑道："……我自然知道，但是……"

启舟摆摆手，道："我给你买了二等车票，因我知你从小是大家小姐，受不得苦，没给你买头等，也不是为了省那么些大洋，而是希望你慢慢习惯不那么头等的过法……至于我自己，我在这里就很好，我要和三等的中国人在一起，这才是我应当待的地方，余小姐，你这就回去吧，我们下车见。"

令之想了想，道："不，启舟哥哥，我要和你一起，我既已出来了，就不再是余家小姐，启舟哥哥，你往后就叫我令之。"

剩下两日车程，令之除深夜回二等车睡觉，其余日子均和启舟一起，火车走走停停，每一站都上下数十人，木凳上的座位是想也别想，二人躲在这个角落，也仅是恰恰可容身。令之白日就把那件狐皮大氅裹在身上，虽仍是冷，却勉强受得住，令之道："启舟哥哥，晚上我回车厢去睡，这衣服就铺在地上，这样你半躺不躺，多少能歇一歇。"

启舟不肯，道："这样衣服就全毁了，我母亲也有一件这种前清的鄂罗斯大氅，皮毛还没你这个齐全，那样也是个稀罕之物。"

令之笑笑："启舟哥哥，管它再稀罕，我都这样了，你说，我会不会还在乎一件衣服？"

启舟听了，笑道："令之，你虽是女子，倒是比恩溥洒脱，他这个人，万事都想得太多，所以万事都只能做到半途……"说到这里，启舟忽地不知想到哪里，突然自言自语，道："但恩溥也许是对的，想太少就会鲁莽，鲁莽就会犯错，我们自己犯错不打紧，怕的是会害了别人，我们不当回事的东西，不能觉得别人也不当回事，就像这件大氅……"

令之听到恩溥的名字，突生感怀，道："启舟哥哥，我和恩溥哥哥……"

启舟道："我知道，我们都早看过你的相片，恩溥那时候就放在衣服里，三不五时拿出来看看，我们想看，他也不让，后来有一次是大家去泡温泉，我趁着他还没从池子里起身，翻他衣服偷偷看的……令之，那时你就长得美，你现在更美，但那时候你看起来……和现在不大一样。"

男女之间谈这些似是不妥，但启舟这人，说什么都有一股磊落之气，令之也不觉有异，只是沉默半晌，道："自然不一样，以前我什么

279

都不懂，只知道一心等恩溥哥哥回来成亲……恩溥哥哥……以前我们是很好的，后来……后来他突然变了，他不是变心，这我是知道的，恩溥哥哥不是这种人，他心里没有别的人……他只是……他只是心突然去了别的地方，我一直没想明白，他的心到底是去了哪里……启舟哥哥，他在东洋到底遇到了什么事情？为什么一回家，就像变了一个人……你是他的好朋友，你知道吗？"

火车刚过了邯郸，窗外连绵秃山，仅听战战风声，已有满山萧瑟肃杀之气。启舟见令之的手炉熄了，拿过来用洋火把红炭重新点上，道："我自然知道，我认识千夏，还比恩溥早半年。"

令之摸着渐渐热起来的梅花红铜手炉，道："千夏姐姐……这个炉子是去年冬天我怀着宣灵，她给我送来的……千夏姐姐一直待我很好，我也知道，早先她是跟着恩溥哥哥来的孜城，他们都说……他们都说……但我从来没有信过，这不可能……恩溥哥哥看着千夏姐姐的时候，不是那样的眼睛，我认得那样的眼睛……"

启舟笑起来，道："千夏和恩溥？令之，这你永远不用担心，他们二人不涉男女，只是同志。"

令之疑道："同志？"

启舟道："是啊，同志。志同道合之人。我们都是同志，我，恩溥，千夏，千夏的父亲……千夏的父亲铃木喜太郎，他是我们的同志，也是我们的老师。"

令之又道："我二哥呢？我二哥和千夏姐姐，到底是怎么回事？二哥总说会和千夏姐姐结婚，但我看他们怎么都看不出来，启舟哥哥，你知道吧，他们的眼睛，也不是那样的眼睛。"

启舟奇道："你二哥？你二哥是谁？我从未见过。"

令之道："我二哥呀，余达之，他也去了东洋留学，我二哥说，他和千夏姐姐在东京相识，他们那时候就是恋人……"

启舟摇头道:"这不可能,我们这些人整日在一起,千夏有恋人,我不会不知道,何况千夏……千夏不会有恋人……起码我认得的那个千夏不会……令之,你说得对,恩溥并不是变心,他心里若是有人,那就只能是你,他回国前跟我说过,怕自己想做的事情不成,最后却是害了你。"

令之只觉满脑糊涂,道:"启舟哥哥,这到底是怎么回事?你是什么意思?恩溥哥哥,他到底想做什么,能让他毁了婚约?"

启舟叹口气,道:"令之,你真的都想知道?现今知道了,可能只是徒增烦忧,也没有什么意义。"

手炉突然变得烫手,令之却觉体内半沸半冻,又立冰上又在火中。恩溥前几年阴晴不定,忽而亲昵,忽而疏离,她死心又期待,期待又死心,本以为自己早过了这关,但此时方知,她只是无可奈何,不过去也得过去而已。令之忍住泪,道:"想的,启舟哥哥,我想知道……一个人死了便死了,也没什么了不起,但她自己,总想知道是因何而死。"

启舟沉吟片刻,道:"应当从哪里开始讲呢……那就从我和千夏相识讲起吧。不,起先我相识的并不是铃木千夏,而是铃木喜太郎,我想一想……对,那应该是明治四十年前后,也就是光绪三十三年,我那时正在东京帝国大学读书,同学里有不少中国人,但都是庚子赔款后的官派学生,我却和恩溥一样,是家中自费留洋,我们这样的富家公子不受人待见,当时颇为孤独,只能四处听课解闷。铃木先生是帝国大学法科副教授,我虽是经济学部的学生,却更喜法科,时常去听铃木先生的课,铃木先生课上得精彩,他娶了一个中国太太,中文说得极好,也格外喜欢中国学生,就这样,一来二去,我们私下里熟了起来。

铃木先生热情好客,总请我们这些人去他家吃饭,铃木太太做得一手好川菜,一道麻婆豆腐又烫又麻,她自己说,青花椒是她从四川带去东洋的种子,亲手在院子里种出来的。铃木太太……铃木太太极为纯真美丽，千夏不像她，千夏无论哪里都像父亲……令之，我第一次见你的相片，倒是觉得你才像铃木太太的女儿，一般的神情，一般的天真……铃木太太非常爱她的丈夫，但最后……"他止了口，似是不知道如何说下去。

令之疑道："但千夏姐姐说，她父亲在中国学了医术，且在那时认识了她母亲……她从未说过自己父亲是个大学教授，我们都以为她父亲是个大夫。"

启舟摇摇头，道："我从未听铃木先生谈论过医术，但铃木太太确实懂医，有时我们几个学生头痛脑热，都是她施针熬药……最后其实……铃木太太……她是个好人。"启舟向来无甚表情，现在却露出悲意。

令之道："后来呢？你认识了恩溥哥哥？"

启舟点点头，道："那一年暮春时分，铃木先生请了幸德秋水先生给我们这些清朝留学生演讲，地点选在东京神田的锦辉馆，铃木先生自己做翻译，那日铃木太太和千夏都来了，我还记得铃木太太穿一身白绸宽身旗袍，上面绣着一朵朵粉紫粉紫的八重樱，和锦辉馆外满树的樱花一模一样……现在想起来，铃木太太的命运，和那落在地上的残樱何其相像……"

启舟望向窗外，似能在无尽黄土中见到那暮春之景，他停了半晌，才又说下去："锦辉馆向来是革命党人聚会之地，但幸德先生是东洋名流，铃木先生觉得需要找个体面地方，但我们这一派在留学生中不成气候，全都过去了，堂内座位也只坐满一小半，恰好恩溥路过，遇到在门口招待的千夏，就这样误打误撞进来听了整晚。幸德先生那晚讲得自然极好，但我们这些人早读过他的文章，并无太多惊喜，只有恩溥，到后面泣不成声，最后是铃木太太轻言抚慰，他才勉强能起身回去……那日之后，恩溥就不大去自己学校了，整日都在铃木先生家中读书……恩溥……他是我们当中接触社会主义学说最晚的学生，却很快成为铃木先生最喜欢的一个。"

令之奇道："社会主义？这是什么意思？恩溥哥哥从未跟我说过这个词。"

启舟道："他自然不会对你说……铃木先生去世前告诉我们，不要再说了，你们要去做……我是个没用的人，凡事想得太多，故而凡事不成，但恩溥不一样……"

令之忽觉不对，道："什么？铃木先生去世了？但千夏姐姐跟我们说，她父亲独身一人住在东京。"

启舟摇摇头，道："没有了，都没有了。铃木先生，幸德先生……但他们不过求仁得仁，就像我们菜市口的谭复生，对他们来说，为理念而生，亦能为理念而死。只是谁也没有想到，最早走的，却是全然无辜的铃木太太……"

令之道："铃木太太？她不是病死的吗？千夏说，她母亲是得了肺痨。"

启舟冷哼一声："千夏……我也不知道千夏到底知道多少，她那时不过十几岁，但千夏如此聪慧，倘若她真的知道，那……那她就真的太像父亲……"

令之急道："启舟哥哥，到底发生了什么？我都被你说糊涂了，这些东洋人的名字我也记不清楚，但他们和恩溥哥哥与我，到底有何干系？"

启舟叹口气，道："令之，我第一次见你就知道，你和铃木太太一般，与这些本无半点干系，但世间之事往往如此，毫无干系之人，却种种阴差阳错，被干涉最深……我现在所讲之事，可能会远超你此前种种揣测设想，令之，你受得住吗？"

令之惨然笑道："启舟哥哥，不过六七年间，我先被未婚夫退婚，又鬼使神差和并不爱的男子结婚，有了孩子，又没了孩子，想读的书没有读成，想做的事业更是全然放弃，父亲两年未见，两个哥哥走的走，变的变，现今我是连家都没有了……你说，我还能有什么设想，我又还有什么事情受不住？"

启舟听罢，也无言以对，只轻轻拍下令之冰凉手背，道："从哪里说起呢，从哪里都像扯太远了，但不扯这么远，又什么也说不清……好，那就从幸德秋水先生开始吧……幸德秋水先生，我们不过因铃木先生的关系，有过几面之缘，他平日实在太忙了，但他也喜欢铃木太太的麻婆豆腐，每隔一两月，总要过来吃一次。幸德先生胃口极好，他来的时候，铃木太太总要蒸上一大桶米饭，但后来铃木太太出事，他也……每每见到幸德先生，他总一而再再而三对我们说，中国的年轻人，你们要行动啊，读书终归是没有用处，行动，只有行动，方是民族和全人类唯一的希望！但铃木先生私下曾说，幸德先生也并不是从来如此，三四年之前，他们这些人在东京成立平民社，发行《平民新闻》周刊，幸德秋水先生为主编，周刊口号为平民主义、社会主义与和平主义，那时我们都尚未去东洋留学，铃木先生给我们看过《平民新闻》的创刊号宣言，'吾人为人类平等之福利，主张社会主义，故要使社会共有生产、分配、交通的机关，其所经营的一切为社会全体'……令之，这就是社会主义，你要是再不懂，就想成'天下大同'吧，差不多就是那个意思……这当中恰遇日俄开战，《平民新闻》发了数篇文章反战，幸德先生也连写社论，铃木先生称，当中有一篇《致俄国社会党书》，发表后被欧美各国社会党报刊转载，是《平民新闻》最有影响力的一篇文章，当中写道：'今日，俄政府为达到其帝国主义的欲望，漫开兵火之端。然而在社会主义眼中，人种无别，地域无别，国籍无别，诸君与我等同志也，兄弟也，姊妹也，断断无可争之理。'随后没多久，幸德先生又因另一社论，被当局逮捕，刑期五个月，刑满出狱后，平民社由此解散，幸德先生也流亡美利坚……铃木先生说，幸德先生虽不怎么提起在那边的生活，但自明治三十九年他从美利坚归国，他就不再是以往那个以笔为刀的幸德先生了，他现在要拿起的，是真正的刺刀。

明治四十年，幸德先生写了一篇《我的思想变化》，当中有一句，乃是铃木先生时时提起的，'用普选及议会政策不能完成真正的社会主义革命，要达到社会主义的目的，只能依靠团结一致的工人的直接行动'……真没想到，十年过去了，我尚能背出这句话，这篇文章我们当时读了也就读了，但恩溥却是倒背如流，他来东洋时日不多，日文读写都还不怎么顺畅，连出门上饭馆都会胆怯，但居然翻着辞典把整篇逐字逐句译了出来，又给我们一人抄了一份，他自己那份用朱红颜料写了，就贴在床头，恩溥说，这样睡前起身都能看见……"

启舟起身去水房倒水，为了省事，他这日几乎没有吃什么东西，只是不停喝水，令之待他带着一壶滚水回来，道："那幸德先生后来到底有什么'直接行动'，恩溥哥哥是和他一起去行动了？"

启舟摇摇头，道："奇怪的正是这点。幸德先生一再告诉我们行动比读书论述都更有用，但据我所知，他自己却并未参加什么直接行动，他后来两三年一直在做译著工作，将西方的社会主义理论引介到东洋，他出版了几本书，有他在《平民新闻》里所写的社论结集，还有一本叫《自由思想》，但均被日本政府查禁和罚款，幸德先生声名在外，当局虽恨他入骨，却也一直不敢真正对他下手，一直到……一直到大逆事件。"

令之没能听懂，道："大逆？什么是大逆？"

启舟道："逆反之逆。"

令之"呀"了一声，道："那和咱们的革命党一样吧？都是不想要皇帝了？"

启舟道："也可以这么说，但革命党人是自地方而起，反逼朝廷，只是想要小皇帝退位而已，退位之后民国政府待皇室也算不差，但大逆事件却是直接想要明治天皇的命。"

令之听得愈发紧张，道："难道恩溥哥哥也加入这件事？"

启舟笑道："别说恩溥，连幸德先生有没有加入，迄今仍是未知，但铃木先生……"

令之道："千夏姐姐的父亲？"

启舟点头道："宣统二年年初，铃木先生向帝国大学请假半年，带着家人去了长野，说是想静心论著，长野离东京五百里之遥，且无铁路相通，坐马车也需十日。铃木先生去了那边，只来了一封简信报平安，后来再无音信，所以后来发生的事情真相到底如何，我们只能揣测，并无铁证，唯一确凿的是，在那一年暮春时分，樱花盛放之时，传来了铃木太太的死讯。"

令之吓得微微打了一个寒战，道："不是肺痨，是吗？"

启舟道："不知道，我们什么都不知道。但铃木先生有一名叫玉森洋介的日本学生，跟着他们一家一同去了长野，当时说的是为铃木先生整理著书材料，铃木太太的死讯传来没多久，玉森便回了东京。"

令之道："他可是说了什么？"

启舟摇摇头："起先他一字不提，一回来便听说病倒了，整日高热，一大半时间都半昏半醒，因以往总在铃木先生家中遇到，又实在想知道铃木太太的死因，我和恩溥便买了一些刚上市的杏子，去宿舍看望玉森。"

令之道："他说了吗？我是说，他有没有说千夏姐姐母亲的死因。"

启舟叹口气，道："我也不知他算是说了还是没说，我们去时，玉森正发着高热，不过短短两月时间未见，平日最在意仪容的玉森，却是满面须髯，整个脸都凹得厉害，一脸病容，似是将死之人，我和恩溥吓了一跳，问他到底发生了何事。"

他顿了顿，又喝了口水，方才还滚烫的水，已无丁点热气，启舟却浑然不觉，接着道："玉森见了我们，并没有认出来，恩溥见他口唇干裂，就把杏子洗净了，递到他嘴边，他一见那杏子，突地疯了一般大哭大喊，玉森会说一点中文，那时却是日文夹着中文，故而我们开始都没听清，后来仔细辨认方听出，他是在大叫：'铃木太太！Bakudan！Bakudan！'"

令之道："这是什么意思？"

启舟道："Bakudan，就是炸弹的意思。"

令之道："那又是什么意思？"

启舟道："那就不知道了，我们那日走后，玉森洋介在宿舍里自缢身亡，连一封遗书也没有留下……但过了不到一月，我们便在报上看到，长野县松本警察署抓了本地一家制木厂的两个工人，说他们制造与私藏炸弹，意图谋杀明治天皇。那几日我们疯狂搜寻报上消息，恩溥找到一份小报，那记者去了长野，这人和别的大报记者不同，并未跟随警察署公布的线索采访，而是在田野乡间四处闲逛，按他的报道，在事发之前一周，距制木厂两里之遥的某个废弃农仓内，曾有过一起爆炸，炸死了一名女子。"

令之惊得半晌才道："你是说，铃木太太……"

启舟道："开始我们并不确定，但恩溥……铃木太太也是四川人，向来待恩溥最亲……恩溥决心要弄个明白，他几经辗转，找到那位记者，记者也不清楚女子的身份，只说那地方太僻静，村民们都以为是谁家爆竹走火，也无人报警，他自己去现场看过，那地方是个无主之地，但事后却被简单清理过，除了地上还有一点未能洗净的血迹，什么都没留下，记者还无意中说起，农仓周围都是杏树，不知怎么回事，仓中四壁上有炸碎的杏肉。"

令之道："这是说……"

启舟摇头，道："这什么都说不清，但又和诸多往事遥遥相应，让我们不得不生出疑心……前一年杏子上市的时节，铃木太太买了不少待客，玉森吃得最多，他说，小时候母亲总把吃不完的杏子做酱，夹在饭团中给自己当早餐，铃木太太当时就道，今年杏子下了市，明年她就给大家做杏酱饭团……令之，你是外人，你觉得这会是怎么一回事？"

令之迟疑道："我怎会知道……也许是铃木太太独自一人去摘杏子，不小心碰到炸弹……"

启舟道："当然，我们都知道可能是这样，但玉森那时的神情你没有看见，他就像……就像当时就站在铃木太太面前。"

令之道："恩溥哥哥怎么想？他以前最爱看《狄公案》，还讲孔万德的故事给我听。"

启舟道："见了那名记者后，恩溥就再没有说过什么，他心里大概有想过别的可能，但恩溥心思重，不确凿的事情，他一个字都不会再讲。"

令之道："是啊，恩溥哥哥，他就是这样。"

启舟接着道："制木厂的炸弹事件事发后，铃木先生和千夏一同回到东京，两人都说，铃木太太突发肺痨而死，父女看来均满面病容，但也不见有多悲伤……又过了没多久，铃木先生被抓了。"

令之道："啊，为什么？"

启舟道："就因制木厂的炸弹事件，当时日本警察署其实只确认了五人直接参与暗杀天皇的计划，但日本刑法中有一条'大逆罪'，凡是图谋危害天皇、太皇太后、皇太后、皇太子、皇太孙的人，一律将被判处死刑。在这一罪名之下，警方开始举国抓捕社会主义者，工会被关，书刊被禁，从那时至第二年初，警方对数百人进行了秘密审判，铃木先生为帝国大学副教授，被捕一事在学校里引发震动，但真正举国关注的，还是早已盛名在外的幸德先生，他们的罪名是'企图灭绝冠绝宇内的国体之尊严、列圣恩德普照四海的帝国臣民之大义，对威严而神圣不可侵犯的圣体，欲逞千古未有之凶逆'……没想到，八年了，我竟还能一字不差背出。"

令之道："那铃木先生他最后……"

启舟道："大审院的特别判决为一审即终审，铃木先生和幸德先生，还有另外二十二人，不久后便被处以死刑。"

令之道："千夏姐姐……她真是可怜……经了这么多事，我居然从未见她流过一次泪，千夏姐姐……她比我强太多了。"

启舟道："千夏小姐并不是强，她只是太像父亲，也太听父亲的话……铃木先生行刑前，千夏曾被获许前往狱中探视，恩溥扮成她的兄长，也一同前去，人快死了，警察也没有严查。谁都不知道那日铃木先生对他们说了什么，但没过多久，千夏称和恩溥订婚，一同回了中国。"

令之沉默半晌，方道："他们真的订了婚？"

启舟摇摇头，道："我不知道，但我不信。他们走时我去码头送行，我问恩溥到底怎么回事，他也不答，只拍拍我的肩，让我以后回国，大家一同做事。"

令之道："做什么事？"

启舟道："我也这么问他，我说，恩溥，你和千夏到底要做什么事？他开始笑而不答，船快开了，船员一直在催码头上的人上船，千夏早上去了，靠在甲板上，微微笑低头看着我们……也就是那个时间，我才第一次发现，千夏其实也有一点像母亲，她们低头时的样子一模一样……我当时问恩溥，你把千夏带回去，那相片上的女子应该怎么办？那相片是不是还在你胸口口袋里？"

令之已说不出话了，满眼泪水，只紧紧咬住嘴唇，不让眼泪坠下。启舟见她如此，叹了一口气，方道："恩溥半晌没有说话，从西服内袋里取出你的相片，码头上风真大啊，又有风声又是汽笛的，我们都得提高了声音才能彼此听见，恩溥手突然一松，那相片被风吹到半空中，继而飘到海上……恩溥见相片飘远了，才对我说，她本和这些事情没有关系，以后也都不会再有关系。"

令之终是落下泪来，先是一点点，继而像一条河，夹着这些些年的委屈、不解、伤痛、辗转难眠，向不知何处奔流，答案来得太晚，但终究是有了答案。车外本是无尽漆黑，竟渐渐有了天光，而嘈嘈人声亦随之而来，车停在不知哪里，整夜蜷缩着休憩的旅客在狭窄过道里舒展手脚，妇人托着竹盘，在车窗口叫卖白馍和窝窝头，又有不过八九岁的孩童，努力爬到窗边，大声吆喝："烧鸡哟，十五个铜板一只的烧鸡哟，老佛爷天天吃的烧鸡哟，只要十五个铜板。"启舟拿出二十个铜子，买了烧鸡、白馍和几个大鸭梨，因火车已缓缓离站，那男孩收了钱，在跳下月台时摔了一跤，无端端地，令之想在虚空中向他伸手，就像刚才有一瞬，她想在虚空中抓住恩溥扔向海面的那张相片。

但令之终是什么也没有再做，她也知天光已亮，一切都不可回转。令之坐下，同启舟一道吃起了烧鸡，烧鸡酥而软烂，他们均默默吃了许多，当整只鸡只剩鸡头和骨架时，火车再次停下，启舟在衣服上随意擦了擦手，道："北京到了。"

拾玖

　　民国七年霜降之后，胡松反复斟酌，终是离了余家。两年来先有张勋复辟，又有护法之战，京城狼烟四起，起先也人人惊慌，忧世伤国，最后种种事项却也都过去了。按理说这是难得的喘息之机，胡松本想趁着暂时的风平浪静，劝义父归川，余立心先回，他在北京垫后处理生意，笼笼算算估计也还有两三万两银子，这钱说多不多，说少不少，投到井上也颇能解几年达之的燃眉之急。但他提了几次，余立心起先只是不言不语，把话头岔过去，后来两次居然动了气，问胡松"到底安了什么心"。胡松渐渐知道，不是他安了什么心，而是最糟的时候都未露出的人心，却偏偏在这稍好时节显了形。胡松后来总想，若是他们不来北京，也许一切会有所不同，但谁知道呢，人心若是如此，那必将还是如此，人心变了，什么都会随之而变。

　　那日济之回家，已是深秋时节，院中柿子熟透了，一场夜雨掉下小半，树下青石板虽经雨水反复冲刷，仍能见到几个尚未被冲走的红柿碎开，汁水四溢，留下似血印记。楼心月抱着宪之，在檐下看两个下人搭了梯子，爬到树上摘柿子，雨虽是停了，树上却仍有残留雨水，枝丫微动，下面扶梯的那人淋了一头一脸，宪之见了，拍掌大喊："下雨！下雨！要下雨！妈妈，要下雨！"

济之此时正进院子，见此情景，厉声对宪之道："不许喊，别人淋雨受寒，你怎能击掌叫好？"

宪之不到三岁，两岁能说话后，济之就少有归家，宪之并不知道他是谁，平日家中无人训他，一时吓得不轻，呆在那里，半晌才大哭起来。楼心月一边将宪之搂在怀中轻哄，一边勉强笑道："大少爷回来了，老爷这两天还惦记你呢。"

济之冷笑道："是吗，我父亲整日不是挂念国事，就是惦记家贼，我看他连教宪之如何做人的时间都没有，怎会有余闲惦记我？"

楼心月张了张口，在北京这几年她一直有点怕济之，这两年在他面前几是不敢开口，此时只得假意低头哄着哭哭啼啼的宪之。济之进了房，却站在厅中犹豫半晌，似是不知应往何去，却撞上余立心和胡松刚好出来，胡松走在后头，臂上挂了一把雨伞，又拎着一个大箱，济之知道，就是今日了。

余立心这两年又老了一截，胡松亦是满面倦容，整个人都瘦了一大圈，他本是圆长脸，现在两腮却凸出来，颧骨高耸，站在余立心后面，二人又穿一式一样的灰色棉袍，一个人像另一个人的影子。余立心往日里也总道："胡松这孩子，有时候我都疑心，难不成是我亲生的？也真是神了，我想到的他就能想到，我想不到的，他也替我都想到了。"但这些日子都过去了，似是大雨三日倾盆，把地面和往事一同刷得干干净净。

见了济之，二人都愣了愣，余立心冷哼一声，一言不发，先出了大门。两个月前，济之因称每日步行往返医院出诊颇耗精力，已正式搬了出去。余立心这几月神神鬼鬼，对这个儿子已是全然无心过问，他自是不知晓，济之虽还留着鼓楼那边的小院，但只是给了院中几个下人一笔银子照料，独身一人搬到了医院宿舍。安定医院旁边本有一家妇婴女子专科医院，最早为光绪年间美利坚基督教长老会海外传道会的女子传教士道济所办，仅设妇产科与儿科，专于接生，原有十二间平房，但民国六年医院用庚子赔款在原址北面新建三层小楼，与济之所在的安定医院合并为男女合院，设有十张男床，十张女床，十张产床，为纪念六年前去世的道济，已改称为"道济医院"。济之如今便为道济医院的普通外科医生，宿舍则就在百米之外。济之白日出诊，入夜则沿着城墙在北京城内四处乱逛，他对看戏失了兴致，又没有别的去处，时常空走几个时辰，浑身被汗湿透了方回宿舍，匆匆洗个澡便沉沉入睡。每日都是整夜乱梦，醒来不知今夕何夕，在床上瘫大半个时辰才能起身，至于当年胡松允诺同自己一起离开的事情，济之连梦中也在告诫自己，不可再想，不要再想。

这回归家，是想收拾几件冬天衣裳，进屋后却又着实想见见胡松，济之的房间和胡松房间一东一西，恰在正屋两翼，他一时没想好往哪边去，正在踌躇，突地看见父亲惨白面庞。余立心上一回见到济之，已是三月之前，彼时胡松刚助余立心要回了一些当年参股盐业银行的银子，这事说来轻巧，起先却虚耗半年，受气良多，仍一无所获，但最终也算奇遇，竟真的让他们拿回来一些，虽然损失近半，但毕竟不是血本无归。这本是喜事，谁也没想到，喜事越绕越繁，最终绕为所有人的心结。

民国六年五月，胡松以一张据称是诗仙李白唯一真迹的《上阳台帖》说服张镇芳的公子张家骐，以两万大洋的价格盘下雅墨斋，张家骐又回去用不知什么鬼话说服父亲，将这笔现银转为盐业银行的股份，谁知银子交了过去，契约文书尚未正式签订，也就一两日时间，复辟一事由事发而事败，不过短短十二日。首犯辫帅张勋先藏身于荷兰使馆，后来就住在安定门永康胡同的一处住宅中，这本是小德张的宅院，连袁世凯都曾看上，但小德张不肯卖，宁愿送给自己的把兄弟张勋。住在里头以后，北京政府虽对其发了通缉令，但张勋随后公开声明称"变更国体，事关重大，非勋所能独立主持"，又称将公布当年徐州会议北洋各军阀纷纷响应复辟之念的名单，冯国璋段祺瑞等人为保声名，对其实为"通而不缉"，而奉天军的张作霖和其他袁世凯旧部，亦纷纷上书政府为张勋求情，民国七年三月底，北洋政府以"时事多艰，人才难得"之名，复辟案犯一概被特赦出狱。

张勋由此再无后顾之忧，安心住在永康胡同中，据各路报刊上真假莫辨的名门逸事，这个当年的辫帅如今手中无兵，却仍不剪辫，平日浑身旗人装扮。和满清遗老遗少大都纨绔不同，张勋经营有道，手中握有七十余家公司产业，既有煤矿棉纱，亦有当铺钱庄，还开了时髦的电影公司，他娶一妻十妾，生九子五女，整日在家练字听戏，城中名角大都去过他家唱堂会。北京城中好几家江西馆子，这两年都推了道新菜名为"西瓜盅鸭"，据称就是张勋家大厨的做法，取完整西瓜一个，对半剖开，去瓜瓤，放入填鸭一只，填鸭肚内则注入燕窝、江贝与海参，再装入瓷钵，隔水清炖整夜，吃时再佐以冰镇西瓜解腻。这道菜需提前三日预订，但仍是供不应求，似是吃客们都觉和辫帅享用一般菜肴面上有光，总而言之，张勋虽说是输家，倒是比赢家们过得更舒心安逸。

张镇芳则没有这般运气，他更早获得自由身，却因这短短十二日的内阁议政大臣兼度支部大臣，颇吃了一些苦头，先在狱中遭了酷刑，后被大理院以"内乱罪"判了死刑，但并未立即执行。如此乱世，自是无人得暇顾及雅墨斋那两万元，余立心上下打听，但那些起先和他也算熟络的官吏商贾，此时都纷纷隐了踪迹。余立心携胡松去了一次天津，盐业银行那边亦是乱成一团，他们手中没有契约文书，经理们也无人识得他们，不过在银行里虚耗整日，根本没有和人说上两句话，待到银行关门，只能胡乱找个客栈住下，一夜无眠，第二日一大早又坐火车回到北京。因来得仓促，二人在三等座上挤了三四个时辰，出站又等了许久才坐上黄包车，待回到家中，二人又累又饿，只觉死过一回。

到家时楼心月和宪之正在吃饭，桌上有三四样小菜，另有一锅鸡汤，济之则一人坐在院中，捧着硕大海碗正在吃鸡汤面。楼心月见他们进了院子，忙迎上来，道："老爷，天津那边怎么样？"

余立心倦得不发一言，坐下便盛了一碗鸡汤，还是胡松应道："没见着人，我们再想想办法。"

济之放下面碗，冷笑一声："办法？什么办法？我看除了去死牢中抢人，没有别的办法。"

余立心平日早起了火，今日却只淡淡道："哟，是大少爷你啊，若是不开腔，我还真没看见。"

济之听他话中讥讽之意，反唇相讥道："父亲如何能看见我，父亲现今眼中没有儿子，只有银子。"

余立心仍不动气，道："大少爷说得没错，儿子一个两个的也指望不上了，我只能指望银子。"

济之笑起来："那你倒是把银子看紧一点，这几年你丢的银子啊，我看不管在哪儿，都能买十来个孝子。"

眼看余立心绷不住要摔碗，胡松连忙拉了拉济之，道："老爷，你先好好吃饭，我和大少爷上去商量点事儿。"

济之正想说什么，胡松突地趁暗握住他的手，济之挣了一挣，终是软了下来，一言不发跟着胡松上了天台。

这天台是他们初来北京，胡松亲手一点一点布置出来的，种了花草，搭了葡萄架，还特特牵了电灯电线。北京城内的富户人家都用上电灯，也就是这五六年间的事情，起先是德国的西门子在东交民巷建了电气灯公司，向附近的领馆、银行和央行供电，往后才有官商联营的京师华商电灯公司，为京城的普通商铺街道提供照明，他们用的就是华商电灯公司的电。有时夜里用的人家多了，灯光会忽明忽暗，时不时还会断上几个时辰，胡松起先也总去电灯公司所在的正阳门顺城街理论，余立心见他白白奔波数次，劝道："别去了，就这样勉强用用，能修好就行，左右比煤油灯强。"

胡松仍是不忿："好说这也是官家参股的公司，电费又是恁贵。"电费按电灯个数收钱，一盏灯一个月十两银子，家中起先只有两盏，别处仍用煤油灯，今年北京城里的几个生意渐渐多了进账，就又多添了三盏。

余立心笑道："正是有官家参股才是这样，中国之事，从来如此，没有官家的时候原本好好的，官家一来，万事不成。"

那时余立心初到北京，虽是仓皇逃难而来，却觉误打误撞，分明一盘死棋，忽地多了几颗活子，无端端给人期冀。在孜城整日困在四方院中，来京后他便最喜这开阔天台，只要没有应酬，晚饭后总要上来，学洋人模样喝一杯威士忌兑水，再读一晚上书，夜半楼心月做了醪糟圆子或是鸡丝汤面，放在托盘里给他送上来。有一回余立心来了兴致，他们就宿在那张西式沙发上，二人褪了衣裳，楼心月半坐在上头，夜半沙发旁的电灯闪烁不定，在楼心月的雪白双乳上投下昏黄圆斑，楼下小巷似有窸窣人声，月光斜斜入了什刹海，在大块大块的漆黑中跳出星点银白光影，楼心月心内害怕，但又有一种放肆的刺激，这个半悬空中的夜晚徒留余味，再未重来。

那段时间过得飞快，也说不出从何时开始，余立心不再有心上天台，四周的一圈月季由极盛开到一一凋零，北方的花木不似孜城，稍不用心便会萎去，枯掉的花枝又并未全死，仍发了几颗新芽，让人又不忍连根拔起。电灯坏了，胡松找电灯公司的人来修了两次，余立心脾气渐渐乖戾，总嫌人声杂烦，便道："别修了，修了也会再坏，以后有机会了，再都换新的。"于是电灯那次坏后，便再未修好，至于别的"机会"，更是再无影迹。

济之向胡松表明心迹后，有时半夜大家都睡下了，他会拉着胡松上来，春色到了鼎盛之期，紫藤繁花似云，葡萄架上则垂下一咕噜一咕噜青绿小果，虽是夜深了，他们也不敢真的做什么，不过一人坐一把摇摆藤椅。沿着什刹海已装了一圈儿路灯，灯影交错，加上月光星子，让他们身处半明半暗之地，明处二人不过在微风中闲话家常，暗处济之则轻轻握住胡松的手，胡松起先整个人紧紧绷住，后来也渐渐松了下来，风让一切显得没有那般忤逆。葡萄熟透了，济之伸出另一只手去摘，却仍不舍得松手，就单手揪下果子，也不剥皮，先喂到胡松嘴里，才又揪一颗给自己吃，葡萄极小极甜，一股玫瑰香气，那香气也萦绕了一段时日，但后来亦是渐渐散去，除了仆妇们十天半月上来打扫一次，这天台再无人至，什么都还活着，但什么都正在死去。

济之被胡松拽到这里，本仍是满腔怒气，却忽地见葡萄架上零星结了几串青色果子，心突地软了下来，只把胡松的手甩开，道："做甚，你不是总怕被人看见。"

胡松叹口气，也不答他，只道："你最近怎么都不回家。"

济之哼一声，道："家？哪个家？我每天回自己的家，倒是你多久没有回去？"

胡松又去牵他，轻声道："最近义父不容易。"

济之道："他如此折腾，如何能容易？只怕以后只会越来越不容易。"

胡松过了半晌方道："多年养育之恩，我总不能不管他……"

济之惨然道："但你就可以不管我，你答应我的事情……"他语带哽咽，大概又有气又委屈，竟是说不下去。

胡松轻轻挠他手心，道："答应你的事情我自然记得，待我把盐业银行这笔钱要回来，再把北京的生意都处理了，你父亲回了孜城，我们就能走……到时候你想去哪里，咱们就去哪里。"

济之听得心动，又已不敢再信，咬牙道："两年前你就这么说了。"

胡松又是叹气，道："济之，你也知道我是怎样的人，你父亲现今处处艰难，若我真的扔下他，和你远走高飞，你说，我还是不是我？若我真是那样的人，你还要不要同我一起？"

济之也不答他，只忽地道："张家骐最近受了伤。"

胡松一怔，半晌反应过来，急急道："你怎么知道？你见过他？"

济之点点头，道："前天来了我们医院，包扎伤口，不是什么大事，说是走路不当心，摔了一跤，扭了脚踝，破了一点油皮。"

胡松道："你给他包的？他认出你没有？"

济之又点头，道："起先没认出，后来我摘了口罩。他认出是我，就不住叹气，也不说话，快走了才像突然想通了，特特来跟我说，他过三日会来医院换药。"

出事之后，胡松去找了三次张家骐，但张府上下乱成一团，门口连个通报的人都没有，只有几个黑着脸站岗的军警。胡松也知道，刚过弱冠之龄的张家骐正上下奔走，冀望能营救父亲，报上有消息称，张公子正在四处筹钱，已卖了手上好几张石涛、朱耷，当中有张唐寅，本是宫中流出的乾隆藏品，本值个七八千元，被他草草三千就出了手。这张唐寅名为《事茗图》，是当年他通过胡松介绍的路子到手的东西，有涉茶事的画品本就少见，这张偏偏是唐寅送给一名为陈事茗的文友的，一语双关，颇有雅趣，画中"事茗"二字还是文征明的墨宝。张家骐得了这画，高兴了好一阵，特特卷了给胡松看上头的题画诗，"日长何所事？茗碗自赏持。料得南窗下，清风满鬓丝"。胡松似懂非懂，只笑道："老了若真就这么喝茶，也闷死人。"

张家骐则哼道："你以为，一个乱世，遍地丧家犬，怕是想闷也闷

298

不成。"

到了换药那日，胡松早早去了医院，张家骐已在那里，跛着一只脚，坐在医院走廊的长椅上，身边也没有个下人照应，他见了胡松，挣扎着站起来，惨然一笑，似是想说点什么，嘴唇动了又动，却仍没说出一个字。不过大半年未见，分明万事扰心，他反是胖了一圈，满脸油红，原本像是描出来的狭长眼睛，被面上新增的肉挤得睁也睁不开，远远看去，当年白面长身的翩翩公子全然不见踪影，胡松心中一酸，几乎落下泪来，道："张公子……你……你要保重。"

张家骐摆摆手，身子歪了歪，真的开了口，倒还是当年那个浑不吝的张公子："嗬，我没事，就是越忙越想吃，天福记的酱肘子啊，我现今一口气能吃俩……胡松兄，等会儿有空没有，咱们一同去便宜坊吃个鸭子。"

胡松本是愁肠百结，被他逗得笑起来，道："行，张公子，你要吃多少鸭子，我就陪你吃多少鸭子。"

说完鸭子，大家都松下来，胡松陪张家骐换了药，济之仔仔细细看了骨头，说没什么关系了，也不用再换药，过了五日，把纱布绷带扔了便是。张家骐看看济之，又看看胡松，叹口气，道："你们还是走吧。"

胡松愣了愣，济之面皮一点点红起来，假意仍在看骨头，脖子重到抬不起。张家骐见他们这样，扑哧笑起来："行了，北京城里爱得死去活来的青衣花旦，戏里戏外我见得多了，因缘天定，难得有情，谁拘你是男是女……你们别怕，乱成这样，谁也顾不上谁，你们能走多远就走多远，想怎么逍遥就怎么逍遥。"

济之抬起头，见张家骐虽满面笑容，却并无戏谑，反有一种郑重之意，他心中一热，轻声道："张公子，谢谢你。"

张家骐见胡松在一旁默不作声，拍拍他的肩膀，道："胡松兄，你放心，前面这段是我混账，只想躲过去，躲得一时是一时……但现今我算是明白了，躲是躲不过去的，该还的债总是要还，该跪的时候我也得跪……但你呢，跟我得反着来，别什么都想自己扛着，别人的事情自有别人操心，你好好操心一下自个儿……有些人呐，就像有些事，就那么一点点时辰能抓住，这回溜走了，以后就再没影儿了。"

那日他们到底是没去吃鸭子。张家骐走后，胡松亦没有回去，济之还需看诊，他就找了几本西洋画册，歪在小花园的石头长椅上翻书，园中满植晚香玉，香气馥郁，蜂蝶成群，一只小小雪白哈巴犬，一动不动伏在他脚下，像不知哪幅画中的场景。胡松许久许久没有这样无所事事的午后，墙外匆匆世事统统与己无关，余下的人生所有，不过在这里等着济之。

济之下班时天色已晚，二人上了黄包车，胡松问他道："你想吃什么，要不我俩去吃鸭子。"

济之摇摇头，把手伸进他蓝色竹布长衫中，手心滚烫，像一只烧热的铁鱼，他摸了一阵，最后停在那里，轻声道："我想吃你。"

第二日中午，胡松方从鼓楼回到家中，他折腾整夜，却神清气爽，济之只请了半日假，刚才起床便叫了车去医院，胡松则说自己想走回去。初夏时节，天高气爽，日头虽烈，一路从树下走回，却只觉日光和风都只从叶间漏过，之前那个同余立心一道正在慢慢死去的人，又从这条路上活转回来。还未到门前小路拐角，就见张家骐的大黑福特停在那里，在车旁等候的听差认得胡松，见了他连忙迎上，道："胡先生回来了，我等了好一会儿了。"

胡松讶异道："家中没人吗？我家老爷难道不在？"

那人笑道："在的，余老爷在，但我家少爷说了，东西得亲自交到胡先生手里。"

胡松道："什么东西？"

那人这就叫了司机，从车上搬下两个大箱子，道："我家少爷说，请胡先生原谅，里头只有一万元，还有一万元的债他没有忘，但最近实在再挪不出了，原想把雅墨斋还到你手上，但昨日一清点才发现已经出了手，只得烦你再宽限宽限，他欠着胡先生这个人情。"

胡松见他说罢开了箱子，里头宝光流转，满坑满谷的银元，连忙作揖道："惭愧，钱是我家老爷的，你家少爷哪怕真欠人情，也是欠给老爷，我是个下人，如何受得起。"

那人笑了笑，道："胡先生，我才真正是个下人，我家少爷没把你当下人，我怎敢把你当下人。我家少爷要还你的钱，我就来还你的钱。我家少爷说欠的是你的人情，那我就同他一起欠你的人情。"

胡松一时间极是感动，道："你家少爷是个好人。"

那人叹口气，道："是啊，我家少爷是好人，但现今这个时世，好人往哪里走都是走不通的。"

那日之后，胡松亦只能从各路小报上读到张家骐的消息。大梦初醒的张公子终是走通了一条路，那年八月京兆各县频出水患，袁世凯任大总统时的总理熊希龄在因涉嫌热河行宫盗宝案辞职后就一直未涉政坛，此次水患，他被特派督办京畿一带水灾河工的善后事宜，张家骐出面捐了现银十万元、交通银行钞票十万元、公债二十万元，为其创办香山慈幼院收养难童，熊希龄则出面为张镇芳各方周旋。这笔钱捐到位后，张镇芳旋即因病保外就医，入了当时陆军部次长徐树铮军医方石珊所办的首善医院，徐树铮亦曾亲身前往医院探望，虽二人谈话内容不得而知，但那年年底，张镇芳已被发交曹锟军前，"随营效力"，就此重获自由身。

胡松早饭时读到报上新闻，不由赞道："张公子真是能屈能伸，平日看着也就是个京城里的纨绔公子，一出了事，该顶上就能顶上，该疏通就四处疏通，张镇芳命好，抱了这么个儿子，比亲生的还强。"

这日家中人齐齐整整，都围坐一桌吃饭，已是凛冬时节，墙角烧了火盆，炭火有人照料，整夜不熄，屋内明明热得人人都脱了棉衣围脖，但不知为何，仍有一股清冷之意。楼心月这两年在人前本就愈发不肯言语，只默默把葱油花卷掰开了，让宪之自己边玩边吃，她自己缩在一旁，胡乱吃了个馒头。余立心和济之都在闷声喝粥，面对面坐了大半个时辰，二人一句话没有，自胡松给了允诺之后，济之大都回家吃住，起先他也有尽力，有意想让父亲欢喜，但余立心并不领情，反倒时常像个生人般打量济之。

济之渐渐也乏了，私下只跟胡松道："我父亲啊，看着好像还是全须全尾一个人，里头应该是已经全坏了。医院里来过这样的人，拖着长辫，小皇帝退位时疯一回，袁世凯死再疯一回，到张勋一败涂地，就彻底疯了，说是疯了吧，外人也看不出来，只亲近的人知道哪里不对劲，这种病治是没法治的，来医院看的那几人，药也开不出来，也都回去了……松哥哥，你整日跟着他，难道没感觉？"

胡松不答，只将赤着上身的济之搂了搂，伸手去拉熄电灯。胡松自是有感觉，余立心这几月，确是越发沉郁，在家极少开口，一开口便是斥人，连宪之在面前玩耍，也挨了两次打。楼心月不敢言语，收拾出了一间南房，和宪之睡在那边，除了早上这顿饭，和余立心已是不怎么能打上照面。有时宪之嚷着要上天台玩耍，她跟着上去，只见满目凋零，电线虽是剪了，也无人收拾，胡乱搭在半枯的葡萄架上，那座紫红天鹅绒沙发不知从何时开始就忘记盖上油布，晒了整个盛夏，又经了几场暴雨，现今已是破破烂烂不成样子，露出里面黑漆漆棉芯。宪之爬上去，把棉花一朵朵抠出，又吹到半空中，像下了一场污脏的小雪。楼心月坐在一旁，也不知叫宪之住手，只呆呆看着这眼前一切，那个让人耳热心跳的夜晚，也不知是不是前世记忆。

莫说楼心月，胡松自十五岁后学着替余立心管井上琐事，快二十年时间，二人几是形影不离，但余立心这几月早出晚归，时常连他也不知去了哪里。他们在北京也已基本没有什么生意需打理，胡松突地闲得发慌，只得专心和济之腻在一起。济之在医院出诊时，他则在北京城内外乱逛，坐在永定门外的小吃摊儿上胡吃，往日北方小食并不合他脾胃，家中厨子是特意在京城找的川人，四季小食不断，蒿蒿粑、叶儿粑、黄粑、井水凉面、担担面、红糖锅盔、红糖凉糕……每日晚上厨房都变着花样上消夜，这两年渐渐大家都吃不下什么东西了，东西做好了，也就是给下人们胡乱分掉，厨子也失了兴致，越做越粗，凉面坨了，叶儿粑的馅儿没有放笋丁。但现今胡松突地胃口大开，也不拘什么东西，驴打滚、艾窝窝、糖卷果、姜丝排叉、糖耳朵、面茶、徽子麻花、蛤蟆吐蜜、焦圈、糖火烧、豌豆黄、炒肝、奶油炸糕……他一家家吃下来，还时常给济之带回去两个火烧，几块豌豆黄。有时走得远了，到了崇文门外，时常遇上百十头骆驼的驼队在护城河边卸货，北京进出城运货，数百年来用的都是骆驼，由内蒙、西北和远郊山中运回火炭、果子、山货和皮货，再往外运出煤油、盐巴、布料、药材和茶叶。驼队里的骆驼多是骟驼，性子温顺，一头一头用缰绳牵起，驼队的最后一头骆驼需系上唤作"报安铃"的铜铃，拉驼队的把式骑在头驼上，若是听不见报安铃声，就知后头出了事。

前两年袁世凯事败之后，余立心曾让胡松陪他去雍和宫上香祈愿，也不是什么日子，雍和宫里密密匝匝的香客，排了两个时辰才勉强进了大殿。出门余立心仍觉闷气，就没有坐车，二人往东走了两里地，走到俄国人的教堂，门口停了一个驼队，几十头骆驼仍是一头排一头，规规矩矩地低头吃草料，几个俄国男子正用满语和驼队把式闲谈，胡松入京后粗通满语，听到他们是想进一批丝绸和香料。这地方本是一座关帝庙，康熙皇帝时拨给了俄国人，中间改了两次名，现今俄国人叫它圣索菲亚教堂，但从外头看去还是土生土长的中国庙宇，周边的人只称它"罗刹庙"。当年康熙皇帝收复雅克萨城，先俘了一批俄国人，又另有

303

一批俄国人慑于天威投靠，这些人分别被安置于盛京与北京，在北京的被编入镶黄旗，是正儿八经的八旗子弟，分了宅地田产，大都住在这附近。

胡松听了半晌，轻声对余立心道："那把式嫌俄国人要的货少，说驼队只做大宗生意，俄国人就还在纠缠，说看他们的货好，愿出高价云云……咦，这些俄国人怎么有满人名字？"

余立心道："这有什么稀奇，当年俄国人入京，清廷将步军统领衙门关押的女囚犯分给他们做妻子，俄军将领还能娶到官宦女子……别说满人名字，有些混了血的俄国人如不是金发碧眼，走在街上谁也认不出是洋人。"

话音未落，后头不知怎么来了一只獒犬，十几头骆驼受了惊往斜里乱奔，那报安铃忽近忽远，把式听了，连忙骑上头驼去找，剩下的骆驼训练有素，倒是仍停在原地。余立心突地叹了一口气，道："这个法子倒是好，我们做生意，其实也是前拉后扯，一发而动全身，若是也能这般有个声报平安就好了。"

胡松道："也得前头把式听得见，这样几十头骆驼倒是好说，要是再多，恐怕就得把驼队分开，再多找几个把式，一人管一摊……事儿一多就会乱，任谁也管不过来。"

余立心当日就有些不愉，沉声道："按你这意思，但凡生意做大了，就得分家不成？"

胡松当时被顶得一愣，随口说了几句拉扯过去。但他心中已隐约知道，当年那个忙时把井上井下的账本全盘交托给自己，还时时提到亲生儿子指望不上，望他能接管慎余堂生意的义父，已对自己生了疑心。胡松自是怅然，也不是没有想过，索性和济之一走了之，但之后事情一件带出一件，余立心越发乖戾，在北京的生意银钱，像流沙一样散开，胡松总想，过了这一阵吧，过了这一阵，就和我没关系了，待我还了该还的债。

胡松盛赞张家骐设法营救父亲那日，余立心本在一旁喝粥，撕一点葱油花卷，听了这话，突地扔了花卷，厉声道："是啊，人家不是亲生儿子的胜似亲生儿子。我上辈子没积德，亲生儿子自是不像亲生儿子，这我早五年就知道了，我认了命，但那不是亲生儿子的……呵呵，在外头倒是比老子更风光气派，怪不得你这么多年也不肯随了我的姓。济之，我跟你说，你也少松哥哥长松哥哥短的，你把人家当亲生哥哥，人家说不准把你当心头刺眼中钉……我看啊，也要不了多少年，咱们余家的招牌迟早要换成胡家，不说别的，人家张公子既是这般有情有义，还会欠着我们一半银子？！"

楼心月听了"亲生哥哥"这话，面上突然红了红，慌慌张张看看济之，见济之也是脸上发青，想说什么，却又忍了下来，仍低头专心给宪之喂饭。

胡松则只听到不知哪里嗡的一声，似慎余堂那西洋唱片机，唱针总在同一段旋律那里卡住，发出刮骨般刺心的扰音。胡松茫茫然想站起，却发现自己竟是浑身无力，双脚像和全身失了关系，软绵绵垂在青石砖上。

但得起来啊，胡松对自己道，这地方已是坐不得了，再坐下去，不过自取其辱而已。几月来余立心的疏远冷淡，他心中模模糊糊自有答案，又一直盼着只是自己多心，但几十年父子之情，他其实早就知道，他没有多心，多心的是义父余立心。

当日张家骐手下的人到了家中，见着的人本是余立心，但那人客客气气，只说自己是张府派的人，不提来意，也不肯进屋，坚持要等胡松归来，道"我家少爷说了，东西只能交到胡松少爷手里"。那日奇寒，冷风似刀，他也不进车里取暖，一直站在车尾，足足守了一个时辰，直到和济之缠绵整晚的胡松，满面春意在巷口出现。

一万两现银在家中放了几日，两口大箱就堆在余立心的床底。那几日他大门不出，三餐均是让人送进屋中，也不怎么见他吃什么，四菜一汤齐齐整整送进去，又几乎齐齐整整地端出来。厨房的人拿了托盘进来，见他也不起身，双目圆睁躺在床上，直直望着房顶，那模样着实让人惊心。有一日胡松想来看看义父，见两个下人在门口嘀嘀咕咕，一个托盘推来推去，谁也不肯进去，他接过托盘，推门进去，见屋内乌漆麻黑，隐约听见有人念念有词，似是在背什么诗。余立心最不爱诗词歌赋，他总道，国人就因数百年来沉溺于这些玩意儿，故而既不懂科学，也不通技艺。

胡松惊了惊，道："义父？义父？"

余立心听见他的声音，忽地从床上坐起，尖声道："怎么是你？"

胡松道："义父，你两天没怎么吃饭了，我给你送饭过来。今天厨房做了腊鸭菜心粥，上次你不说这腊鸭有滋味，你多喝两口，若是吃咸了，楼小姐还特意给你做了八宝饭。"胡松把托盘放下，顺手把窗纱掀起。

余立心见了光，惊慌失措下床，也不说话，先爬到床下看箱子，好一会儿才又爬出来，道："你出去，往后也别进我这屋子。"

胡松奇道："义父，你怎么了？这么多现银放家里怕招贼，不如我这就拿去存了。"

余立心脸色惨白，道："不，不，不，你不用管，你忙你的，你出去，别进来。"说罢，连推带搡让胡松出去。

胡松满心疑惑出了房门，见宪之滑着车正往这边来，楼心月遥遥跟在后面。前几日有人送了宪之一个青蛙模样的小木车，双脚滑地即可前行。宪之喜爱得整日不下车，把宅院走了个遍，他也几次滑进父亲房中，但只被训了两句又撵出来。

胡松拦住宪之，蹲下道："宪之，你去爸爸房里看看好不好？"

宪之连连摇头："不去，不去，里头好黑，爸爸好凶。"

胡松从兜里拿出一块济之那日给他的德国朱古力，道："去嘛，去了松哥哥给你吃朱古力。"

宪之道："什么是朱古力？"

胡松摇摇手里做成金币形状的糖，道："朱古力啊，就是洋人吃的糖，比冰糖葫芦还好吃哦，怎么样，宪之想吃不想吃？"

宪之猛点头，舔舔舌头，小心翼翼地滑着车推门进去。谁知刚进去，就有碗盏落地声，随后听见余立心怒道："谁让你来的？是不是胡松？他让你来做甚？你说，他给了你什么好处？你到底来做甚？"

宪之撕心裂肺地哭，等楼心月和胡松匆忙赶进去，已见到宪之满头滚烫的八宝饭，幸而余立心摔碗时，大概宪之吓得前倾，带着车往前滑了十几尺，八宝饭大都扔在头顶，脸上只黏了一点点酒米和两粒红枣，饶是如此，额头上也烫出星点水泡。楼心月抱住宪之，一时不知如何是好，只跟着孩子一同哭起来。

余立心满面胡茬，两颊深陷，骤望去倒似大烟鬼，失魂落魄，却仍是怒气不消，道："说了不让你们进来，你们为何一个两个偏偏要来？平日倒不见你们对我这屋子这么热心，怎么，都知道现在这里头有银子？呵呵，这时候给我装什么孝子贤孙……无父无君，是禽兽也，你们这些人，既已无君，那接下来就必将无父了，是不是？哼，我余立心什么事情没见过，想骗我，我跟你们说，没那么容易！"

那日下午，余立心找来园子里一个刚来管花草鸟鱼的小子，给了他一个银元，让他出门叫了一辆车，又帮忙把那两个大箱子搬上了车。余立心走时神神秘秘，挑了众人午睡的时辰，胡松的房间和大门不远，听到喇叭声已猜了个七八成，他几次想出去，却终是忍了下来，胡松知道，事已至此，出去也是无用了。

那日胡松在屋中坐到深夜，院子太静了，静到若是用了心，能听见所有声音。他听见楼心月轻声叮嘱厨房给宪之熬竹荪鸡汤，听见宪之的青蛙车笃笃滑过青石砖，听见下人们追鸡又杀鸡，听见鸡汤在砂锅里噗噗冒泡，听见宪之嫌鸡汤太烫，听见楼心月细细吹汤，听见余立心推门进来，大叫一声"饿惨了，给我煮碗鸡汤面拿过来"，余立心的声音又尖又刺，又让胡松想到慎余堂那总是坏掉的唱片机。

胡松觉得太累了，便和衣躺在床上，起先脑中还有唱针反复划过唱片的扰人杂音，后来渐渐没了人声，院中只有池中红鲤刺啦跃出水面，几只野猫蹑着爪子跳过房顶，风在白果树的枝丫间呼啸而去，唱针的声音渐渐变得很低，最终什么都停了。胡松想，众人都舍不得那唱片机，修修补补好多年，但坏掉的东西终是坏掉了，再怎么修补，也只是让彼此都不舒心。

那日之后，胡松开始把手头的生意一件件交代回余立心手里，他并没说为何，余立心也不问，只每日在家中细细一本本账本看过去。

济之本以为胡松会搬到鼓楼院中，他提过三次此事，胡松仍是不言不语，三次之后，济之不声不响搬去了医院，再未找过胡松。济之对自己道，够了，一切都得有个头。

霜降归家，济之正好遇上胡松提着箱子，打算搬出去，一时心中有万千言语，但终是只道："我回来收拾几件冬天衣裳。"说罢，他绕过胡松，径直往里屋走，他明明本可绕得更远，却不知为何，挤挤挨挨地和胡松不过隔了一臂之遥。

胡松忽地取下手上挂的雨伞，用那弯弯伞柄勾住济之的手腕。往日他们情浓，夏日夜里出门看戏消夜，胡松总爱带上这把雨伞，北京少有雨水，归家途中，济之总道自己脚累，胡松就这般勾住他，一路半玩笑半当真地把他拖回去，那时胡松不时玩笑道："我养只狗都没这么费劲。"

济之望着自己手腕，话中已有哭音，道："你这是干什么？还真以为我是你养的狗？"

胡松不理，一用力把他拉到身旁，低声道："令之在北京。"

贰拾

　　民国八年，暮春时分，令之在东四牌楼底下随便找了个剃头铺子，剪了两根长辫。那剃头匠是个年轻小伙，起先死活不肯下剪子，让令之去找专为小姐太太梳妆打扮的梳头婆。"小姐，您莫要为难我了，我哪敢给你们做小姐的剃头……你看看我这个店，来的都是不入流的大老爷们……我认识一个苏州来的梳头婆子，就住在锣鼓巷南边，我这就带您去，您看成不？"

　　令之笑笑，自顾自坐下，把头往后一靠，道："我不是小姐，我是学生，你放心给我剪。"

　　那小伙子仍是不肯，期期艾艾站在门口，满面通红，莫说过来剃头，连看都不敢正眼看令之一眼。这么僵了小半个时辰，令之索性从台上拿了剪刀，一剪子下去把辫子剪断，这才又道："现在行了，过来，给我把发梢修修齐就行。"

　　小伙手艺不错，起先有些手抖，后来渐渐也稳了下来。辫子剪后，一头乌发本散在肩上，但令之不停道"再短点""再往上""哎，我让你再剪你怎么又停了？"“你别忙着叹气，再剪剪"……最后只得齐耳长短。小店里没有烫头的家什，发尾厚厚一把，直不楞登地支在那里，小伙收了剪子，道："小姐，您要不再去北京饭店烫一烫，发尾弄个卷儿，我听说东交民巷的洋人都去那边烫。"

店里只有一面红木镶框长圆镜，玻璃上星星点点沾了污脏修面膏子，令之起身理了理头发，望向镜中的自己，短发别在耳后，耳上光秃秃，耳洞里只塞了一颗小小金米，穿一件倒大袖蓝底印白莲宽身丝袍，两颊鼓鼓，像是几年前模样。她对着镜中人笑了笑，露出一边梨涡，道："不用了，这就很好。"

令之已在北京住了一整年，起先汪启舟把她安置在南锣鼓巷南口东面的炒豆胡同，这胡同连同紧挨的板厂胡同，几乎全是前朝僧格林沁王府的地盘。僧格林沁曾在大沽击沉英法敌舰，后又战死沙场，是前清蒙古名将，现今住在王府的是他曾孙阿穆尔灵圭，他本是前清銮仪卫大臣，可谓皇家亲信，武昌举事后，阿穆尔灵圭曾领钦命赴蒙古，冀望征调蒙兵以助清廷，但尚未成事就大局已定，他返京后和另外几名蒙古王公通电拥袁世凯任大总统。小皇帝退位后，袁世凯确也厚待阿穆尔灵圭，先任他为大总统府都翊卫使，往后又任临时参议会议员、第一届国会参议员、宪法起草委员、政治会议员……总之该有的名头一样不落，都给了他。但袁世凯事败之后，阿穆尔灵圭亦遭冷落，偌大一个王府，不过几年时间已有破败之相，王府卖是不能卖，但府内的人偷偷把那些多年无人的别院租了出去，租金多少能补贴家用。

汪启舟替令之找到的，正好就是王府南边的一个小别院，仅有一进三面，三间北房，两侧各有半间耳房，院中有一棵石榴树，树盖似云，遮了大半个庭院。

王府的人曾说，这院子虽多年没人正经住过，但亦有两个仆妇每日打扫，若是他们愿意，租金里再加上一点点钱，把两人接手过去就是。但汪启舟把她们送回了王府，随后花了十日时间，和令之一道在京城里四处奔忙，置办了床铺被褥、锅碗瓢盆、油盐酱醋、剪子刀子等各色土洋杂货，汪启舟心细如发，还带着令之把方圆两三里走了个遍，让她识得哪里有药房，哪里是饺子铺，哪里可以喝羊汤，哪里可以割肉，哪里可以打醋，甚至哪里可以买到脂粉香膏……汪启舟在耳房中住了半月，待这些都交代完了，就搬去了沙滩的北京大学宿舍。

沙滩离炒豆胡同有五里地，汪启舟走前对令之道："令之妹妹，我每月会过来一回，你若是有事，也可以来学校找我，但我觉得啊，你不会有什么事。"

令之笑道："我觉得也是，不会有什么事。"

启舟走后，令之去了裁缝店，一口气做了十几件四季衣服，加上从孜城带出来的箱子，这一年就这么糊弄过去了。每一季不过来回穿那四五件衣衫，剪辫时的丝袍本是钴蓝色，浆洗多次后变成雨过天青，净白莲花染了色，薄薄泛了一层蓝。令之从未穿过洗成这般的衣裳，哪怕是在省城上学那三年，父亲也会每月派人给她送来整箱新衣，若是父亲自己上来谈生意，再忙也会抽出半日，陪着她去九眼桥旁的巴黎洋装店，余立心不喜奢靡之物，但余家这种人家，也从未想过要让家中独女在这种地方省俭。令之嫁入严家前千夏陪着她清理衣橱，孜城四季天潮，不知多少压在箱底的衣服遭了虫蛀，绫罗绸缎堆在箱中美轮美奂，抖开却是一股霉味，满目虫眼。她们清出十几个箱子的衣服，分给慎余堂做各种杂役的妇人，令之也知道，这些衣服的式样身量，中年妇人也不能穿，不过把好好的衣服剪了，拼出几块平整料子做点荷包鞋面。令之翻出自己二十一岁生日时千夏陪她做的那条绿色乔其纱长裙，颜色一层层深下去，到了裙摆，已经近乎窗外水中绿藻，裙子远远望去仍美如轻云，但那种料子最不经放，不到两年时间，最外头的一层纱已烂得七七八八，缕缕垂下，令之抱着裙摆，突然叹口气，道："看着这些衣裳，就觉得没意思。"

千夏知道，恩溥和令之正是在那次生日上彼此下决心断了情意，她替令之把裙子又理了理，摸摸她的翡翠坠子，道："什么事情没意思？"

令之把裙子搂得更紧，道："什么都没意思……千夏姐姐，原来什么都不会长久的，你看，我连一条喜欢的裙子也留不住。"

那条纱裙当时倒是留住了。千夏剪了烂掉的纱，又微微过了水，阴干后和令之别的东西一起送去了严家，裙子后来一直挂在柜中，令之又嘱人在柜角放上花椒石灰包。但说到底那又有何用？令之嫁了人，再不可能穿这样怪模怪式的洋人衣裳。后来她离了严家，小小一个箱子，更不可能带上这条累累坠坠的跳舞裙子，但在那个时候，留不住的东西太多了，也就不在乎一条裙子。

没有绿色乔其纱裙子，没有翡翠坠子，没有父亲、哥哥和恩溥，也没有儿子和丈夫，什么都没有了，令之似是哪吒，该还的都还了，也真正死过一回，到如今已是荷叶荷花塑了身，崭崭新新的一条命。每日清晨起身，她先用炉子烧上水，再走出两条胡同，买回豆腐脑和芝麻烧饼，烧饼滚烫，豆腐脑浇了薄薄一层卤，水早开了，令之给自己泡上一壶茶。汪启舟走前在石榴树下放了一桌一椅，对令之道："你一个人，多在院子里待待，中国人的房子盖得憋屈，待久了人也只知道憋憋屈屈地活着，在外面待着，看看朗朗白日，才会想要另一种活法。"

汪启舟说得不错，令之在外面待久了，才觉房中竟是如此晦暗不明，北房也只有半日天光。除了睡觉，令之已很少进屋，早饭时天光初亮，四下有啾啾鸟鸣，院外一只三花野猫闻到豆腐脑中的肉卤味，照例从房顶一跃下到院子。令之把卤中的肉丁挑出来喂猫，又从烧饼上抖下不少芝麻，由小猫一粒粒舔着玩闹。早饭吃罢，令之会在院中一面翻书一面喝完一壶茶，待到近午时分，就去北京城中四下瞎逛。

令之从未有过这种日子，虽无人照料，也无人打扰。她只感到一种前所未有的轻松，每日走到哪里便是哪里，饿了坐下随便吃碗炸酱面或者佘儿面，渴了沿途有小贩叫卖糖水煮梨和杏仁茶，另有数不尽的小食，不甚美味，却什么都让令之新奇。豌豆粉捏成小鱼形状，肚中包了芝麻馅儿，又用旧梳打出鱼鳞细痕，不过一个铜板一条。江米糕的蒸笼只有瓶颈大小，付了一个铜板，小贩方拿出梅花形木框放置其上，再倒入米粉浆盖上蒸笼盖，片刻工夫，江米糕已蒸熟，再撒上一点糖霜，两三条山楂丝，拿在手里便是一朵梅花形状。令之刚到时正是三九，没多久便下了一场雪，她拿着梅花江米糕走在路上，见大雪片片，先是盖住顶上青瓦，旋而覆上两旁红梅，后来不知不觉走到北海边，湖面只结了一半冰，雪花触水而融，但冰也一步步往远方蔓延。这分明是令之在北京见过的第一场雪，她却总觉此情此景似曾相识，仿在梦中，又仿是前世，令之靠在湖边栏杆上，把那个已又冷又硬的江米糕吃完，令之想，这不是梦中，任是哪一种梦都醒过来了，这也不会是前世，前世我已经过完了。

汪启舟果然每月月初都过来看她，启舟如今在北京大学法文科上学。令之当年初次见他，总觉他是孩童模样，现在启舟也并无变化，仍是倒八字眉，胖胖一张脸，虽是学的洋文，却从未见他穿过洋服，总是两件蓝灰长袍，冬天夹棉，待开了春，还是那件袍子，只是薄了一层。启舟个子不高，又长得敦实，走在路上谁也辨不出来，但不知为何，令之每见他一回，都会愈发感到，启舟和所有人都不一样，他是往后岁月里才会有的人，启舟活在现在，就像让她回到每日只得半日天光的屋子中，什么都不对劲，但又不知如何是好。

启舟每次过来，总替她做些杂事，挑两担煤，买一缸米，修理修理门窗桌椅。有一回下了一场雨，院门门芯大概进水变形，不怎么插得上，启舟修的时候问道："这坏了多久了？"

令之在一旁给他泡茶，想了想，道："也有十天半月了。"

"那你怎么不来学校找我？"

"没这个必要，我把睡房的门关死就行，若是真有坏人要来，一个门芯也挡不住什么。再说了，你要是不来，我也打算自己修。"

"你会？"

"不会，但我可以学呀，前两日我认识了一个白塔寺旁边的木匠，打算找他学学手艺，往后这些琐事就不用麻烦你，我既是一人住着，就得学会什么都自己料理。"

启舟抬头看了看她，嘴角含笑道："令之，你和以前不一样了。"

令之倒上茶："要是还一样，走了这么远，又有什么意思？"

启舟点点头，道："令之妹妹，你可有怪我把你一人放在这里？身旁连个下人都没有，一定过不惯吧？"

令之也笑笑，道："起先自然是不惯的。启舟哥哥，我也不怕你笑话，我第一次生炉子，足足生了一个多时辰，一碗阳春面，我要不煮得夹生，要不煮成烂泥。衣服我不会洗，放水里随便捶两下就挂起来，水也拧不干，大冬天的冻成冰棍儿。连想换个床罩被面，也急出一头汗……我也是到了北京才知道，原来一离了家，我就全无用处，是个废人……"

启舟想说什么，令之摆摆手，继续说道："……我是个废人，但早知道总比晚知道好，那种身旁有人的日子，我已经过了二十几年，以前是我不知道还有别的活法，现在我既已知道了，就再不想回去了……启舟哥哥，你和别的待我好的人都不一样，他们都爱我怜我照顾我，只有你，是要让我学会自己照顾自己，对不对？"

启舟没说话，看着令之许久，这才露出笑意，低头喝了口茶，道："令之妹妹，你也知道，我们汪家是个大家庭，若是姑表都算上，我有十二个姊妹。她们有些比我大二三十岁，有些尚是婴童，当中也有和你一般读过书的，但读过书也好，没读书也罢，过了二十岁，就都嫁了人。有些嫁去和我们一般的人家，有些嫁得更好一点，就去了大富之家，或是官宦家中，生一个儿子，再生一个儿子，若是前头真的连生两个儿子，就能舒心两年，这时生个女儿，自然也是掌上明珠，但若是没生出儿子，那就是整日愁眉不展，四处求方……我有个堂妹，和我同岁，结婚五年，连生三个女儿，夫妻本情深意笃，但丈夫为家中独子，到底是顺父母意思纳了妾，那女子刚入门三日，我堂妹便跳了井，尸体是我亲手捞上来的，泡了整夜，我已认不出她的样子……那时我便想，儿时上家中私塾，我生来愚笨，远不如堂妹天资聪颖，但她做一首好诗，或一气背出《春江花月夜》，先生时常连一句赞誉也无，那时家中私塾没人教西洋理学，她不知道哪里找到一本几何书，整日自己画图解题，先生只骂她不学无术，歪门邪道……我呢？好不容易背得出几首绝句，先生也要在我祖父面前几次三番夸来夸去，又是孺子可教，又是未来可期，这样过了几年，我堂妹也失了心气。她订了亲，便不再来学堂，我去看她，她正整夜整夜不睡，绣自己的嫁衣，她手笨，女红不好，一朵牡丹绣了又拆，拆了又绣，她母亲在旁边用铁戒尺打她的手，我见到的时候，她两手又红又肿，一边落泪一边还在绣牡丹……她跳井的时候，就穿的那件衣服，衣服早泡烂了，狗日的谁会管什么牡丹不牡丹。"

令之听他突地冒了一句秽语，一时呆了，问道："然后呢？"

启舟低头不语，似是在想堂妹的鲜红嫁衣，半晌才道："这有什么然后，我妹夫后来又娶了别家的大小姐续弦，听说如今已生了两个儿子……这事之后不久，我便出了洋，又回了国，现在来了北京，我堂妹若是能一路求学，会比我强万千倍，但她的路上没有这些东西，她只知道女子的路上，就是那么些东西……令之妹妹，我一直没有成亲，因我不想一个女子嫁给我，只因她没有别的路可走，我也知道，你没了孩子，人生大概没有能与之相比的惨事，但事已至此，孩子再不会回来，你难道不想索性走一走别的路吗？"

令之已是满面泪水，哽声道："想，启舟哥哥，我当然想……我想读大学，当年我就想读大学，但他们都说，我迟早是要嫁给恩溥哥哥的，读不读，也没什么区别，我觉得他们说得对，就没有考大学。我在树人堂当女先生，他们又说，胡乱做做就行，等恩溥回来了，反正就该成亲，我又以为他们说得对，就心猿意马地做着女先生，当年我从未想过，他们有可能是错的，而我还有别的选择……我一心一意等恩溥回来，他回来了，却没有娶我，我给过他时间，等了又等，他还是不愿意，不管因了什么，也许是因你说的那些事儿吧，也许恩溥哥哥是为了我好，但这不重要了，重要的是他确实没有娶我……我不喜欢余淮哥哥，但我还是嫁给他，有了宣灵，后来宣灵死了，启舟哥哥，我知道，这都是我的错，我不该嫁人，若是不嫁人，就不会有宣灵，那样他也不会死，若是他投胎去了别的人家，就不会有这种命……我宁愿他去了别人家，是别人的儿子，他是个男孩子，去哪里都会受父母宠爱……我的一生是我自己毁掉的，我怨不了谁，但宣灵有什么错？他唯一错的，就是成为我的孩子……"令之说不下去，蜷身大哭起来，地上积水未退，她本穿一条梅红裙子，吸水后变成血红色，像顶上石榴开出一小朵一小朵如火红花。

启舟放下手上工具，把令之扶起，道："令之妹妹，你才二十五，一生还长着呢，什么都还不晚。"

那日启舟做了一个菊花羊肉锅，又拿出他上回来泡下的山楂酒，二人坐在院中吃了晚饭。春日已深，吃到最后竟已有薄汗，令之换了一条裙子，肿着一双眼，也不大说话，只是一直吃肉，羊肉吃尽之后，启舟又去厨房切了一碟薄薄的水萝卜，萝卜吸了羊汤，又糯又甜，启舟给令之舀了半碗萝卜，道："恩溥给我写了信。"

令之若无其事般，道："嗯。"

"他怕你手上缺钱，又给我汇了一点银票……我给你带过来了。"

令之也不推辞，接过银票，只道："以后我慢慢还他。"

令之并未问恩溥既有信给启舟，为何不直接给她写信，启舟也再未提起这遭。那日令之早早睡下，大概哭得累了，连梦也未有一个。第二日醒来已是近午时分，令之起床在院中洗漱，井水微凉，她揉着肥皂洗了两把脸，洗毕也不想擦，任那几滴水洇湿衣领。令之把领子松了松，突地发现，自己浑身爽快，头轻了一大半，随便抬起便能轻松见天，天色许久没有这样湛蓝，连眼前石榴花都开得似比昨日明艳几分。自宣灵死后，令之总觉头重，压得颈脖酸痛，眼内也像蒙了一层灰纱，看什么都像隔着宣灵死时孜城整日不散的薄雾，但雾终是散了，在千里之外北京的暮春时分，早起不凉，午后不热，顶上白云浮动，檐下新燕鸣啾。令之呆呆站了好一会儿，无端端想到以前启尔德想劝她信上帝，想给她传福音，但她总嬉笑支吾过去，启尔德就道："密斯余，总有一天的，总有一天你会看到，一切都不一样了，眼前是一片新天新地，因为主拣选了你。"令之想，不知道主有没有拣选我，但就是今日了，原来这就是新天新地。她一时悲喜交加，不知如何是好，索性坐在石凳上，痛痛快快地又哭了一场。

到了晌午，没想到启舟又来了，浑身是汗，抱着一个偌大藤箱，打开一看满满当当上百本书，既有四书五经，又有诗词歌赋，还有西洋译著和十几本杂志，令之道："启舟哥哥，这是什么？"

启舟拿出一本面上写着《新青年》的，道："给你看的书，你好好准备，待明年此时，应当就可以进大学了。"

令之似还是不明白，道："大学？哪个大学？你们学校吗？"

启舟摇摇头，道："我们学校不招女学生，连旁听也不准，这迟早是要变的，我昨晚回去就和我们系主任吵了一架，他居然说，女生入学必须慎重考虑，因为国立学校应该保持'崇高之道德水准'云云……呵，这还是当今最好的大学，若是连女子上学都重重阻碍，这国家还能枉谈什么变革？什么都是一场空罢了……昨日回去后我就一直在打听，现今在北京你能申读的，只有女子师范学校。"

令之道："我知道，当年我在省城读完学堂，本来就想报考这学校，但当年……"令之住了口，说过的事情，再多说亦是枉谈，但这件事多年以来，原来一直是自己心口的一根刺，她本可逃开这被命定的一切，成为另一个女子，但父亲不过一句"不必要了，也读了这么多年了"，转瞬就成了空。但又再想想，这种事情又如何能全怪在父亲头上，她自己亦没有全然努力过，父亲说什么，她就听从什么。令之想到，活到如今，学业，情爱，婚姻，家庭，自己可说从未为任何事情全然努力过。前面有什么，她就接住什么，连闪避亦少有闪避，自己既是如此，那这就是自己的命，现在若是仍只知埋怨他人，不过是另一种软弱，但今后必不会如此了。今后任是如何穷困潦倒、曲折志忑，若这真的是她的命，那也是她自己选了这一条命。

启舟拍拍她，道："当年的事情自然痛心，但过去了也就过去了，不过几年时间，令之，别忘记我说的，什么都还不晚。"

令之点头，道："我知道，我也不怕晚……启舟哥哥，你是说，我还能去女子师范读书？"

启舟道："我一早就去了那学校，西边老远，和这里隔着十几里地，待哪日我再带你过去看看……"

令之打断他，道："启舟哥哥，不用了，我自己去。"

启舟看看令之，笑道："对，既是你自己的事情，你应当自己去。今日是我多事了，令之妹妹，你这样真好，但我已问到的杂事，还是给你说说……我去了学校教务处，学校高等部当下有文理和音乐体育四科，共十个系别，文科有国文、史地、教育、哲学和英文五系，理科有数理、理化、博物三系，音乐和体育科各有一系，各有各的报考考试，去年的考卷我各要了一张，我都看了，以你的天资和基础，好好准备一年，应当都能考上，你当年在省城学堂可有专门学什么？"

令之摇摇头，道："什么都学一点，因是新式学堂，也学了数理这些，有个洋人先生，教我们做几何题……但我后来做女先生，教的是国文和英文。"

启舟道："那若是让你报考师范，你想读什么？"

令之茫然道："我不知道，我从没想过这回事……启舟哥哥，你说我学什么好？"

启舟指指箱中书本，道："令之妹妹，你想读完大学，仍是回家嫁人吗？"

令之猛摇头："不想，我不想，启舟哥哥，我自然不想。"

启舟正色道："那你就得好好想想，读书总是有读完的一日，你既不想嫁人，就得进入社会做点什么，而你以后想做什么，就得在大学里学什么。我替你去学校打听这些已是多事，到底学什么，得靠你自己去想，没人可以替你做决定……你好好想十日，十日后我再来看你，待你有了决定，我们再商量如何准备。"

令之实打实想了十日。十日里她大门不出，整日整夜地读书，白日枯坐院中，夜里挑灯晚读，饿了就吃两个冷馒头，渴了喝几口凉井水，眼睛实在睁不开了倒头便睡，睡醒了睁眼又读。院外小猫前两日还过来讨食，见家中冷锅冷灶，第三日后便没了踪影。令之以前也爱读书，慎余堂中有万册藏书，她不时会去选上几本带回房中，但那时读书，只觉这不过是消遣，想读时便读上几页，不想读时十天半月也不会翻开。当年恩溥留洋，令之读了他留下的那套《石头记》，读后心潮久久澎湃，又去院中葬花，又在塘前寻鹤。那时令之也曾想过，她也要写一本这样的书，写自己的家族，写恩溥的家族，写孜溪河里密密匝匝的歪尾船，写井上天车和灶房内的火光灼灼。令之想，《石头记》中黛玉愤懑而亡，宝钗虽和宝玉成亲，却也并不快乐，她要写一本书，书里所有人都会有个好结果，就像她和恩溥哥哥……令之确也写了几十页，但笔头干涩，她就停了停，想寄给恩溥看看再说。再往后，恩溥的信越来越少，信中话语越来越冷，她就再未提过笔。嫁入严家时收拾常用之物，在一件白狐披肩的下头翻到那几十页八行笺，令之看也未看，当时就撕了扔到一旁，千夏问道："这是什么？"

令之道："什么也不是，以前练字的废纸。"

再往后去了严家，怀上宣灵后，严余淮就一直住在书房，那间屋令之几乎从未进去过。何况到了那个时候，又是住在那样的层层大院，从卧房走到前厅也需半刻钟，院中有些地方令之从未去过，什么都太满了，满到让人只觉得厌倦，早饭摆齐齐一桌，连消夜也有五六种可选，谁也从来没有感到过肚饿，那样的一个地方，一个妇人埋头读书，就仿似变得只是滑稽罢了。

但现今令之远在千里之外，一人住在这小小庭院中，不打水就没有水喝，不生火就只能吃冷馒头，不梳头辫子就一直乱着，她实打实读了十日。有两次半夜醒了，令之在床上懵了半晌，又起床拉了电灯，再读半个时辰，电灯明明暗暗，有时还会暗上一会儿，令之就静静坐在床上，在一片黑暗中等它再亮起来，令之知道，它终是会亮的，她还能读下去。读到了后面，令之只觉身上灼热滚烫，又突地跳入雪水，浑身上下没有一处不战栗发抖，却也没有一处不痛快舒服。

十日后启舟清晨再来，令之刚烧水洗了澡，一头长发湿哒哒绾成髻，新换了一件米灰底绣红莲的宽身旗袍，坐在院中，一面吃烧饼，一面读手里的一本《新青年》。她见到启舟进来，笑道："启舟哥哥，烧饼你吃不吃？我刚去买的，里头夹了猪头肉。"

启舟道："一大早就吃猪头肉？"

令之道："是啊，我觉得饿，还馋得慌，就想吃肉。"

启舟从桌上拿了一个烧饼，果然满满夹着酱肉，他咬了一口，道："这肉好肥。"

令之又笑，道："是啊，就想吃肥肉，让老板特意割最肥的一块给我。"

二人一同吃了早饭，令之连吃三个烧饼，又把没包进烧饼的猪头肉吃得渣也不剩，这才停了口。启舟看她虽是满面春光，眼下却青了一大块，道："这十日没睡好？"

令之点头道："没怎么睡，每日也就睡两个时辰。"

启舟道："怎么了，选不好没法下决心？上次我的话说得重了，若是你还想不好，再等等也不妨，考试得是今年年底，咱们还有时间。"

令之笑道："启舟哥哥，我第一日就想好了，我要读国文系。"

启舟心中略觉失落。国文系最好考，令之又在省城读过新式学堂，好好准备半年，应当十拿九稳，但他本盼着令之能选理科，投井的堂妹少年时总爱说，日后自己长大了，要做博物家，到那些书里写过的地方去看一看。

"启舟哥哥，你要不要和我一同去西域？"她总如此问道。堂妹不知从哪里找的书上读到，西域昆仑山长有莲花，其色如雪，亦绽于雪上，五年开花，八年结果，花可入药，食后可返老还童，永葆青春。

"启舟哥哥，若是我们找到了雪莲，就可以永远不死不老。"

但她死于二十五岁，正好是令之如今的年纪。直到死，堂妹从未出过省城，因是投井，婆家说是晦气，不肯让她葬入祖坟，汪家亦道她是嫁出去的女儿，没有进祖坟的道理。最后是启舟跪下求了祖父，在汪家郊外的农地里找了一块，让她孤零零一人葬在那里。启舟亲手写了墓碑，又亲手立在那小小坟包前面，坟在一个竹林围成的凹地中。正是盛夏时分，竹林长得极密，几不透风，外面的人永远不会看见这里，启舟想。但这就是堂妹一生走得最远的地方了，漫地熟透的蛇泡草，像坟冢中流出一滴滴滚圆鲜血。

启舟看着令之，她和堂妹长得多像啊。二人都有这般玉瓷肤色，鼓鼓圆脸，面上又都笼罩着一层挥之不去的阴影和哀矜，哪怕大笑时也是如此。一时间他有片刻恍神，愣了愣方道："是吧？国文系？真的想好了吗？你以后还是想做女先生？就像以前在孜城那样？"

令之也想了想，道："女先生很好，我是喜欢做女先生的，但不要像以前在孜城那样，那时我并没有好好做过，我那时只是等着嫁人，不是嫁给恩溥哥哥，就是嫁给别的人……但我读国文系不是因为想做女先生，我想写一本书。"

连启舟都吃了一惊，道："写书？"

令之举起手中那本叫《新青年》的杂志，点头道："嗯，写书！启舟哥哥，你看过这本杂志里一个叫胡适的先生写的文章吗？"

启舟笑道："那是当然，胡适之先生是我们学校的教授，去年刚从美国归国，大家都说，适之先生是迟早要名满天下的人物。"

令之愈发高兴起来，道："真的吗？那我能去你们学校看看他吗，虽说不让女学生旁听，我在课堂门口等他可以吗……胡适先生每篇文章都能写到我心里去，你读过没有？他说我们之所以爱读《木兰辞》，爱读杜甫，爱读红楼和水浒，都是因为它们是用活的文字所写，而中国的文学凡是有一些价值有一些儿生命的，都是白话的或是近于白话的，其余的都是没有生气的古董，都是博物院中的陈列品……启舟哥哥，不瞒你说，我现在还读不通屈原和汉赋呢，别说读通，字都认不全。胡适先生说的这些，才是我想读的国文啊，我今后就想用这种有生命的语言写一本书，你说好不好？"

启舟见她满脸容光，连那层阴影都突然褪去，一瞬间和年少时说起西域雪莲的堂妹一模一样，他心中有莫名感动，道："好，当然好，令之妹妹，那你就考国文系，你必是会考上的，你要是缺点什么，随时告诉我。"

令之摇摇手中的《新青年》，道："我要书，启舟哥哥，我什么都不缺，就麻烦你每月给我多带一些书过来。"

到了民国八年年初，令之读完的书已堆满小半间耳房，搬家时她埋头收拾了几日，装满好几个藤箱。衣服倒仍是去年那些，都塞进从孜城带出的箱子中，箱子空得哐当作响，令之就又放了二三十本书进去。小院仔仔细细扫了三回，此时片尘不染，前两日满院晾晒的床单被罩全都收进了箱子，搬家那日令之一早起来，剁肉切葱擀面，给自己包了一碗鲜肉馄饨，一人坐在院中吃完。那三花小猫怀了孕，拖着肚子从石榴树上跳下，令之便扔了两个馄饨在地上；小猫吃得不尽兴，一直扒令之的丁字皮鞋。馄饨包成小小元宝模样，和川人常吃的抄手略有不同，经了这一年，令之一人能做出整桌酒菜，启舟时常会叫上同学过来，那些人大都做惯了富家少爷，坐在院中便等着上菜喝酒，但启舟总要把他们唤去厨房，和令之一道生火洗菜，剁肉切葱，酒足饭饱之后，还得划拳，输的人洗碗擦桌。他们初来万事不会，葱切得比手指粗，萝卜倒都成了渣，但和令之一样，众人都从这些琐事中渐渐得了趣味。除夕时没归家的那些学生，来院中一同吃了年夜饭，大家挤在厨房里，抢着做了自己的家乡菜肴，令之只得空搓了一点圆子，熬了一锅杂果圆子甜汤。

喝到夜半，七七八八都醉了，令之在厨房里给大家舀甜汤醒酒，启舟进来帮手，令之递给他两碗甜汤，道："今晚的菜真不错，炸虾球你吃了没有，倒有些像你上回带我去的同和居……真没想到，你这些同学四体不勤五谷不分的，居然也能做出年夜饭。"

启舟拿了汤，笑道："谁都会变的，至于变成什么模样，就看你往哪里使劲了。"

令之舀着舀着自己喝了一口汤，道："我知道，启舟哥哥，我知道怎么使劲……这汤好甜，你也吃一碗，我放了水梨和冰糖果子。"

令之每日读书写文，起先只能写一两百字的短章，后来渐渐写出千字长文，她于民国七年年底考入北京国立女子高等师范学校。入学已是四月，那日剪发后，令之便搬到了宣武门北边的学校宿舍，启舟找了一部车，胡松和济之也都来了。令之一人坐在前头，他们三人坐了后座，启舟在最里面，济之和胡松虽是一同来的，又挤挤挨挨靠在一起，却并不说话。令之转头看他们，眼光转了两转，笑道："大哥，你和松哥哥闹别扭呢。"

济之不答话，扭头看着窗外，令之远远地想打他的手，道："别发神经了，家里来来去去也就我们三人了，你再这么闹，我们还得散。"

令之本是玩笑，但说完突觉伤感，一时泪盈于睫，再说不出话来。去年深秋，胡松收到恩溥的信后旋即告诉济之。二人先去学校找到启舟，再来小院等了整日，饿得紧了，又都不想出去找馆子，胡松翻了翻厨房，找了一碗芋头烧肉，又看见米缸，就蒸了一锅米饭。二人正闷闷地坐在院中吃饭，令之抱着一叠书推门进来，天色已暗，他们也未点灯，令之影影绰绰见院中有人，起先以为是启舟又带了同学过来，笑道："怎么也不弄点吃的，那芋头烧肉是我昨晚吃剩的，没几块肉了，全是芋头。"

济之哽咽出声，道："这芋头烧得好，我最爱吃芋头，你忘了？"

令之听到声音，愣了许久才反应过来。手中书本簌簌掉在地上，她低头去捡，捡来捡去捡不起来，双手不知为何，在青石砖上徒劳地抓来抓去，令之急出一头一脸汗，索性坐在地上，埋在裙里哭起来。

令之哭得久久不停，却一直不抬头，渐渐济之也哭起来，起先还忍住不出声，后来索性是放声号啕。这几年在北京的种种不顺、委屈、怀抱冀望又反复失望的焦急痛苦，一瞬间都在这逼仄小院中汹涌而出。月上枝头，初七初八的月亮，只得半轮，既不残缺，又远非圆满，天尚未黑尽，月色黯淡又温柔，投在人世间种种苦辛上面。

胡松站在一旁，也不言语，听令之和济之哭声渐消，方道："三小姐来了这么久，也不说一声。"

　　令之一头乱发，满面泪痕站起来，哽声道："跟谁说？跟我父亲？这几年我都不知道，我还有没有父亲……松哥哥，信里写来写去写不清楚，父亲……父亲他究竟是怎么了？"

　　胡松闷了半晌，叹气道："我也不知道，这几年发生的事儿太多了……我们可能都变了。"

　　济之在一旁冷笑道："谁不变呢？但像我父亲那般，那不是变了。上帝看见撒旦闪电一般从天上坠落，我们都会在旷野四十天受撒旦的试探，但父亲根本想也不想，早早就听从了撒旦。"

　　令之这半年也读了不少福音，知晓济之的意思。她并无哀痛，只轻轻道："既是这样，也怨不得别人了。大哥，我现在知道了，虽说一个人有一个人的命，但任是老天怎么安排，我们也必要和它讲价还价一番，争一个我们自己的命出来，争到了自是好的，若是争不到，我们也没什么可抱怨的。"

　　济之听了这话，直直看着胡松，一字一句道："就是如此，无论成败，我们总该争一个自己的命出来。"

　　重逢之后，胡松也曾说，令之一个女子，孤零零住在外头不甚安全，不如和他住到一处。胡松从什刹海那个宅子搬出来后，为免得偶遇尴尬，便把鼓楼的院子也退了，就在珠市口附近租了个小院，济之则仍住安定医院宿舍。二人虽算和好，却总像隔着什么黏黏糊糊的东西。好时胡松会去医院候着济之下诊，一同去今年刚开放的天坛公园逛逛，再去前门的全聚德吃半只挂炉鸭子，这才回灯市口住一晚，但这种时候似夜半流星，大部分日子济之和胡松整日碰面，除了每隔几日一同来锣鼓巷看令之。胡松提了数次，令之都不肯搬家，后来她道："大哥，松哥哥，我这辈子就没一人住过，一个人住真好啊，我现今才明白，人不孤零零自己生活一段，是不会真正知晓自己的。"

胡松似是突然想到，道："我们都是。"

令之问道："什么？"

胡松道："我们都是头一回一个人住。"

三人都愣住了，各自想到往事，一时都觉黯然。自那日之后，胡松就没再劝过令之，只和济之隔三岔五过来看看，也只有三人在一起，胡松和济之仿似并无龃龉。济之爱吃鱼，北方馆子做的鱼总一股土腥味，胡松回回都买一条大鲤鱼，按孜城的做法先煎后炖，鲤鱼满肚子鱼籽，胡松小心翼翼舀出来，一半给令之，一半给济之，自己则只吃鱼尾鱼头。济之见他如此，也不说什么，只闷头吃饭，最后却亦忍不住，把鱼鳔舀给胡松。

令之心细，见了几次已有疑心，有一回又见胡松饭后收拾庭院，济之亦拿着扫帚，立在一旁，也不真的扫，只呆呆看着胡松，眼中既有愤懑，亦有痴缠。令之这大半年除了正经读书，每日也看小报消遣，报上不时有京中少爷们和花旦青衣的风流逸事，令之再忆起从小到大济之待胡松的万般情景，已知了个七七八八。

令之心中震动，一时也不知如何是好，便找了启舟，吞吞吐吐半晌，她并未说透，但启舟已听懂了，他想了片刻，道："令之，你独身一人来北京，家里人会怎样想？"

令之苦笑，道："他们都以为我死了，我死了倒是对的，但我若是活着，我要不大逆不道，要不就是个疯女子。"

启舟道："那你怕他们吗？"

令之摇头，道："我自然不怕，我管他们呢，我要争出一条新的命。"

启舟笑道："这就是了，你这样待自己，也要这样待别人，你管他们呢，干你何事？"

令之想了想，也慢慢笑起来，道："启舟哥哥，你说得对，我只盼着他们开开心心。"

启舟点头又摇头，道："若能这样自然好，只是这也不容易。"

搬家那日，四人把东西都搬进宿舍收拾妥当，一同出来在东来顺吃铜锅涮肉。令之这才知道，济之心中不豫，是因胡松最近又总去什刹海宅子那边。济之也不吃肉，只闷头喝酒，令之给他夹了一筷子羊头肉，按北方吃法，蘸了芝麻酱和韭菜花，道："大哥，算了，松哥哥这些年怎么待父亲，你又不是不知道，你要他和父亲一刀两断，也是强人所难……不说他，难道我们真的要和父亲老死不相往来吗？"

济之把芝麻酱一点点从肉上刮下，冷冷道："令之，你知道父亲最近在做什么吗？"

令之道："什么？"

济之夹肉进口，嚼了嚼又吐出来，呸了一声，道："什么玩意儿黏黏糊糊的，真难吃……我们父亲，呵呵，这半年啊，他在一心一意种鸦片呢。"

令之震了一震，正在涮的羊肉掉进了锅，瞬间没了踪影，她放下筷子，颤声道："不，这不可能，父亲最恨鸦片。"

余立心确实最恨鸦片，他总道，前朝若不是每年流进来几万箱鸦片，荼毒上千万人的心智，国人不至颓靡至此，国家也不至其后每战必败，一败涂地。因咸丰皇帝与英吉利签了《通商章程善后条约》，对鸦片开征"洋药税"，即每百斤鸦片，均要在海关缴纳关税白银三十两，再进内地时，还需被征数量不等的厘金，洋鸦片因此价格暴涨，商贾们索性自行种植。而四川诸川交流，土地肥厚，前清最后二十年，川地已是遍植罂粟，鸦片产量占全国四成有多，鸦片税亦和盐税分庭抗礼，占了四川税额的三成多，当时已有诗云"红花白花开满田，宣汉家家尽种烟"。孜城四家里除了余家，别的都分了不少田地种上罂粟，余立心却坚决不肯，他私下里曾对胡松道："钱，我们余家已挣得不少了，再

多也没有什么意思。人不吃盐不可活，人吸上鸦片亦是不可活，你要记得，我们卖盐的人，不可做这种伤天害理的事情。"林家除了大种罂粟，还在城内开了不少一等烟馆，城内富家子弟，明里暗里少有不去光顾的。余立心则曾对出洋前的济之达之厉声说过，若是家中谁去了烟馆，一次禁食五日，两次打断双腿，三次则逐出家门。令之幼时好奇，曾缠着恩溥带自己去烟馆开开眼界，父亲知晓后，她果然被关在房中禁食五日，只能饮白水，每日半碗牛乳，令之到了第三日便晕死过去，济之达之和恩溥对余立心跪了整夜，他方松口，让人给令之送了一点稀粥进去。

令之如何也不信，又道："这不可能，父亲死也不会种鸦片。"

济之又哼一声，道："以前的父亲确已死了，现今这人，我们谁也不认得。"

令之转头问道："松哥哥，这……这是真的吗？"

胡松神色惨然，道："我之前已听了一些闲话，这两月义父将京内剩的几个生意都出了手，我本以为他是想拿着现银回孜城，还想这样也好，这几年在北京，义父他也是万事不顺意，这也不能全怪他，世事如此，我们这些人，不过是水中漂萍……唉，若是真这样就好了……谁知上月底楼小姐带着宪之寻到我。"

令之奇道："楼心月怎么能找到你？"

济之冷笑道："问得好，若是有心要搬出来，偌大一个北京城，谁能真寻到你？"

胡松不理济之讥嘲，道："我盘下前燕堂后，曾托人给她带过话，让她和宪之遇到事，可来找我。"胡松搬出什刹海后，手上留有这么些年存下的一些银子，因一时未想好去留，亦不能坐吃山空，就把以前经营雅墨斋时自己购下的一对定窑剔花龙耳镶金边花口瓶卖了，勉强凑了一笔钱，在琉璃厂盘下这家名唤前燕堂的小小古玩铺。胡松在琉璃厂待了几年，已有不少人脉，他眼光也准，虽现今没有财力收大东西，但收了不少价格适中的精巧小件，三五天就能出手，不过半年时间，前燕堂已略有盈余。

令之点点头，若是胡松真就此和父亲恩断义绝，那也不是她认识的松哥哥，问道："楼心月来找你说什么了？"

胡松叹口气，道："她瘦得脱了形，又不施脂粉，脸上又黑又黄，我差点不敢认……好在宪之仍是白白胖胖，一见我就要抱……店里烧了地龙，热得很，她也不肯脱衣，后来给她端茶我才看见一眼，两手上都是伤，新伤叠旧伤。"

令之奇道："有伤？为什么？家中来了坏人吗？"

济之在一旁气得真笑起来："令之，你是真傻还是装傻？这还不明白吗？不是家中来了坏人，是家中有坏人。"

令之这才猛地明白过来，惊叫道："不！这不可能！父亲最看不得人欺负妇孺，他怎会打女人？！"

胡松又长叹一口气，道："……起先我也不信，但楼小姐见我已看到伤口，一时伤了心，就都说了，她倒是性子倔强，都这样了也没有落泪，只是宪之已懂事了，听了母亲的话，一边哭一边大叫，爸爸不要打，爸爸不要打……"

令之尚未见过宪之，她这么多年都是家中最幼，一直想有个弟弟妹妹，何况宪之和宣灵差不多年纪，她听到这里，已是红了眼，道："松哥哥，这到底是怎么回事？"

胡松斟酌了一会儿，似是不知如何开口，半晌才道："楼小姐说，义父不知怎么设法，和张勋对上了号，把家中银子都拿去入股，在徐海那边种上了鸦片。"

十三年前，光绪皇帝曾下诏书，称将用十年时间禁绝鸦片，种植罂粟的农地则每年递减一成，六月内关闭所有烟馆，一年禁售所有烟具，凡吸大烟的官员应在六月内戒烟，且所有吸大烟的人均需去官府登记，烟贩不得向未登记者售烟。彼时清廷虽已入骨腐败，诏书所令之事也大都未能如期完成，但种植罂粟的农地确是逐年在减。以孜城为例，至武昌举事时，几大家已只听说林家还在凤凰山上零星有几块罂粟田，另外几家均嫌瞒来瞒去麻烦，索性一把火烧了罂粟田后改种楠竹，以便制成井上所需输卤和输气笕管。小皇帝退位之后，民国政府沿袭前朝的诸多禁烟举措，前几年仍在偷偷摸摸种植罂粟的，几已只剩云贵陕等地的地方军阀。但袁世凯称帝之后，蔡将军举旗护国，云南因多年禁烟，财政早就不支，三军未动已缺粮草，唐继尧始设烟厘金，每百两烟土收滇币五元，滇省的鸦片种运由此迅疾死灰复燃，且随着护国军一路东进北上，烟贩亦随着滇军结队而至，胡松虽久未归川，亦听说自今年以来，川东民军大开烟禁，已再现二十年前的繁英硕果、累然千里之势。胡松离家前，曾偶然和余立心谈及此事，胡松当时叹道："这大烟禁了十年好不容易真禁下了，谁知一两年间就又这样……唉，不知有多少穷苦人家，又得家破人亡。"

余立心当时正在看账，一面抱怨雅墨斋卖了之后，京中别的生意都不温不火，没有大笔的银钱流水，一面冷哼道："家里没钱还去吃大烟，我看啊，这也都是活该！话说还是种大烟来钱快，开什么绸缎铺子洋货铺子，累死累活地，也就挣个喝水钱……林湘涛那老狐狸，估计早就都又种上了……你下回给达之写信问问，我记得凤凰山后面家里还有几十亩地，就种了点家里自己吃的果子，不如铲了，对，别人家早种上了，我们现在可是不能吃这闷亏了……"胡松当时已是心惊，还好义父只是自言自语半晌，后来也未重提这事，幸好这两年他除了要钱，已不耐烦往家里写信，胡松本想，大概他不过随口说说，已把这事忘了。

铜锅里的汤早熬干了，火炭渐渐熄下去，席上没人说话，令之用筷子一点点蘸芝麻酱吃。那芝麻酱调得极咸，她再开口时声音已哑了一半，道："松哥哥，宪之还好吗？"

胡松摇头道："楼小姐说，宪之本来话已说得挺好，见了两次义父打她之后，开始还哭闹，后来已不怎么开口了。"

令之又道："你回去能做什么？"

胡松又摇头，道："做不了什么，义父现今把钱全部攥在手里，已经三月不给家用了，楼小姐说她把能辞的人都辞了，又押了好几件首饰，才勉强把几月熬过去了……我替她赎了一根鎏金项圈和一对白玉镯子，又给了一百个大洋，但我刚买了前燕堂，手上也没有多少现钱。"

令之点头，道："我这里有张两千两的银票，你回头替我送过去。"

胡松道："你也去吧，你还没有见过宪之，他毕竟是你弟弟，宪之长得女相，刚出生时候义父总说，和令之小时候一模一样。"

令之道："我不想见父亲。"

胡松叹气，道："见不着，楼小姐说他十天半月才回家一次。"

令之道："他去了哪里？"

胡松苦笑，道："不知道，楼小姐不说，我也不问……但你说，一个男子整宿不归，能去哪里？"

令之终是落下泪来，道："大哥，松哥哥，这到底是怎么回事？父亲怎么了，父亲……父亲以前连应酬都不爱去，夜里只在家里读书……打女人，种鸦片，彻夜不归……这，这还是他吗？"

济之伸筷去捞锅里冷掉的羊肉，道："令之，别问了，怎么问也没有个结果的……来，再吃点肉。"他空口吃下已凝了一层油的肉片，又用漏勺把锅中剩下的小半碗都捞了起来。

胡松亦不言，只叫人来换炭加汤，又点了两盘手切羊肉。因都不想再说什么，大家只装作埋头苦吃，令之吃了几大筷子羊肉，忽觉恶心，出了后院洗手。今日清早本是天高气爽，不知何时天色已阴，乌云压城，云中雷电轰鸣，令之出来时正好遇上风雨大作，迎面而来，她突地没站稳，胡乱抓住路旁桃树，一时之间进退两难，索性就站在树下，等这一阵疾风过去。

饭馆门外种有两株山桃，桃花刚谢，结有青青小果，那风分明是一般模样地吹过两株桃树，不知为何，令之扶住那株四下摇晃半晌，只掉下零星几个小桃，旁边那株却禁受不住，噼里啪啦往下掉果，也就刹那时间，树下先堆了密密一层，旋即随着水流往四下散去。

风迟迟不停，令之在雨中痛痛快快哭了一场，反正雨大风急，万种声响也统统掩埋。令之想，这些年不论孜城北京，一直都是风雨如晦，如萍飘零，这国不知有多少人就像父亲般不堪一击，零落成泥碾作尘，什么都没有受住。但也许有人会像这株山桃，虽无显眼之处，却不知怎么，偏偏挡住了看似挡不住的风雨，或立在原处，或走了应走的路。只是那些人在哪里呢？也许根本没有吧，也许覆巢之下并无完卵，如斯风雨之中，亦没有一株不相同的山桃树。

贰拾壹

　　小五夜半出门，一气未歇把林恩溥送至省城。起先顶上有光，照出一条暗而曲折的长路，随后层层乌云遮星蔽月，小五把车灯打到最亮，让两旁暗处更似幢幢鬼影。小五想，鬼倒是不怕的，现今他们只是怕人。

　　一路四个时辰，林恩溥就睡了四个时辰。他多日未合眼，入睡即梦，继而有魇，魇中他明明知道自己已离了孜城，却发现自己双脚紧紧黏在慎余堂厅前小院的青石砖上，无论如何也挪不得半步，而令之浅笑的脸就在前面。小五听得后座上恩溥挣扎出声，知他是魇住了，但他也知道，魇住了是没有办法可想的，只能待他自己醒来。小五儿时也常梦魇，醒来总见母亲满面焦急守在窗前，母亲说，魇住的人不能硬把他叫醒，那样他反会被自己吓住，丢了魂魄。

　　到省城车站时已近正午，小五进站打听，三日以内北上的火车都已没有一等和二等车票，他本想在站口候着，看能不能高价买到一张，恩溥却转头去买了今日的一张三等票，把小五拉出人群，道："走，我们去吃顿好的。"

车站附近并没有什么像样馆子，他们找了一会儿，最后坐在路旁竹棚下，吃了豆花饭和蹄花汤。小五边吃边哭，起先不过哽咽，后来则号啕到不能自已，恩溥却胃口极佳，连夸这家的豆花蘸水又香又辣，还把蹄花汤里的黄豆一颗颗拣出吃净，小五一边抹泪一边替他添了三次饭，道："少爷，你多吃点，到了那边……"

恩溥接过饭，淡淡道："别哭了，我不会有事。"

小五道："但是那天……但是他们……"

恩溥皱起眉头，道："我那天没事，往后就更不会有，他们管不了那么远……你就按我给你说的做，都记住没有？"

小五点点头，恩溥叹了一口气，道："你把事情处理完，就把你母亲带上，找个地方躲一躲，我那房子里的银子，你也知道在哪里，想拿多少就拿多少……这些手段，也就能糊弄个几天，他们没法找到北京来，就怕找你出气。"

小五道："少爷，我说的那个法子……"

恩溥面色一凛，道："我说过，不要再提了。"

恩溥进站之后，小五又去了那家豆花饭，好几日食不下咽。

这回他心中终是松下来，这才觉得饿得心慌，坐在棚下扎扎实实吃了一顿，发现豆花清香，蹄花糯烂。第二碗饭的时候他想，少爷说得没错，这家的蘸水做得是香，不知道北京有没有豆花饭？

吃完仍觉不足，小五就又叫了一碗豆花和半匹卤排骨，排骨不剁不切，和一把手刀一同整个端上桌，小五就用那刀把肉一块块割下来吃，刀快肉香，一时豪情满胸，什么都不在话下。饭后突感困顿，小五回车上先睡了一觉，醒来时又逢夜半，顶上木星亮似明月。小五忽地忆起，恩溥曾说，木星升至中天，为大吉之兆。大概是吃饱睡足，小五此时浑身上下精神抖擞，不像前面几日惊慌昏沉，似是丧家之犬。这亦是这次出门前恩溥的话，坐上车时他笑了笑，道，小五，你看我们这样，像不像丧家之犬？说罢他又道，孔夫子尚且是丧家之犬，我是不是又有什么干系呢？

这时间城门已关，小五在车上静静坐了两个时辰，直至天色微明，他这才开车出了北门大安。小五这几年跟着恩溥，每月都会来省城一两回，一直走的是东门迎晖和南门江桥，但今日他想，大安这名字真好，上头虽有木星吉兆，但亦要求个前路大安。

孜城在省城东南，小五从北门出去，往北再开了颇长一段，这才折返往南走，不久后又往西拐了拐，远远见到凌云峰上大佛法相庄严，他知道，这就是到了乐山。孜城的盐由水路外运，乐山是必经之地，小五时不时也会送恩溥上来谈生意和收货款。母亲信佛，小五每回都要上凌云寺替母亲上香求签，恩溥则在山下候着。小五知道，少爷从来不拜自己不信的神佛，小五曾道："少爷，拜一拜吧，都说乐山大佛最灵验，随便拜一拜也没有什么损失，万一灵了呢。"

恩溥摇头，道："拜而不信，最是亵渎。"

小五奇道："少爷，那你到底信什么？我看你也不拜启大夫他们的上帝，你什么都不拜，万一有个什么事，没人保佑你可怎么办？"

不知这话哪里出了错，恩溥站在青衣江畔，许久方道："我既是什么都不信了，那只能什么都不拜。"

小五沿着青衣江走了大半个时辰，默默记下沿途景状，这才把车停在青衣江边一处僻静地方，方圆四五里都没有人家，野狗出没，草高树深。他脱了件布衣，裹住地上捡的石头，先在车身上四处划出刮痕，又几下砸了车窗，用玻璃碴把手划破，把血细细滴在后座四周，不过片刻工夫，车已显饱受劫难。这辆福特小五开了五年，一直悉心呵护，每日勤加擦洗，除了上次恩溥开时撞了一次城墙，从未出过事故，此时见它破破烂烂，小五心中一阵不舍。但他也知道，从今往后，不得不舍的东西将越来越多，一辆半新不旧的美国车，又算得了什么。

做完这些，小五往前又走了半个多时辰，在码头边雇了一艘乌篷船，再花大价钱雇了一个船夫摇橹。青衣江水沛风缓，正是盐运最好时节，江上密密匝匝排满竹筏，每只竹筏均用楠竹百余根扎成，头尾上翘，筏底设有浮筒，以增浮力。为保货盐不潮，筏面装有尺高货架，盖以竹席，此种竹筏既可逆流而上，三日即达雅安，亦可顺流由青衣江汇入岷江，再达省城。小五一路逆流，耗时两日回到孜城，下船之后，小五寻了一个四下无人之地，在河边捡了一块棱角锋利的大青石，往头上狠狠一砸，再脱了上衣胡乱包扎，这才进城去了林家大宅四友堂。

几日之后，城内的人都已知道，林家大少爷前往乐山查看盐运，半路遇了山贼伏击。贼人本只是要钱，大少爷将车中刚收的几百块盐款都给了出去，只道望对方留下几十大洋，让他们能修车买油，以便归家，谁知对方仅肯留下十块大洋，又用言语相辱，林家大少爷平日从未受过这等鸟气，一时火气上涌，和山贼争了起来。他本是书生，手无缚鸡之力，几下便受了伤，林家司机小五在一旁帮忙，谁知被大石敲头，当即晕了过去，待再醒来，少爷已经没了踪影，四下均有斑斑血痕，怕是已凶多吉少。

这两年林湘涛烟瘾极大，久不出来走动，连对女人也失了大半兴趣。他花大价钱在四友堂院中水塘里建了个玻璃房子，房中别无他物，就有一张长五十余尺的酸枝烟榻，家中的七八个小妾也跟着他每日从早到晚瘫在烟榻上。那玻璃房子四下敞亮，却没有窗，鸦片烧到一定时候，外面望进去只见白气紫绕，不见人影。林湘涛就喜这般景致，他总对房中烧烟泡的下人说，这就是以身炼丹，道长说了，吃大烟和炼丹是一个道理。孜城的人都传，林湘涛身子已全空了，没有几年寿命，还好林家有这般能干的大少爷，李家和严家就造孽了，眼看着已是铁板钉钉后继无人。

听完小五跪在地上，哭哭啼啼传话，连林湘涛也急了，第二日一早先吸够半日的量，再在身旁带足了鸦片，勉强坐上轿子，去求这时驻在孜城的滇军。

孜城这两年又已城头变幻大王旗，顾品珍退出孜城后不久，孙文在广州成立中华民国军政府，以段祺瑞拒绝恢复《临时约法》和召集国会为名，再掀护法之战。唐继尧则立刻借护法为由，发动靖国战争，率滇黔联军再入四川，前年年底，北京政府曾任刘存厚为四川督军，去年二月，靖国联军已攻入省城，刘存厚退至陕南汉中附近，今年三月，孙文正式任命熊克武为四川督军，那之后驻在孜城的，就一直是滇军第四混成旅长金汉鼎。金汉鼎在护国之时就来过孜城，当时他带伤行船，驰援纳溪，蔡将军曾亲自前往码头迎接，任命他为孜城城防司令，在此一战成名后，金汉鼎已同朱德、耿金汤、项铣三人一道，被称为滇军将领的四大金刚。这次回到孜城，李家曾吃过他的大亏，孜城城外的三多寨一直是李家寨堡，且设有李家祠堂，今年春节李林庵带上李明兴回祠堂祭拜，金汉鼎以护国之时，三多寨曾拒滇军入寨为由，派了几百兵将寨子团团围住，并扬言要逮捕李林庵父子二人，并随即也不知会商会，查封了李家十五口井灶，拍卖李家仓中存盐，后是严筱坡以和滇军的旧交说情，金汉鼎才撤了围兵，但李家需被罚引盐一百傤，引盐每引五十包，花盐每包净重两百六十斤，九引为一傤，但是这一笔，已超过二十万元，李家一时元气大伤。

金汉鼎令林湘涛立下字据，允诺给滇军林家在山上两亩罂粟三年的收成，便派了个营长率五十人带上枪炮上了乐山。小五领路，在凌云山周围十里搜了五日，未见山贼，倒是遇上川军一支撤到这里的残部，滇军的人将其全歼，缴了三十几支枪，又从他们身上零零散散搜出了一些金银。到了后面两日，那营长已感不耐，对小五道："兄弟们找也找过了，这山从底朝天翻了三遍，莫说你家少爷，鬼影子都没看见一个，他

337

要是被人投进了青衣江，难不成也要咱们兄弟跳进江里捞尸不成？"

小五点着头，哽咽道："军长说得对，我早知道少爷他……唉，但我家老爷现今就少爷这么一个儿子能管事，老爷他不甘心，我们这些做下人的也不好交代……"

那营长挥挥手，道："啥子不好交代，你家老爷要是真的惫心疼儿子，自己咋个不来？小么弟，我给你说，我们好好在城头耍几天，回去给你家老爷说确实找不到，不就行了？现在这个时候，死述就死述了，哪个不是快活一天算一天哦？"

小五抹抹泪，道："军长，我晓得，你们高高兴兴去耍，我想点法子把车修一修，我少爷他……他最稀罕这辆车，以前两天就要让我里里外外擦一遍，现在里头少爷的血，怕是再也洗不脱了。"

那辆福特仍在原处，看着虽破，其实加上油后还能开，乐山是川南重镇，城中居然真的有油站和修车铺。小五一面修车，一面等滇军的人在妓院烟铺玩了个尽兴，这才一同回到孜城。自那以后，林家大少爷在孜城已是个铁板钉钉的死人，林家虽称是遭了山贼毒手，但城中亦有人传，这是林家大少爷情深义重，跟着余家三小姐投了江。至于为何不投孜溪河，要百里迢迢跑到青衣江去投，又有人道，那是因为余家三小姐已走好一阵，早不在孜溪河了，定是三小姐托梦给他，二人约好在青衣江中等。这说法越传越烈，小五又三不五时在城中茶馆里一边抹泪一边道："怪不得，怪不得大少爷去乐山前要我洗了两张令之小姐的相片，我还想我家少爷好造孽，令之小姐都死了这么久了，他还要惦记……现在才晓得他是把相片带在身上，免得在阴间遇不到哇。"说罢，小五终归要大哭一场，林恩溥当时虽让他离了孜城，但他却想，少爷走了，林家上下又是糊涂昏庸至此，若是达之真的对林家动手，他在旁边说不定也能帮上一点忙。

林湘涛也哭了半日，但他的身子已虚到什么都经不住了，四周的人都道:"大少爷是没了,但二少爷三少爷还有几个小少爷过几年也都成人了,何况这些少爷一个比一个懂事听话,林家又不是严家,这么多儿子,总是不愁无后的了。"林湘涛心想确也如此,恩溥虽是能干,这三两年却渐渐不受自己控制,最近一年更是连家也不回,井上的账三四个月才会叫人拿回来给他看个半日,偶尔从烟中清醒,林湘涛也觉悚然忧心,但烟榻上铺的绣金红缎褥垫又沉又软,一旦躺下,就难以起身。何况达之在恩溥出事后上了林家好几回,拍着胸脯保证林家井上天车不停,井下灶房照开,该从商会分的红一分不少,且各色琐事一概再不用他管,达之道:"若是林叔伯缺什么东西,就随便唤个人来慎余堂,从我的账上领钱就是。"

满屋烟气,林湘涛今日胸紧,少抽了几口烟,整日似醒非醒,只觉达之眉眼虽熟,却分明已是个陌生人。林湘涛也有心往深处想想,但一想即困,他打了个哈欠,又躺了下来,道:"这样最好,达之贤侄,你对我们林家也算上心了。"

达之神色惨然,道:"林叔伯,我和恩溥亲如兄弟,原本以为他和令之……唉,天地不仁,造化不公,如今令之下落不明,恩溥又出了事,你以后就把我当亲儿子便是。"

林恩溥的车票本可直到京城,但想到令之就在那里,一时竟似近乡情怯,他无端端在天津便下了车。天津他从未来过,亦无一人相识,这么些年,除了刚去东洋之时,林恩溥从未如现在这般孑然一人,但那时他常觉孤单,此时却只有快意轻松,有两次他午夜梦回,见到玉森面目狰狞,大叫"Bakudan! Bakudan!"。恩溥知道,就是那个声音了,那一声巨响终究会来,前几年大雾一场,自己万事皆错,也什么都来不及挽回,但雾终究是散了,眼前已经是一片清明,再没什么阻着他的双眼,那些该他去结束的事情,他必会做完。

恩溥在租界内找了个饭店住下,那地方离冯国璋的冯家花园不远,恩溥整日有闲，又没有特别要去的地方，总是步行来去，每日经过冯家北门。冯家花园占地近七亩，原是奥匈帝国工程师布吕纳建造的地方，冯国璋六年前任直隶督军，以抵债方式购下此楼，两年后冯又委托一德国设计师将其扩建，这才有了这座高门大宅。虽说是冯家大宅，此时冯国璋却并不在里面，去年府院之乱后，冯与段祺瑞双双下野，随后返乡归隐，据说不问政事，和张勋一样，安心投资煤矿与银行。本地人仍惯于称冯家花园那边为奥匈租界，但其实去年奥匈帝国战败，北洋政府已收回这块地方，想起来从奥匈帝国驻天津署理领事贝瑙尔与天津海关道唐绍仪订立《天津奥国租界章程合同》，迄今也不过十二年，至于民国，算来更是不过八年，但让人已有今生前世之叹。不说别的，北洋诸人上上下下，均有疲态，直皖两系缠斗不休，冯段下野后，皖系大势已去。川滇黔本就偏安一隅，为争盐税、鸦片和地盘，打来打去三方均是元气大伤。孙文的广州军政府虽有护法之名，但去年已被改组，以七总裁取代大元帅，名义上主导南方诸省，七总裁为岑春煊、孙文、唐继尧、陆荣廷、伍廷芳、唐绍仪、林葆怿，岑春煊为主席总裁，但孙文并未就任，转头北上去了上海，剩下六人亦各有打算，非敌非友，只有张作霖领着奉天军固守东北，牢不可摧。

在天津两月，恩溥无事可做，不过四下闲逛，有一日突发奇想，坐津塘列车去了塘沽。这条铁路最早为兴洋务那时，李中堂为解决开平矿务局所出煤炭运至出海口的问题而建，因朝中反对者众，李鸿章奏请时尚只能声称所修的为以骡马为引的快车马路，老佛爷方勉强应允，后又几经周折，直到光绪十九年终能通车至山海关。随后甲午惨败，洋务梦碎，当年这列机车两侧均镶有黄铜镂刻的五爪飞龙，故又称"龙号机车"，但如今飞龙卸甲，李中堂离世更是已快二十年。庚子拳乱之后，无力收拾残局的皇帝与老佛爷强逼李中堂北上，他四面楚歌，亦无从抵抗，只能签下辛丑之约，留下万世骂名，随后即心力交瘁而逝。听说弥留之际，沙俄公使仍在苦苦相逼，让其在协议上签字，李中堂留下的绝命诗，现今读来仍觉伤情：

> 劳劳车马未离鞍，临事方知一死难。
> 三百年来伤国步，八千里外吊民残。
> 秋风宝剑孤臣泪，落日旌旗大将坛。
> 海外尘氛犹未息，诸君莫作等闲看。

李中堂死时恩溥不过十二三岁，对这些自是似知非知，他记得这首诗，不过是因在东洋之时，有一日众人聚在铃木老师家，谈及辛丑之耻，学生们皆痛骂中堂，铃木太太本是低头给大家上菜添饭，未发一言。席上有一罗姓学生祖籍乾城，是镇守大沽口炮台二十余年的天津总兵罗荣光的堂侄孙。庚子年六月十六日，八国联军限罗荣光在次日凌晨两点前交出大沽炮台，罗慨然拒之，联军随后发起攻击，三炮台先后失守后，罗先杀眷属，再服毒自尽，据称死前曾面向西北连磕三头，道："荣光无能，辜负雨露。"辛丑之后，按条约所定，大沽炮台和其余北京到天津之间的炮台均遭拆毁。

那罗姓学生当日满目通红，怒不可遏，拍着桌子道："我伯爷爷当年苦等援军不来，宁死不辱，何等英雄气概，可恨李鸿章位居中堂，却卖国求和，如此奴颜卑骨，清廷居然追封他为太傅，谥号为忠，这乃是对真正忠义之士的无尽羞辱，就凭这个，这朝廷也是该亡了！"

他说罢涕泪齐下，旁人也纷纷附和，铃木太太给大家一人上了一小块杏仁豆腐，拍拍那学生的肩膀，道："青年人有这般心气，自然是好事，中国往后，只能靠这般心气了……但辛丑之事，别说是李中堂，签字的哪怕是皇上和老佛爷，也怪不得他们卖国。"

那学生奇道："师母，你这是什么意思？"

铃木太太微微一笑，道："国力如此，刀俎鱼肉，胜负早分，谁去签那个字，又有什么分别？你们以后啊，说不定遇到这种事情的时候还多着呢，迁怒于人也是常情，就怕做得过了，反让人心四裂，国更加不国，你们青年从来不缺热血，有时把血冷一冷，反是好事。"

那日从铃木先生家出来，那罗姓学生愤然道："一个无知妇人，倒跟我们论起国事来了，岂不可笑？铃木先生说是醉心华夏，一口中国话说得倒是人模狗样的，哼，我看先学学咱们中国男人怎么管老婆才是正经。"大家又是纷纷应和，只有恩溥低头不语，心中来回默念："……三百年来伤国步，八千里外吊民残。秋风宝剑孤臣泪，落日旌旗大将坛……"

这诗数年前恩溥第一次听到，是在慎余堂中和令之玩捉迷藏，令之躲进父亲书房，恩溥找到她时正好听见余立心一面斟酒，一面低吟，他就着一小碟火边子牛肉，反反复复将这首诗吟了好几遍。恩溥在窗下听得呆了，令之等来等去等不着，从橱柜中跳出，嘟嘴道："恩溥哥哥，你发什么痴，我在这里呢！"余立心见了他们，突地收了那股悲气，只招呼他们过去，一人发了一片牛肉撕着吃。

恩溥以为这些琐碎往事早无踪影，但那日读报时偶见有人谈及当前局势，引了李中堂这首绝命诗，他才猛地发现，自己当日记得，现今仍是记得，一字一句都未忘记，反倒是这几年在孜城，走马灯似的发生这么多事情，他却觉得仿似前世，脑中只有影影绰绰的印子。

恩溥下车后正待出塘沽南站，却遇到十来个青年，正在前面和站口军警争执。恩溥走去一看，原是他们刚从塘沽海边游玩归来，捡了一包贝壳，军警只听见行李中有异响，以为是什么武器，定要他们开箱查看，开箱时又用毛瑟枪头乱戳，戳坏了箱中裹在衣服里的几件瓷器，两边便争了起来。

恩溥见那些青年据理不让，又见两个军警已渐失了耐心，担心他们若是动手，青年们两手空空难免吃亏，便上去调停，对看似领头的一位年轻人道："我看大家都让一步，这位仁兄，你们损失了多少银子，我可替这两位军长赔上一点，意思一下，我看你们还得赶路，何必在这里虚耗时间。"

那年轻人身材高大，面似满月，左下巴上有一颗圆痣，虽然不过二十五岁上下，却已有凛凛威仪，他听了恩溥这话，便顺意劝住了另外十几人，大家也都听他的话。军警悻悻走后，恩溥便和他闲聊了两句，知他姓毛，字润之，为湖南韶山人，恩溥问道："毛兄，你们这么多人，可是四处游玩？"

那年轻人说一口需细细辨认方能听清的南方话，道："我们坐车去上海，就顺便去大沽炮台看了看。"

恩溥道："炮台尚在？"

他点点头，又摇摇头，道："在是还在，但自然不是当年那个炮台了。"

恩溥想到自己那个罗姓同学，亦觉黯然，道："你们去上海做事？去那边也好，听说上海没有北边这么乱。"

他又摇头，道："他们拿华法教育会资助，要去巴黎读书，我是湖南韶山人，从上海回长沙。"

恩溥奇道："就你一人不去法国？为什么？"

他听了这话，面上闪过一丝失落，但又突现傲气，道："怎么？这还需什么理由？中国既需有青年出洋，也需有青年留下，就像当年变法，前有康南海梁任公出走图将来，后有谭复生以死酬圣主。留下的人死得痛快，倒是出走的人不过偷生，我看也没有图到什么将来……哼，中国这些读书人，想得比说得多，说得比做得多，从来如此。我是不信读书有什么大用的，中国的问题，最终不能靠读书，更不能靠洋人。所以我出不出去有何重要？我要留下来，想清楚中国的问题，我离这个还远得很哪，不过莫得事，我必会想通的，中国的问题最终得靠我们中国人自己解决。何况，我母亲病重，我需回长沙伺候。"

恩溥见自己随口一问，他竟滔滔不绝这许多，心知这是戳中他的心结，这人因母亲不能出洋，怕是已郁郁良久，便随口应和道："母亲病重，自是应当回去，毛兄说得对，出去也没什么意思。"

那人起先慷慨激昂，现在声音却低下来，闷闷不乐道："是啊……人生在世，总有命中需做之事，做完才得自由。"说罢作了作揖，和同伴们一同进站候车。

恩溥听了那话，当时未觉什么。后来上了大沽炮台，见天地苍苍，海色浑黄，浪涛拍岸，海面有白鸥上下翻腾，长鸣而过，亦有军舰商船，汽笛声声，渔民驾舢板出海，几人相距百米，在海上互相呼叫应和，更不说炮台上风声烈烈，迎面击来。一时间万种声响，竟是一声大过一声的"人生在世，总有命中需做之事，做完才得自由"。

那日从炮台下来，恩溥径直回到天津，饭店的租费本付到月底，他也懒去交涉退钱，连夜胡乱收了行李，第二日一大早便出发往北京去。那一夜恩溥乱梦不止，后来更是魇中有魇，梦中只知巨石压胸，动弹不得，又想醒来，又觉醒来亦是这般辛苦，不如就此睡去。但醒终究是会醒的，醒时大汗淋漓，心跳不止，眼前一片虚空，躺在床上许久才知今夕何夕。这两月每每恩溥想上北京寻令之，就会这样折腾一回，让人心生惧意，他就是这样被一天天拖了下来。

但今日恩溥醒来即起，洗把脸便叫了个车去车站，他也知道，那魇住自己的，也就是自己罢了。

恩溥在站台上买了几张报纸，上车坐定后摊开一看，方知这几日因为巴黎和会，北京已有剑拔弩张之势。五年前欧罗巴大战肇始，尚是袁世凯当权，据说当年任财政部次长的梁士诒就曾对袁谏道："德奥以小敌大，战之结果，必难悻胜。在我见，正不妨明白对德绝交宣战，将来于和议中取得地位，于国家前途，深有裨补。"但袁世凯见局势不明，心有犹豫，第二年袁退无可退，签下"二十一条"，有小道消息称他亦感苦痛，曾问陆徵祥何从补救，陆答之，唯有参战，到和会时再提修改。但之后当局又是犹豫再三，直到民国六年八月，威尔逊总统放弃中立姿态，加入战场之后，段祺瑞见德奥已是必败，方才正式宣战。当局起初承诺将在六周内向法国派出两万至三万士兵，但因名义上亦宣战的日本并未向欧罗巴战场送出一兵一卒，因此日本对此横加阻挠，最终选择了以工代兵，这也并非新事，一年前英法其实就已在招募山东劳工赴欧，宣战之后不过由劳工部正式组织而已。不过两年时间，赴欧劳工有十四万余人大都来自山东，招募时英法宣称他们可稍离前线，但随后战况愈烈，华工们也不得不在前线挖战壕与埋尸体，甚至曾有和同盟军亲身肉搏之时，大战结束后，清扫战场的亦是他们，不少人侥幸熬过大战，最终却死于德军埋下的地雷，华工死伤未有详数，但料来也是上万之巨。

付出如此代价，巴黎和会时北洋政府以战胜国之姿，派出外交总长陆徵祥、南方政府代表王正廷、驻美公使顾维钧、驻英公使施肇基和驻比利时公使魏宸五人参会，望能先能收回山东，继而废掉庚子赔款。陆徵祥心知此行艰难，托病卧床，几人互相推脱之后，在会上发言的乃是顾维钧，顾维钧席上演说精彩绝伦，一句"中国不能失去山东，正如西方不能失去耶路撒冷"料可传世，话虽漂亮，却毫无用处，会后合约中竟将德国在铁路、矿产、海底电缆等一切动产、不动产及筑路开矿权，无条件转让给日本。合约一事当局本想秘而不宣，但因梁任公彼时正在访欧，将会上情形电报回国，外交委员会事务长林长民随即撰文，将当局有意签字一事公诸于世。

恩溥手上这张《晨报》，头条即是这篇《外交警报敬告国民》。文章不过三百余字，却慷慨激昂，全文道："胶州亡矣！山东亡矣！国不国矣！此噩耗前两日仆即闻之，今得梁任公电乃证实矣！闻前次四国会议时，本已决定德人在远东所得权益，交由五国交还我国，不知如何形势巨变。更闻日本力争之理由无他，但执一九一五年之二十一条条约，及一九一八年之胶济换文，及诸铁路草约为口实。呜呼！二十一条条约，出于协逼；胶济换文，以该约确定为前提，不得径为应属日本之据。济顺、高徐条约，仅属草约，正式合同，并未成立，此皆国民所不能承认者也。国亡无日，愿合四万万民众誓死图之！"

恩溥这回坐二等车厢，车内有五六名青年，想来都是天津的大家少爷，在北京上大学，回家探亲几日后归京。他们人手一张《晨报》，都在读林长民这篇檄文，有个身材矮小的胖胖青年，更是把那三百字一字一句大声读出，车厢内的人莫不凝神静听。到了最后，青年踩上狭窄桌板，声嘶力竭哭喊道："国亡无日，愿合四万万民众誓死图之！誓死图之啊同胞们！"说罢把那张报纸撕得粉碎，纸片四散，落在车厢内每个人的头顶，大家起先都愣住了，但渐渐有了第二声哭音，再往后，厢内哭成一片。不知是谁站起来，也踩上桌板，振臂高呼道："誓死图之！"剩下所有人似是突然之间被下了蛊，都咚咚踩上桌板，举起右手哭喊道："誓死图之！誓死图之！誓死图之！"桌板不过是普通杉木，站上两三人便不堪重负，瞬时便裂成几片，大家纷纷摔下地来，挤成一团，压在最底下的人依然艰难地伸出一只手，紧握拳头，道："誓死图之！誓死图之！"

林恩溥当日正是被压在最底之人，起身之后衣服上被踩了七八个脚印，嘴角破口，手腕酸痛，似也出了差错，但早已无人管这些。余下这两个时辰，因车上只有西菜，众人连饭也未吃，餐车配的也是洋酒，有个生意人模样的中年男子道："咱们不喝洋人的酒！我带了咱们塘沽的高粱烧酒！"说罢从行李架上拿出两个黄陶酒罐，装了大概有七八斤酒，又有几人拿出花生米、茶叶蛋、烧鸡、猪头肉、烙饼、茴香包子和一袋子海棠果，大家一面喝酒一面把东西吃得干干净净，不时交口骂道："到底是哪个狗杂种把山东卖给日本人的？！"

"不就是曹润田吗？以前在袁大头手下任外交次长，现今是交通总长那个！"

"曹润田？那不就是签二十一条那个杂种？"

"可不是就他！这两年还向日本人借了好多钱！说是当军饷，谁知道用哪儿去了！光是利息就不知多大一笔！"

"这杂种谁生的？日本人难道是他爹？"

"呵，这谁知道？说不准真有个日本爹？要不你说好好一个中国人，怎么如此卖国求荣？"

"操他妈的卖国贼，赶明儿要是在北京遇上了，看老子不胖揍他一顿！"

"话说这人长啥样啊？"

"不知道啊，谁见过他相片没有？"

"我！我在报上见过一回，长圆脸，一字眉，留个八字胡，呵，长得倒是不难看。"

"八字胡？那不就是日本人留的那种？"

"可不是，头发也剃得短，也像日本人。"

"操他妈的一定是日本人的孙子！"

"操他妈！老子要是路上认出了揍到他的日本爷爷都不认识！"

"那要是路上认不出呢？可惜就你见过相片。"

"这孙子住哪里？咱们去家里堵他！"

"谁知道，这些大官，不都是住城门里那些大宅院。"

"赶明儿回北京城了好好打听打听……来来来，先喝酒，先喝酒……"

两罐酒下去得极快，见底后都还想喝，也无人再提洋酒这回事，从餐车里又要了两瓶威士忌。众人都没喝过洋酒，恩溥恍惚记得启尔德喝

347

这个的时候还得兑水，但他已醉了一半，张口说不出别的话，只有随众人一同"干了！""再来！""争国权！惩国贼！"再往后面，似是有人砸了酒瓶割破手指，在车窗上写起了血书，但恩溥再也支持不住，睡死过去。

待他被人推醒，火车早到了站，起先一同喝酒的人都散了，只有两名中年仆妇正低头收拾厢内狼藉，恩溥见满地花生壳、蛋壳、纸片、果核、鸡骨鸡皮，两个鸡头被敲开吮了脑花，两块没吃完的猪头肉正好带着猪眼睛，车厢内酒味扑鼻，又有一股呕吐物的酸臭萦绕其间，那打扫的两人止不住一直干呕。恩溥抬头见车窗上果有血书，却是歪歪扭扭写着数十个"令之"，他心中一惊，这才觉得右手生痛，低头一看，拇指食指都有一个大口子，血凝住了，伤口上糊满血痂。

恩溥迷糊着起身下车，在站台茫茫然前行，绕了好几圈找不到出口。人人见他都掩鼻而行，恩溥心中奇怪，只想车厢里那股臭味怎的一路跟了出来，过了许久，他猛一低头，才见自己长袍下摆上沾满黏糊糊秽物，发出令人作呕之气。恩溥停下来，想到前头这三个时辰如梦一场，竟是不知道这一切如何发生，仿似自己被人猛推一把上路，上路之后则更是身不由己，但身在其中，却丝毫不知这是身不由己，就像醉的人强说不醉，他当时竟是丝毫不知，割了指头写下血书的乃是自己，只觉平日的恩溥半悬空中，眼睁睁见下面混乱喧嚣，纵是亲见，也是不识。

恩溥带着一身酸臭，两手血痂，满嘴吐后余味，脸上不知糊着茶叶蛋还是鸡皮，站口就在前头百尺之遥，但他坐了下来，痛痛快快大笑一场，这才起身走了出去。他走后许久，站台上还有人张望问道："听说刚才那边有个疯子？"

贰拾贰

五月刚至，国立北京大学内已开满石榴，花红似火。这年春日极短，清明之后整月晴热，让此时园内气味更显凝重，似空中淌油，一点即燃。

汪启舟的宿舍在二楼，窗前有一棵枯了大一半的老石榴。去年刚进学校之时并未开花，但今年突地发出碧绿新芽，清明之前两场雨下来，枝上已是密密花苞，有两枝曲折柔长，从窗口伸进房内。启舟的床铺正好挨窗，他怕触了花苞，已大半月没有关窗。夜半晚风寒凉，但那几日宿舍内众人都似心上焚火，整夜不睡，他们读报、谈论、咒骂，骂久了人人都汗流浃背，一人打了一盆水洗面擦身。到了后半夜，大家都饿了，一同偷偷翻出校门，往南走到东华门，那边有一家回族人开的铜锅涮肉，彻夜不关，可涮可烤。众人都嫌涮着不来劲，宁愿站在炙子旁烤。炙下燃有松木，异香扑鼻，西口绵羊后腿肉切得极薄，蘸上以酱油、醋、姜末、料酒、卤虾油、葱丝、香菜叶混成的调料，再用长筷在铁炙子上翻烤数下，肉色在将变未变之时，便可就着黄瓜条吃上。亦有把烤肉夹在刚出炉的牛舌饼中吃的，牛舌饼滚烫，羊油化在饼中，吃上几个便会腻住，于是又叫上一碟糖蒜，几片水梨。无论怎样吃，烤肉必得佐酒，几人一晚上叫上三斤烧酒不在话下，吃至天色初亮，方才醉醺醺回到宿舍睡上半日。

店中除了他们，还有刚从胡同和赌场里厮混出来的大家少爷，携妓出游，亦是吃肉喝酒，吟诗划拳，不亦乐乎。那时蔡校长已在国立北京大学里组织了进德会，甲种会员不嫖不赌，不纳妾，乙种会员加之不做官吏，不做议员，丙种会员再加不吸烟，不饮酒，不食肉。进德会成立三月，便有近五百人参与，喝酒这几人都至少为甲种会员，见到这些少爷，均觉不屑，那一日学生中有一人叫王金甫的山东蓬莱人，忽地摔了酒杯，向旁边那桌骂道："这都什么时候了，你们也是年轻人，不去图亡救国，怎会反而如此堕落？！"

那桌上坐了四个年轻少爷，从打扮看来是前清宗室，桌上还有两名女子斟酒，他们莫名被骂，顿时起火，有一人也站起来，道："哪里来的孙子？怎么，孙子喝酒便是救国，你爷爷喝个酒，还能就把国给卖了？"

王金甫本就醉了一半，此时也被拱了火，一双烤肉长筷在手中挥舞，道："什么孙子爷爷的，喝多了不认识了是吧？还不看仔细了给你爸爸跪下！怎么？你们这些当儿子的，只想对着日本人叫爹是吧？"

那人的蘸料碗里本刚放进去几片羊肉，一下都扬了出去，香菜葱花撒了王金甫一身，金甫也不遑多让，举着筷子就直直戳上对方的眼睛。那日后来众人打成一团，店家劝了许久，见实在不可收拾，这才去找了巡警过来，两边都被揪去警局，问了几个时辰才放出来。王金甫仍是满腔怒气，回到宿舍仍在破口大骂："都是他妈的这些王八孙子花天酒地，俺们山东才会被卖给日本人，看老子下次不两巴掌呼死他！"

汪启舟在一旁给他泡茶醒酒，并不接话，他本和王金甫睡上下铺，平日多有照应，半夜他们出校吃肉喝酒，也都是王金甫拉他同去，但那日之后，启舟就不再去了。王金甫问他为何，他只答："没什么意思。"王金甫性子粗糙，没听出什么，也不再叫他，自己仍是时常喝醉归来，汪启舟照旧给他泡上龙井。宿舍中的人整日热血沸腾，似是没人留意到，启舟的话越来越少，到了后面，他几是整日不发一言了。

国立北京大学那时有一千五百余名学生，学生们分为三种，一是大家公子，大都住在外头宅院，哪怕住宿舍的，也有听差贴身伺候，平日搓麻将喝花酒，捧名角狎名妓，白日在学校勉强上课，晚饭一过，便搭车前往八大胡同厮混整夜，天亮方归。二是一心向学的，每日只知用功，既不知游玩，也不解时事。这两种人大概各有四成，互不相扰，剩下两成则是开口必称新思想的学生，他们人数虽少，势力却大，学校里有二十几个或公开或秘密的社团，大都是这些学生所办，他们读克鲁泡特金和托尔斯泰，亦私下传阅《自由录》《伏虎集》《民声》和《进化》，康南海与谭复生的《大同书》和《仁学》大受欢迎，倒是这几年摇摆不定的梁任公，学生们提起时，已渐渐语出不屑。启舟睡得早，躺下总能听到楼下仍在放声道："两千年之政，秦政也，皆大盗也；两千年之学，荀学也，皆乡愿也。唯大盗利用乡愿，唯乡愿工媚于大盗，二者交相资，而罔不托之于孔！"启舟有时会想到自己和恩溥以往在东京的日子，大家也是如此，深夜醉酒，站都站不稳，已是半躺街头，仍在大声背道："他们公开宣布：他们的目的只有用暴力推翻全部现存的社会制度才能达到……无产者在这个革命中失去的只是锁链。他们获得的将是整个世界！"这段话本只有幸德秋水先生译的日文，是铃木先生拜托太太转译为中文，铃木太太译倒是译了，把译文递给他们时却皱了皱眉头，道："看上去真是凶。"

启舟当时还曾问道："铃木太太，这是什么意思？"

铃木太太摇头，道："也没什么，就是觉得打打杀杀的，一股戾气，杀人总归没有道理。"

恩溥那日也在,待铃木太太走开泡茶,他们曾小声道:"铃木太太毕竟是女子,胆子小,也没什么见识。"

这些事不过几年之遥,不知为何已有前世之感。启舟如今人在北大,虽不消沉,却也时常感到孤寂,只觉得那三种学生把北大划为三个圈,身旁众人都能在各自的圈中找到慰藉,启舟看着也和大家一同出门上课,下课归来,但他心中知道,自己孑然一身,只得在每一个圈外徘徊。启舟多年未见恩溥了,有时难免会想,恩溥现今是否还会像东京时那般?还会坚信自己凡事皆对,旁人若非没有见识,便是没有胆量?到了今日,启舟终是明白,决意去做事并不怎么难,难的乃是真有决意,且一心向前,半点无疑。他是早已不行了,铃木太太死后,他对一切都感到疑心,他可放走顺水顺风,亦可劝令之读书求学,因那都是别人的事情,至于自己的事情,启舟甚至不知,自己应有何种事情。

三日那晚,启舟躺着读书,手上这本旧杂志连封面都无,是那日在图书馆的角落里偶然捡到,当时只是在馆内随便翻翻,谁知有位同学从身后路过,伸头一看,见里面有篇《破恶声论》,作者叫作"迅行",那人"咦"了一声,道:"呀,这是鲁迅先生的旧文吧?"

启舟道:"鲁迅?《狂人日记》那个鲁迅?"

那人道:"可不是,还能有哪个鲁迅,这是他以往用的笔名吧。"

启舟道:"你怎么知道?"

那人笑道:"嘿,咱们教授课上说的,鲁迅是他亲生兄长,他们都姓周。"

启舟去年刚到北京,便读了《狂人日记》,读至"吃人的是我哥哥!我是吃人的人的兄弟!我自己被人吃了,可仍然是吃人的人的兄弟!"这一节,心中一悚,竟是大半夜没能入睡。第二日他出门去看令之,拐进胡同,遇到一只黄狗,启舟总觉得那狗眼神幽幽,似在打量自己,心中不由想到"不然，那赵家的狗，何以看我两眼呢"。那日从令之那处回到学校，他饭也未吃，躺在床上，把《狂人日记》细细读了一遍，读后大梦一场，梦中血光满天，有人面目狰狞，手持长斧，从一个铁皮屋子中劈开一道口，从中艰难爬出，大喊"吃人！"。自那以后，但凡见到鲁迅的名字，启舟便分外留意，他隐约觉着，那么多人给《新青年》撰文，却只有这看似冷冰的鲁迅，和他真真隔得近。

《破恶声论》由古文写成，启舟读到"……识者有忧之，于是恶兵如蛇蝎，而大呼平和于人间，其声亦震心曲，豫言者托尔斯泰其一也。其言谓人生之至可贵者，莫如自食力而生活，侵掠攻夺，足为大禁，下民无不乐平和，而在上者乃爱喋血，驱之出战，丧人民元，于是家室不完，无庇者遍全国，民失其所，政家之罪也……"，正在想这托尔斯泰不知是何人，这一年总见人提起，俄国前两年革命成功，成立的正是当年幸德先生和铃木先生梦寐以求的社会主义政权，一年后沙皇全家被处决，听说最小的公主不过虚岁十八，胸口被刺一刀，连藏在胸衣里的珠宝也被抢走。启舟想，铃木先生若是知道，会说无产者革命自当如此，但铃木太太则会摇摇头，轻声道："但杀人总归没有道理。"

窗外一直有喧嚣之声，那是各校代表和北大学生一同在法科礼堂开大会，商讨如何为山东问题抗议之事。启舟并非不关心山东问题，国耻当前，他心中自然亦觉沉痛，但那日宿舍众人在涮肉店大闹一场后，他已不知在此事上当出何言了，王金甫他们做的，启舟无法茫然跟从，若要问他自己想做什么，他又毫无头绪，于是只得起身无言，躺下读书。那日睡前听到礼堂里的声音愈加鼎沸，不知多少人声嘶力竭，痛哭失声，启舟不由心想："他们是怎么了？我又是怎么了？万万千千的年轻人都在哭，都在喊，为何偏偏就我一人，流不出泪，也叫不出声？那么多人是不会一起错的，那错的必定是我，但我是从哪里开始出的错，又到底错在哪里？"杂声虽嚣，启舟到底还是睡了过去，将睡未睡之时，启舟还在想，举目四望，是无人可理解自己的了，若是能认识那位鲁迅先生就好了，他应当都能理解，理解这其中的寂寞与悲哀、消沉与苦愁。

宿舍里的人天亮方归，每人都满面倦容，却又分外亢奋，王金甫右手胡乱包着手绢，左手执一块皱巴巴的白色棉布，他见了启舟，得意洋洋摊开，道："你看这颜色！"

布上草书"还我青岛"四个大字，王金甫的字写得漂亮，一看便临过魏碑，几个字黑中带紫，显是血书，启舟点点头，道："再给你包一包，我箱子里有药棉。"

王金甫把血书一扔，不耐道："都什么时候了，就你还磨磨唧唧想这么些屁事！我这算什么？！昨晚法科有个学生，拿着把刀去的会场，当场就说要自尽？"

启舟一惊，道："死了？"

王金甫似是略有憾意，摇头道："没，他那一刀本都割下去了，身边有人推了一把，就只破了一点油皮……若是真有北大学生死了，那今日的行动必能引得更多人去……"说罢他挥了挥手中血书，神情又激动起来，道："走！昨晚大家都商议好了，今日就把白旗递到曹章陆三人家去！西斋的同学做了一夜，现在保证咱们北大学生每人都有一旗！"所谓曹章陆，除了交通总长曹润田，还有驻日公使章宗祥和币制局总裁陆宗舆，三人均是浙江人，又都从日本留学归来，均是当局有名的亲日派，学生们做白旗，应当就是都想到章宗祥归国前的境遇。

章宗祥四月底从东京归国，启舟前两日刚听说，章和妻子从东京火车站离开，站台上忽地蹿出百余名中国学生，章宗祥起先以为学生们自动自发来送行，还满面荣光，谁知学生们竟是专门来骂他汉奸的，且人人手执送丧白旗，将其掷于章的车中，似是送丧之后丢在坟头的白幡。不知记者是否杜撰，文中还称有学生大喊："章宗祥、章公使，你既喜卖国，为何不卖妻？"章的妻子陈氏又气又惊，当场痛哭，章宗祥亦气不能语。这是报上所登，不知真假，那日启舟在图书馆中读书，有同学带了《国民公报》，当场读出全文，馆内同学纷纷大笑，"自当如此！""说得好！""谁让他要做汉奸！""这些留洋的学生还是太软弱，若是给我遇见了，当头就是砖头！""对，汉奸此时不打，更待何时！"启舟见群情激昂，就像这两月北大校园内随处可见那样，他又一次只感无所适从，默默从馆中退了出来。春夜清风拂面，园中隐有玉兰幽香，每隔一两百米，便有几十名学生凑在一处商议事情，学校里社团林立，人数最多的是哲学研究会，另有雄辩会、新潮社、国民杂志社、马克思学说研究会、新闻学研究会、社会主义研究会、平民教育演讲团……启舟也曾加入过"音乐研究会"，他并不通音律，只是人人都有社团可去，他一人总觉凄惶，起先确实去过几次研究会，也尽力学了一阵梵婀玲，能拉出咿咿呀呀旋律，但启舟后来也不再去了，他心中明白，那个地方同样无法容纳自己，就像他奏出的旋律，破碎，断续，无法被归任何乐曲。他不明白短短几月间发生了什么，那些曾与他一同去令之家中喝酒吃饭的同学，现在忽地四散，他们不是跟着图书馆馆长学马克思主义，便是在《国民》杂志上撰文谈如何让国民觉悟，"其觉悟之程度，可分为三步：其一为爱国心之觉悟，其二为政治不良之觉悟，其三则为社会组织不良之觉悟"……启舟艳羡这种种一拥而上的热情，但他自己，却是无论如何都无法一拥而上了，他时常会想，自己的生命也许像一盆火，看起来仍像旁人那样照常烧着，但别人渐渐烧成一片，火光冲天，像是要烧出一个白茫茫的新地新天，他却把火盆越移越远，而独自烧着的火是烧不长的，熄灭的日子就在前面。

那日启舟孤身走去沙滩，进了自己常去的那家"小四川"，花三十个铜子，叫了一份回锅肉，一份摊黄菜，又叫了三两杨梅烧酒，一人慢慢喝起来。"小四川"在弓弦胡同的最东边，那地方和学校已有一段路程，生意清淡，这两月启舟总在这里吃饭，图的是遇不上什么人，可以一人静静待上大半个时辰。但那日喝到第二杯，已有三拨学生掀帘进来，手中都有那份《国民》，都面露喜色，都在喝上酒后大骂章宗祥卖国可耻。启舟不觉得他们骂得有错，他只是心中一沉，知自己已是逃无可逃，连这方吃肉喝酒的小小天地，也是就要失去了。

大概正因如此，四日早上王金甫问他是否同去，他犹豫半晌，道："那就同去吧。"出发前每人分得一面白旗，启舟背上一壶水，一袋子馒头，又带上一包风干牛肉，王金甫道："你们瞧这汪启舟，婆婆妈妈的，还带吃的，以为咱们是去春游呢?！咱们是去革命!"

启舟摇摇头，道："我不去革命，我只是去看看。"

众人出发前先在红楼后面的空场上集合排队，场上密密人头，人数应远远过千，那就是四成左右的北大学生。前一晚在法科礼堂的大会，各校学生已选出二十名代表负责召集，当中北大有七人，这时站在人群前面点人分白旗，有一人圆脸圆头，又戴一副黑框圆眼镜，白胖和气，看来似哪里的账房先生，启舟知道，那是国文科的傅孟真，他是《新潮》主编，据称也是最得胡适之先生赞赏的学生，同学中甚至有人称他为"孔子之后第一人"。傅孟真本就是山东人，他当这个学生代表，确是众望所归。这一两年校里风云人物辈出，但启舟心中，第一人亦是傅孟真。两月前他读到傅所撰的《致新潮社同学读者诸君》，文中道："我们现在却有了极危险的事，到了头上：就是因为办杂志害了求学，作文章减了读书。"那时已有学生私下骂他："好好一个进步青年，却摆出先生脸面，埋头读书不过求个自己的利禄功名，岂有办刊和撰文更能改造愚民，愚民不变，中国便永远不得变!"启舟觉得傅孟真无错，骂他的人亦无错，但这个时候是容不下两种"对"的，启舟想，这就是当下的自己了，不知何为正途，自然也辨不出岔路。

学生们排好队往校门走，前头有几人举了一幅白布对联，上书：

"卖国求荣，早知曹瞒遗种碑无字;

倾心媚外，不期章淳余孽死有头。"

傅孟真见了对联，皱了眉，对举联的学生道："这对联写得不好。"

一学生奇道："如何不好，我们想了一夜。"

傅孟真道："太阴损了，我们谈论公义，不当如此。"

举联的几人都笑起来，道："我们可不是正是为了公义，汉奸卖国贼人人得而诛之，有什么阴损不阴损，我们都是明着损。"

傅孟真还想说什么，后面一阵骚乱，启舟跟着大家一同回头，才知是蔡校长拨开人群过来。蔡校长今年已过五十，却满头乌发，一副八字胡一丝不乱，他可谓半生传奇，前朝时高中进士，进了翰林院，后来无心做官，便南下革命，成立的是暗杀团，据说一心想暗杀慈禧，整日埋头研制炸药毒药。革命既成，他本是南京临时政府的教育总长，后来因不愿在袁世凯手下做事，便在四十六岁时再赴欧罗巴，归来便是北大校长，学校内各派人物在数不清的杂志上相互攻讦，但对这个校长，却都是服气的。讲授英国文学的辜鸿铭迄今留辫，终日戴一顶瓜皮小帽，辜鸿铭平日眼高于顶，唯有在见到蔡校长时，方有恭敬之态。启舟学的是法文，却也去听过几次辜教授的课，有一回去得晚了，还未进教室，便听见他高声道："……堂堂大国，岂可无皇帝，你们看那法兰西，自革命党砍了皇帝的头后，便大不如前，后来虽有拿破仑，但那到底是个科西嘉人，失了皇族正统，成不了气候……再看看大英帝国，革命虽也革命，却知道把皇帝给迎回来，大家且看吧，咱们这里，迟早也要把紫禁城里的小皇帝给迎回来的，这小皇帝若是回来，我自然就拜皇帝，他既还没回来，我在北大便拜校长，校长就是我们这里的皇帝。"

蔡校长自是不像皇帝，他一身灰袍，面色沉郁，八字胡竟是有些凌乱。广场前有个白玉花坛，满植月季，此时正是花期，多是学校特意找人引进的西洋品种。蔡校长站在一朵碗口大的"金玛丽"前面，清清嗓子，道："同学们。"

357

他的声音并不见怎样高，但场上千人都静了下来，蔡校长停了停，方道："同学们，你们今日，可是想好了？"

有学生高声答："国难当前，岂是我们能想的事情！蔡校长，您看看，半个北大的学生都在这里了，您既是我们的校长，就和我们一同去吧！"

不少人应和起来，"对，校长当同我们一起去！""爱国岂能只能我们学生的事情？""别说蔡校长，我看教授们也应当去！""胡适之先生为何不去？他是不是整日只想着写两个黄蝴蝶，双双飞上天？"

大家哄笑起来，有人接道："风在吹，雪在飞，老鸦冒着风雪归。飞不前，也要飞，饿坏孩儿娘的罪。"于是众人一同大声笑道："饿坏孩儿娘的罪！"启舟看见，傅孟真站在一旁，面色阴沉，不发一言。

蔡校长又清清嗓子，众人这才又静下去，听他道："同学们，你们都知道，起先我是满清的翰林，后来去做革命党，我可是真的搞过炸药的人啊同学们，但现在你们也看到了，我一心一意，在搞教育。为何呢？因为这十年我一直在想，我国输入欧化，已是一甲子六十年，始于造兵，继而练军，继而变法，最后乃知，教育方是救国第一要务。严几道严先生，你们都是很熟悉的了，他是这学校的第一任校长，严校长亲口对我说过，光绪三十一年，孙文去伦敦拜访他，二人谈及国运，严校长道，'中国民品之劣，民智之卑，即有改革，害之除于甲者，将见之于乙，泯于丙者，将发之于丁。为今之计，惟急从教育上着手，庶几逐渐更新乎'，孙文则说，'俟河之清，人寿几何？君为思想家，鄙人乃实行家也。'同学们，我并不是说实干不对，但实干的事情，就让我们中年人去做吧，你们是学生，不能不以研究学问为第一责任，变法也好，革命也罢，过后总是需要人才的，当年康党所以失败，正是由于不先培养人才，而欲以少数人弋取政权，一味排斥顽旧，不能不情见势绌……同学们，你们若觉我言之有理，就不要去了，大家各自回去上课读书吧。"

众人静了半晌，有个学生大声道："蔡校长，我们都敬你重你，但如此已不是读书的时候了，我们几日不读书又会如何呢，但我们今日不上街，明日就会失了青岛，后日就会没了山东，咱们这一百年来丧权辱国，到了该结束的时候了！"

学生们都鼓起掌来，还有人跳起挥舞手中白旗，嘶吼道："政府投降，汉奸卖国贼投降，咱们北大学生不投降！咱们中国人不投降！"

众人又都应和起来，纷纷舞着白旗，道："不投降！不投降！打倒汉奸！严惩卖国贼！"

蔡校长见这情形，叹气道："同学们，时局如此，你们去示威也好，游行也罢，又能改变什么呢？你们也知道，北大因提倡学术自由，早就被守旧派和当局所厌，视我们为鼓吹异端邪说的洪水猛兽。现在你们再这般出校游行，若是再闹出事情，予人以口实，咱们这个本就惨淡经营、植根未固的北大，将要首先受到摧残了。你们有什么要求，不妨就在这里提，我代表你们去和当局谈，我在这里许个诺，你们一定能听到回音，这行不行？"

学生们非但不应允，还嘘声一片，有个叫作张国焘的学生代表挤到前面，道："示威游行势在必行，校长事先本不知道，现在不必再管，请校长回办公室去吧。"

蔡校长只是叹口气，道："既是如此，我最后只再说一句：同学们注意安全，既要注意自己的安全，也要注意别人的安全，你们是学生，不应去做凶徒。"

蔡校长已尽力提高声量，但群情汹涌，已是没人再听他说什么了，众人都向校门涌去。蔡校长下了花坛，反向而行，想往学校里走，但那时谁都顾不上他了，他被推得连连后退，几被人潮冲倒。启舟见傅孟真奋力拨开人群，想往蔡校长的方向走，但簇拥着往外奔跑的学生实在太多，傅孟真走不过去，只得扛着上书"还我山东，还我青岛"的大旗，顺着人潮往外走。再过片刻，启舟只知自己出了校门，蔡校长和傅孟真都没了踪影，身边的人已是一个都不认得，也不知到了何处，只得茫然前行。手中那面白旗掉过一回，他本想索性就扔掉，但人人手中都有旗，只他没有，又觉心虚，担心被人留意，就把白旗又捡起，白布已被踩得稀脏，上面撒了星点深灰污渍，酸臭扑鼻，还黏着几根焦黄面点，一股油味。启舟想，都这个时候了，倒是还有人在喝豆汁儿吃焦圈，不知为何，知道这千人长队里，亦有人和自己一般，怀着别的心思，这让他稍稍放松下来。

烈日当空，走到天安门时已是正午，人人都是一头一脸汗，广场上已有三千余人。北大学生到得最晚，北京高等师范学校、汇文大学、北京法政专门学校、工业专门学校、农业专门学校、医学专门学校、警官学校、铁路管理学校、税务学校、中国大学、民国大学和朝阳大学的学生都已到了，正在四处分发传单，启舟也得了一张，见上面印着"北京学界全体宣言"八个黑字，下面是今日游行示威的目的。

现在日本在万国和会要求并吞青岛，管理山东一切权利，就要成功了！他们的外交大胜利了！我们的外交大失败了！山东大势一去，就是破坏中国的领土！中国的领土破坏，中国就亡了！所以我们学界今天排队到各公使馆去，要求各国出来维持公理，务望全国工、商各界，一律起来设法开国民大会，外争主权，内除国贼。中国存亡，就在此一举了！

今与全国同胞立两个信条道：

中国的土地可以征服而不可以断送！

中国的人民可以杀戮而不可以低头！

国亡了！同胞起来呀！

启舟读完，饶是他今日最初只想来看看热闹，心中亦是一阵悸动，四周已有人抽泣起来，还有人挥舞传单，对围在路旁、手执木棒的巡捕道："国亡了！同胞起来呀！你们万不要拿棒子对着自己人！你们应当和我们一同外争主权，内除国贼！"那些巡捕大都也是年轻人，有几人看着比学生们还小，涨红了脸，也不知应对，只来来回回走着。

启舟低声问旁边同学："宣言书谁写的，这白话文用得真好。"

那人指指前头同傅孟真站在一起的年轻男子，道："这还用说，喏，不就是你们北大的罗志希。"罗志希的名字启舟也在《新潮》上见过，但本人则是第一次见到。和傅孟真比，罗志希面容清瘦，颧骨高耸，目光凌厉，不似傅孟真一团和气，戴一副黑框圆镜，这种天气也整整齐齐穿着西服，头发被汗濡湿，一缕一缕整整齐齐，全部往后梳去。他似是正和傅孟真有所争执，所争何事听不清，但见傅孟真一直摇头，罗志希则步步紧逼。

启舟本想凑近了听一听，谁知前方突地有人大叫一声："启舟兄！启舟兄！这里！这里！"

启舟吓得激灵，四顾许久，才见人潮中有两人不住挥手，白日灼眼，他认了好一会儿，才认出那竟是恩溥。几年未见，恩溥面容大有变化，但他今日手上故意拿了一本幸德秋水先生所编的《自由思想》，这书当年他们一人一本，恩溥那本被他翻得稀烂，这书一出便遭禁，谁也没有多出两本，启舟便将自己那本给了他，送时还玩笑般在扉页上画了一艘小船，这时他便是认出了那艘船。启舟愣了片刻，大叫道："恩溥兄！恩溥兄！真的是你？！"

恩溥旁边还有个瘦小男子，戴黑色平顶帽，一身长到拖地的灰蓝长袍，因帽檐压得很低，一时看不清模样。二人本被巡捕拦在后面，这时大队已开始往前移动，巡捕们紧张地跟着前移，他们瞅了一个空子，连忙混进人群，跑到启舟身旁。

启舟激动不已，拉住恩溥双手，道："你怎么来了？！你怎么知道我在这里？！"

旁边那瘦小男子笑起来，抬头露出半边脸，道："启舟哥哥，是我，我带恩溥哥哥来的。"

启舟见那是男子打扮的令之，更是惊了，道："你们怎么都来了！"

后面的学生海潮般涌上，启舟手中的白旗又被挤掉到地上，实在无法弯腰再捡，但旁边立刻有学生给他们三人手中塞了新做的白旗，这回旗上还写满标语，启舟这面是"宁为玉碎不为瓦全！"，恩溥手上那面是"卖国贼宜处死刑！诛卖国贼曹汝霖陆宗舆章宗祥！"，令之那面竟是法文"chatier les traîtres à la nation：punir les criminels de haute trahison sur le plan national"，启舟见令之好奇，道："就是内惩国贼的意思。"

启舟怕三人被人潮冲散，脱了西服，让他们一人拽住一个袖子，自己则抓住恩溥的胳膊，道："你们到底怎么找来的。"

今日游行没有女大学生，启舟知道，王金甫他们昨日下午曾到令之学校串联，但他归来后悻悻道："呵！一个女大学生没见到！不对，远远见了七八个影子！"原来校方不许男女学生见面交谈，把两边的学生代表安置在礼堂的两个对角，让他们自己互相喊话，王金甫说着自己也笑起来："本来正正经经的事情，这么一弄倒弄得大家都不好意思起来，我们坐这头，女学生坐那头，房间老大，我们说小了吧听不清，说大了吧，好像又不礼貌，学校后来商量了半天，又找了个学监传话，那学监是个小脚太太，也是可怜，来来回回跑了几十趟，我看她累得直喘。"

令之道："昨日我们宿舍里有个同学便是学生代表，她回来便说，北大的学生们今日要去天安门游行，我们也都想去，但学监整夜在楼下守着。还好恩溥哥哥一大早找到学校，我说这是我表哥，这才溜了出来……还是恩溥哥哥提醒我，天桥那边买了身衣服帽子，怎么样，像不像男学生？"她随手把帽子摘下，露出满头乌发，又立觉不妥，连忙戴了回去，心虚地吐了吐舌。启舟自和令之相识，她一直心事重重，入学这两月虽心里高兴，明面上只更显沉稳，但这时和恩溥久别初见，她复萌少女之态，一张圆脸没有上妆，却是粉红粉白，唇上薄薄扫了胭脂，溢出唇外，倒像是春燥上火，耳坠摘了，大概怕耳洞反而打眼，一边塞了一颗小金珠，白日闪耀，衬得她面上金光流转。

恩溥则略有羞赧，也不说话，只静静看着令之。他也知抵京后按理应先去找启舟，但下火车后一时情不能已，叫了个车径直就去了令之学校，打听了大半个时辰方找到令之宿舍。见面时二人都愣了许久，后来是令之开口道："恩溥哥哥，你看，我剪了头发。"

恩溥泪盈于睫，哽咽道："我看到了。"

三人随着人潮一路往前，除时不时有人大声呼喊"卖国贼宜处死刑！""国民应当判决国贼的运命！"，队伍渐渐平静下来，学生们无言地挥舞白旗往前，四周不少民众围观，亦有人见这般场景，偷偷拭泪，还有许多洋人，向学生们脱帽致敬，到了后面，不少十岁上下的孩童也加入了队伍，兴高采烈地替学生们分发传单。

学生们都是一大早便出来，到这时也没有吃午餐，启舟拿出馒头分给众人，大家都不停步，一面吃馒头一面继续前行。恩溥见馒头太干，把自己包中的水壶递给启舟，道："我们这是要去哪里？"

启舟痛饮两口，又把壶给了令之，道："去东交民巷，美英法三国的公使馆。"

令之奇道："要抢青岛的不是日本吗？为何要去美英法使馆？"

启舟道："因为盼着他们的公使能替我们讨个公道。"

令之笑起来，道："咱们的事情，怎么去找别人讨公道，咱们自己讨不到吗？"

启舟道："着实讨不到。"

令之把馒头用水勉强送下去，噎了两口方道："但自己的公道还是得自己去讨，别人总是指望不上的，哪怕指望上了，也总没那么痛快。"

恩溥似是想说什么，又摇摇头止住了，这时人声又喧哗起来，这是前方有学生们提醒后头已过中华门，让大家到了棋盘街后便东转，一直到转过去了，恩溥才自言自语道："是啊，总得你自己去讨。"

学生们这时已到了东交民巷西口，巷口既有洋人守军，又有中国巡捕，学生们先经过美国兵营，门口的美国军官见这架势，挥挥手就让大家进了，反倒是再往前走了几步，东交民巷捕房的两个巡捕追了上来，说学生们不能进去。其中一个巡捕不过十五六岁年纪，神情紧张，手执一根碗口粗的木棒，结结巴巴道："这……这是租界……中国人……中国人不能进。"

学生们一片哗然，有人高声道："谁说的租界不让中国人进？咱们昨儿就打过电话给美英法三国公使馆，他们都道欢迎学生随时过来，洋人都欢迎，你们这些同胞倒是不让同胞进！"

那小巡捕口拙，也不知如何回应，只死命挥舞手中木棒，道："上头说了，只有大总统同意，你们才能进去。"

学生们哄笑起来，道："大总统？那你去问你的大总统啊？！什么？你找不着？你找不着倒要我们找？这是什么奴才道理？！"

那小巡捕急得快哭了，却仍是不肯放学生进去，另一个巡捕已是中年，粗粗壮壮，面色凶狠，他并不多话，只猛推排在前面的学生两把，这人手上本也拿一根木棒，但他进出几次巡房，最后出来时腰上已别了一把手枪。学生们见了枪，都又怒又惊，一时也不敢往里冲，便在美国公使馆门口高声呼道："大美国万岁！威大总统万岁！大中华民国万岁！世界永久和平万岁！"

启舟他们三人站在后方，起先也跟着领头的学生一同喊这几句口号，但令之喊了两声，便停下道："启舟哥哥，这威大总统是谁？"

启舟道："就是美国人的总统威尔逊，前几年欧罗巴打仗，是他让美国参了战。"

令之道："咱们为什么要让美国大总统万岁？他们的大总统，和我们中国人有什么关系？再说了，万岁的不是皇上吗？都已不是皇上，那怎么万岁呀？"

启舟突觉尴尬，也停下来，道："是没什么关系，就希望这样他们能帮帮我们。"

令之奇道："你们这些男学生真这么想？你信吗？就这样喊几声，美国人便能帮咱们？咱们的事情，和他们又有什么关系？恩溥哥哥，小时候你就对我说，能不求人便不求人，你还说，求人大半就会丢人，对不对？"

恩溥点点头，道："但那不是我说的，是你父亲跟我们说的，你不记得了，济之出洋前，你父亲在家中摆了酒席，我们这一辈单坐一桌，你父亲特意过来，让我们一人干一杯，他还说，以后在外吃了亏，要不自己讨回来，要不就当是这杯酒，一口闷下去。"

听到父亲，令之神色黯下来，叹道："我父亲……我父亲他自己也没有做到，自己讨也讨不回来，一口气闷也闷不下去，可能还是求人容易一些……"

这时又听前面说，学生们和东交民巷的官员来回通了几次电话，官员们终于同意让学生推选几个代表进美国使馆见公使，大家商量片刻，选了傅孟真、罗志希和另外两名启舟并不认得的北大学生，他们进去后不到一刻钟便出来了，傅孟真满面怒容，并不和别的学生说话，只靠在墙上喝水，罗志希则挥手让大家静静，道："密斯特芮不在，我们只留了说贴。"这说的是美国公使芮恩施，这人对德日从来警惕，段祺瑞能对德宣战，少不了背后他的推手。芮恩施民国二年便来了中国，据说他最喜国粹，几年前听了梅兰芳演出的《嫦娥奔月》，一时惊为天人，但凡接受记者访问，总要盛赞梅老板。后来连美国驻菲律宾总督和英国安南总督均要求来北京听上一曲，外交部还特意把这些外交官们邀请来听了一次堂会。芮恩施总道，若要美国人真的理解中国，只能由梅兰芳开始。

但饶是平日看来对中国情深义重的芮恩施，此时也并没有在使馆中，有学生愤怒不已，大声问道："公使为何不在？"

罗志希道："使馆的人说，公使昨日去了门头沟的寺庙旅行。"

那学生听罢，情绪更激动起来，道："我们昨日分明打过电话，使馆的人说欢迎学生前来，如今公使自个儿出门游玩，这是欢迎的模样吗？威尔逊在巴黎不是认了把山东给日本吗？这公使是不是和总统一条心？"

学生们已是议论纷纷，罗志希似是想让大家安心，大声道："我们留了说贴，公使回来看到，便能知道我们的诉求。"

那学生又道："说贴？什么说贴？为什么不先给大家讨论？"

罗志希神情尴尬，只给面前学生递去一张单子，道："我们几人昨晚连夜写的，这是底稿，时间紧迫，没有来得及印出给同学们看。"

那学生抖了抖单子，将说贴内容大声读出：

大美国驻华公使阁下：

吾人闻和平会议传来消息，关于吾中国与日本国际间之处置，有甚背和平正谊者，谨以最真挚最诚恳之意，陈辞于阁下：一九一五年五月七日二十一条中日协定，乃日本乘大战之际，以武力胁迫我政府强制而成者，吾中国国民誓不承认之。青岛及山东一切德国以暴力掠去，而吾人之所日思取还者。吾人以对德宣战故，断不承认日本或其他任何国继承之。如不直接交还中国，则东亚和平与世界永久和平，终不能得确切之保证。

贵国为维持正义人道及世界永久和平而战。煌煌宣言，及威尔逊总统几次演说，吾人对之表无上之亲爱与同情。吾国与贵国抱同一主义而战，故不得不望贵国之援助。吾人念贵我两国素敦睦谊，为此直率陈词，请求贵公使转达此意于贵国政府，于和平会议予吾中国以同情之援助。谨祝大美国万岁，贵公使万岁，大中华民国万岁，世界永久和平万岁！

北京专门以上学校学生一万一千五百人谨具
中华民国八年五月四日

令之听了，吃了一惊，道："今日有一万一千人？"

启舟摇头，道："我看不会超过五千人。"

令之道："那为何要说是一万多人？"

启舟道："这样气势足一些。"

恩溥也在一旁道："令之妹妹，你忘了赤壁之战了？难道曹操还真有八十万大军？"

令之有些茫然，道："但那是打仗的时候。"

启舟见前面已渐渐激愤起来的学生，道："已是差不多了。"

学生们不知如何是好，大部分人备的干粮和水也不够，此时又累又饿又渴，加之无处可去，都露出焦躁神情。站在前头的学生商量半晌，决定再派六人，分头去英、法、意三国使馆。谁知他们片刻便都回来了，道今日是周日，公使们均不在馆内，只有一般馆员接见，他们只能把给芮恩施的说贴换一下抬头，再抄一份留下。回来的学生代表均神色愤愤，道公使馆馆员们待他们多有冷淡，说贴递上去，只回一声"知道了"。

因无地可去，学生们便都想往前走，起码能在东交民巷游行示威一圈，不然今日可算是白来了。谁知众人原地等了一个多时辰，仍是没有拿到许可，反是警察宪兵都来了，团团围住了东交民巷的入口，警察们手持木棒，宪兵们握着长枪，都不敢动手，只前后跟着学生跑，围住东交民巷的入口，不让学生们入内。如此僵持许久，旁边围观的民众也被激怒，加入了学生队伍，有个学生满头大汗，索性脱了长衫，只着白色贴身衣服，大骂道："这国还没有亡呢，中国自己的土地，已是不许中国人走了？！碍着中国人的，竟是中国人自己的政府？！如今便是这样，那要是真亡国了，岂不是更没有咱们中国人的容身之处了？！"

旁边有人接话道："对！就是这个道理！国已不国，人何以为人？！都是汉奸卖国贼们的错！"

更多人一面挥舞手中白旗，一面骂起来："都是汉奸卖国贼的错！诛卖国贼曹汝霖、陆宗舆、章宗祥！""民国不判决国贼的运命，我们民众去判决！""打倒日本人的孝子贤孙！""民贼不容存、诛夷曹章陆！"

一团乱中，不知是谁高声喊了一句："大家往外交部去！大家往曹汝霖家里去！"一时应和四起："对！这里不让我们进，咱们便进卖国贼曹汝霖家里去！""曹家在哪里？！""就在外交部旁边，赵家楼胡同！""那咱们现在就去！""现在就去！"

前面的人开始齐齐转头，后面的学生却还不知道发生了什么，一时有不少人推搡摔倒，但大家都一扫起先颓丧，又有勃勃生气。启舟正顺着人群往后退出东交民巷，却见上午刚被选为游行示威总指挥的傅孟真，把手上大旗放下，爬到巷口的一个石狮子背上，道："同学们，同学们，我们先冷静一下，我们的计划是在街上和平游行，昨日开会大家也已达成共识，要有纪律的抗议，现在我们若是去曹家，再惹出什么事来，反是给当局提供口实。"

下面嘘声四起，道："傅孟真，你是咱们学生的代表，还是蔡校长的跟班儿，为何你说的话和他差不多？若是你再拦着咱们，我们就得疑你是当局的奸细了！"最后一句只是玩笑，众人都笑起来，但显是没人会听他的了，傅孟真见这情形，只得下了石狮子，再扛起大旗，和大家一同往赵家楼胡同走去。

学生们退出东交民巷，掉头往北走，沿着户部街和东长安街，到了东单牌楼和石大人胡同，下午四时许，便到了赵家楼胡同二号的曹宅。这时启舟、恩溥和令之三人已挤到了前头，启舟对恩溥道："我们见机行事，但凡有点危险，你就先带着令之快逃。"

令之道："那你呢？启舟哥哥，你难道要同他们一道？"

启舟道："我不是同他们一道，我是想看看，我们中国人到底还能做成什么事情。"

恩溥似是知道启舟的意思，道："你去看吧，我不想看了，令之妹妹，不如我们现在就走。"

令之道："走？为何要走？你没发现吗，这么多人，就我一个女子，这种时候我若是走了，岂不是中国出什么事情，都和女子没关系了。"

说罢，令之拉着恩溥，又往前挤去。曹宅一排平列，外面看去只见围墙，墙边有一棵颇高的石榴树，有学生爬上去往内看了看，下来道宅内似是分东西两院，西院为中式院子，东院为西式平房，没见到像曹汝霖的人，倒是东厢廊下，有两个婢女陪着一个行动不便的老头读书，似是曹汝霖的父亲。

学生们想从大门进去，非但那绿色大门紧紧关上，门口还有四五十个军警守卫，赵家楼胡同本就不宽，仅容三四人并排，这几十个军警一站，学生们便完全不得靠近。

那些军警看来严阵以待，令之却低声对恩溥道："你瞧见没有，不少军警向着学生呢。"

恩溥道："你怎么知道？"

令之道："他们枪上刺刀都没装呢。"

这时有学生代表上前，客客气气道："我们是爱国学生，来这里是找曹总长谈谈国事，交换意见，希望他能爱中国。我们学生手无寸铁，你们也是中国人，难道你们不爱中国吗？"

　　前头的几名军警虽不说话，却你看我我看你，面上都有羞惭之色，过了半晌，才有个军警叹气道："你们回去吧，别为难我们，我们也不为难你们。"

　　那带头的学生正想再说什么，后头的学生不知前方局势，只知大家进不了曹宅，也不见曹汝霖出来和大家交代，情绪又焦躁起来，不知是谁又喊出"卖国贼！卖国贼！"，一时应者云集，更有人开始向曹宅的窗口和墙头扔石块，傅孟真在前方大叫："同学们静一静，大家静一静，我们学生代表正在沟通，大家要听安排，不要乱了纪律。"

　　后方学生听了这话，大骂道："去你妈的安排，咱们中国人就是什么都听安排，才会这般刀俎鱼肉，任人欺凌！同学们，他们既是不管咱们，咱们也就不管他们了！"

　　大家纷纷道："对！我们再不能任人欺凌！""严惩卖国贼！卖国贼当诛！""政府不惩他们！咱们自己来惩！"一团乱局中，突地有五个学生翻上围墙，那墙本就不大高，旁边又有石榴树借力，他们几下就到了围墙顶上，但窗口亦是紧闭。几人正在踌躇，当中有一人却当机立断，从围墙上捡了一块砖头，"砰"地砸向窗口，玻璃应声而碎，学生们一时呆了，齐齐静下来仰头望着窗口，那人对围墙下的学生们得意地笑了笑，跳了进去，剩下四人便也不再犹豫，都跳进院中。再过半晌，里面传出几声争辩声，随后便是挪东西的声音，也就一刻钟工夫，前门大开，那五名率先跳进去的学生，站在门口喜不自胜大声道："进来！"

　　学生们欢呼起来，如鲫如鳞般拥进曹家，启舟他们三人也随着进去，只见院中已是一片狼藉。地上满是起先曹家用来堵门的石头和木块，大门旁边虽有几十个军警，但已是无所动作，枪上的刺刀七零八落卸在地上，有几人索性笑嘻嘻抽起烟来。启舟想，这些军警果真是向着学生，若不是这样，那五名学生手无寸铁，跳下围墙时军警们若是有心阻拦，岂能让他们开了大门。

令之呆呆地站在院中，不进不退，只拽着恩溥的袖口，道："怎会这样？恩溥哥哥，怎会这样？"

恩溥道："怎样？"

令之道："怎能这样便进了别人家？若是别人想进我家便能进来，我宁愿去死，真的，我会去死。"

启舟一震，道："他们也是为了大义，你总不能说，这大义是错的。"

令之厉声道："大义？什么大义能想砸别人窗子便砸别人窗子！大义？什么大义要拿不相干的人做祭？"这说的是大家涌进时，不知谁扔出去一块石头，正好砸到廊下曹父的背上，老人本就行动不便，一个趔趄摔在地上，旁边婢女吓得发抖，一时手足无措，是令之急忙去帮忙搀扶，婢女才连忙把人扶进了内屋。

启舟和恩溥二人大概都想到死去的铃木太太，相视惨然一笑。也不再说话，三人都觉自己在此处全是多余，退出去又觉不甘，便跟着众人在房内四处走动，想看看他们究竟要做什么。学生们这时已在四处寻曹汝霖，不时大声呼喊："曹汝霖在哪里？！""拖出曹汝霖来，揍他一顿！"因始终不见曹的踪影，他们愈发激动起来，把客厅和书房的花瓶瓷器砸碎一地，又有人道："曹家女儿的卧室在那边！"于是又一哄而进，见卧室中没人，只有一架西式雕花铁床，有人道："咱们把床拆了，看卖国贼的女儿还能不能高枕安睡！"那铁床做得细巧精致，也就半炷香工夫，便被他们拆得七零八落，一人抱着一根铁柱，又去了曹妻的房间，曹妻反锁房门，在里面吓得哭泣，连声道："润田不在家中！润田真的不在！他去了总统府吃饭，求求你们了，去总统府找他吧！"学生们却仍是不管不顾，用铁床上拆下的铁柱撞开房门，只见曹妻身着绛色丝绒旗

371

袍，脚踩一双同色高跟鞋，鞋跟处一边缀了一颗指头大小的浑圆珠子，分明是精心装扮过，但脸上妆早已花了，头发也乱成一团，她本缩在沙发上，见学生们进了屋，跳起来便躲在墨绿窗帘背后，看也不敢直眼看学生。学生们也不管她，先径直把镜子砸了，家具能砸便砸，砸不动的便推翻在地，有人道："大家仔细翻翻，看有没有什么卖国文书！"别的人便应道："对，抽屉都打开，把东西都倒出来！卖国贼卖国卖得这么爽快，家里总会有点证据！"这就又把所有抽屉柜子里的东西都倒在地上，信件一封封打开，专看有没有和日本人的通信，但看来看去也是没有，剩下的信便撕的撕扔的扔，纸片满屋飞舞，确像白事时扔在坟头的纸钱。

抽屉中还有不少珠宝首饰燕窝银耳，学生们道："谁知道是不是用卖国的钱得来的！都给毁了！"众人便纷纷踩上去，那些金饰还好，不过踩得变形，但翡翠玛瑙却碎了一地，燕窝银耳更是大半成了渣。曹妻偷偷从窗帘后探头出来，见他们正打算踩一串上百颗东珠的长链，忍不住轻声哭道："这是我的嫁妆，我母亲留给我的东西，求求你们了，这串珠子就留给我行不行？那些燕窝银耳都是好东西，你们便拿回去用，何必糟蹋东西？"

学生们听了这话，更是生气，大声斥道："你以为我们是什么人？都像你们卖国贼这般贪图荣华不成？好东西？就是为了这些好东西，你们脸也不要了，国也卖出去了？！"说罢，反倒把起先没有砸碎的燕窝银耳一并砸得粉碎，正要下脚踩那串东珠，令之实在忍不住，冲上前去，喝道："住手！你们堂堂大学生，竟然这般欺负一个妇人！有本事你们去总统府闹去，去砸大总统的东西，来别人私宅放肆，和盗贼有什么两样？！"

那几人没有听出令之的女声，只是大怒，正想和令之理论，外面却忽地传来呼喊："走水了！走水了！"众人见厅内已有浓烟袭来，连忙都奔出去看，只见并不是走水，而是有学生不知在哪里取了几桶汽油，在客厅、书房、庭院等多处浇泼，有心放火烧屋，一时浓烟四起、火光漫天，有些学生整个呆了，似是不信事情会到这般境地，只默默站在原处。另一半学生则兴奋不已，拍掌高呼："烧得好！正当如此！卖国贼曹汝霖既要做缩头乌龟，咱们就把他烧出来！"

令之三人被浓烟熏得出了客厅，站在院中，见大火升腾而起，已是傍晚时分，红日西斜，却余威仍存，火焰未到之处也似正被燃烧殆尽，宅中有人正在泼水救火，但水声寥寥，让火光更显狰狞。令之见前头有一人，正徒劳地拿着一个小小木桶救火，起先以为是曹家的人，后来定睛一看，却是这次学生游行的总指挥傅孟真，他来回奔袭，跑过去从院中大铜缸里舀了水，再跑回来救火，但那么一点点水，还没有泼进火里，已被烤干一半，他这么做了几回，大概自觉荒唐，扔了木桶，站在火边笑了起来，令之见他从袖中掏出两张字纸，一张是今日传单，另一张则写满名字，似是学生代表的名录，傅孟真将两张纸投入火中，头也不回便出了曹宅大门。

令之他们在原地站了许久，三人都已是无话可说，只见火在极盛之后终是慢慢弱下去，但眼前已是满目焦黑，断壁残垣，后门处有人似在缠斗，又有人呼叫军警，但刚才满院子军警一时也不知去了哪里。再过了半晌，则听见大叫声："曹汝霖已给打死了！"这时学生们可能方知害怕，开始四下散去，刚才还满宅的学生，也就一刻钟工夫，几是走得干干净净，走时互相也不搭话，有几人甚至未走大门，匆匆翻墙跳了出去。

启舟已是大半个时辰未有开口，他神色惨然，道："我们也走吧。"

出了赵家楼胡同，谁也没说应往哪边去，似是哪里均可去，也似是无处可去。他们茫茫然往前行了许久，沿途行人如织，路边小贩叫卖冰糖葫芦，葫芦旁边的木头搁板上，则放着一小罐一小罐冰糖梨汁，一个铜子一罐。有年轻女子坐在路边喝梨汁，亦有男子肩上扛着孩童，两人一人一串葫芦，冰糖壳子边咬边碎，那孩子便从父亲的头发上拣渣子吃。天色渐暗，晚霞重重，绯红绛紫，似是上好的料子，令之无端端想到，曹妻身上的旗袍，就是这种颜色，但赵家楼已在后面不知道哪里，浓烟已散，火光已熄，这一日发生的一切，既仍在眼前，又早就过去。

天一瞬便黑到了尽，他们见到前方白塔寺轮廓，又听水声潺潺，方知到了北海，湖上有人月下泛舟，舟楫划过水面，似打碎了整面齐齐整整的玻璃，但待船稍行得远一些，破碎的东西又将复原，再无任何痕迹。

启舟忽地停了下来，道："原来就是这样了。"

令之道："什么？"

启舟不理她，望着水面，道："看来确实是这样了。"

恩溥也问："启舟兄，你说什么？"

启舟自顾自点点头，道："这条路不对。"

令之害怕起来，道："启舟哥哥，你是怎么了？这条路走错了，我们折回去再走。"

启舟抬头望了月亮，又往更远的水面看去，道："再走也没有用了，并没别的路了。既是这些人，那就只有这些路了。"

令之往后无论如何也想不起，启舟是怎样跳入湖中，又怎样不见踪影。她只记得水面突然碎开，刺啦一声后恢复原状，刚才的一切都只是一场幻影，唯有月光直直照在水上，众星一同闪烁，寻找一条决心要消失的大鱼。

贰拾叁

启舟的尸首两日后才浮上来，又过了三日，汪家的人上了北京。许是自觉羞耻，启舟的父母均没有来，不过派了两个小厮，那两人对启舟也无甚感情，连头七的法事也不愿张罗，只急急要把棺材运回省城，道："老爷说了，别的都不用讲究，赶紧把少爷送回去才是正经。"更不肯开棺看一眼，听说胡松以往是余家的管事，便只问他有什么门路，能在火车上包一节车厢，先把棺材运往南京，汪家自会派船来接。

令之想到顺风顺水，走时对启舟何等不舍，现今启舟死得莫名，还要受这般冷气，越想越觉心酸，坐在灵堂里大哭一场，启舟投水之后，这是她头一回落泪。过去几日，她不眠不休守在灵堂，虽只是五月中旬，天气已隐有三伏之姿，胡松设法买了几车的冰，堆在灵堂四角，以保尸首不腐不臭，灵堂里冷如冰窖，令之困得紧了，也不肯回屋，就靠在墙上胡乱睡一两个时辰。她既是如此，恩溥也就一直守在一旁，二人都只着正常衣衫，冻得脸青白骇，但他们都不肯加衣，好像唯有如此，才能相信这几日发生的事情并非幻影。

那日过后，令之恩溥从未私下交谈，如今面对面坐着，也逃着对方眼睛。这日到了夜半，令之起身，先给煤油灯碗续了油，供品放了几日，苹果皱了皮，这时节也没有别的果子，令之就去院里摘了一碟子黄杏。供台上的一刀三线肉按照川地惯习，煮到七分熟，可用竹筷插透，便捞起沥水，供在香烛前一整日后再切片回锅，以豆瓣酱爆炒，快起锅时撒上青蒜叶子，众人分食，都道供过的肉可以祛病免灾。今晚的回锅肉是令之亲手炒的，胡松见她疲累不堪，想上前帮手，令之握住锅铲，丝毫不让，淡淡道："启舟哥哥从前总说，若是想改变什么，哪怕什么也变不了呢，也不妨从自己亲手做事开始。"

一斤半三线肉，炒出来一大盆，众人没有胃口，却担心剩菜不吉，就也勉强吃尽。现今香烛前供的这一刀是令之刚煮好捞起的，本冒着热气，但在这房间里，热气也像冰上烟云，带着刺骨寒意。令之坐在蒲席上，眼睁睁见那点烟在烛火中散去，忽地开口道："你知道他为何要死，是不是？"

恩溥本在清理烛下残蜡，手上一顿，也不回头，道："应是知道。"

"那你说说。"

恩溥摇摇头，满手蜡渣，道："说不出来，但我知道。"

令之默然半晌，道："这几年的事情，我都想通了。"

"想通？"

"是，想通了，都想通了。启舟哥哥也给我讲了，你们在日本的事情。"

恩溥道："那时候，我以为……"

令之有些不耐，在虚空中挥了挥手，道："我知道，你以为这样对我好。"

恩溥黯然，道："是，我以为这样是对你好。"

令之道："你问过我没有？"

"什么？"

"如何才是对我好，你问过我没有？"

恩溥已有哽咽之声，道："令之妹妹……"

令之却挺直了腰背，厉声道："你既没问过我，怎知这样我便能好？"

恩溥道："铃木太太，她……"

令之道："铃木太太死了，所以你若是和我成亲，我就得死？"

"……那个时候只想，我的事情，无论如何不能连累到你。"

"你的事情？你们到底在做什么事情？什么事情这么了不得，一定要让身旁的人去死？"

恩溥已是说不出来，过了许久才道："你说得对，什么事情都没有这般了不得。"

令之这股气在胸中堵了数年，此时终觉畅快起来，她站起身，在供桌上拿了杏子，啃了一口，道："你没有抽上大烟，也没有玩过女人。"

"没有，从来没有。"

"你特意假扮成那样，是想让我死心。"

"是。"

"你不觉得这种法子很可笑？"

"现在觉得。"

"千夏姐姐和二哥不是恋人。"

"不是。"

"千夏随你回国，是要和你一道，图个什么事情。"

"是。"

"再往后，二哥也加了进来。"

"是。"

"为了这个事情，千夏真的愿意和二哥成亲？"

恩溥想了想，方道："起先她不觉得这是个问题，但后来……后来我便不敢说了。"

令之冷笑一声，自言自语道："起先……起先你也不觉得不和我成亲，是个什么事情。"

不待恩溥答话，她又道："我和余淮成亲，是你们三人有意促成。"

恩溥抬起头，直直看着令之双眼，道："自然不是，他们有意，我一直是反对的……令之妹妹，你不记得我们那日一同去夏洞寺，我对你说，婚姻不可儿戏？但我没能真正拦住你。"

令之纠正道："不，你可以拦住我，你明明知道当时如何可以拦住我，但你没有尽力。"

恩溥颓然，又低头道："对，我没有尽力。"

"你们知道余淮从小对我有情，促成我和余淮的亲事，是想拉拢严家。"

"达之的意思，既然你我的事情不成，那就别浪费了这个机会。"

"机会？我的运命，是你们做事的机会？"

恩溥不敢抬头，道："是我们对不住你。"

令之又冷笑，道："我的亲哥哥，我从小以为会嫁的男子，我掏心掏肺的千夏姐姐，你们在背后，就是这般算计我。"

恩溥头又低了低，显是不想令之见他落泪，道："是我们对不住你。"

令之却并没有哭意，她吃完那个杏子，又拿了一个，道："余家，林家，严家……只差个李家了。"

"李家无人，一直跟着严家走。"

"你们之前诓着几家弄的商会，也并不是商会。"

"商会现今还是商会，但照我们的计划，往后就不是了。"

"计划？就是我可能会死的那个计划？说到现在了，你还是不说个明白，那到底是什么？"

恩溥叹口气，起身出门洗了把手，再回来坐定，他望着启舟那副匆忙买就的杉木棺椁，道："大逆之事后铃木先生入狱，我和千夏去狱中见了他一面。"

"我知道。"

"铃木先生那时已被判了死刑，不日便将行刑。千夏刚失了母亲，又知此噩耗，见到铃木先生，自是一直痛哭。铃木太太死后，我对铃木先生有所疑虑，但对着一个将死之人，又是恩师，我确也再说不出什么……我和千夏这般哀痛，铃木先生却精神极好，他对我们道，不要哭，以后没有羁绊，反是更能安心做事。他还说，一件事没做成，便去做另一件，他和幸德秋水先生没能做成的事情，便让我们接着去做，日本做不成的事情，还可以回中国。"

"什么事情？他们刺杀天皇不成，便想让你们回来刺杀小皇帝？"

恩溥摇摇头，道："那时革命党在东京已颇有声势，清廷又四面楚歌。铃木先生说，革命党反正要做的事情，我们不用和他们抢，他也知道我是书生性格，做不得什么惊天动地的大事。但铃木先生早知我是富家子弟，便说，我应当回国，先把家族生意握在手里，再联合几家大户和周边军阀，先以武力谋独立，再推制度……铃木先生最后还说，他蹉跎一生，并未能在日本见到大同究竟何种模样，希望我把千夏带回中国，让她能看一看，何况千夏聪慧果敢，必能助我一臂之力。"

令之半晌说不出来，方道："原来这就是你们所谋之事……一开始便想好了要拉二哥入伙？"

恩溥道："不，一开始我们想的是济之，他是长子，慎余堂以后应是他来承继。但济之回国后，我私下里和他接触了几次，发现他对家业丝毫没有兴致，且神思恍惚，终日不知所想所踪。恰好那时候，慎余堂发了牛瘟，达之找上我，说他需要几台机器，以免你父亲发现他花了那么些银钱，到底是在做什么。"

"二哥又到底是在做什么？"

"炸药，你二哥一直在偷偷做炸药。"

"炸药？二哥做炸药干什么？"

恩溥又是摇头，道："起先我也以为他是在做什么，后来我发现，他自己也并不知道，他只是觉得或许有用，就一直在做，做好了便存在仓中，一直到这两年才渐渐停了下来。"

"你们拉达之入伙，便因他会做炸药？"

"这是原因之一，铃木先生也交代过，大同之前，必需暴力，既是如此，那我们多个会做炸药的人，以后自有用处。第二，济之无心从商，只要达之在你父亲面前多表现几回，慎余堂自会交到他手上。第三……"恩溥停了口，只看着令之。

"第三什么？"

"第三是我的私心，我把千夏藏在凤凰山上的别院里，只是一时之计，总得给她找个名目。起先铃木先生的意思，是让我们成亲，我那时候觉得这并无不可，反正我是决心要和你退婚约的了，既不是和你，那和千夏，也没有什么分别……后来……后来真回来了，又见到你，我才知道，原来有分别的，这分别太大了……我虽不想和你成亲，但我也再不想和别人了，所以千夏的事，就一直拖在那里，这么大一个人，瞒是瞒不住的，城里渐渐也有消息……千夏甚至提出过，她可以嫁给我父亲做妾，但我父亲那个人……我毕竟不忍心，也正好这个时候，达之找到了我。"

令之想到那年林家设宴，她被父亲逼去出席，见到恩溥辫子上压的那颗东珠，本是他俩的信物，一时也不知应说什么，只继续问道："所以你们安排了千夏和二哥……但千夏姐姐，如何能愿意这样被你们推来搡去？"

"千夏……千夏自父母离世，一心想的便是完成父亲遗愿，她说，只要方便成事，和谁成亲也好，做谁小妾也罢，她是毫不在乎……但那也是前几年，这一年多我看啊，她也在乎了。"恩溥想到几次去医院谈事，见到千夏和艾益华，有时一同给病人看诊，有时千夏磨药，艾益华便在一旁帮手，有时二人什么也不做，什么也不说，只一人抱住一杯热茶，静坐院中。恩溥从未见过那般模样的千夏，但他自己亦有过那般模样，自是知道，有些事情既已发生，便再不可阻挡。

令之想了想，又道："所以你们到底到了哪一步？"

恩溥苦笑，道："哪一步都算不上……当年日本未经革命即入民主，铃木先生全凭空想，以为中国革命之后，大局便定，谁知在我们这里，革命之后却是乱象四生，这几年进出孜城的军阀走马灯似轮换，我们根本不知应和谁联手交底……余林严李四家商会一事，虽算终是成事，但这几年盐税翻了又翻，井上生意不过勉力维系，又有稽核分所压在上头，商会当下能做的事情，不过是尽力保住占孜城七成的产盐量……再有，我和达之，这两年渐渐也生嫌隙。"

令之问道："为了什么？"

恩溥也不看令之，道："起先是为了你……我拒了你的婚事，达之便道，这样也好，有余淮做桥，正好让最难对付的严家入局。我自是反对，但达之说，当年我们立过血誓，人间万事也需以此事为先，我不支持可以，但若是出面反对，便是违了重誓……千夏私下里也劝我，她说余淮待你一片真心，这门婚事，我们虽有自己的算盘，但对你和余淮二人，却未尝不是一件好事……后来……后来我又亲眼见你和余淮在一起嬉笑玩闹，我许久没有见过你那般开心，于是我就……"

令之冷笑一声，道："于是你就推了我一把……行了，不要再提我的事情，你接着说，你和二哥还有什么？"

恩溥茫然望着前头闪烁火烛，道："……还有什么？我也不知道……

也许是他变了，也许是我变了，我们想的事情总不一样了，井上盐工生活困苦，这几年又物价飞升，我几次提出要给他们涨三成月钱，但达之死活不允，说现今税重利薄，再涨月钱，不利我们的大事，不仅不涨，他还把盐工们三餐粮米肉油减了两成。这一年我上井巡看，总有盐工道自己脚耙手软，整日心焦，老想吃肉。我对达之说，我们有共产之愿，便是盼着人人吃饱穿暖，天下大同，这大同当下做不到，先让工人们吃饱一点又有何妨？但达之道，我们既下了血誓，又赌上终身，就得凡事以大局为先，凡事都想着前头道路终点，都似我这般盯住芝麻绿豆的小事不放，大事便是永远不成，这条路便永远走不完……令之妹妹，其实我觉得他说的是对的，我也是这两年才看清，我这个性子，大抵是做不成什么大事，但到了现在，我连这大事到底是什么，也已看不清了……"

令之叹口气，道："启舟哥哥也说过差不多的话，你们本是差不多的人，又走了差不多的路……"说完她也觉不祥，改口道，"你离了孜城，就是因为和二哥不合？但你来北京，又有何用处？"

恩溥心中痛意袭来，道："不，令之，我是为了你，也为了宣灵。"

令之站起来，惊道："宣灵？这和宣灵，有什么干系？"

恩溥再不敢看她，起身佯装去换香烛，背对令之，那火光映着他的手，在墙上投下巨大黑影，像扑面而来的乌鸦，恩溥喉咙沙哑，也似鸦声，道："你生了宣灵，这本是喜事，不管对你们，还是对我们……对我们的计划……万万没想到，严筱坡反因此生了他心，余淮过继给他，本已是铁板钉钉的事情，但你也知道，他对余淮一直不甚满意，现在既有了宣灵，又生得如此伶俐，他便想跳过余淮，直接让宣灵过继……加上这两年他有心从井上退一些现钱出来，投资建银行，便对我和达之提出，严家要从商会退出来。"

令之有些明白下面会是什么，却仍是不敢相信，颤声问道："然后呢？二哥不想他退？”

恩溥长长叹了一口气，道：“自然不想，这么些年，我们也就做成了商会这件事，虽说做成了也不知有何用处，但没有它，别的事情更是连影子都说不上了……再有这两年为稳住严家和李家，达之已从别处挪了不少钱给他们红利，又加上你父亲在北京四处周旋所花的银两，若是严家真退了股，商会明年就难以为继。”

令之越听越觉冰凉，道：“……后来呢？”

香烛旁倾，恩溥满手蜡油，却也不知苦痛，只觉浑身都在火里，自宣灵被炸死那一日起，他就自己无时无刻不在火里，他闭上眼，才能把话继续说下去：“后来的事情我也不知道……我只知道，宣灵死的那日，是达之把你们送回去。”

令之茫然点头，道：“是，那日二哥说顾品珍四处烧街，怕我和宣灵危险，便要送我们回桂馨堂，用的是你的车。”

恩溥惨然一笑，道：“既是我的车，本应当我送，但那个时候，又怕你们多心……达之说他送，我便只叮嘱小五小心开车。”

宣灵死后，令之从未想起过那日情形，现在全都出来了，那些压抑多时的鬼影，在这黯淡灵堂中上下游动，地下突地有了人声，是宣灵咯咯笑着，扯她耳上玉坠，令之道：“……路上四处都是顾品珍的人，还没过八店街，已见了冲天火光……小五想从小路绕过去，二哥却说，小路也不知道藏了什么人，大路已抢过烧过一回，反是安全，小五听了他的，我们便打算从八店街直穿过去。”

她停了停，似是想起什么，又道：“……到了八店街，两旁房子确也烧得差不多了，前面有几个兵，本在路旁吃抄手，见了我们的车，忽地就扔了碗，掏出枪来，朝天上开了几枪……小五吓得停了车，宣灵却以为这是炮仗，直吵着要下车，二哥让我别害怕，说他下去给点银子，他们自会放我们走……我亲眼见着二哥下去，从怀里掏出满捧大洋给那几个兵，又说了两句话，他们收了钱，便收了枪放我们走。"

虽已知道后头的事情，恩溥听到这里，却不由生出一点不知从何而来的希望，道："那你们走了？"

令之道："……不错，二哥上了车，我们便再往前走。底下石路被子弹打得坑坑洼洼，小五又受了惊吓，开了许久才开出八店街，我忍不住回了好几次头，见那几个兵，又把地上的抄手端起来接着吃，我那时也松了口气，还跟二哥说，这些当兵的倒是轻松，随意放个两枪，便算打劫……我们走了一阵，前头到个路口，可左可右，我们平日都是左拐，那日小五却想右拐，二哥一下急了，问他怎么回事，小五说左边的路前几日就被炸了两回，不好走，怕颠着宣灵，二哥却说，还是得左拐，右边过去便是个盐仓，顾品珍的人不会放过那里，小五听了这话，也觉得有理，于是……"

恩溥听到这里，颓然坐下，道："于是你们便走了左边那条路。"

令之也浑身失了力气，像在这漆黑夜里，再走了一遍那段白日朗朗之下的长路，她道："是，我们便走了左边那条路。"

往后的事情谁也没有再说，烛火中有鬼影幢幢，令之眼睁睁见着那日种种，在这逼仄灵堂中又一一重来，自己则像被鬼捆了双手双脚，和当日一般动弹不得。

车刚拐过路口，前方轰然炸了起来，炸的地方并不在跟前，车倒是没事，只是车前石子横飞，灰尘漫天。

达之道："可能是顾品珍的人埋的炸弹，小五，你下车去看看。"

令之刚觉不妥，小五已推车下去，他尚未来得及关车，便有七八个穿着灰蓝军服的兵不知从哪里涌来，用枪杆子一杆打在他后脑勺，小五无端端叫了一声"少爷"，便靠着车门软了下去。令之尖叫出声，却不知自己在叫些什么，余淮则大喊："我们有银子！我们有银子！"达之沉声道："你们要什么，开口便是，莫要伤了孩子。"宣灵却还不知眼前何事，只指着前方烟雾，拍手道："小舅舅！小舅舅！炮仗！我要炮仗！"那是令之听见宣灵说的最后一句话，再往后，那些兵用了不知什么迷香，他们都晕了过去，令之记得清清楚楚，晕过去之前，她还紧紧牵着宣灵右手，小手软而火烫，像握住一个小小太阳。

后来这些都消失了，梦中令之已觉得有一种急切冷意，醒来时果然两手空空，不过傍晚时分，天却已黑到了尽头，月上枝头，四处冰凉。令之发现她躺在自己床上，身旁是宣灵的小枕小被，达之满面怒容，坐在一旁，余淮则站在窗前大哭，达之见她醒来，说的第一句话是："别担心，顾品珍的人来过了，他们不过是要钱，我已送了一百两黄金过去，宣灵很快就能回来。"

但他们并不是要钱，现今令之终是知道，那也并不是"他们"，她喃喃道："小舅舅。"

恩溥道："什么？"

"小舅舅，宣灵最后说的话，是叫他的小舅舅。"

说罢这句，二人也都无话可说，所有该说的话都已说尽了，再往下，便是去做该做的事了。令之站起身，道："这件事不会有错了，是吧？"

恩溥点点头："不会了，起先我也盼着有错……但不会有错，达之藏炸药的仓库我已去看了，门口守卫说，宣灵出事前半个月，达之往外运了一批出来。"

令之道："二哥……他何必弄得这么麻烦，又是兵又是迷药又是炸弹，他想宣灵死，什么时候不能动手？"

恩溥道："他并不想宣灵死，他只是想严家留在商会，想余淮被严筱坡过继。"

令之道："想要这些，宣灵只得死。"

恩溥道："他弄得如此繁复，是因想你相信，宣灵真的死于顾品珍之手。"

令之道："二哥连宣灵的命都不在乎，又怎会在乎我想的是什么？"

恩溥道："令之妹妹，你怎么还不明白，他在乎的，他全都在乎，他只是想，大事在前，自己不得不如此。"

令之道："你如何知道？"

恩溥苦笑道："令之妹妹，因我以前便是如此，我们这种人，若是真想做什么大事，便都是如此。"

令之点点头，道："这件事，只你知道？"

恩溥道："千夏应也知道，但我们从未说过此事……我们……我们都心中有愧，不知从何说起。"

令之道："你来北京，是因对我有诺，一旦知道是谁对宣灵动手，便要让我知道？"

恩溥惨然道："我也想过自己动手，宣灵有一半，是死在我的手里……令之妹妹，但我不行，我终于明白了，我杀不了人……而要做我们那些事，杀不了人，便全是空想……令之妹妹，我是个废人，既负了你，也负了铃木先生。"

令之道："还好如此。我的仇人，怎能让别人动手。"

恩溥道："我陪你回去，我动不了手，但我能助你。"

香烛燃得正旺，屋里似有野火过境，令之突觉热气袭人，便起身出了院子，院中虽战战有风，却也并无凉意，像烈烈野火一路随着令之，将把她余生所有都卷入火里，她心里明白，得事成之后，这场火方能停熄。

恩溥打算和汪家的人先行回川，替他们一路打点启舟后事，再在省城等着令之，为她的事情做些谋划。令之本说无需谋划什么，恩溥却道，既决心成事，那便得一击即中，"达之有一仓库炸药，我们总得多备两把勃朗宁"。

令之觉得言之有理，她并不会用枪，便让胡松送来一把鸟枪，每日在院中打鸟练手，她不忍打檐下燕子，在地上撒了碎苞谷和小米，引来群群麻雀啄食，麻雀小而机敏，不易打中，恩溥有时见她连发十几发空枪，便从后头圈过去，扶住她双手找准头。往日莫说如此，二人便是手指碰了一碰，令之也觉浑身又烫又寒，如在冰中火上，但她此时浑然无感，只见宣灵在云上伸出双臂，娇声叫："妈妈！妈妈！小舅舅！小舅舅！"令之想，是，正是小舅舅，他欠你的，妈妈这就替你讨还。

因已决心回孜城，令之先去学校办了休学手续，学监以为她要归乡嫁人，便叹道："不是你一个了，开学不过半年，已走了七八个了，都是家里配了亲事，都说成亲后再回来读书，但嫁人就是嫁人，我看啊，她们都不会再回来。"

令之把宿舍里七七八八的杂物都扔了，只手上抱了一袋子图书馆借来的书，打算等会儿还回去，她道："我会回来的。"

学监笑道："是吗？那你几时回来？"

令之道："待我做完事情，我便回来……您信我，我一定回来。"

那学监见她神色郑重，一时也感动起来，道："我信你，这些书你拿回家先看着，我替你向图书馆说，待回校的时候再去还。"

令之便爽快道："那也好，这些书我家那边也不好找，待我把书看完，我的事情也应当做成了，我再拿回北京来。"

学监好奇道："你一个女子，到底有什么事情要做。"

那一抱书颇有分量，令之挪了挪手，道："女子也好，男子也罢，既有自己应做之事，就得去做完，我也是去年才晓得，来北京读书就是我应做之事，只是如今既有别的事更紧要，我就先做那件……我也不急，总能都做完的，迟早有这么一天。"

学监听了这话，本有振奋之感，但突又叹了口气，道："我们自然想的是迟早有那么一天，但时局如此，乱事纷纷，谁知道到时候又会如何……不说别的，这次赵家楼的事情，抓了这么些人，北大还死了个学生，听说蔡校长也得离职，都不知能怎么收场。"

令之抱着书起身离开，淡然道："时局我顾不了也管不了，我管我能管的事情。"

令之退了宿舍，就又搬回炒豆胡同的小宅院中，恩溥离京前这半月也住在这里，二人已是什么都不在乎了，便也不特意避嫌。恩溥天亮即起，出门同胡松一道奔波，为汪家联系杂务。他们先把启舟的尸首暂存在殓房中，又四处跑下车厢的事情。令之则一心一意在院中练枪打鸟，举了几日鸟枪，双臂时常肿到不能抬起，她就取了井水，把双手整个浸入桶中，井水冰凉刺骨，手被冻到失了知觉，便又能再撑上大半个时辰。

汪家的人在外打了客栈，胡松和济之仍分头住着，胡松住珠市口，济之住医院宿舍。傍晚时分恩溥一人归来，二人便时常沿着炒豆胡同往北走两三里地，走到帽儿胡同和雨儿胡同，那周边都是山西人开的大酒缸，他们常去的那家唤作永河青，门面窄小，悬蓝布门帘，檐下用红纸黑字贴了前人的竹枝词，"烦襟何处不曾降，下得茶园上酒缸"。一进门方知敞亮，三间门面打通，放了八个高三尺五六、缸口直径二尺五六的陶制大酒缸，酒缸埋于底下小半截，露出地面二尺来高，以红漆木盖为缸盖，亦以此为桌，酒缸肚上贴了"财源茂盛"四个黑字。他们总选门前那个大缸，一坐下便叫半斤白干，七八碟酒菜，店里酒菜分常有和应时，常有的煮花生米、辣白菜、豆豉面筋、虾米豆、拌海蜇、玫瑰枣，应时则按时令不同，有冰黄瓜、冰苤蓝、拌粉皮、拌菠菜、芥末白菜墩、排骨、酥鱼和鲜藕等，除了鱼蟹、海蜇和鸡子，酒菜一概分大小碟，小碟四十文，大碟六十文。二人慢慢吃完酒菜，半斤白干也差不多都下去了，再一路走回炒豆胡同，晚风已无热气，而月上枝头，沿途小贩叫卖杂物，又有孩童玩耍嬉戏，分明四下人声鼎沸，令之却觉北京从未有过如此这般寂静。自商量好大事，她和恩溥之间再也没什么话说，能说的话都说到了尽头，那些不能说的，她也不再去想，所有种种，都半悬在半明半暗的空中，结局浮沉不定，但那结局已不再重要了，和走向结局这条路比起来，一切都不再重要了。

恩溥离京前那日，他们又来了永河青，这日令之喝得极快，酒菜几乎未动，已下去三两酒，她喝到现在方开始吃菜，夹一筷子鱼冻，笑吟吟道："山西人的鱼冻做得倒好，他们放了醋，比咱们的鱼冻吃着鲜。这家的拨鱼儿也做得好，用肉汤下鱼儿，只要三分钱，待会儿咱们也来一碗。恩溥哥哥，你看到没有，外头还有等叫的热菜，你快瞧，那人，哎呀你快看呀……那人就是来取订好的苏造白鱼，这白鱼就贵了，得六角钱一条，苏造酱可比干黄酱贵不少，昨日我问了老板，他说啊，这苏造酱只交道口那家天源酱园才有售……"

恩溥见她虽神色如常，话却较平日不知多多少，知她已是醉了，便叫了两碗拨鱼儿，拨鱼儿只一碗肉汤加醋，里头除了面鱼什么也没有，清清爽爽正好醒酒。恩溥道："吃完这个，咱们就回去了吧。"

令之又笑："回去？为什么要回去？我还在喝酒呢，恩溥哥哥，你怎么和大哥一样，喝酒也喝得这般不痛快，要是启舟哥哥在这里……不，要是二哥在这里，我想喝多久，他便会陪我喝多久。"

恩溥见她醉了之后，似是不记得启舟已死，而达之和她已有血海深仇，心中不忍，道："令之妹妹，你要不陪我去走走，我明日就回四川了，这两月除了跟着学生们闹的那日，京城里还哪儿都没去过。"

令之歪歪头，道："也是呵，你想去哪里？"

恩溥道："你带我去哪里，我就去哪里。"

令之往另一边再歪歪头，道："那我们去天坛吧。"

恩溥道："那我们就去天坛。"

他们当即出门叫了车往天坛去。天坛如今已是公园，革命之后，民国政府将紫禁城乾清门以南的地方划归政府所有，又收回了一批皇家园囿，民国二年，天坛曾向民众开放十日，一时万人空巷。到了民国三年，内务总长朱启钤向袁世凯呈文《请开京畿名胜》，建议定下规章，将皇家园囿向民众开放，第一列出的便是天坛。谁知袁世凯有心称帝，先由其御用政治会议通过决议恢复祭天，北洋政府便先行开放社稷坛为中央公园。颐和园虽为清室私产，但民国三年起也已有限度地售票开放。天坛之议则一直到民国六年，内务部方重新为此案提了调查报告。是年清明，时任大总统的黎元洪还曾率民国政府各部高官前往天坛，在丹陛桥西南的斋宫河畔植树，以倡绿化，就这般直到去年元旦，天坛终是再度开放。

天坛身在南城，他们过去颇花了些时间，到时守卫已在准备关门，他们偷偷从南门旁的一个小偏门溜了进去。令之拉着恩溥，躲在一棵古柏之后，待守卫们巡完园子，给大门落了锁，二人这才出来。这时天色尽黑，园内古树参天，这两日本是满月，但头上圆月被巨树左右遮挡，只显一方月牙，再从中切了一小半。月色惨然，二人勉强可识路，恩溥把令之牵至主路上，二人从斋宫旁的西天门过了钟楼，一路往东，到了丹陛桥折往南行，再摸黑往前走一阵，不多久便到了回音壁，回音壁顶上没有大树蔽天，天光突地亮了起来。

令之吹了风，不再有醉态，恩溥无端端想，起先她也未必就真醉了，令之自小能饮，孜城的高粱烧酒莫说三两，半斤她也一气喝过，也许她不过借了那点酒，说出心中盼望、却明知再无可能的话罢了。她盼着启舟不死，更盼着二哥仍是二哥。

想到这处，恩溥更感怜惜，一时不可控制，伸手想抚她满头乌发，令之却突地转头，道："恩溥哥哥，你可知道，这公园里头是些什么树？"

恩溥转头四望，只见黑影幢幢，也知那是树冠参天，但全为轮廓，他摇头道："想来就是些松柏吧。"

令之又道："那你可知道，这里头有多少株树？"

恩溥更觉茫然，道："总有八千一万吧，恁大一个天坛。"

令之笑起来，道："三百万株。"

恩溥一惊，道："三百万？"

令之点点头，道："三百万株，五百余种，洋槐、黑松、椿树、银杏、白果、栎树、楸树、中国槐、胡桑、白桑、柏树、枫树、夜合槐、赤杨、杉树、藤萝、槭树、荆树、梧桐……"她连绵不绝一气说出来，连她自己也不知，这么些拗口名字，不知何时已这般烂熟于心。

恩溥待她说完，方道："你如何知道？"

令之摸着回音壁内壁磨砖，道："启舟哥哥说的，我们刚到北京，他带我来过一次，就来看树。"

恩溥问道："专门看树？"

令之点点头，道："专门看树，我们看了整整一日，也不过看了十之二三，那也是我第一次知道，原来每一棵树都是这般好看，看得久了，再乱的心，都能静下来……启舟哥哥说，他知道这些，是系里有个同学恰是当年农林部总长陈振先的幼弟，他大哥光绪三十三年毕业于美国加利福尼亚大学，是咱们第一个在国外拿了农艺学博士的留学生，回国后先拿了农科进士，去奉天做什么农事试验场监督，后头革命了，有了农林部，他便牵头成立了这个天坛林艺试验场。"

恩溥道："居然还有这样的地方？"

令之道："是啊，我当时也是这般反应，居然还有这样的地方？启舟哥哥说，那同学讲过，他大哥是不管什么革命不革命的，整日仍是在种树看树想树，这里头的洋槐还是他特意去德国引进的。也不只是这里呢，这林艺试验场在西郊那边的董四墓村还有个分场，那边也有六七十万株树，几十个人常年就住在村里，说是一年也就回两三次北京城……我也问启舟哥哥，那些人不知会不会闷，启舟哥哥说，想来是不会的，这几年的时局，对着树比对着人，也许倒是要开心多了……想起来真有意思，国家乱成一团，一会儿帝制一会儿共和，一会儿孙文一会儿袁世凯，一会儿南京一会儿北京，一会儿总统制一会儿议会制，打来打去打去打来，居然还有这样的人在认认真真种树，忙来忙去，忙着什么树种选择啊、播种啊、育苗啊、移栽啊、插条啊、造林啊、引种啊、病虫害啊……恩溥哥哥，这想起来真让人高兴，你说是不是？原来任何时代，咱们都可以不管不顾，只种一棵自己的树去。"

明月在天，星光却也不显黯淡，四周重重树影，往所有可能的方向漫去。恩溥起先还觉黑影鬼祟，又有鸦声凄厉，但现今他是什么都不怕了，月光下他把每一棵树都看得清清楚楚，树冠似云，晚风像在招手，让他们莫要忧虑，只要跟着风走，风知道应当去向哪里。

恩溥伸出双手，握住另一双手，他道："那就这么说定了，不管发生了什么，不管谁共和谁又起义，谁下了台谁又当了皇帝，我们都只种自己的树去。"

贰拾肆

　　过了芒种，孜城已是暑气袭人，井上没有大树遮阴，尤为苦热难当，烧盐工们整日对着熊熊灶火，任怎么大缸大缸供应金银花亦是无用，不过半月时间，灶房内已有数十人中暑。往年这个时节，烧盐工们都是一日三班轮换，且每日有半斤米三两肥肉的伏赏，但如今工人们病倒了这么些，恩溥离了孜城后也无人再能拦着达之，他径自将三班改为两班，伏赏亦减为三日一次，且米为碎米，肉为不成块的泡肉，带回家中只能熬油，新章这般施行不过半月，炎帝会的总首便找上了达之。

　　自嘉庆道光以来，孜城盐工们一直各有行帮，除了烧盐工的炎帝会，还有挑卤水的华祝会，锉井的四圣会，篾索的巧圣会，另有橹船帮的王爷会，木匠帮的鲁祖会，屠沽行的张爷会，抬工搬运的三皇会和用牛工的牛王会……行帮们各自供奉祖师爷，烧盐的自是供奉炎帝、橹船工人供奉镇江王爷、篾索的"巧圣"和木匠的"鲁祖"均为鲁班，这些顺理成章，但屠宰工人们供奉张飞，打铁工人供奉太上老君，却听来有些莫名。行帮中的工人大都也入袍哥会，好斗血性的不在少数，不知是否因整日挨着烈火，当中最彪悍的，多年来一直是烧盐工们的炎帝会。

嘉庆年间，孜城的烧盐工们大都由江津和南川而来，最先组会是为乡亲经济互助，名为"放堆金会"，金会放利于工人，入会须缴三斤菜油的银钱作为底金，盐工们一旦入会，又有熟人作保，便无须惧怕身在异地，一时无从周转。往后会里积存了不少银钱，便先在菜子桥地方买了一股田土，每年可收三十石租谷，随之又在孜溪河旁买了三间瓦房，改修为炎帝宫。因修到半路银钱短缺，炎帝宫于道光五年第一次培修，三十年内停工三次，到了咸丰五年方真正竣工。炎帝宫有总首三人，任期十年，勤首五人，任期五年，总首和勤首均不从行帮里领饷钱。但孜城大户盐商按两百年来的旧俗，惯于每年春节时给他们一人一个红包，以保整年开工平安。那红包说大不大，但也足够一家十口整年米钱。总首分三担，一担管钱，一担管庙，一担管杂务官司，这次来和达之理论的，便是管官司的总首，名为赵五。

赵五虽年过六旬，却矍铄精瘦，满头乌发，已做了八年总首，再往前是五年勤首。他虽一直在井上烧盐，却是孜城叫得出名的人物，多年前陈俊山任孝义会头排舵把子时，他就是孝义会的五排。哥老会内排五等，分称头排、三排、五排、六排、十排，头排舵把子不用提，三哥管钱粮，五哥管法纪，手上最有实权。赵五自是也有本名，但多少年了，陈俊山死后孝义会四分五裂，孜城里别的哥老会也大都收编于军队，但赵五仍还是用着这个袍哥名号。

赵五和余立心有多年交情，陈俊山身后凄楚，是赵五全然不顾，替他各方周旋，方能勉强办完法事和下葬凤凰山。余立心从北京回来那次，特意去井上见了赵五。余立心本带去了五十个大洋，赵五坚不肯收，只是问能不能替他搞把枪，余立心问他要枪何用，赵五不答，只冷笑道："莫以为我都忘了，忘不了！袍哥人家上三把半香，一把香上羊角哀左伯桃生死相交，二把香上刘关张桃园结义，三把香上瓦岗寨众位

394

英雄好汉，最后还有半把香上给梁山孙二娘扈三娘……狗日的你敢点水，就怨不得老子要拔这个梁子，老子在大哥坟前既是赌过血誓，就绝不拉稀摆带。"他满口袍哥隐语，余立心只是半懂，却也猜了个大概，陈俊山死后，哥老会的三排李三便投了郑鹏舞，手上有枪有炮，这赵五确是个稳妥之人，既无把握，便一直等着。

那日余立心便把自己的勃朗宁给了赵五，但里面只剩三颗子弹，余立心让赵五隔日再来慎余堂取一匣子，赵五摇头道："不必了，够用。"

没过几日，余立心已听说李三死在凤凰山下一块油菜田中，后脑有个血洞，右手则剥了血肉，只剩白骨，死时五体投地，像是在磕头拜山，而那地方直直往上两三里，便是陈俊山的坟地。李三死时尸体旁洒了一圈狗血，这亦是哥老会规矩，以示曝尸三日后，家人方可替其收尸，正是隆冬时节，万物萧索，野狗们觅不到吃食，三日之后，李三已被吃了个七七八八，只剩半个头和一张血皮，一个眼珠子被挖出来啃了半口，半冻不冻，凝在泥中。李家的人也不敢报官，不过买了口杉木棺材，胡乱把剩的这点东西拾下葬，孜城里谁都知道这是赵五为陈俊山报的仇，无人明谈，但私下里谁都夸赵五重情重义，方是真正的袍哥人家。那把勃朗宁过两日就出现在余立心书房里，裹在井上用来包盐的油纸中，纸上是手指沾墨，随意写下的"多谢叩首"四字。余立心卸下弹夹，里面果然剩下两颗子弹。那枪余立心离时留给了达之，达之出入均带在身上，只是从未用过。处理宣灵时，达之也曾想过用这枪，毕竟轻巧利落，但终是不能下手，最后远远埋了炸药，又将宣灵放至密封铁桶中，这样宣灵便有个全尸，也不用见到他死那一瞬的脸颊和眼眸。

达之总想，若是令之不怀上严余淮的孩子便好了，或是怀的是个女儿也好。都说宣灵长得像他，但达之并不想见到另一个达之，他连这一个亦是不大想见了，房中的镜子早移去了令之闺房，每日起身，达之不过胡乱擦把脸，晚上则是连脸也不擦就直直睡下。宣灵死于隆冬时分，孜城冬日多雨，三四月中只有不到十日放晴，那几日达之便不大出门，若是不得不去井上，达之见到朗朗白日总是心惊，但他又不知自己到底所惧何事，只觉日光似刀如剑，把浑身血肉一点点一丝丝片下，而剩下骨骸则燃为灰烬。达之反反复复想，宣灵若是女儿便好了，若是女儿，必会长得像令之吧，鼓鼓圆脸，鼓鼓嘴唇，总像在和谁赌气，令之和谁亲，便会和谁赌气。宣灵死后，达之从未梦到过他，但却时常梦到一个女婴，鼓鼓圆脸，鼓鼓嘴唇，脖上挂着那个蓝彩银链圆球，赌气噘嘴大叫："小舅舅！小舅舅！"

赵五上门那日，便是青天白日，达之早早到了商会，又拉上窗帘，以避烈光，赵五进门一愣，道："恁黑？二少爷你莫不是怕鬼？"

这几年余立心不回孜城，商会成立时，恩溥和达之曾去各大行帮一一拜访，给各个总首均备了一箱衣料和两封银子。赵五待他们倒是客客气气，只是东西半点不收，反倒亲自下厨备料，请二人吃了一顿毛肚火锅，底料由牛油炒制，烫的是整桌牛下水，毛肚、黄喉、百叶、牛脷、牛肠带油、牛尾炖底，毛肚片得极薄，只需三上四下便已微卷，一咬满口脆劲。桌上赵五只是闲谈，也不劝他们喝酒，只自己喝了一斤有余，到了最后，他给恩溥达之一人烫了一对牛蛋，方道："闲话我也莫说，喝酒算逑，这几年呢，我晓得大家日子都恼火，只求两位少爷在井上多担待担待会里的兄弟伙……来来来吃牛鸡儿，吃牛鸡儿都沾点牛气。"那牛蛋整个煮了许久方熟，赵五捞起后拿着薄刃小刀，当场片成纸般厚薄，赵五道："你们怕也晓得，李三哥的右手就是我剥的皮片的肉，当年陈舵把子死，我在是没在，但后头打听清楚了，是李三哥右手开的第一枪。"

那日从赵五家出来，恩溥便道："行帮里都是这般人物，商会能不得罪，便莫要得罪了。"

达之则道："若是连一个行帮的人都怕，我们的事怕是万年不成，迟早会得罪的，也不会很久了。"

这日赵五来商会找达之，他刚从井上下来，也未回家冲洗，就在孜溪河里搓了个澡，浑身一股草腥，一头乌发上尚沾水莲碎叶，似是水鬼上岸，达之又听他说到鬼，不由打个冷战，一时心头有火，也不请他入座，只道："五爷今日倒是得空。"

赵五自顾自去拉了窗帘，又拖了椅子坐下，道："二少爷，我们打开天窗说亮话，你也晓得，我是为啥子事情来。"

达之骤见强光，又急又惧，冷冷道："达之不晓得。"

赵五笑了笑，道："二少爷，会里的兄弟伙最近病倒了好多，你晓得不晓得？"

"达之不晓得。"

"今年正月十五开簿，炎帝会有兄弟一千三百二十五，当中有七百二十三在二少爷手下讨口饭吃，这三伏还没到，已经有一百一十三人告了病假。"

达之翻着账簿，漫不经心道："吃五谷生百病，只盼着师傅们早日好了，早日回井上来。"

赵五又笑，道："兄弟伙们也是这么想，但昨日已走了一人了。"

昨日有个叫王团喜的烧盐工，中暑后发了羊癫，旁人摁不住他，一头栽进井下，响儿都未听到一声就过去了。达之道："这事我晓得，以后你们会里开簿，有羊癫的怕是就不能入了，这回他自己死了倒好，下回就怕搭上了别人。"

赵五已是笑不出来了，只道："炎帝会开簿，民国二年时每人收八吊八百文，今年再开，每人收的已是大洋三元又搭八百文，会里既是收了这个钱，就得保兄弟伙平安。"

达之道："井上谁不是在刀尖火上讨生活，谁也保不了谁平安，赵五哥，你说是不是？"说罢，他起身拉回了帘子，屋内又黑沉下去，达之觉得舒服多了，赵五这样一辈子只知磊落的人是不会懂的，怕鬼的人怕的是光，而不是暗。

赵五见他如此，起身点头道："二少爷，我也没得废话再讲，烦你跟余老板带个话，赵五以后就得对不住了。二少爷可能不晓得，七八年前，我带着兄弟伙为了每锅增四百文工钱，罢过一次工，当年余老板给我们涨了五百文，我应承过他，只要我是炎帝会总首，井上灶火就不会熄，我看啊，如今我是做不到了。"赵五转头便走，快出门时又道，"二少爷，这屋头恁暗，坐斗都像在走夜路，我说啊，夜路走多了呢，总会撞鬼。"

达之点点头，道："五爷你说得对，不过我看，要撞鬼的人，迟早都是要撞的，躲也躲不过。"

那日待到天已麻麻黑，达之方从商会归家。月上半空，路旁孜溪河水气蒸腾，船工们赤着身体，在河中半浮半沉，月光似银水下泻，在黢黑身体上闪出银光，已是这个时候了，四下却热气不散，似是太阳隐了身，其实仍在顶上。达之忽地想到，自己刚回来那一年也是这般苦热，他把自己关在河边盐仓中，整日闷头做炸药，每日归家之前，便会跳进孜溪河里，痛快游一个来回，河水暴晒整日，到傍晚仍似半沸，只有藏于水下，方得片刻清凉。有一回他遇上从山上下来的恩溥，先在岸上看他许久，后来不言不语，也脱了鞋袜下水，二人沉默着游了几个来回，又沉默着在水下憋气，看谁先浮出水面，幼时总是达之先忍不住，但那一回，恩溥却早早认了输，起身游到岸边。他也不走，只赤身在周围田里摸了两个地瓜，自己坐岸边大石上吃了一个，另一个扔到水中，地瓜沉后又浮，达之慢慢游过去，撕了皮也吃起来，地瓜脆而多汁，他们幼时游得累了，总在田里挖地瓜解渴。那时达之尚未对恩溥交底，恩溥也未讲过自己回到孜城所为何愿，再往后他们分明共享了野心与秘密，走在同一条路上，却不知为何，早已比他们赤着身体沉默着吃地瓜那日，相隔千里之远。

达之当然知道，林恩溥并没有死，他自是离了孜城去寻令之，小五做的那些把戏，不过是让林湘涛真的相信自己死了儿子。达之想，这样也好，宣灵也好，恩溥也罢，自己也并不想要他们的命，只是他们的命恰好挡在了自己的路上。现在死的已经死了，走了的便就走了吧，只要不再回来，便和他的大事没什么干系，只是这条路空空荡荡，如今是既无阻拦，也无同伴了。

赵五的尸体过了两日才被人发现，正是李三曝尸的那块油菜田中，也是五体投地，脑后一个小小血洞，四周一圈狗血。正是入伏天气，尸体被发现时已臭得不能近身，连野狗亦不肯食，赵家的人见到狗血，也不敢轻动，熬到第三日方求炎帝会的兄弟给赵五收了尸。赵五的死在孜城也传了几日，但很快便被余家二少爷将在七夕成亲的消息盖了下去，说到底，谁会真的在意一个六十几岁老头是死是活呢？赵五死后，达之以商会之名，给赵家送去五十大洋的丧葬金，又捐了五十个大洋给炎帝会另选总首，会里病倒的烧盐工们再回井上，仍是一日两班，一月只休一日，再签下生死状，以示生死由命，富贵在天，若有意外，商会不管。工人们虽有微词，但新上的总首为人懦弱，只知劝大家莫要得罪老板，守住手中饭碗要紧，也确有几个血性年轻人愤而退会，但达之大概四处打过招呼，城内也没有盐商会为了几个烧盐工得罪余家，这几人寻不到活路，又只能托人再回炎帝会，如此折腾一番后，不过一月时间，井上再有人中暑，也不过是回家歇两日，多喝几碗藿香正气水，便默默回井上续工，再无更多波澜。

把启舟的棺材送回省城后，恩溥便住在客栈中等着令之，他打了个电报给小五，电文仅有二字，"肥肠"。发了电报，恩溥便每日去武侯祠内的王胖子肥肠面，一日三碗肥肠面，其他时候，便在旁边一个道士开的茶馆内整日喝茶。肥肠面四百文一碗，另加肥肠一百文，一碟瓜子一百文，茶馆整日可只叫茶一壶，所费两百文，每日折起来不过大洋三角。省城的肥肠面大都只是浇上一勺辣烧肥肠，王胖子的肥肠里却配了四季鲜蔬，春为春笋、夏为茭白、秋为莴笋、冬天则是四川独有的红萝卜，不需削皮，更有一股甘甜。这几年每回小五驾车载恩溥来省城办事，二人总来这边吃面，小五一口气能吃两碗，再另加两份肥肠，他有点羞赧，讪讪道："少爷，若是有一日你不上省城办事了，那我就再吃不到王胖子的肥肠面？"

恩溥笑道："到了那日，你便自己来。"

小五当即放了筷子，道："不，少爷，我不和你分开。"

恩溥想到令之，一时感伤，把碗中莴笋一块块拣到小五碗中，道："世事不会都由着你来，就像过了这月，再想吃莴笋，便得等到明年。"

小五吃了莴笋，又喝一口面汤，道："那便等到明年好了，又不是不能等，明年总归能吃上的。"

恩溥心中一震，道："那若是明年也吃不上呢？"

小五笑起来，道："几根莴笋而已，吃不上便吃不上了，不是什么要紧的事情，若是要紧的事情，那就等到后年，若是真正要紧的事情，一年年这么等着呗，又有什么干系。"

恩溥过了许久才道："是啊，一年年等着，又有什么干系。"

待到令之到省城那日，已是六月下旬，小五仍记得此前对令之允诺之事，提前一日特特去上次那家店中买了米粑和两咕噜香肠，切成薄片后包在油纸中，天气极热，小五怕香肠变味，拎了一个装满冰块的水桶去到站台，令之下车看到他们，见小五身旁一个偌大水桶，上头还盖着厚厚一床棉被，奇道："这是什么？"

小五掀开棉被，从里头拿出一个隔水食盒，开了食盒又是油纸，一张张掀开油纸，这才是已凝成一团的香肠，冻得梆硬的米粑，小五道："令之小姐，你看，这是我应承你的事情，我没有忘。"

令之已是泪盈于睫，她咬一口米粑，又吃了两片香肠，道："是，小五，你没有忘，你应承的事情都做到了……恩溥哥哥，我们也要如此，你说是不是？"

冰融了七七八八，恩溥在一旁提着那桶水，里头碎冰撞上桶壁，发出叮当之声，他把满桶水倒在铁轨上，残余的一点点碎冰映出万千幻彩，但不过一瞬便升腾为水汽，恩溥想，有那么一瞬也就够了。他提起空桶，对令之道："当然，我们这就回去。"

小五开着福特上的省城，接上令之后，三人连饭也未在省城吃一顿，只匆匆买了一屉包子、几串葡萄便开车往孜城走。这辆车上次受了那般磨难，现在却看着锃亮簇新。小五一面开车，一面缓缓解释道，自恩溥假死后，林家再无人管事，林湘涛每日已没有两个时辰能离了烟枪，井上生意已经全部由达之接手，四友堂别的杂事，达之也全都一一安排妥当，另外两名林家少爷年纪尚幼，已被安排出洋留学，今年便都会出去，小五笑道："少爷，你走了之后，余家少爷便是老爷的亲儿子了，两个小少爷倒像是抱回来的，我看啊，林家一半的家产现在都在余家二少爷手里。"

恩溥道："这样也不坏，可能比在我父亲手里，还要稳妥一些。"

小五道："我也这样想，就是这么兵荒马乱的，谁也想不到我，家里井上的事情都插不上手，我闲得不得行……少爷，你们再不回来，我就要把这车开到北京来寻你们了。"

恩溥道："这车倒是看着比以前还新。"

小五道："可不是，我本就每日擦洗，这回余家要办婚事，慎余堂的人前几日就找了洋人师傅过来，换了轮胎，又给车上了新漆，说到时候要借给千夏小姐做礼车……你们走了这么些日子，这还是他们头一回找我呢，少爷，咱们当时又乐山又土匪的，搞那样麻烦，最后屁用也莫得。"

但恩溥和令之都只听到前头，叫了起来："什么婚事？"

小五疑道："你们在北京都不知道吗？余家二少爷要和千夏小姐成婚了，拖了这么些年，说是要大操大办呢，婚事就定在七夕，怕是得有一百桌呢，城里有点名头的人都请了。"

令之过了许久才道："恩溥哥哥，我二哥他这是什么意思？"

恩溥想了想，道："我不知道，我只想不通，到了如今，千夏真的还肯？……小五，达之他请了军中的人没有？"

小五道："怎么没有，还哪边都请了呢，滇军的金汉鼎，川军的赵宗藩，到时都要去，听说金汉鼎这回下血本从缅甸找到一块石头，正在找人雕翡翠西瓜，说要雕得和老佛爷那个一模一样作贺礼呢……少爷，你也知道，这两边从来是水火不容的，这回都是给余家二少爷面子。"

恩溥对令之道："金汉鼎是刘法坤的旧部，上回说要抓李明庵父子，先封了李家井灶拍卖存盐，李家后来赔了二十万，才勉强过了这一劫，上回刘法坤……他也是出了手的。"

令之点点头，道："我记得，当年我被绑的时候，听见旁边有人在唤'金旅长'。"

恩溥道："达之说过，你的仇他都记得，以后迟早是要滇军还回来的。"

令之笑了笑，道："我的仇人，倒是心心念念要替我报仇，这算是什么道理？不过也好，他报他的，我报我的，各人都有各人的仇，互不相干。"

小五在一旁疑道："令之小姐，你们在北京真的不知道？不都说这回余家老爷要回来主持婚礼吗？"

令之摇摇头道："父亲他不会回来，父亲可能永远不会回来了吧。"

恩溥见她如此，道："你……你走前就没去见一见他？"

令之开了车窗，风猛而燥热，似是迎面不假情面的一耳光，她道：

"见了。"

恩溥道："你父亲……他怎样？"

令之揪下两个葡萄，一点点撕了皮，又把皮扔到窗外，她吃了葡萄，道："恩溥哥哥，你别问了，我不想说他了，我一句都不想再说。"

令之走前确去见过一次余立心。她和济之并不想去，她是胆怯，总觉若是不见，就不用相信胡松所说那人，果然是她父亲。济之则因胡松这几年左右犹疑反反复复，二人情热两月，便又会冻上半年，虚耗了这么些时间，他总觉得来北京这些年，除了他们一同看戏那晚，别的日子都是原地回旋，而这一切都是因为胡松始终不肯离了父亲。哪怕到了如今，胡松已搬了出来，又有了自己的生意，他似是仍下不了决心，济之那股愤懑之气总也不消，他对胡松道："你要去你便去，我既有天上的父，便不稀罕这人间的了。"

胡松却不听，坚持让他们无论如何去一次，道："血里肉的东西，岂是你们想割就能割的，哪怕要做哪吒，也要当着李靖的面把骨肉还回去，我虽不需剔骨还肉，但这三十几年和骨肉也没有什么分别。济之令之，你们听我这次，躲是躲不过的，凡事都需有个了断，我们若是今日不了，日后必遭报复。"

令之听了这话，终是点头道："大哥，松哥哥说得对，凡事都需有个了断。"

他们去时正逢如注暴雨，楼心月一早托人来通知胡松，余立心前一日半夜归了家。胡松便叫了车，先去医院接济之，再来炒豆胡同接上令之，三人挤挤挨挨坐在车上往鼓楼去。济之一路慌张，连白褂子也没脱下，脖上还挂着听诊器，令之手上拿个芝麻烧饼，她也不吃，只一颗颗把芝麻拣起攥在手里，胡松则面色如常，直直看着车外水帘。

三人一路无话，到时楼心月已牵了宪之，在大门口候着，二人打一把大伞，那伞已有几处漏了，楼心月尽力把好的那面罩在宪之顶上，自己则头发衣服湿了大半。令之从未见过她，只以前在孜城时听人隐约说过，父亲和云想阁的一位扬州女子有私情，那女子本是楼中头牌，容貌极美，又弹得一手好琵琶，是城内不少大家子弟心尖上的人，她却只待父亲有心。这时骤然间，令之只见楼心月满面倦容，眼下乌青，又瘦到脱了形，一件倒大袖青蓝短袄本应是贴着身子做的，现今内里似能鼓风，下面同色绸裤本就宽身，更是只显她伶伶仃仃站在雨中。令之和她虽是初见，却忍不住冒雨上前，叫了一声："心月姐姐，辛苦你了。"

楼心月这两年万种艰难，却从未在人前落过一次泪。余立心一般一周回来一次，回来便是发癫，时常不由分说就揍起来，她能躲便躲，不能躲时就闭眼受住，咬牙不哭。伤口好了又来，起先她还用粉膏勉强盖一盖，后来连盖也懒得盖了，就这样裸在外头。但这时见了令之，想到女子一生是这般难熬，亦只有女子才知道女子的苦痛，楼心月忽地哭了起来，哭了片刻后又勉强压住哽咽，牵住令之的手，道："三小姐，我没什么，你才是辛苦。"

令之也落了泪，她见宪之虎头虎脑，和宣灵有说不出的相像，更觉心头剧痛，她摸了摸宪之的头，道："你把孩子护得很好，不像我。"

楼心月道："也不知能护到几时……你们进去吧，他……他在里头。"

几人一起进了院子，令之还未见到父亲模样，便听见他在堂屋中发疯，把柜子桌子椅子全推倒在地，站在一堆杂物中，余立心提了声音大叫："在哪儿？你说，到底在哪儿？"

这么望去，余立心瘦而佝偻，头发黑倒还是黑，只是一头油，一缕缕贴在头上，露出污脏头皮。分明有万种思绪，令之却无端端想到，以前父亲最恨头发出油，再冷的天也两三日便洗一回，他不喜家中仆妇帮手私事，都是自己打了水拿了香皂在院中洗。起先令之只能在一旁用木勺帮着浇水清洗，后来她年纪大了，就总替父亲打好辫子，她的辫子也时常是余立心在梳，任是哪种繁复花样他都能梳出来的。但到了如今，他们都已没了发辫，父亲是一路被逼到如今，她却是自顾自走到了如今，令之见到父亲这个模样，竟不是伤心，而是不识。

余立心这次回来，仍是想拿这套宅院的地契。当年买房时都是胡松一手操办，余立心忙着四处打点应酬，那还是他待胡松比亲生儿子还亲的时候，就让他在地契上写了自己名字，一路这么把文书办下来。上回胡松离家，余立心要胡松先将地契转名，胡松转了之后却将文书私下给了楼心月，让她千万小心放好，不管余立心如何相逼，都不要拿出来，胡松道："你哪怕不为自己，也得为宪之留下点东西。"楼心月听了这话，这半年余立心大都住在外头，每次回来都是吃足了鸦片，精神抖擞要楼心月把地契交出。她不肯便是劈头盖脸一顿揍，揍完余立心瘾又上来，匆匆离去，下回再这么重来一遭。

余立心见了令之，也是愣了半晌，似是想了一会儿才想起这是谁，至于济之胡松二人，他却是连看也未看一眼。余立心站在一堆乱糟糟倒下的桌椅中间，面色惨白，天热成这样，他却仍穿一件薄棉袍子，道："是你哦……你来得正好，快来替我找找地契，狗日的不晓得被这个婆娘放在哪里……死婆娘，老子问你，你快说！"

令之听父亲如此粗鄙，一时竟无从反应，楼心月却是神色如常，大概已是听惯了这些言语，只是不言不语。令之看着余立心，道："父亲，你走吧，你想过什么日子，想种多少罂粟吃多少大烟，都是你自己的事情，你手里有的东西，由你怎么糟蹋都可以。我、大哥、松哥哥，我们今日都来看了你，以后应是也不会再来了，但你也莫再回来这里了，你给大家都留一条路走吧。"

余立心似是半醒半醉，冷笑道："路？哪里有路？我走了这么些年，我的路在哪里？谁给我留一条路了？你要走便走，我跟你说，每一条路我都走过了！都是死路！都是死路！这二十年是我糊涂，只想着什么狗日的国运狗日的盐井，和我们没有干系的，我跟你说，和我们半点干系也没有！眼看他楼塌了，楼塌了，你们知不知道？！若是早知道是这样，我早二十年吃上福寿膏，就能早快活二十年！"

济之这几年对父亲多有厌恶，但真见了他如此，一时却是不忍，道："父亲，你信主吧，唯有主能救你。"

余立心又是冷笑一声，道："主？主你个仙人板板，我跟你说，老子信过的东西多了，都信不过！啥子都信不过！老子现在除了钱和福寿膏，是啥子都不信了……少给老子说废话，把东西给老子交出来！"他伸手便揪住楼心月的头发，眼看一巴掌就要下来，宪之在一旁对余立心又踢又咬，哭着大叫："坏蛋！坏蛋！大坏蛋滚！大坏蛋滚！"

令之想也未想，掏出恩溥走时留给她防身的那把勃朗宁，对住父亲额头，冷冷道："父亲，该说的话我都说尽了，只要我在这里，你想也别想。"

余立心瞧见黑洞洞枪口，道："呵，马牌撸子？！谁给你的？你二哥？他那把还是我留给他的！你以为我撸子都没有，老子也就是今日没带来，行，今日我就吃这个闷亏，呵，楼心月你给我听着，下回，下回就算我把这房子掀了，也要把东西找出来！"

说罢，余立心转头便走，似是对一屋子他的至亲毫无留恋。楼心月呆呆地把宪之抱起，道："三小姐，刚才谢谢你，你们走吧，见也见过了，他……他如今就是这样了。"

济之则看着胡松，道："松哥哥，你也看到了，父亲连一句话也没有对你讲过。你救不了他了，谁也救不了了，但你还可以救我，你还可以救我们……你真的要为了一个毁掉的人，把我们自己也都毁掉？"

楼心月心细，早看出济之胡松之间的事情，这时叹口气道："松哥，大少爷说得对，都到了如今，你就放心过你的日子去。这般乱世，你们想躲去哪里便是哪里，天下之大，总有两个人容身的地方。"

令之也道："大哥，松哥哥，咱们孜城那个家是不会再有了，你们且去建一个自己的家吧，哪怕建在天涯海角呢，也是你们自己的地方，谁也扰不了你，你们不要怕，我也不怕。"

那日就是如此了，屋里满地狼藉，屋外雨声凄零，他们在屋中坐等雨停。宪之嚷着肚饿，楼心月便去厨房煮了一锅素面，没有荤肉浇头，一人铺一个鸡蛋，又放了几根菠菜，大家一人拿着一碗，都默默把汤也喝尽，四周这般惨然，但每个人竟是只感心静，好像一切既是坏到无法再坏，便有了转机。院中花木无人打理，枯的枯死的死，只有胡松亲手植下的那排杂色月季仍密密开了花，风大雨大至此，大部分花都吹得七零八落，却有一朵血红的，正是开到最盛的时候，花瓣丝毫不缺，似是要和风雨赌气。

小五把车越开越快，恩溥等了整月，终是见到令之，心头一松，竟靠在车窗上沉沉睡了。窗外渐次有山有河，河上挤挤挨挨的歪尾船，船工们过了险滩，便脱下衣裳坐在船头饮酒吃肉，水声滔滔，引来白鸟上下蹁跹，白鸟顺风而飞，顺水而栖，有时飞到力竭，它们便死在水上。令之想到那日他们都吃完的那碗素面，又想到那朵血红月季在风中歪而不倒，哪怕一朵月季，也在过它逃不开的险滩。恩溥睡了又睡，令之却从始至终未有合眼，凤凰山绵延百里，天海井天车在望，那紧紧捆在一起的杉木不腐不朽，迄今已有一百七十余年。幼时她总在井上玩耍，看辊工们更换篾绳，教她何为天辊，何为地辊，那时她以为这些都会永远这么下去，天车，盐卤，歪尾船，慎余堂，如今知道一切都有停止直至消失的那一日，令之想，但我是什么都不怕了，启舟哥哥，你看着我，我这就去了，去过自己应过的险滩。

贰拾伍

　　进城时已近晌午，恩溥让小五独自把车开回四友堂，他和令之则先来了仁济医院。早上的病人大都走了，艾益华一人正在收拾针药，他本就高瘦，现今更是瘦到伶仃，艾益华见了他们，并无半点惊慌，只道："千夏走前说过，你们都会回来。"

　　启尔德正好拿着两碗汤面进院，见了令之，一时似被五雷轰顶，汤汤水水撒了一地一身，他想也未想，飞身去关了院门，这才握住令之双手，颤声道："密斯余，我不怕鬼，你莫要走！你既是还没上天堂，那就不要走！你们中国人死了，是不是都想投胎？密斯余，你能不能不要去投胎？不，你若是不投胎，那就只能一直做鬼，不，不，你不能一直做鬼，密斯余，你能不能待一阵，几天，几天就行，然后你再去投胎，你说，这样好不好？"在孜城待了这许多年，这还是启尔德的中文第一次说得如斯流利。

　　恩溥和艾益华在一旁都不由笑起来，令之见他颠三倒四，却是一腔赤诚，甚是震动，哽咽道："启大夫，是我，你看清楚了，我不是鬼，我们中国人说鬼没有影子，你看看下面，我有影子，我没有死。"

启尔德呆呆道："你没有死？"

令之道："是，我没有死。"

启尔德道："但……但我本要替你报仇的，我对着上帝发过誓，我一定会替你和宣灵报仇。"

令之抽出手，淡淡道："启大夫，谢谢你，我死了便也罢了，如今我既没有死，我的仇自当我亲手去报。"

启尔德已是满面泪水，他哽咽道："密斯余，你想做什么便做什么，我是总在这里等着的。若是你要我帮手我便帮手，若是你不要，我便等在这里。"

令之穿一件蓝底黄花的倒大袖蚕丝宽身旗袍，袖内藏不住帕子，她便徒手给启尔德拭泪。这样一来，启尔德也不顾男女之别，又抓了令之双手，号啕大哭起来，哭声凄凄，宛似孩童受尽委屈。恩溥和艾益华站在一旁，原本还觉好笑，但到了后面，他们也不由黯然，落下泪来。

倒是令之，始终神色如常，抽出手后便安然坐在院中石凳上。顶头正是听诊楼前那株老青梅，这个时节挂满熟透青果，青梅酸涩，要不用以泡酒，要不做成果子露，以井水调开，再加时令鲜果，最是解暑。令之无端想到，仁济医院开张那时，青梅满树白花，孜城人对洋人医生多有疑心，一直待到繁花褪尽，才陆续有人前来求诊。那时的仁济医院整日喧闹，大哥二哥，松哥哥，恩溥，千夏，还有她，时常聚在此处，医院虽有自己的厨子，他们却更喜自己胡乱做上两口东西。松哥哥最擅烤鱼，鲫鱼满肚鱼籽，拨开扑鼻异香，一同烤熟的葱蒜混上辣椒，尤为下饭佳品。二哥和千夏则喜烹一种东洋火锅，虽和川地火锅一样，也用牛油做底，却无辣无麻，用砂糖生抽炒制后加上高汤，仅煮进牛肉、豆腐和香菇，汤头清甜，起锅后蘸以白萝卜泥。父亲有时从井上下来，也会在医院随意吃上两口，她和济之都嫌东洋火锅味道寡淡，没什么意思，父亲却道:"这个好,这个有一股子雅趣。"那是民国二年,父亲连吃个火锅,也要讲究雅趣。说起来迄今也不过七年,却早已人间不是那个人间,人也不是那么些人。若是以往,令之难免落泪感伤,但到了如今,她不过伸手摘了一个青梅,咬了一口,笑道:"启大夫,今年的果子露你们做了没有,快调一盏给我尝尝,搁在冰碗里,再加点葡萄。"

启尔德这才勉强平静下来,哽咽道:"……做了,做了一大罐子,千夏老早就做好了。"

小五这时也进了院门,大家于是一同坐在院中吃果子露。虽是正午时分,天色却突地暗了下来,黑云压城,在不远处的孜溪河上空翻滚,谁都能看出来,这一场滔天暴雨已是不可回转。院中众人都心事重重,只有令之,吃了一盏后,又加了一盏,这才放下调羹,道:"千夏姐姐是被我二哥抓走了?"

艾益华道:"是,半月前抓走的,也不知关在哪里。"

令之道:"千夏姐姐在慎余堂,应是就在我婚前住的那个院子。父亲知道我和二哥最亲,我俩的院子从小就是挨着的,中间不过隔了一片竹林,还有好大一片葡萄架子……二哥的性子,必要把千夏姐姐放在身边,才能安心。"

恩溥在一旁道:"为何要抓千夏?因她不肯成亲?"

艾益华迟疑片刻,看看令之,方道:"宣灵……因为宣灵。千夏说,她知道自己的罪孽,她要不就这么死了,为宣灵赎罪,要不就走,上北京去找你,告诉你这些年发生的事情,千夏说,这般日子她是一天也过不下去了……我和千夏……我们想走,正托人私下里从省城找辆车,达之知道了,第二日便找川军的人抓走千夏,又对全城的人宣布了七夕婚事,达之请了上千人赴宴,连我和启尔德,也收到了帖子。"

恩溥难免忧心,道:"达之会不会杀了千夏灭口?"

令之摇摇头:"不会,起码婚礼之前不会。"

启尔德到了这时，才知宣灵之死和达之脱不了干系。他深为震动，继而满腔怒火，一时不能排解无边恨意，咬牙道："如何不会？！你二哥是个魔鬼！我看他什么坏事都做得出来！"

令之笑笑，道："二哥当然做得出来，但是他不会做。"

这下恩溥也疑道："为何？"

令之并不开口，只是把玩手中调羹。这一套手绘梅花的小调羹是她当年从慎余堂中拿过来的前清旧物，并不怎么名贵，令之只是喜上头所画绿梅，萼绿花白，比红梅更为雅致。调羹起先一套八只，有一回达之喝冬瓜丸子汤，失手打碎一只，那时他皱了皱眉，道："碎了也罢，都摔了吧，我下回上省城，带套宋瓷的回来。"

令之当时就奇道："好好的为什么要摔？少一只便少一只好了。"

达之仍是不快："好好的一套，就这么缺了一只，总让人心里不痛快。"

令之笑道："你一个不痛快，就要把东西都毁了不成？"

达之冷冷答道："有什么不能？别说不是什么要紧的玩意儿，哪怕真是要紧的，都毁了又能如何？"

如今令之再想到那日达之所言，已是心如明镜，她把调羹放下，道："二哥如今想做的，已不是杀一个千夏那么简单了……七夕请了这么多人，如此大的阵势，他定是有所谋划。"

恩溥道："谋划？谋划什么？"

令之道："你觉得二哥还能谋划什么？"

恩溥苦笑几声，道："我不知道，自从顾品珍那年烧了半个孜城，我就不知道我们还有什么能谋划的了……我早给达之说过，行不通的，前头没有出路，再不停下，不过是万丈深渊。"

令之点点头，道："我如今倒是像二哥，再没什么怕的了……到了这时，万丈深渊又如何？"她说罢嫣然一笑，也不多言，只低头吃冰碗中剩下的两个葡萄，这葡萄似是达之院前种的那些，色如玛瑙，却不怎么甜。

恩溥道："令之妹妹，那如今你还要我们做什么？"

令之这才凝神想了想，道："艾大夫和启大夫什么都不用做，到了七夕那日，你们就去慎余堂参加婚礼。进去后一路往西走，便能看见一个小小池塘，你们得留心，我家有好几个塘子，我说的这个和别的都不一样，当中没有莲荷，只是沿水有一圈菖蒲和水葱。父亲说过，母亲生前最爱菖蒲所开黄花，那塘子是母亲亲手布置的，后头虽然少有人去，却一直有人照料。过了塘子再往北折两百来尺，便是我家外墙，墙上爬满红葡萄藤，把藤蔓拨开，墙上开有小门，门上有一把铁锁，那种锁你们大概没见过，得两把钥匙一同才能打开……那是慎余堂唯一一扇无人值守的门，你们替我开门，放我进去，随后你们务必要离了慎余堂，要走得快，万不可逗留。"

启尔德听呆了，只道："……钥匙呢？我们如何有钥匙？"

令之转头看着恩溥，道："恩溥哥哥，钥匙在哪里？"

恩溥听到这里，一时竟不能言语。那个小池塘是幼时他和令之玩耍之地，小门也是他们偶然发现，当时门上并没有锁，二人为了逗趣，特意找了城中老锁匠，打了一把子午鸳鸯锁。原本恩溥的意思是两把钥匙为一套，让锁匠给一人打一套，但那锁匠上了年纪，极是执拗，只道："子午鸳鸯锁自古以来就是两把钥匙，一人一把，合则门开，分则门闭，从没听说过一人一套，若是这样，这鸳鸯锁做来何用？"

往后恩溥去了东洋，走前本想把自己的钥匙留给令之，但令之却反将自己的那把钥匙给了恩溥，她道："恩溥哥哥，你如今走了，那扇门我一个人打开也没什么意思，等你回来，我们再一同去开门。"

恩溥归国后，二人之间几番起落，不知为何，却谁都再也没有提过那把鸳鸯锁，但令之心里知道，两把钥匙必定安然无恙。到了如今，恩溥满眼热泪，从衣服内袋中摸出一串叮当作响的钥匙，又从中拨出两把，青铜材质，做成一对雀儿形状，两嘴相衔，便能开锁，恩溥道："就在这里。"

令之也不知应有何言，只点头道："恩溥哥哥，你现在不便露面，就不要四处走动，委屈你这十日先困在医院，只是小五得助我几件小事。"

小五在一旁喜不自胜，道："令之小姐，你若是有用得上我的地方，我是死也要死着去的。"

令之笑道："你们都不会死，若是要死，也只得我一人去死。"

恩溥哽咽道："令之妹妹，你让我如何能安心坐在此处，看你去死。"

令之却起身一笑："到了如今，生死是最不重要的事情了，恩溥哥哥，你说是不是？"

恩溥颓然，道："是，令之妹妹，你说得是。"

往后十日就这般过去了，每个人都万般心焦，却又暗暗盼着那一天永不到来。除了小五出外打探消息，剩下几人白日里都困在家中，为防恩溥和令之归城的消息泄出去，仁济医院当日便关门停诊，有病人前来，启尔德便道他和艾益华二人都吃坏肚子，患了痢疾，暂需休养几日，若真有急症，恩溥和令之便在二楼闭门不出，也尽量不出声响。

但哪怕无人前来，二人也几乎从不发出什么声响。令之如今住在起先济之的那个房中，这个房间后来千夏也偶尔用以午休，千夏只放了一套寝具，别的仍是往日模样，不中不西，四壁落白，案上置水晶花瓶。令之记得松哥哥细心，每次前来，总要给每间屋子放上慎余堂园中新剪的鲜花，千夏最喜玫瑰，有一次她突地想起母亲所教的一首竹枝词："隙地生来千万枝，恰似红豆寄相思。玫瑰花开香如海，正是家家酒熟时。"

松哥哥笑道："千夏虽只是半个中国人，却比我们都懂这些。"

千夏则道："这竹枝词写得平平，也并不真正懂玫瑰。"

令之奇道："一朵花儿罢了，还有什么懂不懂的？"

启尔德在一旁突道："Rose is a rose is a rose[①]。"

千夏道："这是谁的诗，写得这般美？"

启尔德道："我们美利坚的一个诗人，叫作 Gertrude Stein[②]。"

千夏叹道："写得真美，但玫瑰也不只是美。"

令之又道："那还有什么？"

千夏伸手去摸玫瑰枝上小刺，一时失手指尖便有血珠，她淡淡擦了血，道："玫瑰有刺，刺会沾血。"

如今花瓶里尚有一大束枯干的小玫瑰，大概是千夏走前所剪，玫瑰本就血红，如今更似血痕干涸。令之见墙上的纯金十字架仍在原处，川地潮湿，连金子也有一层乌黑之气，床头也仍是那本红皮《圣经》，书签是一支枯干玫瑰，翻开便见一句经文："遵依律法靠血洁净的东西很多，没有流血，便不能赦罪。"经文上已有斑斑血迹，令之想，这是千夏的血，也是宣灵的血，将来便是达之的血。

小五每日入夜后方来医院，陆续带来令之早已想到的消息：达之确已将早年他陆续制成的炸药从几个仓库中运出，每日半夜时分由达之亲自押送运进慎余堂，运货的工人大都是井上调来的盐工，当中恰好有一人为小五往日在井上所识好友，因炸药均放于木箱之中，那人并不知所运何物，达之只道是为婚礼准备的杂物，一百来个木箱，约有一半放于罗马楼地窖，另外一半，则一部分放在戏台底下，一部分散在慎余堂各处。罗马楼便是当年令之生日设宴之地，是慎余堂唯一的一处西式院

---

① 出自格特鲁德·斯泰因的诗《圣徒艾米莉》(*Sacred Emily*)，表示玫瑰就是玫瑰本身，并无其他附会。

② 美国女作家格特鲁德·斯泰因。

子，一楼留了一个挑高房间做舞厅，四周装有镶金镜子，舞厅外的院子有密密葡萄架子，下放数十张桌椅，老一辈的人不跳舞，便可在此处歇凉打牌。想来婚礼那日，一大半宾客会在这边，另外一小半则应在戏台处听戏，达之已早早放出声来，他花大价钱从省城请了两班名角唱通宵堂会，要把《琵琶记》《金印记》《红梅记》《投笔记》这四大本统统唱尽，小五对恩溥道："莫说别人，连林老爷也说到了那日，要痛痛快快听一晚上戏呢。"

令之点头，道："二哥也只得如此了。"

恩溥仍是不可置信，道："他真要把所有人炸死？让慎余堂也陪葬？慎余堂是他手上的基业，这对他又有什么好处？"

令之道："到了这个时候，二哥也不会想什么好处了，调羹既缺了一只，他就想把剩下的也都毁去。"

恩溥道："那他自己呢？他也要死？"

令之道："或许吧，我也不知……或许他给自己留了后路，或许二哥如今和我想得一样，生死是最不重要的事情。"

七夕前一晚，令之独自一人，半夜去到孜溪河边。天早就黑尽了，顶上不过黯淡月光，正是丰水时节，孜溪河上歪尾船密密匝匝，间或一两只船舱中隐约有火烛，夏夜清凉悠长，船工们有时赌得尽兴，便会通宵玩牌，第二日清晨出船，待过了最险的邓井关，上沱江后再补上一觉。有船工尿急，出来在船头撒尿，远远见到令之，也看不清面容，只见一身米白衣裳，以为是水上女鬼，不由吓得大叫，舱内的人听到响动，便全都出来查看，但令之此时已躲在暗处，那几人寻了一圈，只见河上粼粼波光，抱怨前头那人眼花，那船工自己也觉疑惑，只听他大声分辨："真见着了，不诓你们……我看也不是女鬼，是嫦娥娘娘下凡！"

一旁有人则笑道："嫦娥娘娘？我看你是上回伤了腿，去医院见到二少奶奶后就魔怔了……二少奶奶可不就像嫦娥娘娘，又总穿白衣裳。"

又有谁道："三小姐倒是也爱穿白衣裳。"

有人叹道："三小姐人最好，往年这个时候，她总给咱们船上送桃子呢。"

令之幼时，父亲每日早起，前来查看盐运，惯常是胡松陪在一旁，有一回不知为何，令之整夜不睡，就为了一同前来。也是盛夏时节，岸边浩荡有风，船工们搬好盐包，蹲在船头吃早饭。父亲为他们请了厨子，在河边支了柴火大锅，鹅笋肉丁包一人两个，清粥泡菜任吃。令之饿得紧了，竟和船工们一同吃起包子，鹅笋清甜，令之依在余立心怀中问道："父亲，我们的盐巴会去哪里？"

余立心道："我们的盐巴啊，会去所有的地方。"

令之道："会去天边吗？"

余立心笑道："会，会去天边。"

令之露出向往之情，道："我也要去天边！"

余立心就着她的手也咬了一口包子，道："好，以后你坐这歪尾船，去到天边！"

有个船工听见了，远远笑道："三小姐，以后就我送你去天边，你看行不行？"

自那日后，令之识得不少船工，慎余堂各处遍种桃树，结的桃子又大又甜，令之便每年都从家中摘下几筐，送给船工们尝鲜。今日出门，她亦从房中果盘随意拣了一个桃子，如今坐在河边，一口口吃完，这桃子大概是从集市上买的，大倒是大，却不怎么甜，令之无端端想，今年家中的桃子不知是何种味道，明日过去，得先摘一个试试，往后也不知是不是永远吃不上了。

到了第二日，出门前恩溥并未再说什么，只掏出自己长袍内袋里那把勃朗宁，放到令之手里，道："你的枪法练得如何了？"

令之收了枪，摇摇头："不大好，但这件事要的也不是枪法。"

仁济医院到慎余堂这条路不过一里多长，自民国二年医院初开，令之不知道在这条路上来回走过多少遍，任是何等盛夏时分，这里也满路清幽，因一路满植的黄桷兰有十米之高，树盖密密连起，像一把绵延不绝的大伞，此时正是黄桷兰盛放时节，那股馥郁香味顺着风一路向前，似是为伞下的令之指出终点。

　　树下仍有小贩叫卖杂物小食，令之买了两碗凉糕，让那婆婆多舀两勺红糖，又从地上捡了几朵黄桷兰。启尔德和艾益华为她开门时，见她手上还拿着两碗凉糕，不由呆了一呆，令之却嫣然一笑，给启尔德递上一朵黄桷兰，道："启医生，你闻闻这花，香得倒不像真的。"

　　启尔德已是满面泪水："密斯余，你一定要多加小心。"

　　令之只道："你们这就回医院去，越快越好，无论听到什么声响，都别出来。"

　　艾益华也不禁哽咽："……千夏小姐，她……"

　　令之道："我会尽力把她救出，若是救不出，那就让她也为宣灵陪个葬吧，宣灵虽非死于她手，她却也不冤。"

　　令之本以为达之在外迎客，今日还不知何时能见，谁知他独自一人，端坐在父亲往日的书房中。见到令之进屋，也未有惊诧之态，只淡淡道："你何时回来的？"

　　令之不答，先递上手中凉糕，又把黄桷兰放在窗前的黄花梨六足香几上。往年余立心不喜焚香，几上放一个德化白瓷瓶，插四时鲜花，但现今那花瓶不知去了哪里，达之放了个德化白瓷香炉，屋内一股杜衡香味。幼时父亲教他们《九歌》，《山鬼》一节中有"被石兰兮带杜衡，折芳馨兮遗所思"，大概为了这诗，家中不常焚香，却总备有杜衡，令之记得，达之是从来不喜这些的，但如今三伏时节，达之也不开窗，焚香让房内更显酷热，却还是盖不住不知哪里来的一股酸臭之气。

　　达之一人枯坐屋中，面前偌大一张案几，上面却既无书报，也无纸笔，手旁连茶也没有一杯。他似是许久没有进过水米，双眼眍瞜，嘴唇干裂，鼻下有绒绒黑影，身上甚至连新郎的衣服也未有，只穿一件父亲的旧衣，那衣服洗得旧了，浑身上下一股污脏之气。令之一见他便觉得眼熟，过了许久才想起，他眉里眼间那股气像极了父亲，他们兄妹三人小时有一模一样的眉眼，但到了如今，却各长成了各的模样，再无半点相似。

达之伸手便舀凉糕吃，令之则坐了下来，道："我让阿婆多加了两勺红糖。"

达之点点头："你还记得。"

令之道："我记得，二哥，你也知道，从小我记性最好，什么都记得。大哥喜欢糍粑，你爱吃红糖，父亲……父亲吃抄手也要加三调羹花椒油。"

达之道："你见过父亲？他还活着。"

令之道："算吧，算还活着。"

达之吃罢凉糕，起身擦手，又往炉子里加了几点香，道："那我呢？我算什么？"

令之道："二哥，你也算还活着，但你就快死了。"

达之道："我会怎么死？"

令之从怀里掏出枪，放在桌前，道："这么死。"

达之摇头，道："我不会这么死。"

令之起身，看墙上挂着他们一家相片。达之刚从东洋归来不久，余立心道一家人上回合影还是五六年前，便找了相馆师傅上门，起先在院子里拍了几张，规规矩矩坐的坐站的站，后来达之忽道："家里拍来拍去有什么意思，不如去井上。"

于是众人浩浩荡荡扛着机器去了天海井，在天车下拍了这张。井旁没有座椅，余立心站在中间，原来已是比济之令之都矮了一头，胡松本

418

不肯入镜，是济之死死把他拉了进来，他站在一旁，和众人都隔了一尺距离。令之此时再看，发现父亲和二哥那时并无半点相像，倒是胡松，面上坦荡神情最似父亲，如今胡松还是这样，父亲的脸却早不知去了哪里。

令之摸了摸相框，道："二哥，那时你想的事情，如今是成了没有？"

达之许久方答："没有。"

令之嫣然一笑，道："恩溥哥哥说，你们想的事情，永远成不了了，是不是？"

达之苍白面庞突地染上黑气，他缓缓道："我还不知。"

令之自己找了杯子倒水，又从书桌屉中翻出炒过的南瓜子。这书房是令之来熟了的地方，她知道父亲惯于在抽屉中放两包炒货，父亲不在孜城已有多年，慎余堂看似仍是照他在时那般秩序运转，家中常备炒货，井上灶火不灭，但令之剥了一粒瓜子，发现里面早发了霉，南瓜子就是这种东西，里头早烂了心，外头却一点看不出来。令之扔了瓜子，道："不，二哥，你知道的，你早知道了，你知道你们想的事情永远成不了，你知道这么些年，你和父亲一样，都是白白虚耗罢了。"

达之看着她，手心一点点攥紧，令之又道："民国已有八年，军队的人来来去去，你想找人联手，又根本不知找哪方是好，你谁也不敢得罪，只能任他们欺凌。你好不容易做成了商会，却发现全无用处，稽核分所以盐税步步紧逼，川军滇军想来提钱便来提钱，为了稳住严家和李家，你只得把闷亏吃了又吃，商会这几年下来，你一分钱没有赚到，反倒贴了不少家底。你看不上父亲，因父亲一会儿共和一会儿帝制，一会儿梁任公一会儿袁世凯，一会儿搞银行一会儿又去种鸦片，上北京六七年，一事无成，只把家产败得七七八八，现在自己死是没有死，却已疯了一大半。二哥，你发现没有，我们兄妹三人，你才是最像父亲的人呢，大哥稀里糊涂，我也浑浑噩噩过了这么些年，你却和父亲一般，从来知道自己想要什么，还从来以为必能实现。"

达之茫茫然对着不知哪里道："不，怎么可能，我不会像父亲……父亲……父亲不过是个见风倒的小人罢了，我怎会像他？！我选中一条路，便从来就是这条路，我跟恩溥说过，他要走便走，他走了，千夏也想走，没有关系，只我一人，我也能走到底……莫说恩溥了，当年在横滨中华街、往后在北京的那些革命党人，多少人不是逃的逃变的变，但我不是父亲，我也不是他们，我哪里也不去！我哪里也不去！"到了最后，达之嗓音又尖又利，似一把尖刀四处乱刺，却刀刀落空，不知应刺向哪里。

令之也不言语，从屉中翻了一会儿，翻出一面银质绿珐琅镜子，镜子背面乃是一片荷叶，把手处凿有小洞，下垂一粒白玉莲子，这是当年余立心在省城见到的西洋玩意儿，买回来送给令之。令之那时想来书房见父亲，又不好意思总来，便把这面镜子藏在此处，回回都假借找镜子，余立心若是得闲，便让令之拿着镜子，自己站在身后，替她打好发辫。那时令之总在镜中见到父亲的脸，此时她却拿着镜子，递到达之眼前，道："二哥，你要不照一照，照一照你便知道了，你看看镜中这人，可不是和父亲一模一样。"

达之许久没有照过镜子，见了镜中人影，一时惊慌失措，伸手便将镜子打翻在地，珐琅荷叶四分五裂，地上四散翠绿渣子，那粒玉莲子滴溜溜转了几圈，正好滚到令之脚下，令之捡起莲子，冷冷道："二哥，你一个要革命要独立要大同的人，你连自己的亲外甥也敢杀，现在怎么却连镜子也不敢照一照了，就这样，你还真以为自己能成什么事？"

达之突地把香炉一砸，满屋子杜衡香气更显馥郁，却也更能闻出当中那缕腥臭之气。达之似是发了癫，声嘶力竭道："我能成什么事？！好！那就给你看看我能成什么事！你知不知道慎余堂如今在四处埋了多少炸药？我告诉你，两千斤，整整两千斤，全部是我亲手做的，我留着它们就是为了今天！就是今天！日他妈的我管他川军滇军什么军，李家严家狗日的什么家，都要给我死！都要给我死！拦在老子路上的，都给老子去死！过了今天就得行了，令之，你晓不晓得，过了今天我就得行了，老子搞了这么多年，今天一定就得行了……"达之声音渐渐弱下来，似是他也累了，颓然坐在满地瓷片上，轻声又道了一句："一定行的，这样一定能行，令之，你说是不是？"

自知道宣灵死因，令之心上怒火不灭不熄，这才让她撑到了今日。令之总想着，达之会一直像宣灵死的那日那样，沉稳，冷静，满心杀机，那日达之让小五左拐之时，连声音也没有变过，好像他们理所应当走上这条他一手铺下的死路，好像他从未有过疑虑。那样最好，那令之便就也没有什么疑虑，她只会扣下扳机，令之的枪法一直练得不好，但那已不再重要了，重要的是她扣下了扳机。但到了今日，令之才知道，原来达之也已是死了一大半了，他一丝丝一缕缕地死去，不怎么显山露水，却确凿无疑，他连这一点，也是像足了父亲。

令之见眼前这人，瓷片锋利，他身下渐渐有血渗出，却浑然不觉，仍在轻声喃喃自语："我一定能行的，我一定能行。过了今天。过了今天。"令之想，这是谁呢？当年自己送他留洋，迄今也不过十年时光，原来十年已可让自己的父亲和兄长都渐渐死去。

令之蹲下去，道："二哥，你起来吧，你拿出点样子，让我安心把仇报了，我答应过宣灵，这仇我是一定要报的。"

达之听到宣灵名字，忽地打了个颤，道："宣灵，对，宣灵……令之，明日便是冬至，我跟厨房说好了，我们吃补药，给宣灵杀只三个月的小羊，只取羊腿羊排，我来给他熬上一砂锅粳米粥，你说好不好？"

窗外灼灼烈日，正是一年中最热时节，达之的魂魄却似仍留在了宣灵死去的那个冬至。令之一时泪盈于睫，也茫茫然坐在地上，原来他们都想回到那日，若是能回去，一切就不会像如今，四处死路，对谁都是这般。二人这么坐了一会儿，达之又似清醒过来，这才见到令之坐在一旁，他皱了皱眉，道："你坐着干什么，小心割了腿。"

令之指指地上血迹，道："你已割了腿，让我给你包一包。"

达之摆摆手，道："我没事，令之，你要的我都知道了，你去把千夏叫过来，我有话对她说，待我和她的事了了，再了我们的。"

令之道："千夏是在我房里？"

达之道："是，她吃了药，一直在睡，但这个时辰，正该醒过来了，我们原本也该出去待客了……床边有一碗醒神汤，你给她喝了，那药劲很快就能过去。"

令之起身想把枪收起来，达之忽地笑了："怎么，我还真怕了你这把枪？"

令之想了想，便又把枪放回桌上，道："你不会怕的，我们都不会怕。"

令之出了书房，走过牵藤引蔓的抄手游廊，这院子当日翻修，令之正在读《石头记》，读到宝钗的蘅芜苑中有藤萝薜荔，亦有杜若蘅芜，又是茝兰又是清葛，便对余立心嚷着要这些奇花异草。最后自是什么也没有找到，不过是紫藤月季葡萄架子这些寻常花草，紫藤开到盛时，似漫天云霞降到慎余堂，如今过了时节，头顶只有垂垂累累的葡萄，刚染了一点紫气，令之伸手摘了一串，达之最爱这种将甜未甜的葡萄，他说，太甜便没什么意思，太酸又实在咽不下。令之刚摘下葡萄，便听到房中枪声传来，不过轻轻一声，勃朗宁就是那种声音，令之练枪的时候想过，这种枪声，像又想让一个人死，又有点不忍心。

民国八年七夕那日，慎余堂起了一场大火，余家二少爷达之死于火中。城里都说这是赵五的袍哥弟兄为他报仇，不知从哪里搬了炸药进的慎余堂，但那炸药放了多年，孜城阴潮，早已没了效用，倒是炸药火引误点了窗帘，鬼使神差烧死了余家二少爷，众人都道，这是关二爷显灵，点水的终将死于大火。城中还说，二少爷死时，是三小姐的魂魄把他接走，三小姐手中拿着一串葡萄，叫了一声："二哥！"

尾声

　　小皇帝被赶出紫禁城那日，已是十月初九。

　　甲子年是个暖秋，令之夜半离了盔甲厂教室，往灯市口的女生宿舍走。沿途半月当空，风猛而不寒，城根下泡子河汇了附近沟渠臭水，斑斑绿油在风中浮动。泡子河畔密密挨挨的煤球、秽布、鸡毛、大块骨肉，每当垃圾车来，便有孩童和狗疯跑同抢，孩童在这里待得久了，双眼灼灼发亮，也像街上游荡的大狗。令之每日这般往返上课，有时起身太早，不知今夕何夕，会忽觉自己已回孜城。

　　孜溪河离了盐运码头再往下走，便是一般境况。恩溥去东洋前，二人依依不舍，沿着孜溪河走了又走，见幼童和猫狗在污脏垃圾中抢食，恩溥突地停下，道："令之妹妹，以后待我回来了，孜城便不会这般。"

　　令之道："恩溥哥哥，我信你，我等你回来。"

　　五年前令之回京，恩溥本想一路送到省城，令之却只许他送到孜城城门。恩溥下车前，递给她一颗滚圆东珠，又摇摇手里那颗，道："令之妹妹，我等你回来。"

令之道："恩溥哥哥，你不要等，我也不知还会不会回来。"

恩溥也不答这话，只道："令之妹妹，你走你的，我等你回来。"

令之走了五年，恩溥每月来信，从未问过归期，只去年千夏和艾益华启尔德一同离了孜城、前往南粤治病传教时，恩溥在信中道："……孜城仍是旧时模样。这几日秋色渐深，孜溪河两旁银杏尽染金黄，落叶凋零，飘于水上，井上天车不停，房中灶火不熄。夏末川军去而复返，盐税重上加重，盐价却低了再低。去年年底盘算，慎余堂和四友堂下共有水火两旺的盐井四十五眼，火圈一千一百余口，推牛一千三百余头，骡马三百匹，盈余却笼统只有十万两，不及十年前之半数。我只忧两家数百年井上生意，终会毁于我手，这两月四下奔波，想下月再往楚地探上一探……整日心焦破烦，分明无半点闲暇，但千夏他们一走，又想到济之他们早远赴重洋，也不由徒生孤寂，偌大一个孜城，如今却只有一个我，和这般年幼的宪之。我只盼待他成人之时，我尚能还余家一个全须全尾的慎余堂……昨日去山上看了达之和宣灵，今年橘子早红，我给他们一人送去了十来个。清明去时，我分明还清了坟上杂草，谁知造化多有神奇，如今二人坟前，竟是长有两树，一为山桃，一为野梨，待到明年暮春，必是雪白嫣红……令之妹妹，那日在天坛公园，你对我道，无论如何，我们都当种一棵自己的树，如今我早知时代滚滚而来，你我竭尽全力，也不过螳臂当车，但我总在这里挡着，打卤水，烧盐，种树，候你归来。你归来我这般做，你不归来，我也仍是这般做。"

甲子年夏末，令之自女子师范学校国文系毕业，旋即进了刚刚创办的燕京大学新闻系。系主任白瑞华受燕大校长司徒雷登所托，自纽约哥伦比亚新闻学院毕业后便来了中国。白瑞华见令之是班上唯一一个女学生，曾问她为何要来此处求学，令之指指墙上九字校训"因真理，得自由，以服务"，道："因我信这些，我只信这些。"

令之回了宿舍，四人住一间小小耳房，门前一棵山楂树，前几日山楂熟透了，令之和室友们一起，摘了一筐果子，用千夏教她的法子，加一碗冰糖熬出酱，存在圆肚玻璃罐子里。果酱酸甜，夹着尚未熬化的山楂碎粒，宣灵最爱吃这个蘸花卷馒头。令之走时，千夏给她做了一罐桃酱，一罐杏子酱，令之把她救出慎余堂后，千夏便回了医院，两月间闭门不出，直到令之走前那晚，千夏带了果酱来见她。她和令之都瘦得厉害，千夏刚来孜城，和令之同进同出，两人都是鼓鼓圆脸，小尖下巴，玉色皮肤，嘴唇微噘，人人都说她俩像嫡亲堂姐妹，如今她们都瘦下去，却各自瘦出了各自的模样。令之想，原来每个人终会有自己的模样，一个人的脸终究是藏不住的。

千夏极为憔悴，却有一股决然之气，她道："令之妹妹，我犯下的罪，永远也还不了。还好公义在上帝，人人都有一死，死后且有审判，达之死了，我今日却还活着。你放心地走，我就在这里一面赎罪一面等着，等着审判那日到来。"

令之收了果酱，道："宣灵不在了，我不能替他原谅你，我们也再回不去从前。你们信上帝的，想的是死后公义，我不信这些，我只信今世今生。宣灵死在二哥手上，今生我大仇已报，二哥既是死了，就仍是我的二哥，你既还活着，就不再是我的千夏姐姐。至于你的今生，你赎罪也好，别的也罢，和我是没有干系了。"

千夏眼中有泪，却悬而不坠，道："令之妹妹，我知道了，你余生保重。"

如今舍友们都睡下了，令之便在树下点了灯，一面撕了馒头蘸酱，一面给恩溥写信："……小皇帝今晨已被民国政府逐出紫禁城，此事虽自曹锟被禁于延庆楼后，就时有传言，但真到了今日，仍是举京震动。《晨报》号外中称，冯玉祥爱将鹿钟麟占了景山，架起数门大炮，这才向小皇帝传话，道清室需在三小时内全全搬出，小皇帝可带私产，但宫中文物一概划为民国政府所有。那记者道，他远远见到小皇帝一眼，小皇帝仓皇失措，一副圆框眼镜取了又戴，戴了再取，所谓丧家之犬，莫过于此。

恩溥哥哥，你可相信，小皇帝退位迄今，竟是已有近十三年？那年孜城冻雨不停，孜溪河蓄水漫岸，父亲整日忧心开往楚地的盐船，我尚记得他和松哥哥卯时即起，去码头查看。退位之后五日便是除夕，年夜饭却只有父亲和我。父亲夜里带我去祠堂上香，雾深露重，屋中未燃炭盆，我们点六枝线香，燃而又灭，那便是辛亥年的最后一个夜晚。归家途中，父亲说，小皇帝也是可怜，小小孩童，经此巨变，此生便是这样了，被锁在偌大一个紫禁城中，既做不得真皇帝，再也出不来。恩溥哥哥，原来世事是变了又变。父亲、大哥、二哥、松哥哥，你我，谁能想到十三年后我们会是如此这般？那日收到大哥来信，信中夹有他和松哥哥相片，二人背后乃是一女子手持火炬，大哥说，这便是美利坚的自由女神，被她照亮的众生，便能得自由。原来在大洋那边，自由竟是由女子照亮，昨日我去狱中探望楼小姐，她刑期将近，却无惧态，她对我道，当日杀了父亲，是为在刀下救出宪之，却也为了自己，她没有后悔。恩溥哥哥，你可知道，我也没有，我逼死二哥，不顾父亲，可谓人亡家破，如今又负你如斯深情，但我亦没有后悔。

恩溥哥哥，明年我从燕大毕业，却不知归期。也许我回来，在孜城建学堂，也许我不回，在京城做记者，也许我会去不知何处，做不知何事。你说得对，时代滚滚而来，你我无从预计，我们各尽努力，读书，烧盐，种树，你说等我，那你便等着，这是你的人生，我无从置喙，就像我的人生，你也不可多语。我每日从学校进出，总见墙上大字校训，因真理，得自由，恩溥哥哥，管他什么时局，我所求的，不过如此。"

露水渐渐上来，八行笺氤氲水影，令之停了笔，她双手冰凉，却胸中有火，四下蔓延，烧向这无尽夜空，顶上秋风簌簌，吹落一地红果，山楂红到这个时节，也似历了一场大火。新甲子的第一年就要这么过去了，曹锟卸任大总统，小皇帝离了紫禁城，孙文则在广州演讲新三民主义，称要与共产党合作。令之想，这些都和自己没有关系了，往后六十年，如此这般的事还会有许多，但我这一生，却只能燃起这唯一的一场大火。

2019 年 11 月 1 日定稿

后记

　　《慎余堂》起笔于 2015 年 10 月，断断续续写了四年，最终成稿已和当时所拟大纲有诸多不同。书中主体故事纯为虚构，但整体背景却有大量经过变形的历史细节，来自我在此期间翻阅的上百种参考书，在此列举部分以示感谢，它们包括但不限于：曾小萍《自贡商人》，王笛《茶馆》，周策纵《五四运动史》，宗绪盛《老北京地图的记忆》，王余杞《自流井》，王天骏《文明梦》，杨念群《五四的另一面》，梁启超《饮冰室合集》，唐德刚《晚清七十年》，尚小明《宋案重审》，齐锡生《中国的军阀政治》，唐浩明《杨度》，郭广岚《西秦会馆》，孙建三、孙明经等《遍地盐井的都市》，另有《顾维钧回忆录》《四川省自贡市胡慎怡堂简志》《自贡民俗集萃之一》《近现代中日留学生史研究》《民国四川军阀实录》《因盐设市纪录：自贡设市七十年丛书》《四川井盐史论丛》，等等，至于其他各种新闻媒体历史报道的相关页面，更是难以计数。

　　此外还得感谢家人：四年中我每次回到自贡，父母都要陪同我前往各种历史遗迹搜寻资料和感受现场，大部分时候只是无功而返，但他们仍然一次又一次不厌其烦。我的先生萧瀚替我搜集了海量参考书，我最终读完并使用的，只是当中微不足道的一部分。这期间我怀孕和生育，他更是尽了所有努力，让我不至于因此中断工作。四年中，我出版了两本书，写了两个半电影剧本，又完成了接近三十万字的《慎余堂》，没有他的支持，这一切都不可能实现。

还要感谢我的编辑们：最早刊发这部小说的是《十月》杂志，编辑谷禾老师在收到书稿后，不到三天就给我发来微信，说自己一气读到半夜一点，身为作者，没有比这更让人高兴的赞赏。广西师范大学出版社的编辑安素和陶阿晴，在诸事烦忧的 2020 年一直帮我推进出版事宜，她们在校样上标注了极为详细的修改意见，替我找到诸多历史细节的硬伤，希望这本书最终配得上她们的热情与辛劳。

三十岁我才出版了自己的第一本书，那时候我就默默想过，四十岁之前我要写一部让自己感到高兴的长篇小说，我在三十七岁那一年，实现了对自己的承诺。

李静睿

2020 年 7 月 2 日

图书在版编目(CIP)数据

慎余堂 / 李静睿著. —桂林:广西师范大学出版社,
2021.1(2021.3 重印)
ISBN 978 - 7 - 5598 - 3316 - 7

Ⅰ. ①慎… Ⅱ. ①李… Ⅲ. ①长篇小说 - 中国 - 当代
Ⅳ. ①I247.5

中国版本图书馆 CIP 数据核字(2020)第 197460 号

出 品 人:刘广汉
责任编辑:刘 玮
助理编辑:陶阿晴
装帧设计:王鸣豪

广西师范大学出版社出版发行

(广西桂林市五里店路 9 号   邮政编码:541004)
(网址:http://www.bbtpress.com)

出版人:黄轩庄
全国新华书店经销
销售热线:021 - 65200318   021 - 31260822 - 898
山东韵杰文化科技有限公司印刷
(山东省淄博市桓台县桓台大道西首   邮政编码:256401)
开本:890mm×1 240mm   1/32
印张:13.75   字数:347 千字
2021 年 1 月第 1 版   2021 年 3 月第 2 次印刷
定价:64.00 元